KB068168

To. 아름다운 상상으로 하루를 여는

_____ 에게

이 책을 드립니다.

From. _____

Art&Classic

# 빨강 머리 앤

Art&Classic

# 빨강 머리 앤

*Anne of Green Gables*

**루시 모드 몽고메리** 지음 ✕ **설찌** 그림 ✕ **박혜원** 옮김

**RHK**
알에이치코리아

지은이

# 루시 모드 몽고메리
*Lucy Maud Montgomery*

1874년 11월 30일 캐나다 프린스에드워드섬 클리프턴에서 태어났다. 어렸을 때부터 무엇이든 끼적이는 것을 좋아했고, 글쓰기에 재능을 보여 열여섯 살 때 쓴 시가 지역 신문에 실리기도 했다. 자신의 어린 시절 이야기에서 착안해 앤의 이야기를 썼지만 여러 출판사에서 거절당한 후 마침내 1908년 보스턴 페이지 컴퍼니에서 첫 소설 『빨강 머리 앤』이 출간되었다. 낭만과 사랑이 가득한 앤의 이야기는 출간되자마자 엄청난 인기를 얻었으며, 이후의 앤의 삶을 담은 후속작들을 써냈다. 20여 권의 소설을 비롯해 다수의 단편과 시, 에세이를 남겼으며 캐나다의 가장 대표적인 작가로 손꼽힌다. 애니메이션부터 컬러링북까지 앤의 이야기는 다양한 방식으로 여전히 전 세계 독자들에게 많은 사랑을 받고 있다.

그린이

# 설찌
*Seolzzi*

지루한 일상에 개성 넘치는 상상력 한 방울을 섞어 전혀 다른 세상을 그려내는 일러스트레이터. 겨울잠이 제법 많지만 초여름의 바람과 햇살을 좋아한다. 마음에 드는 장면을 마주하면 시간이 임박한 열차를 눈앞에서 놓칠지언정 발걸음을 멈추어 기록하는, 특이한 집착을 가지고 있다. 지은 책으로는 동화책『선물』, 드로잉에세이『해피매직북』,『더 포스터 북 by 설찌』등이 있고, 여러 글로벌 기업들과 협업했다.

이 책에서는 발랄하고 사랑스러운 앤의 감성과 에이번리 마을의 다채로운 계절 변화를 감각적으로 표현해 냈다.

차 례

# 1
## 레이첼 린드 부인이 놀라다

레이첼 린드 부인은 에이번리 큰길에서 내려오면 나오는 작은 평지에 살았다. 집 주변은 오리나무와 푸크시아꽃으로 둘러싸였고 커스버트 농가의 뒤쪽 숲에서 내려오는 개울이 집 앞을 가로지르며 졸졸 흘렀다. 무성한 숲속의 개울은 오묘한 신비로움을 자아내는 폭포와 물웅덩이를 만들어내며 빠르고 세차게 흐르기로 유명했다.

하지만 린드 부인의 집에 이르렀을 즈음 개울조차 체면과 예의를 차리지 않으면 그 앞을 지나갈 수 없다는 듯 고요하고 잔잔해졌다. 마치 창가에 앉은 린드 부인이 두 눈을 부릅뜨고 지나가는 건 모조리 지켜보는 것처럼 말이다. 개울부터 아이들까지, 조금이라도 이상하거나 의심쩍은 게 보이면 이유를 낱낱이 밝혀낼 때까지 절대 그냥 내버려 두지 않는다는 걸 자연조차 알고 있는 듯했다.

여느 마을처럼 에이번리에도 자기 일은 제쳐두고 남의 일에만 시시콜콜 참견하는 사람들이 많았다. 하지만 린드 부인은 다른 사람 일에도 잘 끼어들었지만 자기 일도 잘 챙기는, 그러니까 2가지 일을 다 해내는 능력자였다. 게다가 똑 부러지는 살림꾼으로도 유명했다. 집안일을 척척 해냈으며 그것도 깔끔히 해냈다. 바느질 모임을 이끌 뿐 아니라 주일학교 일도 도왔고 교회봉사 모임과 해외전도 후원회의 일등 후원자이기도 했다. 이 모든 일을 다 하고도 시간이 남아도는 린드 부인은 부엌 창가에 몇 시간이나 앉아, 에이번리 부인들이 혀를 내두르며 감탄하는 솜씨로 코튼 워프* 퀼트를 16장이나 떴다. 또한 평지를 가로지르는 붉은 언덕 위로 굽이쳐 올라가는 큰길을 매서운 눈으로 살피기도 했다. 에이번리는 세인트로렌스만 쪽으로 툭 튀어나온 삼각형 모양의 반도에 자리해서 두 면이 바다로 둘러싸인 모양이었다. 마을을 들고 나려면 그 언덕을 지나야 했으므로 누구라도 린드 부인의 독수리 같은 즉각적이고 냉철한 판단을 피할 수 없었다.

* 그 당시 유통되던 실의 상표로 아주 부드러운 것이 특징이다.

환하고 따스한 햇볕이 창문으로 들어오던 6월 초 오후, 린드 부인은 창가에 앉아 있었다. 집 아래 경사지에 있는 과수원에서 새 신부의 뺨 같은 연분홍색 꽃들이 활짝 피어 벌떼가 앵앵댔다. 에이번리 주민들이 '레이첼 린드의 남편'이라고 부르는 몸이 작고 마른 토마스 린드는 헛간 너머 들판에서 때늦은 순무 씨를 뿌리고 있었다. 그리고 매슈 커스버트도 초록 지붕 집 위에 있는 붉은 들판에서 순무 씨를 뿌리고 있어야 했다. 린드 부인이 전날 밤 카모디에 있는 윌리엄 J. 블레어 가게에서 매슈가 피터 모리슨에게 다음 날 오후에 씨를 뿌릴 계획이라고 말하는 걸 들었기 때문이다. 물론 자기 이야기는 절대 하지 않기로 유명한 매슈인지라 피터가 묻자 그제야 대답한 거였다.

그런데 한창 분주할 오후 3시 반, 매슈가 평지를 넘어 언덕으로 마차를 유유히 몰고 가는 게 아닌가. 게다가 흰색 와이셔츠에 제일 좋은 양복을 입고 있었다. 에이번리 밖으로 나가는 게 분명했다. 마차에다 적갈색 암말까지, 보아하니 꽤 먼 길을 떠나는 차림새였다.

'아니, 매슈가 어딜 가는 거야? 무슨 일로 가는 거지?'

만약 길을 나선 게 에이번리에 사는 다른 남자였다면 린드 부인은 재빨리 이것저것 짜 맞춰 두 질문에 그럴듯한 답을 냈을 것이다. 하지만 집 밖을 나서는 일이 거의 없는 매슈로서는 반드시 움직여야 할 예상치 못한 중요한 일이 일어난 게 틀림없었다.

매슈는 부끄러움이 심해 낯선 사람들과 대화를 해야 하는 장소에 가는 것조차 꺼려했다. 그런 그가 흰색 셔츠까지 차려입고 마차를 몰다니, 정말 흔치 않은 장면이었다. 아무리 머리를 굴려도 답이 떠오르지 않던 린드 부인은 결국 기분 좋은 오후를 망치고야 말았다.

콧대 높은 린드 부인은 마침내 마음을 먹었다. '차를 마시고 나서 직접 초록 지붕 집으로 가야겠다. 매슈가 어디로 간 건지, 무슨 일로 간 건지 마릴라한테 물어야지. 매슈가 이맘때 시내로 나갈 리는 없고, 다른 집에 놀러 간다는 건 더더욱 가당찮은 말이지. 순무 씨가 떨어진 거라면 저렇게 번듯하게 차려입고 마차를 몰진 않아. 의사를 부르러 가는 거 치곤 마차 속도가 빠른 것도 아니었고, 어젯밤 이후로 무슨 일이 일어난 게 분명해. 머리가 너무 복잡해서 안 되겠다. 매슈가 오늘 왜 에이번리 밖으로 나갔는지 알기 전에는 잠시도 마음을 안정시킬 수가 없겠어.'

차를 다 마신 후 린드 부인은 길을 나섰다. 그리 먼 길은 아니었다. 널찍한 과수원으로 둘러싸인 커스버트네 집은 린드 부인의 집에서 400미터도 채 안 되는 거리였다. 물론 길고 좁은 시골길이라 더 멀게 느껴지긴 했다.

매슈의 아버지도 아들과 똑같이 수줍고 조용했던 터라, 집을 지을 때 숲속에 일부러 숨어 살지 않아도 될 만큼 사람들과 최대한 멀리 떨어진 곳에 터를 잡았다. 개간한 땅에서도 제일 끝쪽에 초록 지붕 집을 지었기 때문에 에이번리 집들이 옹기종기 모여 있는 큰길에서도 거의 보이지 않았다.

린드 부인은 그런 외진 곳에서 사는 건 제대로 사는 게 아니라고 생각했다. "그런 집은 그냥 잠깐 머무는 데지." 부인은 바퀴 자국이 깊이 팬 길을 걸으며 중얼거렸다. 길 양옆으로 들장미가 심어져 있었고 풀이 무성했다. "이렇게 구석진 곳에서 둘이서만 사니, 약간 특이하다고 할 만도 하지. 픽도 나무가 말벗이 되겠네. 하긴 나무가 저렇게 많다면 말벗이 될지도 모르겠어. 차라리 사람을 처다보는 게 낫지. 그래도 둘이서는 만족한다니, 뭐. 그래도 그건 익숙해져서 그런 게 아닐까? 사람이란 뭐든 익숙해지는 법이라고, 아일랜드 속담에는 목매달고 있는 것도 익숙해진다고 하잖아."

린드 부인은 오솔길을 나와 초록 지붕 집 뒤뜰에 발을 디뎠다. 초록빛깔이 무성하면서도 말끔히 정리된 마당 한쪽으로는 아름드리 버드나무가, 반대쪽으로는 단정한 양버들이 늘어서 있었다. 뭐라도 땅에 떨어진 게 있었다면 린드 부인의 눈을 피하지 못했을 테지만 마당에는 나뭇가지 하나, 돌멩이 하나 보이지 않았다. 린드 부인은 마릴라 커스버트가 집을 청소해대는 만큼이나 마당도 쓸어대는 모양이라고 결론지었다. 땅바닥에 떨어진 음식이라도 주워 먹을 수 있을 만큼 먼지 한 톨 묻어나지 않을 것 같았다.

린드 부인은 부엌문을 경쾌하게 똑똑 두드렸고 대답이 들리자 안으로 들어갔다. 초록 지붕 집의 부엌은 명랑한 분위기를 풍겼다. 아니, 한번도 사용하지 않은 새 응접실처럼 질릴 정도로 깨끗하지만 않았다면 명랑하다고 느껴질 법도 했다. 창은 동쪽과 서쪽으로 나 있었는데, 뒷마당이 보이는 서쪽 창에는 부드러운 유월의 햇살이 쏟아져 들어왔다. 하지만 동쪽 창문에는 과수원 왼쪽으로 활짝 핀 벚나무와 개울가 골짜기에 가지를 늘어뜨린 가느다란 자작나무만 얼핏 보였고, 온통 초록빛 포도나무 덩굴로 뒤덮여 있었다.

세상을 진지한 태도로 살아야 한다고 생각하는 마릴라에게 햇빛이란 너무 나불대고 종잡을 수 없는 존재였다. 그래서인지 그녀는 햇빛을 별로 좋아하지 않는 편이었다. 그녀에게 앉을 틈이 생긴다면 그녀는 늘 햇빛이 덜 들어오는 동쪽 창가에 앉았다. 그녀는 지금도 거기에 앉아 바느질 중이었고 뒤에 놓인 식탁에는 음식이 차려져 있었다.

린드 부인은 부엌문을 닫기도 전에 식탁 주변을 모조리 머릿속에 입력했다. 접시가 세 개 놓여 있었으니 마릴라는 매슈와 함께 다른 누군가를 기다리고 있는 게 틀림없었다. 하지만 접시는 매일 쓰는 것이고 꽃사과 프리저브*와 케이크 한 종류만 났으니 아마도 특별한 손님은 아닌 듯했다. 그렇다면 매슈의 흰 셔츠와 적갈색 암말은 어떻게 설명한단 말인가? 린드 부인은 조용하기만 하던 초록 지붕 집에 갑자기 알 수 없는 수수께끼가 생기자 머리가 지끈지끈 아파왔다.

마릴라가 활기차게 인사를 건넸다. "안녕하세요, 린드 부인. 좋은 저녁이네요. 그렇죠? 앉으실래요? 가족들은 어떻게 지내요?"

마릴라와 린드 부인은 서로 너무 달랐다. 그러나 너무 다르기 때문에 둘 사이에는 우정이란 말로 밖에는 달리 표현할 수 없는 그 무언가가 존재했다. 키가 훤칠한 마릴라는 둥근 데 없이 각진 몸의 마른 여자였다. 희끗희끗한 머리는 늘 작게 바짝 말아 올려 두 개의 머리핀으로 단단히 고정했다. 게다가 세상 경험이 많지 않고 사고방식도 편협할 것 같은 인상이었다. 실제로도 그런 편이었다. 다행히도 말하는 방법을 약간만 다듬는다면 유머러스하다는 평을 들을 수도 있는 사람이었다.

린드 부인이 대답했다. "우린 잘 지내요. 사실 마릴라 집에 무슨 일이 생긴 거 같아 걱정이었죠. 오늘 매슈가 나가는 걸 봤거든요. 의사를 데리러 가나 그랬어요."

그럴 줄 알았다는 듯 마릴라의 입술이 씰룩거렸다. 마릴라는 린드 부인이 들이닥칠 걸 예상했다. 매슈가 갑작스레 길을 나서는 모습을 보면 이 이웃은 끓어오르는 호기심을 누를 수 없을

• 잼과 비슷하지만 과일 덩어리를 완전히 뭉개지 않아 덩어리가 느껴진다. 주로 후식으로 먹는다.

테니까 말이다.

"아니에요. 어제는 두통이 심했는데 오늘은 괜찮네요." 그리고 마릴라는 이렇게 덧붙였다. "매슈는 오늘 브라이트리버역에 갔어요. 노바스코샤에 있는 고아원에서 남자아이를 하나 데려오기로 했거든요. 오늘 밤에 기차로 온다네요."

린드 부인은 매슈가 호주에서 온 캥거루를 만나러 갔다 해도 이렇게 놀라지는 않았을 것이다. 어찌나 놀랐는지 실제로 5초 동안 입을 떼지 못했다. 마릴라가 놀리려고 한 말은 아니겠지만 그런 게 아닐까 하는 생각마저 들 정도였다.

"마릴라, 정말이에요?" 린드 부인은 간신히 목소리를 가다듬으며 따지듯 물었다.

"네, 그럼요." 마릴라는 마치 노바스코샤의 고아원에서 남자애를 데려오는 게 듣도 보도 못한 사건이 아니라 제대로 된 에이번리 농장이라면 봄에 으레 하는 일인 양 말했다.

린드 부인은 정신을 차릴 수가 없었다. 머릿속은 줄줄이 떠오르는 느낌표로 가득했다. 남자아이라니! 보통 사람도 아니고 마릴라와 매슈 커스버트가 남자애를 입양한다고! 고아원에서! 아이고, 세상에 이런 일이! 이제 더 놀랄 일은 없겠구나! 없겠어!

"아니, 어쩌다 그런 생각을 하게 된 거예요?" 린드 부인은 이해할 수 없었다.

이 일을 자신과 상의도 하지 않고 결정하다니, 마땅히 불만을 드러내야 했다.

마릴라가 대답했다. "생각한 지는 오래됐어요. 사실 겨우내 생각했죠. 크리스마스 전날 알렉산더 스펜서 부인이 왔었는데 봄에 호프톤에 있는 고아원에서 어린 여자애를 입양할 거라고 하더라고요. 호프톤에 사는 사촌이 그곳 사정을 잘 안다면서요. 그때부터 우리도 남자애를 하나 데려오는 게 어떤지 매슈 오라버니와 가끔 이야기했었죠. 오라버니 나이가 이제 예순이잖아요. 예전처럼 몸이 빠릿빠릿하지 않아요. 심장도 아주 안 좋고요. 일꾼을 부리는 게 얼마나 힘든지 아시죠. 멍청하고 덜 떨어진 프랑스 남자애들밖에 없어요. 데려다가 일 좀 가르쳐놔도 일이 자기들 손에 익으려고 하면 바닷가재 통조림 공장으로 가거나 미국으로 도망가 버리죠. 매슈가 처음에는 영국 아이를 들이자고 했지만 내가 단칼에 거절했어요. '물론 괜찮을 수도 있겠죠. 나쁘다는 건 아니지만…… 런던 길거리를 헤매던 떠돌이는 절대 안 돼요. 적어도 캐나다에서 태어난 아이여야죠. 누구를 데려와도 감당해야 할 건 있겠지만 캐나다에서 태어난 아이라면 내 마음이 더 편하고 밤에 잠도 푹 잘 것 같아요'라고 그랬어요. 그래서 결국엔 스펜서 부인한테 여자아이를 데리러 갈 때 우리 아이도 골라달라고 했죠. 지난주에 알겠다는 답장이 와서 카모디에 있는 리차드 스펜서의 가족에게 열 살이나 열한 살 정도 되는 똑똑한 녀석으로 데려와 달라고 부탁했어요. 그 나이대가 제일 좋을 거라고 판단했죠. 바로 잡일을 시켜도 어느 정도 할 수 있고 제대로 일을 가르치기에도 좋은 나이니까. 우린 좋은 환경을 제공하고 학교도 보낼 생각이에요. 오늘 우체부가 알렉산더 스펜서 부인이 보낸 전보를 가져왔는데 오늘 오후 5시 30분에 아이가 온다고 하더라고요. 그래서 매슈가 아이를 데리러 브라이트 리버역으로 간 거예요. 스펜서 부인이 그 애를 내려줄 거고요. 물론 부인은 곧장 화이트샌즈역으로 가겠죠.”

린드 부인은 자신의 말솜씨를 자랑스러워하는 사람이었다. 부인은 이 놀라운 소식을 듣고 생각을 정리하자마자, 곧장 하고 싶은 말을 내뱉기 시작했다.

“마릴라. 내 생각을 솔직히 말할게요. 지금 마릴라는 대단히 어리석고 위험한 일을 저지른 거예요. 어떤 아이가 올지 모르잖아요. 처음 보는 애를 데려와서는 이 집에, 이 가정에 들이는 셈인데 어떤 앤지, 성격이 어떤지, 부모는 어떤 사람인지, 어떻게 클지 전혀 알 수 없잖아요. 아휴, 저번 주만 해도 신문에서 섬 서쪽에 사는 부부가 고아원에서 남자애를 하나 들였는데 글쎄 그 애가 밤에 집에 불을 질렀다는 기사를 읽었어요. 일부러요. 자다가 홀라당 타서 죽을 뻔했다지 뭐예요. 또 다른 이야기도 들었는데 어떤 남자애는 날달걀을 그렇게 빨아먹더래요. 그러지 말라 해도 절대 말을 안 듣는대요. 마릴라, 나한테 이 문제를 상의하지, 왜 안 했어요. 그랬다면 제발이지 그런 건 생각도 하지 말라고 말해줬을 텐데요."

린다 부인의 달갑지 않은 말에도 마릴라는 기분 나빠하거나 놀라지 않았다. 대신 차분히 바느질만 계속했다.

"레이첼이 하는 말이 틀렸다고는 안 해요. 나도 꺼림칙한 게 있으니까요. 하지만 매슈가 완강했어요. 고집을 꺾지 않을 거 같아서 그냥 그러자고 했죠. 매슈가 평소에는 잘 안 그러니까 뭔가에 고집을 부릴 때는 져주는 편이에요. 위험한 거로 따지면야 이 세상에 그럴 가능성 없는 사람이 어디 있겠어요. 친자식을 가질 때도 그런 위험 정도는 감수하는 거죠. 애들이 다 잘 크는 건 아니니까요. 그리고 노바스코샤는 우리 섬에서 아주 가깝잖아요. 영국이나 미국에서 데려오는 건 아니니, 우리랑 아주 다르진 않겠죠."

린드 부인은 잘 될 리가 없다는 심보를 뻔히 드러내는 말투로 말했다. "아무튼, 잘 됐으면 좋겠네요. 다만 그 남자애가 초록 지붕 집을 불태워 먹는다거나 우물에 스트리크닌 독약을 넣어도 내가 경고한 적이 없다는 말은 하지 마세요. 뉴브런즈윅 고아원에서 온 아이가 독약을 넣어서 온 가족이 끔찍하게 고통스러워하며 죽었다는 이야기를 들었어요. 그 애는 여자애였지만요."

"여자애를 들이진 않을 거예요." 마릴라는 마치 우물에 독을 타는 건 순전히 여자만 하는 일이라는 듯 말했다. "여자애를 키울 생각은 한 번도 안 했어요. 알렉산더 스펜서 부인은 어떻게 여자애를 들이는지 모르겠네요. 하긴 스펜서 부인은 마음만 먹는다면 고아원 전체를 몽땅 입양해 버릴 수도 있죠."

린드 부인은 매슈가 고아를 데려올 때까지 있고 싶었다. 하지만 도착할 때까지 적어도 두 시간은 걸릴 테니, 길을 나서서 로버트 벨에게 소식을 전하는 게 낫겠다 싶었다. 이 일은 모든 사람이 깜짝 놀랄 만한 소식임이 분명했다. 더구나 린드 부인은 이런 식으로 마을을 휘젓고 다니는 걸 워낙 좋아했기 때문에 그만 가겠다고 일어섰다.

부인의 비관적인 말을 듣자 마릴라는 안 그래도 두렵고 복잡했던 마음이 다시 스멀스멀 올라오던 터라 부인의 퇴장에 내심 안도했다.

오솔길에서 멀찍이 떨어지자 린드 부인은 큰 소리로 떠들기 시작했다. "하고 많은 일 중에 이런 일이 생길 줄이야! 진짜 꿈꾸는 거 같잖아. 그 어린 애가 불쌍하지, 그렇고말고. 매슈와 마릴라가 아이에 대해 뭘 알겠어. 여기 올 애가 자기 할아버지보다 더 지혜롭고 차분할 거라고 기대하다니. 그것도 할아버지가 있다면 말이지. 픽이나 있겠다. 초록 지붕 집에 아이가 산다는 생각만 해도 이상하지 뭐야. 집을 지을 때도 매슈와 마릴라는 이미 성인이었는데 그 집에 애가 살았던 적은 없잖아. 하긴 저 둘을 보면 어린 시절이 있었다는 것도 믿기 힘들긴 하지. 고아의 처지에서 생각해 보고 싶은 생각은 추호도 없지만. 세상에, 애가 안 됐지."

린드 부인은 들장미 덤불을 향해 하고 싶었던 말을 있는 대로 쏟아놓았다. 그러나 만약 그때, 브라이트리버역에서 얌전히 기다리고 있는 아이를 봤다면 훨씬 더 깊이, 복잡한 마음으로 가엾게 여겼을 것이다.

# 2
## 매슈 커스버트가 놀라다

　적갈색 암말을 몰던 매슈 커스버트는 브라이트리버역으로 가는 12킬로미터 거리를 기분 좋게 달렸다. 아담한 농가들 사이를 지나는 아름다운 길이었다. 이따금 발삼전나무 숲을 지나거나 여린 꽃이 활짝 핀 양벚나무 골짜기를 지나기도 했다. 죽 펼쳐진 과수원의 사과나무가 뿜어내는 숨결로 바람 냄새는 달콤했고 저 멀리 수평선까지 쭉 뻗은 초원에는 진줏빛과 보랏빛 아지랑이가 어른거렸다.

　"작은 새들은 노래하네. 일 년 중 여름이 오늘 하루인 것처럼 노래하네."

매슈는 나름대로 풍경을 즐기며 마차를 몰았지만 여자들과 마주쳤을 때 인사를 해야 하는 순간들은 버거웠다. 프린스에드워드섬에서는 길에서 사람을 만나면 알든 모르든 전부 인사를 건네야 했다.

매슈는 마릴라와 린드 부인을 제외하고 여자라면 다 무서웠다. 이 미스터리한 존재들이 몰래 자신을 비웃는 거 같아 마음이 불편했다. 그리고 아마 매슈 생각이 맞을 터였다. 매슈는 몸도 볼품없었고, 길고 뻣뻣한 머리카락이 굽은 어깨까지 내려온 데다 스무 살 때부터 길렀던 풍성한 갈색 수염 때문에 약간 이상한 사람처럼 보였다. 그는 스무 살 때도 흰머리만 없었을 뿐, 사실 예순 살처럼 보였다.

마침내 브라이트리버역에 도착했지만 기차는 보이지 않았다. 매슈는 너무 일찍 도착했다고 생각하고 자그마한 브라이트리버 호텔 마당에 말을 묶은 후 역으로 들어갔다. 기다란 플랫폼은 거의 텅 비어 있었다. 사람이라고는 저 멀리 널빤지 더미에 앉아 있는 여자애 하나가 다였다. 여자애인지도 몰랐지만 어쨌든 매슈는 눈길도 주지 않고 최대한 빨리 지나쳤다. 매슈가 그 아이를 봤더라면 아마 그냥 지나치지 못했을 것이다. 아이는 잔뜩 긴장한 얼굴이었지만 한편으로는 기대에 부푼 것 같았다. 여자아이는 당시 온 마음을 다해 앉아서 기다리는 것 외에는 할 수 있는 일이 없었기에 그저 무언가를 혹은 누군가를 열심히 기다렸다.

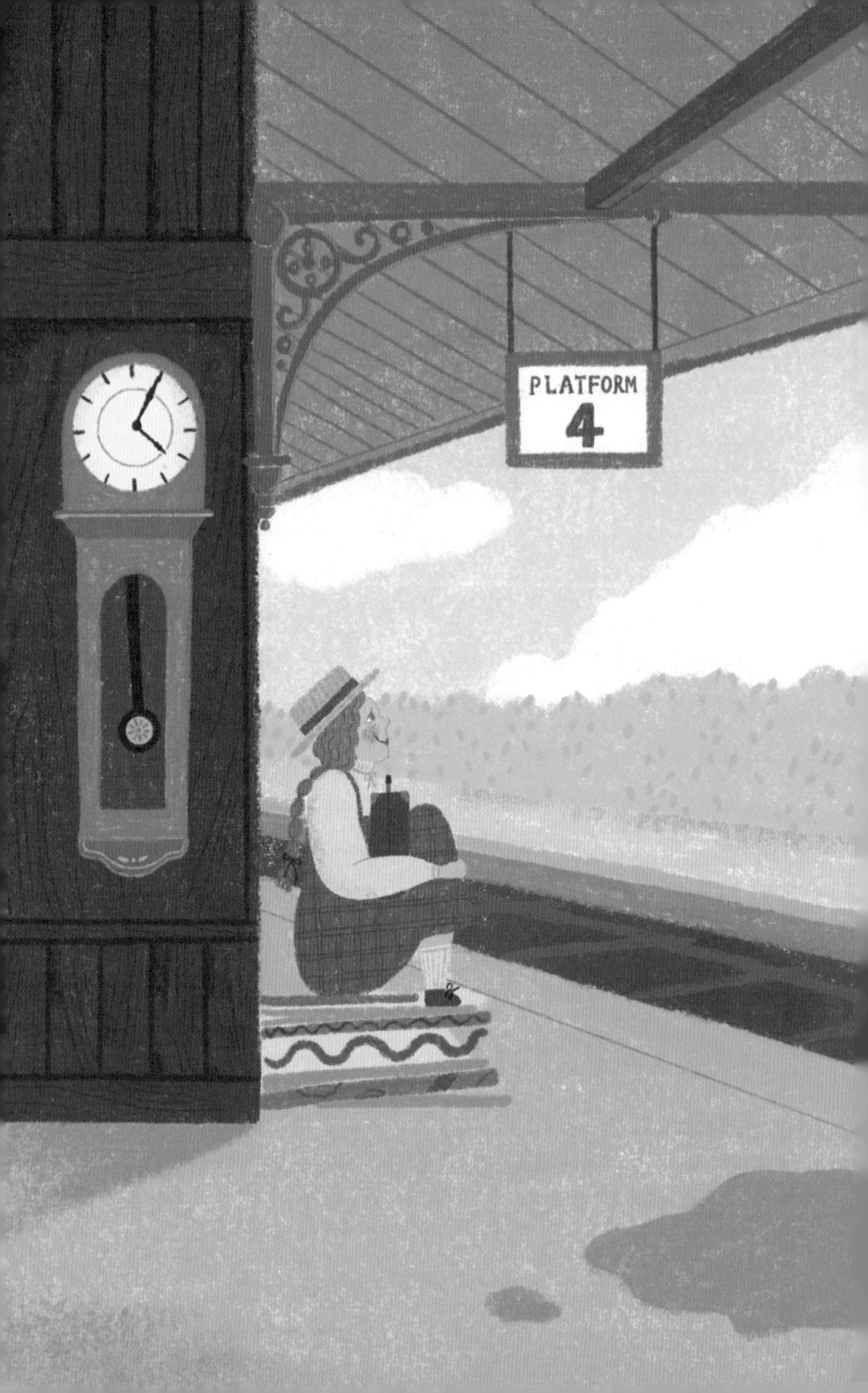
PLATFORM
4

매슈는 저녁 식사를 하러 매표소 문을 잠그고 있던 역장에게 35분 기차는 언제 오냐고 물었다.

　역장이 쾌활하게 대답했다. "35분 기차는 이미 도착해서 30분 전에 떠났습니다. 그런데 승객이 뭘 내리고 가더군요. 어린 여자애였어요. 저기 널빤지 더미에 앉아 있습니다. 여성 대기실로 들어가라고 했더니 심각한 목소리로 밖에 있겠다고 하더군요. '상상할 할 수 있는 범위가 더 넓잖아요'라면서요. 특이한 여자애지 뭡니까?"

　매슈는 어이가 없었다. "나는 여자애를 기다리는 게 아닙니다. 남자애를 데리러 왔어요. 그 애가 여기 있어야 하는데요. 알렉산더 스펜서 부인이 노바스코사에서 데리고 온다고 했습니다만."

　역장이 휘파람을 불었다. "오해가 있었나 보군요. 스펜서 부인이 기차에서 내리더니 나한테 저 애를 맡기더라고요. 커스버트 씨와 그의 여동생이 고아원에서 여자애를 입양하기로 했다면서 금방 데리러 올 거라고 하던데요. 제가 들은 건 그게 다입니다. 여기에 감춰둔 고아는 더 없습니다."

　"어허, 이해가 안 가는데." 기운이 쭉 빠진 매슈는 이 상황을 잘 대처할 수 있는 마릴라가 여기 있었으면 얼마나 좋았을까 생각했다.

　역장은 별 관심이 없는 듯했다. "저 여자애한테 물어보는 게 어때요? 말솜씨가 보통이 아니니 아마 잘 대답해 줄 겁니다. 원하던 남자애가 다 입양되고 없었던 게 아닐까요?"

배가 고파진 역장은 무심히 걸어갔고 안타깝게도 매슈는 동굴에 있는 사자의 수염을 잡아당기는 것보다 더 어려운 일을 해야 했다. 여자애, 처음 보는 여자애, 그것도 고아인 여자애에게 다가가서 왜 남자애가 오지 않았냐고 물어야 하니 말이다. 매슈는 속으로 앓는 소리를 내며 뒤로 돌아 플랫폼에 있는 여자애를 향해 느릿느릿 걸어갔다.

아이는 매슈가 도착한 후로 줄곧 매슈만 쳐다보았고 지금도 여전히 매슈만 보고 있었다. 그런 여자애를 쳐다보지도 않았던 매슈는 만약 봤다고 해도 어떤 애인지 알아채지 못했을 거였다. 하지만 보통 사람의 눈에 비친 여자아이의 모습은 이랬을 것이다. 나이는 열한 살 정도에 아주 짧고 몸에 꽉 끼는 빛바랜 회색의 초라한 원피스를 입고 있었다. 낡은 갈색 밀짚모자 밑으로는 숱이 많은 새빨간 머리를 양 갈래로 땋아 내렸다. 하얗고 자그마한 얼굴은 주근깨투성이였고 입과 눈은 큼지막했다. 두 눈동자는 보기에 따라 초록색이었다가 회색빛이 돌기도 했다.

여기까지가 보통 사람이 보는 아이의 모습이었다. 만약 특별히 관찰력이 좋은 사람이라면 아이의 턱이 뾰족하고 딱 부러져 보이고, 커다란 눈망울에는 생기가 반짝인다고 했을 것이다. 또 사랑스러운 입술은 감정을 그대로 드러내고 넓은 이마는 시원해 보인다고도 생각할 것이다. 한 마디로 사람 볼 줄 아는 이었다면, 이 길 잃은 아이에게 평범함이라고는 전혀 없다는 결론을 내렸을 터였다. 수줍은 매슈 커스버트가 터무니없이 두려워하는 여자들과 다르게 말이다.

하지만 다행히도 매슈가 먼저 말을 걸지 않아도 되었다. 여자아이는 매슈가 자신을 향해 걸어온다고 생각하자마자 벌떡 일어났다. 햇볕에 그을린 가녀린 한 손으로는 카펫으로 만든 닳고 닳은 가방을 부여잡았고, 다른 손은 매슈에게 내밀었다.

유난히 맑고 귀여운 목소리였다. "초록 지붕 집의 매슈 커스버트 아저씨죠? 만나 뵙게 되어서 정말 반갑습니다. 슬슬 조마조마해지던 참이었어요. 왜 이렇게 늦으실까, 온갖 상상을 다 하면서요. 밤이 될 때까지도 안 오셨다면 저 모퉁이에 있는 커다란 벚나무에 올라가 밤을 보내려고 했어요. 달빛이 비치는 저 하얀 꽃들 사이에서 잠들면 정말 멋지고 하나도 무서울 거 같지 않았어요. 그렇게 생각하지 않으세요? 대리석이 깔린 방에 있다고 상상할 수 있잖아요. 오늘 밤에 안 오시면 내일 아침에 오실 거라고 굳게 믿고 있었어요."

매슈는 깡마른 작은 손을 어색하게 잡았다. 그리고 이제 어떻게 해야 할지 마음을 결정했다. 매슈는 아이의 반짝이는 두 눈을 보고 오해가 생겼다고 말할 수 없었다. 일단 집으로 데려가서 마릴라가 알아서 하게 할 생각이었다. 어떤 오해가 생겼든 간에 어쨌든 이 애를 브라이트리버역에 두고 갈 수는 없으니 모든 질문과 설명은 초록 지붕 집에 완전히 도착할 때까지 미뤄야 할 판이었다.

매슈가 수줍게 말했다. "늦어서 미안하구나. 이쪽으로 가자. 말은 마당에 묶어놨다. 가방을 이리 다오."

아이는 들뜬 목소리로 대답했다. "아, 제가 들게요. 무겁지 않아요. 제 전 재산이 다 들어 있지만 무겁지 않아요. 게다가 드는 방법이 있어서 조심하지 않으면 손잡이가 떨어질 거예요. 제가 방법을 정확히 아니까 제가 드는 편이 나을 거예요. 굉장히 오래된 카펫 천으로 만든 가방이에요. 벚나무에서 잠을 자는 것도 좋을 뻔했지만 데리러 와주셔서 정말 기뻐요. 우리 멀리 가야 하죠, 그렇죠? 스펜서 부인이 12킬로미터라고 알려주셨거든요. 마차 타는 걸 좋아해서 신나요. 아저씨와 가족이 된다니 너무 기대되어요. 저는 가족이 한번도 없었거든요. 어느 집에서든 가족처럼 지낸 적도 없고요. 하지만 고아원은 최악이었어요. 4개월뿐이었지만 그걸로 충분해요. 고아원에서 한번도 지내보지 않으셨을 테니 아마 어떤지 모르실 거예요. 상상하는 것보다 훨씬 더 나빠요. 스펜서 부인이 그런 말을 하다니 심보가 어찌 그러냐고 하셨지만, 일부러 그런 말을 한 건 아니었어요. 자신도 모르는 사이에 못된 말이 툭 튀어나올 수도 있잖아요. 그렇지 않나요? 그래도 사람들은, 고아원 사람들은 좋았어요. 하지만 고아원에서는 상상할 수 있는 범위가 참 좁거든요. 다른 고아들에 대한

생각만 했어요. 그 애들에 대해 상상하는 건 꽤 흥미로웠어요. 옆에 앉아 있는 여자애가 실제로는 백작의 딸이라면 어떨까 하는 상상들이요. 마음씨가 고약한 유모가 부모 모르게 아이를 훔쳐 갔다가 죽기 전에 고백도 못 하고 죽은 거죠. 낮에는 상상할 시간이 없으니까 밤에 안 자고 누워서 이런저런 상상을 하곤 했어요. 그래서 제가 이렇게 마른 거 같아요. 제가 좀 삐쩍 말랐죠, 그렇죠? 누가 봐도 그렇죠, 뭐. 저는 제 팔꿈치에 보조개가 들어갈 만큼 통통하고 예쁘다고 자주 상상해요."

그러다 매슈의 이 작은 동행인은 말을 멈췄다. 숨이 차기도 했지만 마차 앞에 도착했기 때문이었다. 아이는 마차가 마을을 벗어나 가파른 작은 언덕을 내려갈 때까지 한 마디도 하지 않았다. 무른 땅이 너무 깊이 패이는 바람에 활짝 핀 벚나무와 가느다란 흰자작나무들이 그들 양쪽에 자리한 채 머리 위로 한참 솟아 있었다.

아이는 손을 내밀어 마차 옆을 스치던 벚나무 가지를 하나 꺾었다.

"예쁘지 않나요? 비탈길에서 뻗어 나온 이 나무, 온통 하얗고 레이스 장식 같은 이 나무를 보면 뭐가 떠오르세요?" 아이가 물었다.

"글쎄다. 모르겠구나." 매슈가 답했다.

"당연히 신부죠. 흐릿한 베일을 쓴, 새하얀 옷을 입은 신부요.

실제로 보진 못했지만 어떤 모습일지 그려볼 수 있어요. 제가 신부가 되는 건 기대하지도 않지만요. 저는 못생겼으니까 아무도 저랑 결혼하고 싶지 않을 거예요. 외국인 선교사라면 모를까. 외국인 선교사는 그리 까다롭지 않을 거 같거든요. 그래도 언젠가는 흰 드레스를 꼭 입어보고 싶어요. 그게 저의 가장 큰 소원이에요. 예쁜 옷을 너무 좋아하거든요. 살면서 한번도 예쁜 원피스를 입어보진 못했지만. 그러니까 더 즐거운 마음으로 기대할 수 있죠, 그렇죠? 그리고 아름다운 옷을 입고 있다고 상상할 수도 있잖아요. 오늘 아침에 고아원에서 나올 때 이 끔찍한 낡은 직물 원피스를 입어야 해서 정말 창피했어요. 고아들은 다 이런 옷을 입거든요. 호프타운에 있는 어떤 상인은 지난겨울 고아원에 300마의 직물을 기부했대요. 어떤 사람은 상인이 팔지 못한 직물이라 기부했다고 하지만 저는 상인의 마음씨가 착해서 그랬다고 믿고 싶어요. 기차에 탔을 때 모든 사람이 저를 보고 불쌍하다고 생각하는 거 같았어요. 그래서 이 기차에서 제일 예쁜 연파랑 실크 원피스를 입고 있다고 상상하기 시작했죠. 이왕 꿈꿀 거면 근사한 옷으로 해야죠. 그리고 꽃이랑 깃털이 달린 커다란 모자에 금시계, 새끼 염소 가죽 장갑과 부츠를 신었다고요. 그러니까 바로 기분이 좋아져서 섬으로 오는 여행길을 마음껏 즐길 수 있었어요. 배를 타고 오는 데 멀미도 전혀 안 나더라고요. 스펜서 부인은 원래 멀미를 하는데 이번에는 괜찮으셨대요. 제가 배에서 떨어질까 지켜보느라 멀미 날 틈조차 없으셨대요. 저처럼 요리조리 돌아다니는 아이는 본 적이 없다고 하시더라고요. 하지만 제가 돌아다닌 덕분에 멀미가 안 났다면 잘된 일이잖아요. 그리고 저는 배에서 볼 수 있는 건 뭐든 다 보고 싶었어요. 또 그런 기회가 언제 올지 모르니까요. 아, 저기 활짝 핀 벚나무가 더 많네요! 이 섬은 꽃이 정말 많아요. 여기에 진짜 살게 되어서 행복해요. 여기가 이미 너무 좋아졌거든요. 프린스에드워드섬이 세상에서 가장 예쁜 곳이라는 말을 많이 들었어요. 여기에 사는 걸 상상만 했었는데 실제로 이뤄질 줄은 꿈에도 몰랐어요. 꿈이 현실로 되다니 아주 기쁜 일이죠. 그런데 저 붉은 길은 정말 흥미롭네요. 샬럿타운에서 기차를 탔을 때도 붉은 길을 지나갔어요. 그래서 스펜서 부인에게 왜 길이 붉은색인지 여쭤봤더니 모르겠다고 하시고는 이제 제발 질문 좀 그만하라고 하셨어요. 벌써 천 번은 한 것 같다나요. 제가 그러긴 했지만 질문을 안 하면 모르는 걸 어떻게 알아내겠어요? 그나저나 왜 길이 붉은색일까요?"

"글쎄다. 모르겠구나."

"그럼, 언젠가는 꼭 알아봐야겠어요. 알아야 할 게 이렇게 많다는 사실이 정말 놀랍지 않나요? 그걸 생각하면 살아 있다는 게 기뻐요. 세상에는 흥미로운 일이 잔뜩 있으니까요. 모든 답을 다 알고 있다면 흥미로움은 반으로 줄 거예요. 그렇죠? 그러면 상상할 수 있는 범위가 줄어들 테니까. 그나저나 제가 말을 너무 많이 하나요? 사람들이 늘 저보고 말을 너무 많이 한대요. 제가 말을 안 하는 게 좋으시겠어요? 그러시다면 그만할게요. 마음을 굳게 먹으면 그만할 수 있거든요. 어렵긴 하지만요."

자신도 놀란 사실이지만 매슈는 사실 아이의 말을 재밌게 듣고 있었다. 조용한 사람이 대부분 그렇듯 매슈도 말이 많은 사람이 좋았다. 혼자서 신나게 떠들되 상대방이 맞춰주길 기대하지만 않는다면 말이다. 하지만 여자아이와 있는 게 재밌다고 느껴지는 건 매슈 자신도 예상하지 못했던 감정이었다. 여자들이란 어떻게 생각해도 별로였다. 특히 어린 여자애들은 질색이었다. 매슈는 자신을 곁눈질하며 슬금슬금 지나가는 여자애들이 끔찍히도 싫었다. 그 애들은 마치 자신이 한마디라도 하면 매슈가 자기를 한입에 꿀꺽 잡아먹을 거라고 생각하는 듯했다. 그게 에이번리에서 교육 좀 받았다는 여자아이의 전형이었다. 하지만 이 주근깨투성이 꼬마는 전혀 달랐다. 비록 매슈의 느린 머리로 아이의 핑핑 돌아가는 머리를 따라가기가 약간 힘들었지만 '아이가 재잘대는 게 귀엽구나'라는 생각이 들었다. 그래서 매슈는 늘 그렇듯 조용히 대답했다.

"음, 원하는 만큼 말하려무나. 난 괜찮단다."

"와, 정말 기뻐요. 아저씨랑 잘 지내게 될 줄 알았어요. 말하고 싶을 때 말할 수 있어서요. 또 이런 말을 듣지 않아도 되어서 마음이 놓여요. 애들은 눈에만 보이되, 떠들면 안 된다는 말이요. 그 말을 수백 번은 들었나 봐요. 그리고 제가 과장해서 말하면 사람들이 비웃었거든요. 하지만 굉장히 좋은 생각이 떠올랐다면, 과장된 단어를 써야 표현할 수 있잖아요. 그렇지 않을까요?"

"그래, 그런 거 같구나."

"스펜서 부인은 제 혀가 중간에 대롱대롱 달린 게 틀림없다고 하셨어요. 하지만 아니에요. 제 혀는 제일 끝에 잘 붙어 있다고요. 부인은 또 아저씨 집이 초록 지붕 집이라고 불린다고 하셨어요. 그래서 집에 대해 궁금한 건 다 물어봤어요. 부인께서 집 주변에 나무가 빽빽하게 늘어서 있다고 말씀해 주셨어요. 그 말을 들으니까 더 신나더라고요. 저는 나무를 정말 사랑하거든요. 고아원 주변에는 제대로 된 나무는커녕 볼품없는 작은 나무만 몇 그루 있었는데 흰 페인트를 칠한 새장에 갇힌 것처럼 보였어요. 그 나무를 보면 고아 신세처럼 처량해 보여서 막 눈물이 나려고 했어요. 나무한테 '불쌍한 작은 나무야! 네가 만약 커다란 숲에서 다른 나무들과 같이 자랐다면 작은 이끼와 섬초롱꽃이 네 뿌리 위로 올라왔을 텐데. 멀지 않은 곳에 개울이 있고 가지에서 새가 지저귄다면 넌 더 크게 자랄 수 있었을 텐데. 하지만 너는 여기서 제대로 클 수 없었지. 작은 나무야. 난 네 기분이 어떤지 잘 알고 있어'라고 말해줬어요. 오늘 아침에 그 나무를 두고 오려니까 마음이 안 좋았어요. 그런 거에 정이 들게 마련이잖아요.

그렇지 않으세요? 그런데 초록 지붕 집 근처에 개울이 있나요? 스펜서 부인에게 묻는 걸 깜빡했네요."

"음, 있단다. 집 바로 아래 있지."

"딱 좋네요! 개울 근처에 사는 게 늘 꿈이었거든요. 실제로 이뤄질 수 있다고는 기대도 안 했지만요. 꿈이 현실이 되는 건 흔치 않잖아요. 현실이 된다면 정말 행복하겠죠? 하지만 지금은 하나만 빼고 거의 완벽하게 행복해요. 완전히 행복하지 않은 이유는…… 저, 이게 무슨 색깔처럼 보이세요?"

아이는 앙상한 어깨 위의 윤기 나는 머리를 획 들더니 매슈 눈앞에 들이댔다. 매슈는 여성의 긴 머리카락이 무슨 색이라고 말해본 경험은 없었지만 이 색은 생각할 필요가 없었다.

"빨간색이구나. 그렇지 않니?" 매슈가 대답했다.

아이는 세상 근심을 다 품은 듯 땅이 꺼져라 한숨을 쉬더니 길게 땋은 머리를 내려놓았다.

체념한 듯한 목소리였다. "맞아요. 빨간색이에요. 이제 제가 왜 완벽하게 행복할 수 없는지 아시겠죠? 머리카락이 빨간 사람은 아무도 없어요. 주근깨나 초록 눈, 몸이 마른 건 그다지 신경 안 써요. 그렇지 않다고 상상하면 그만이니까요. 아름다운 장밋빛 피부에 별 같은 보랏빛 눈동자를 가졌다고 상상할 수 있어요. 하지만 빨강 머리가 아니라는 상상은 도저히 못 하겠어요. 힘껏 상상해 봤어요. '이제 내 머리카락은 반질반질한 검은색, 까마귀

날개 같은 검은색이다.' 하지만 아무리 노력해도 머리카락이 새 빨갛다는 생각을 지울 수 없으니 정말 마음이 아파요. 평생 이것 때문에 슬플 거예요. 한번은 평생 슬픔 속에서 살아온 소녀가 나오는 소설을 읽었는데 빨강 머리 때문은 아니었어요. 석고 조각 같은 이마에서 구불구불하게 흘러내리는 그 애의 머리카락은 황금빛이었어요. 그런데 석고 조각 같은 이마가 뭔가요? 짐작도 못 하겠더라고요. 혹시 아시나요?"

"음, 글쎄 모르겠구나." 매슈는 약간 어지러운 거 같았다. 아무것도 모르던 어린 시절, 소풍을 갔다가 다른 남자애의 꼬임에 넘어가 회전목마를 탔을 때의 느낌과 비슷했다.

"그게 무슨 뜻이든, 그 애는 하늘이 내린 미인이었기 때문에 분명 좋은 뜻일 거예요. 그런 미인이 되면 어떤 느낌일지 상상해 본 적 있으세요?"

"음, 안 해본 거 같구나." 매슈가 솔직하게 말했다.

"전 해봤어요. 자주요. 혹시 엄청나게 아름다운 미인, 놀랍도록 똑똑한 천재, 천사 같은 마음씨를 가진 사람 중에 선택할 수 있다면 어떤 걸 고르실래요?"

"음, 글쎄다. 잘 모르겠는데."

"저도 모르겠어요. 도저히 고를 수가 없더라고요. 하지만 뭐든 실제로 되진 않을 테니 상관은 없지만요. 저는 천사처럼 착한 사람은 절대 못 될 거예요. 스펜서 부인이 그러는데, 아, 커스버트 아저씨! 아, 커스버트 아저씨! 어어, 아저씨!"

스펜서 부인이 그렇게 말한 건 아니었다. 아이는 마차 밖으로 떨어지지도 않았고 매슈가 놀라운 일을 한 것도 아니었다. 그저 마차가 모퉁이를 돌아 '가로수길'에 들어섰을 뿐이었다.

뉴브리지 주민들이 '가로수길'이라고 부르는 이 길은 400미터에서 500미터 정도의 쭉 뻗은 길로, 수년 전 어떤 늙은 별난 농부가 심은 사과나무로 완전히 둘러싸였다. 나뭇가지가 거대한 아치처럼 머리 위를 드리웠고 눈처럼 하얀 향기로운 꽃이 지붕처럼 일렬로 펼쳐졌다. 가지 사이로 얼핏 보이는 하늘은 보랏빛 황혼으로 가득했고, 멀리 보이는 해 질 녘은 성당 복도 끝의 거대한 장미 문양 창문처럼 반짝였다.

정신을 차리기 힘들 정도로 아름다운 풍경에 아이는 넋을 잃은 듯했다. 아이는 마차에 몸을 기대 마른 두 손을 꼭 포개고 눈앞에 펼쳐진 새하얀 장관을 황홀하다는 듯 바라보았다. 심지어 마차가 길을 빠져나와 뉴브리지로 가는 긴 비탈길을 내려올 때도 몸을 움직이지도, 입술을 달싹이지도 않았다. 그저 얼빠진 얼굴로 멀리 서쪽 일몰에 시선을 고정한 채, 빛나는 하늘을 가로지르는 놀랍고도 찬란한 풍광을 응시할 뿐이었다. 강아지가 짖고, 남자아이들이 웃고, 호기심에 찬 얼굴들이 창문을 내다보는 부산하지만 작은 마을인 뉴브리지를 지날 때도 마차 안은 조용하기만 했다. 5킬로미터를 더 가는 동안에도 아이는 계속 말이 없었다. 이 여자아이도, 그러니까 쉬지 않고 재잘대는 이 아이도 입을 다물 수 있었던 것이다. 그건 분명했다.

"꽤 피곤하고 배가 고픈가 보구나." 아이가 말도 없이 멍하니 앉아 있는 이유가 그거뿐일 거라고 짐작한 매슈가 드디어 입을 열었다. "이제 멀지 않았다. 1.6킬로미터 정도만 더 가면 된단다."

아이는 깊은 한숨을 쉬며 몽상에서 빠져나왔다. 별이 이끄는 먼 세상을 떠돌다 온 듯한 시선으로 매슈를 바라보았다. 그리고 자그마한 목소리로 이렇게 물었다. "아저씨, 우리가 지나온 새하얀 길, 거기가 어디라고요?"

매슈는 골똘히 생각했다. "음, '가로수길'을 말하는 거구나. 예쁜 길이지."

"예쁘다고요? 예쁘다는 단어로는 다 표현이 안 돼요. 아름답다는 단어도 아니고요. 한참 부족하죠. 그래요, 경이롭다. 경이로워요. 제가 본 것 중 상상보다 더 멋있었던 건 처음이었어요. 마음에 쏙 들어요." 그리고는 한 손을 가슴에 올렸다. "이상하게 간질간질하게 아픈데 기분 좋게 아파요. 아저씨도 이렇게 아파본 적이 있으세요?"

"음, 생각이 안 나는구나."

"저는 자주 그래요. 대단히 아름다운 걸 보면 그래요. 그나저나 저 사랑스러운 장소를 '가로수길'이라고 불러선 안 되는데. 그 이름에는 아무런 의미가 없잖아요. 뭐라고 불러야 하냐면, 어디 보자…… '기쁨의 하얀 길.' 정말 상상력이 샘솟는 이름 아닌 가요? 저는 장소나 사람의 이름이 마음에 안 들면 새로운 이름을 지어주고 그게 진짜 이름이라고 생각해요. 고아원에 헵시바 젠킨스라는 이름을 가진 여자애가 있었는데 저는 그 애가 로잘리아 드비어라고 상상했어요. 다른 사람은 그 길을 '가로수길'이라고 불러도 저는 늘 '기쁨의 하얀 길'이라고 부를래요. 집까지 진짜 1.6킬로미터밖에 안 남았나요? 좋기도 하고 안타깝기도 해요. 왜 안타깝냐면 이 길이 너무 좋아서요. 좋은 게 끝나면 늘 아쉽잖아요. 또 좋은 일이 생기겠지만 확실하지 않잖아요. 그리고 더 좋은 일이 일어나기는 조금 힘들고요. 제 경우는 그랬어요. 하지만 집에 다 와간다고 생각하니 정말 기뻐요. 지금까지 진짜 집에 살아본 적이 없어요. 정말로 진짜, 집에 간다고 생각하니까 아까 말했던 것처럼 가슴이 기분 좋게 아프네요. 아, 아름답지 않나요!"

마차는 작은 산머리에 올랐다. 아래로 연못이 길게 굽이쳐서 마치 강처럼 보였다. 연못 중간에는 다리가 놓였는데 다리부터 연못 낮은 쪽 가장자리까지 호박 빛깔의 모래 언덕이 넘실넘실 이어져 멀리 펼쳐진 짙푸른 바다를 막고 있었다. 바다는 시시때때로 색이 바꼈고 그때마다 장관을 연출했다. 보랏빛과 장밋빛 그리고 초록빛까지 미묘하게…… 숭고할 정도로 오묘한 그 색은 뭐라 설명할 길이 없었다. 다리 위의 연못은 무성한 전나무와 단풍나무 숲으로 이어졌고 잔잔한 물결 위로 어둑한 그림자를 드리웠다. 강둑에서부터 뻗어 나와 연못 위로 비치던 양벚나무는 마치 흰옷을 입은 소녀가 발을 담그고 있는 것 같았다. 연못의 맨 윗부분에 있는 습지에서 개구리의 애절하고도 감미로운 합창 소리가 또렷이 들려왔다. 비탈길 너머에는 하얀 사과꽃이 만개한 과수원 주변으로 작은 회색 집이 어렴풋이 보였고 아직 날이 어둡진 않았지만 창문에선 불빛이 새어 나왔다.

"저건 '베리의 연못'이란다." 매슈가 말했다.

"아, 그 이름도 마음에 들지 않네요. 뭐라고 불러야 하냐면, 어디 보자. '빛나는 물결의 호수.' 그래요. 그게 딱 맞는 이름이네요. 전율이 느껴지는 걸 보니 맞아요. 정확히 딱 맞는 이름이 생각나면 몸에 전율이 일어요. 아저씨도 몸에 전율이 느껴진 적이 있으시죠?"

매슈는 곰곰이 생각했다.

"음, 있는 거 같구나. 오이밭에 징그러운 흰 애벌레를 보면 늘 전율이 일지. 그 벌레들을 보는 게 싫거든."

"아, 정확히 같은 종류의 전율이라고는 할 수 없겠네요. 같은 걸까요? 애벌레랑 '빛나는 물결의 호수' 사이에는 관련성이 크게 없는 거 같은데요? 그나저나 왜 사람들은 그 연못을 '베리의 연못'이라고 부르나요?"

"아마도 베리 씨가 그 집에 살아서 그럴 거다. '과수원 비탈길'

이 베리 씨가 사는 집 이름이란다. 집 뒤로 저 커다란 숲이 없었다면 여기서 초록 지붕 집이 보일 텐데. 하지만 다리를 건너 돌아가야 하니까 800미터 정도는 더 가야지."

"베리 씨에게 어린 딸이 있나요? 아주 어린 애 말고요. 저만한 애요."

"열한 살짜리 딸이 하나 있지. 이름은 다이애나란다."

"와!" 아이는 길게 한숨을 쉬었다. "정말 사랑스러운 이름이네요!"

"음, 그건 잘 모르겠구나. 나한테는 약간 이교도적인 냄새가 풍기는 듯해서. 나는 제인이나 메리 같은 쉬운 이름이 더 좋다. 아무튼 다이애나가 태어났을 때 그 집에 선생이 하숙하고 있었단다. 그래서 그 선생이 아이 이름을 다이애나라고 지어줬지."

"저도 태어났을 때 선생님 같은 사람이 집에 있었다면 얼마나 좋았을까요. 아, 다리에 왔네요. 이제 눈을 꼭 감을 거예요. 다리를 넘어가는 게 무섭거든요. 다리 중간에 갔는데 갑자기 다리가 잭나이프처럼 반으로 접히면서 마차가 부서지는 장면을 자꾸 떠올리게 되어요. 그러니까 눈을 감을게요. 하지만 다리 가운데까지 갔을 때쯤 눈을 뜰 거예요. 왜냐면 다리가 진짜로 접힌다면 그걸 직접 보고 싶거든요. 우르르, 얼마나 굉장한 소리가 나겠어요! 우르르하고 무너지는 부분이 핵심이에요. 세상에 이렇게 재미있는 것들이 많다니 멋지지 않나요? 이제 다 왔네요. 이제 뒤로 돌아볼게요. 잘 자, '빛나는 물결의 호수'야. 저는 제가 좋아하는 상대한테는 늘 잘 자라고 인사해요. 사람들한테도요. 그러면 좋아하는 거 같거든요. 연못이 나를 보고 웃는 거 같아요."

마차가 언덕을 더 올라가서 모퉁이를 돌자 매슈가 말했다.

"이제 거의 집에 다 왔다. 저기가 초록 지붕 집인데……."

"아, 말하지 마세요." 아이가 허겁지겁 끼어들더니 매슈가 들어 올리려던 팔을 잡고 그 방향을 보지 않기 위해 눈을 꼭 감았다. "제가 맞춰볼게요. 진짜로 제가 맞출 수 있어요."

아이는 두 눈을 뜨고 주변을 둘러보았다. 언덕 정상이었다. 해는 어느덧 기울었지만 부드러운 저녁노을 덕분에 풍경은 여전히 또렷했다. 서쪽의 금잔화빛 하늘 위로 어스름하게 교회 첨탑이 솟아 있었다. 아래로는 작은 골짜기가 있고 드문드문 아늑한 농가가 낮은 동산 위로 길게 늘어섰다. 아이는 뜨거운 그리고 애절한 눈빛으로 이곳저곳을 재빨리 살폈다. 마침내 두 눈동자는 길에서 훌쩍 벗어나, 왼편에 우두커니 서 있는 한 집에 머물렀다. 둘러싸인 숲의 여명에 만개한 흰 꽃이 희미하게 보이는 집이었다. 구름 한 점 없는 남서쪽 하늘에 수정처럼 훤히 빛나는 커다란 별이 길잡이와 약속의 등불처럼 반짝였다.

"저 집이죠, 맞죠?" 아이가 가리키며 물었다. 매슈는 고삐로 적갈색 암말의 등을 가볍게 쳤다.

"음, 맞췄구나! 그래도 스펜서 부인이 말해줘서 네가 맞출 수 있었던 거 아니겠니."

"아니에요. 스펜서 부인이 해주신 말씀은 다른 집을 설명하는 거랑 큰 차이가 없었어요. 진짜로 어떤 집인지 전혀 몰랐어요. 하지만 저 집을 보자마자 느낌이 딱 왔어요. 아, 이건 분명히 꿈일 거예요. 지금 제 팔꿈치가 시퍼렇게 멍이 든 거 아세요? 오늘 너무 많이 꼬집었거든요. 이게 다 꿈일지도 모른다는 끔찍한 생각이 자꾸 올라와서 두려웠어요. 그래서 현실인지 보려고 꼬집어 봤는데 갑자기, 이게 실제 꿈이라 해도 최대한 오랫동안 꿈을 꾸는 게 낫겠다는 생각이 들었어요. 그래서 그만 꼬집기로 했죠. 하지만 이건 실제 일어나는 일이고 드디어 집에 다 온 거예요."

말할 수 없는 기쁨에 아이는 다시 침묵 속에 빠졌다. 매슈는 마음이 불편했다. 한편으로는 세상의 작은 방랑자 같은 아이에게 그렇게 기대했던 집이 결국엔 네 집이 아니라고 말해야 하는 게 자신이 아니라 마릴라여서 천만다행이라고 느꼈다. 마차는 린드 부인의 집을 지났다. 이미 날은 꽤 어둑해졌지만 린드 부인이 커다란 창으로 그들을 보지 못할 정도로 어둡진 않았다. 초록 지붕 집으로 가는 길고 좁은 길이 언덕 위로 펼쳐졌다. 마차가 도착했을 즈음 매슈는 본인도 이해할 수 없는 이상한 기분이 들었다. 그리고 이제 진실이 드러나겠구나 하고 생각하며 몸을 움츠렸다. 문제는 마릴라나 자신이 아니라 아이가 느낄 실망감이었다. 기대로 활활 타는 아이의 눈빛을 꺼트려야 한다고 생각하

자 양이나 염소 같은 순수한 작은 생명체를 죽일 때 몰려오는
감정과 비슷한 감정, 혹은 무언가를 죽이는 일을 도와야 한다는
불편한 감정이 일었다.

마차가 어두운 마당에 들어서자 주변에서 포플러 나뭇잎이
부드럽게 바스락거렸다.

매슈가 아이를 마차에서 땅으로 내려주자 아이가 작게 속삭
였다. "나무가 잠결에 말하는 것 좀 들어보세요. 얼마나 멋진 꿈
을 꾸고 있는 걸까요!"

그리고 아이는 자신의 전 재산이 담겨 있는 낡은 가방을 꼭
쥐고 매슈를 따라 집으로 들어갔다.

# 3
## 마릴라 커스버트가 놀라다

매슈가 문을 열고 들어오는 소리를 내자 마릴라는 서둘러 발걸음을 옮겼다. 하지만 마릴라의 눈에 들어온 건 한 여자애였다. 양 갈래로 땋은 빨간 머리에, 이글거리는 두 눈, 추레하고 뻣뻣한 원피스를 입은 이상한 여자아이를 보고 마릴라는 깜짝 놀라 걸음을 멈췄다.

"매슈 커스버트, 얘는 누구예요? 남자애는 어디 있어요?" 마릴라가 소리 질렀다.

매슈가 비참한 기분으로 말했다. "남자애는 없었어. 이 여자애만 있더라고."

매슈는 아이에게 이름을 묻지 않았다는 걸 깨달으며 아이를 향해 고개를 끄덕였다.

"세상에나! 남자애가 와야 했잖아요. 스펜서 부인에게 남자애를 데려오라고 전언을 보냈잖아요." 마릴라가 다그쳤다.

"그게, 스펜서 부인이 남자애가 아니라 저 애를 데려왔어. 물론 역장에게도 물어봤지. 저 여자애를 집에 데려올 수밖에 없었어. 오해가 있었어도 역에 그냥 둘 순 없잖아."

"아이고, 이게 도대체 무슨 일이야!" 마릴라가 외쳤다.

이렇게 대화가 흘러가는 동안 두 사람을 번갈아 쳐다보던 아이는 입을 다물었고 반짝이던 생기를 완전히 잃었다. 무슨 일이 일어난 건지 곧바로 이해한 듯했다. 소중히 들고 있던 가방을 툭 떨어뜨리고 한 걸음 앞으로 나오더니 두 손을 꽉 움켜쥐었다.

아이는 곧 울음을 터트렸다. "저를 원하지 않으시는군요! 제가 남자애가 아니라서요! 눈치를 챘어야 했는데. 아무도 저를 원하지 않아요. 어쩐지 계속해서 너무 아름다운 일들만 일어났어요. 나를 원하는 사람이 아무도 없단 걸 진작에 깨달았어야 했는데. 흑, 이제 어떻게 해야 해요? 울음이 터져 나올 거 같아요!"

아이는 정말로 눈물을 쏟기 시작했다. 탁자 옆에 있는 의자에 털썩 주저앉더니 팔을 탁자에 올려 얼굴을 묻고는 엉엉 울었다. 마릴라와 매슈는 난로를 사이에 두고 서로를 원망하듯 쳐다봤다. 둘 다 무슨 말을 해야 할지, 어떻게 행동해야 할지 몰라 난감

했다. 어쩔 수 없이 마릴라가 일을 해결하러 터벅터벅 나섰다.

"자, 이런 일로 울 거 없다."

"아니에요!" 아이가 고개를 치켜드니 눈물로 범벅이 된 얼굴과 떨리는 입술이 보였다. "아주머니라도 울 거예요. 고아인데, 내가 살게 될 집이라고 해서 왔는데 남자애가 아니라서 부모가 싫다고 한다면 어떨 거 같으세요? 아, 저한테 일어났던 일 중 가장 비참한 상황이에요!"

오랫동안 웃어본 적이 없던 마릴라는 어색했지만 얼굴에 미소 비슷한 걸 지어 보였다. 그러자 굳었던 얼굴이 부드럽게 풀어졌다.

"자, 인제 그만 울거라. 오늘 밤 문밖으로 내몰진 않을 거야. 이 일이 어떻게 된 건지 알아볼 때까지 여기서 지내야 하지 않겠니. 이름이 뭐니?"

아이는 잠시 망설였다.

"코델리아라고 불러주시겠어요?" 아이가 애원하는 투로 말했다.

"코델리아라고 불러달라고? 그게 네 이름이니?"

"아……니요. 제 이름은 아니지만 코델리아라고 불러주시면 좋겠어요. 완벽하게 우아한 이름이잖아요."

"도대체 무슨 말을 하는 건지 모르겠구나. 코델리아가 네 이름이 아니라면 진짜 이름이 뭐니?"

아이가 더듬거리며 말을 이었다. "앤 셜리에요. 하지만 제발 코델리아라고 불러주세요. 여기에 잠깐만 머무를 건데 저를 뭐라고 부르시든 상관없잖아요. 앤이란 이름은 너무 낭만적이지 않은 이름이에요."

마릴라는 이해할 수가 없었다. "낭만적이지 않다니, 무슨 말도 안 되는 소리냐! 앤은 흔히 사용되는 좋은 이름이다. 부끄러워할 필요가 없단다."

앤이 설명했다. "제가 부끄러워서 그런 게 아니에요. 다만 코델리아가 더 좋아서 그래요. 제 이름이 코델리아라고 늘 상상해 왔거든요. 적어도 지난 몇 년간은 그랬어요. 더 어릴 때는 제럴딘이라고 상상했었지만 이제는 코델리아가 더 마음에 들어요. 그래도 앤이라고 부르실 거라면, 앤의 철자 뒤에 e가 있다는 걸 생각하면서 불러주세요."

"철자가 다른 게 뭐가 중요하니?" 마릴라가 찻주전자를 들어 올리며 다시 한번 어색한 미소를 지었다.

"아, 아주 달라요. 훨씬 더 멋있어 보이거든요. 이름을 들으면 늘 머릿속으로 철자를 그려보지 않으세요? 종이에 쓰는 것처럼요. 저는 그렇게 할 수 있어요. Ann은 단순해 보이지만 Anne는 세련되어 보이잖아요. 끝에 e가 있는 앤으로 부르신다면 코델리아라고 불리지 않아도 괜찮다고 생각해 볼게요."

"그래, 알겠다. e를 쓰는 앤. 이 오해가 어떻게 생긴 건지 설명해 주겠니? 우린 스펜서 부인에게 남자애를 데려와 달라고 전언을 보냈거든. 고아원에 남자애가 없었니?"

"아니요. 아주 많았어요. 하지만 스펜서 부인은 열한 살 정도 되는 여자애를 원한다고 똑똑히 말씀하셨어요. 원장님이 제가 적당하겠다고 생각하셨죠. 제가 얼마나 기뻤는지 모르실 거예요. 너무 기뻐서 전날 잠도 못 잤어요. 휴." 앤은 매슈를 돌아보고 원망스럽다는 듯 물었다. "왜 역에서 제가 잘못 온 거라고 말씀 안 하셨나요? 역에 그냥 두지도 않으시고요? 제가 '기쁨의 하얀 길'이랑 '빛나는 물결의 호수'만 보지 않았어도 이 정도로 힘들진 않았을 거예요."

마릴라가 매슈를 쏘아보며 따졌다. "이게 도대체 무슨 말이에요?"

"오면서 나눴던 대화에 대해 이야기하는 건데……." 그러더니 매슈는 허겁지겁 문을 나섰다. "마릴라, 난 이제 나가서 말을 들여놔야겠어. 돌아오면 식사할 수 있게 준비 좀 해줘."

매슈가 나가자 마릴라가 계속해서 질문을 던졌다. "스펜서 부인이 너 외에 다른 아이도 데려왔니?"

"부인은 릴리 존스라는 아이를 데려가셨어요. 릴리는 다섯 살밖에 안 됐는데, 아주 예쁘게 생겼고 머리카락이 짙은 밤색이었어요. 제가 예쁘장하고 머리카락도 짙은 밤색이었다면 아주머니께서 저를 선택하셨을까요?"

"아니다. 우리는 매슈를 도와 농장 일을 할 남자아이가 필요해. 우린 여자애가 필요 없다. 자, 모자 벗어라. 복도 탁자에 모자와 가방을 올려두마."

앤은 모자를 얌전히 벗었다. 곧 매슈가 돌아왔고 셋은 저녁을 먹기 위해 식탁에 앉았다. 하지만 앤은 음식을 넘기지 못했다. 빵과 버터를 깨작거렸고 조개 무늬가 새겨진 작은 유리그릇에 담긴 사과 프리저브를 억지로 입에 넣을 뿐이었다. 먹는 속도도 여전히 느렸다.

"아무것도 먹질 않는구나." 마릴라가 심각한 단점을 찾은 양 앤을 날카롭게 쳐다보았다. 앤이 한숨을 쉬었다.

"못 먹겠어요. 절망의 늪에 빠졌거든요. 절망에 늪에 빠져 있는데 음식을 넘길 수 있으세요?"

마릴라가 대답했다. "절망의 늪에 빠져본 적이 없어서 모르겠구나."

"빠져본 적이 없으세요? 그럼, 절망에 늪에 빠진 거 같다고 상상해 본 적도 없으세요?"

"없다."

"그러시다면 어떤 기분인지 모르실 거예요. 굉장히 거북한 감정이에요. 음식을 삼키려고 하면 목구멍에서 넘어가질 않아 아무것도 먹지 못하죠. 초콜릿 캐러멜이라도요. 2년 전에 한 번 먹어봤는데 정말이지 황홀한 맛이었어요. 그때부터 초콜릿 캐러멜을 잔뜩 안고 있는 꿈을 여러 번 꿨지만 막 먹으려는 순간 늘 잠에서 깼죠. 제가 음식을 잘 못 먹는다고 기분이 상하지 않으셨으면 해요. 모든 음식이 맛있어 보이지만 지금은 먹을 수가 없어요."

헛간에서 돌아온 후로 말 한마디 없던 매슈가 입을 열었다. "아이가 피곤한가 봐. 마릴라, 재우는 게 낫겠어."

마릴라는 앤을 어느 침대에 재워야 할지 고민 중이었다. 당연히 남자애가 올 줄 알고 부엌방에 긴 소파를 마련해 둔 터였다. 그러나 깨끗하게 정돈되어 있긴 했지만 어쩐지 여자애를 누이기엔 맞지 않는 거 같았다. 떠돌이같이 삐쩍 마른 아이에게 손님방을 내주자니 그건 말도 안 될 일이었다. 그러니 남는 방은 동쪽 다락방뿐이었다. 마릴라는 초를 켜고 앤에게 따라오라고 했다. 앤은 기운 없이 흐느적거리며 따라갔고 복도 탁자를 지나칠 때 모자와 가방을 챙겼다. 복도는 무서울 정도로 깨끗했다. 심지어 앤이 방금 발을 들여놓은 다락방은 더 깨끗했다.

마릴라는 발이 세 개 달린 삼각 탁자에 초를 놓고 이부자리를 준비했다.

"잠옷은 있겠지?" 마릴라가 물었다.

앤이 고개를 끄덕였다.

"네, 두 벌 있어요. 고아원 원장님이 만들어주셨죠. 끔찍하게 작지만요. 고아원에는 물건이 넉넉하지 않으니까 늘 작은 옷만 입게 되어요. 적어도 우리 고아원같이 가난한 곳은요. 잠옷이 꽉 끼는 건 정말 싫지만 그런 잠옷을 입어도 목에 프릴이 달린 찰랑거리는 예쁜 잠옷을 입었을 때랑 똑같은 꿈을 꿀 수 있으니, 그게 하나의 위안이죠."

"자, 빨리 옷 벗고 침대에 누워라. 조금 있다 초를 가지러 오마. 너한테 감히 초를 맡길 순 없지. 불을 낼지도 모르잖니."

마릴라가 나가고 난 뒤 앤은 아쉽다는 듯 방을 빙 둘러보았다. 회반죽이 칠해진, 비참할 정도로 텅 빈 벽이 앤을 노려보는 것 같았다. 그래서 앤은 벽이 너무 헐벗어 아픈 게 틀림없다고 생각했다. 바닥에도 처음 보는 모양의 둥그런 매트만 덩그러니 깔렸고 나머지는 텅 비어 있었다. 한쪽 구석에는 높다란 침대가 놓였는데 낮고 어두운 기둥 네 개가 달린 침대였다. 맞은편 구석에는 아까 봤던 삼각 탁자가 있었다. 탁자에 놓인 붉은색 벨벳 핀 쿠션은 아무리 단단한 핀이라도 금방 휠 것처럼 빵빵했다. 탁자 위로는 가로 세로가 15센티미터, 20센티미터 정도인 거울이 걸려 있었다. 탁자와 침대 사이의 창문 위에는 얼음같이 하얀 모슬린 주름 장식이 달렸고 반대쪽으로는 세면대가 있었다. 방 전체가 달리 설명할 수 없을 정도로 경직된 분위기였고 앤은 뼛속까지 한기를 느꼈다. 앤은 훌쩍이며 서둘러 옷을 벗어던지고 꽉 끼는 잠옷으로 갈아입었다. 침대로 올라간 앤은 베개에 얼굴을 묻고 이불을 머리 위로 뒤집어썼다. 초를 가지러 온 마릴라는 바닥에 너저분하게 흩어진 해진 옷들과 침대 위에서 격렬하게 들썩이는 이불의 움직임만으로 이 방에 앤이 있다는 것을 알았다.

마릴라는 앤의 옷을 집어 들어 노란 의자 위에 반듯이 놓은 다음, 초를 들고 침대로 다가갔다.

"잘 자라." 약간 어색했지만 불친절한 말투는 아니었다.

앤이 갑자기 이불을 내리며 새하얀 얼굴과 큰 눈을 드러냈다.

"제가 겪었던 밤 중에 제일 슬픈 밤이 될 걸 뻔히 아시면서 어떻게 잘 자라는 말을 할 수 있으세요?"

그러고는 앤은 다시 이불 속으로 파고들어 몸을 숨겼다.

마릴라는 천천히 부엌으로 내려와 설거지를 했다. 매슈는 담배를 태우고 있었다. 마음이 복잡하다는 분명한 표현이었다. 마릴라가 흡연은 못된 습관이라며 반대했기에 매슈는 담배에 거의 손을 대지 않는 편이었다. 하지만 어떤 일이 있거나 특정 계절이 되면 담배가 당길 때가 있다는 걸 마릴라도 어렴풋이 알았고, 남자들도 감정을 풀어내야 할 때가 있다는 것을 이해하고 눈감아 주었다.

"어떻게 이렇게 난처한 일이 벌어졌을까요? 직접 안 가고 전언을 보내니 이런 일이 생긴 것 같네요. 암만해도 리차드 스펜서의 가족이 전언을 잘못 전한 거 같아요. 물론 내일 우리 둘 중 하나는 직접 가서 스펜서 부인을 만나야겠죠. 저 여자애는 고아원으로 돌려보내야 해요."

"아무래도 그렇겠지." 매슈는 탐탁지 않았다.

"아무래도 그렇겠지라니요! 사태의 심각성을 모르세요?"

"아니, 마릴라, 아이가 참하고 귀엽더라고. 저렇게 여기에 살고 싶어 하는 데 돌려보내야 하니 안됐지."

"오라버니, 여자애를 키우자는 말은 아니겠죠!"

아이가 마음에 든다고 매슈가 스스럼없이 표현했더라도 마릴라가 이 정도로 놀라지는 않았을 것이다.

"아니, 그, 그게…… 그건 아니지." 매슈는 속마음을 정확히 말해야 하는 곤란한 처지에 몰리자 말을 더듬었다. "그러니까, 그 애를 키우기는 힘들 거라고……."

"물론이죠. 그 애가 우리에게 무슨 도움이 되겠어요?"

매슈가 별안간 이렇게 말했다. "우리가 그 애에게 도움이 될 수는 있지."

"오라버니, 아이에게 이미 홀랑 넘어갔군요! 아이를 데리고 있으려는 게 너무나 빤히 보여요."

매슈가 집요하게 말을 이어갔다 "그러니까, 아이가 참 흥미롭고 귀엽더라고. 역에서 올 때 걔가 하는 말을 네가 들었어야 했는데."

"아유, 애가 말은 엄청 빠르더라고요. 그건 바로 알겠어요. 하지만 그건 아이의 장점이 아니에요. 말 많은 애는 딱 질색이에요. 고아 여자애는 원하지도 않고 원한다고 해도 내가 키우고 싶어 할 만한 애가 아니에요. 좀 이해하기 힘든 면이 있어요. 아니야, 그 애는 왔던 곳으로 당장 돌아가야 해요."

매슈가 말했다. "프랑스 남자애를 고용해서 내 일을 돕게 하면 되지. 그 애는 당신 말동무를 하고. 어때? 좋잖아."

마릴라가 짧게 답했다. "나는 말동무 필요 없어요. 애를 데리고 있지 않을 거예요."

"그럼, 마릴라 뜻대로 해야지. 그래야지." 매슈가 일어나며 담뱃대를 치웠다. "난 자러 간다."

매슈는 침실로 갔다. 마릴라 또한 그릇을 치우고 침실로 가면서 단호한 표정으로 얼굴을 찌푸렸다. 위층 동쪽 다락방에는 사람의 정을 받아본 적이 없고 친구도 없는 외로운 아이가 울다 지쳐 잠들었다.

# 4
# 초록 지붕 집의 아침

앤이 눈을 뜨자 방은 이미 눈부신 햇살로 가득했다. 앤은 침대에 걸터앉아 영롱한 햇살이 쏟아지는 창문을 바라보았다. 파란 하늘 아래 하얀 깃털 같은 무언가가 흔들렸고, 앤은 그 모습을 혼란스럽게 바라봤다.

앤은 순간 자신이 어디에 있는지 깨달았다. 늘 그렇듯 좋은 일이 생기면 기분 좋은 전율이 일다가도 금방 끔찍한 기억이 떠올랐다. 이곳은 초록 지붕 집이고 앤은 남자아이가 아니라 이 집에서 살 수 없다!

하지만 지금은 아침이었고 창문 밖으로 벚꽃이 한 폭의 그림처럼 피어 있었다. 앤은 침대에서 일어나 한달음에 방을 가로질렀다. 창문은 오랫동안 열지 않은 듯 끼익하며 뻣뻣하게 올라갔다. 너무 뻑뻑해서 받침대를 따로 받쳐둘 필요도 없었다.

무릎을 꿇고 6월의 아침을 바라보는 앤의 두 눈동자에 기쁨이 흘러넘쳤다. '정말, 아름답고 사랑스럽구나! 하지만 여기에 살지 못한다니…….' 그래도 앤은 자신이 이 집에 살게 됐다고 상상하기 시작했다. 이 집은 상상의 날개를 마음껏 펼칠 수 있는 곳이었다.

커다란 벚나무는 창문 바로 앞에 있었기 때문에 가지가 집까지 닿았다. 꽃이 어찌나 조밀하게 피었는지 나뭇잎이 보이지 않을 정도였다. 집 양쪽으로도 나무들이 많았다. 한쪽은 사과나무, 다른 한쪽은 벚나무였는데 역시 꽃잎이 눈처럼 휘날렸다. 나무 밑으로 펼쳐진 잔디는 온통 민들레 천지였다. 아래쪽 정원에는 보랏빛을 뽐내는 라일락꽃이 정신이 혼미해질 정도로 진한 향기를 바람에 실어 창문까지 보내왔다.

정원의 아래쪽에는 초록빛의 클로버가 개울까지 뒤덮였고 흰 자작나무가 비탈길을 따라 무성하게 자라났다. 관목이 울창한 골짜기에는 고사리나 이끼, 숲에만 사는 자그마한 식물이 무성할 거라고 상상할 수 있었다. 골짜기 너머 언덕에는 깃털처럼 가벼워 보이는 가문비나무와 전나무가 파릇파릇했다. 전날 앤이 '빛나는 물결의 호수' 건너편에서 봤던 자그마한 회색 집의 뾰족

지붕과 언덕 사이에 있는 고갯길도 보였다.

왼쪽으로 멀리 떨어진 곳에는 커다란 헛간이 있었고 헛간 너머로 야트막한 푸른 들판을 지나면 반짝이는 청색 바다가 살짝 보였다.

아름다운 것을 사랑하는 앤은 이 모든 풍경을 오래도록 음미하며 마치 걸신들린 듯 하나하나 눈에 새겨넣었다. 지금까지 끔찍한 장소들만 보아왔던 불쌍한 아이에게 이 마을은 꿈에서나 볼 수 있었던 아름다운 풍경이었다.

앤은 창가에 무릎을 꿇고 앉아 주변을 둘러싼 사랑스러운 풍경에 정신이 홀랑 팔렸다. 그때 누군가 앤의 어깨에 손을 올렸고, 소녀는 깜짝 놀랐다. 이 작은 몽상가가 아무 소리도 듣지 못한 사이 마릴라가 들어와 있었던 것이다.

"옷 입을 시간이다." 단조로운 목소리였다.

아이와 대화하는 법을 몰랐던 마릴라는 앤과 말하는 게 불편하고 낯선지라 마음과 달리 말이 짧고 퉁명스럽게 나왔다.

앤이 일어나서 길게 한숨을 뱉었다. "정말 멋진 풍경 아닌가요?"

바깥에 펼쳐진 멋진 세상을 향해 손을 빙글 휘두르며 앤이 말했다.

마릴라가 대답했다. "그래, 큰 나무지. 꽃은 탐스럽게 피지만 열매는 보잘것없단다. 작은 데다 벌레가 끼지."

"아, 나무만 가리킨 게 아니었어요. 물론 나무도 아름답죠. 빛

이 날 정도로 아름다워요. 아주 작정하고 꽃을 피우는 거 같아요. 하지만 제가 가리킨 건 정원이랑 과수원, 개울, 숲, 이 세상 전부였어요. 이런 아침에는 뭐든 사랑할 수 있을 것 같지 않으세요? 개울이 여기까지 졸졸 흐르면서 계속 웃는 거 같아요. 개울이 얼마나 흥이 많은지 아세요? 항상 웃고 있다니까요. 심지어 겨울에 얼음 아래에서도 웃는 소리가 들릴 정도죠. 초록 지붕 집 가까이에 개울이 있어서 기뻐요. 여기 안 살 건데 무슨 상관이냐고 생각하실지도 모르지만 저한테는 상관이 있어요. 다시는 이 개울을 못 본다고 해도 저는 초록 지붕 집 옆에 있던 개울을 늘 기억할 거예요. 만약 여기 개울이 없었다면, 개울이 있었어야 한다는 생각이 계속 들 거예요. 신경에 거슬릴 정도로요. 오늘 아침은 절망의 늪에 빠진 기분이 들지 않아요. 아침에는 그런 기분이 들 수가 없죠. 아침이 있다는 건 굉장히 멋진 일 아닌가요? 하지만 아주 슬프기도 해요. 조금 전까지 아주머니가 진짜 원하는 건 나라고, 여기서 영원히 살게 될 거라고 상상하는 중이었거든요. 상상하는 동안에는 굉장히 편안했어요. 하지만 상상할 때 제일 나쁜 점은 멈춰야 할 때가 오는 거고 그건 참 가슴 아픈 일이죠."

말할 틈이 생기자마자 마릴라가 입을 열었다. "얼른 옷 입고 내려와라. 상상은 그만두는 게 좋겠다. 아침 식사 다 되었다. 세수하고 머리 빗어라. 창은 열어두고 이불은 개서 침대 발치에 정리하고. 최대한 영리하게 행동하렴."

　앤은 영리하게 굴어야 할 이유가 충분했으므로 10분 내로 옷을 단정히 입고 머리를 빗어 땋고 말끔히 세수한 다음, 마릴라 아주머니가 시킨 건 모두 다 했다는 생각에 뿌듯한 마음으로 계단을 내려갔다. 하지만 사실 이불 개는 건 까맣게 잊어버렸다.

　앤이 마릴라가 놓아둔 의자에 앉으며 크게 말했다. "오늘 아침에는 식욕이 샘솟네요. 세상이 어젯밤처럼 황량한 광야 같지 않아요. 아침에 해가 나서 얼마나 다행인지 몰라요. 비 오는 아침도 좋아하긴 하지만요. 아침은 전부 다 흥미롭죠. 그렇죠? 하루 동안 무슨 일이 일어날지 모르니까 상상할 수 있는 범위가 아주 넓잖아요. 하지만 오늘은 비가 안 와서 다행인 게 날이 좋으면 기운이 막 샘솟고 괴로운 일도 더 잘 참을 수 있잖아요. 제 앞에는 이겨내야 할 괴로운 일들이 잔뜩 쌓여 있거든요. 슬픈 소설책을 읽으면서 씩씩하게 아픔을 이겨내고 있다는 상상도 좋지만, 사실은 실제로 힘든 일이 닥치면 괴롭죠, 그죠?"

　"맙소사, 제발 입 좀 다물어라. 쪼그만 아이가 말이 너무 많구나." 마릴라가 말했다.

　그러나 막상 앤이 얌전히 입을 다물고 한 마디도 하지 않자 분위기가 어색해졌다. 마릴라는 여간 불편한 게 아니었다. 늘 그렇듯 매슈 또한 입을 열지 않았다. 마릴라는 쥐 죽은 듯한 침묵 속에서 식사를 해야만 했다.

시간이 흐를수록 앤은 점점 더 멀리 딴 세상으로 가는 듯 무의식적으로 밥만 먹었고 커다란 두 눈은 멍하니 창밖의 하늘만 바라봤다. 그 모습을 보고 있자니 마릴라는 더욱 좌불안석이었다. 이 이상한 아이의 몸은 여기 식탁에 있지만 마음은 상상의 날개를 달고 비현실적인 꿈의 세계를 붕붕 날아다니는 것 같았다. 이런 애를 누가 키우겠다고 할까?

이런데도 매슈가 아이를 키우고 싶어 하다니! 마릴라는 매슈가 어젯밤 이후로 결심에 변함이 없고 앞으로도 그럴 거라고 짐작할 수 있었다. 그게 매슈의 특징이었다. 한번 생각하기 시작하면 조용하지만 완고하게 그 생각에만 철썩 달라붙었다. 시끄럽게 떠들어대는 것보다 열 배는 더 강력하고 효과적이었다.

식사를 마치자 앤이 상상에서 빠져나오더니 설거지를 하겠다고 나섰다.

"제대로 씻을 수 있겠니?" 마릴라가 믿을 수 없다는 듯 물었다.

"그럼요. 하긴 아이들을 돌보는 일을 더 잘하지만요. 그쪽으로 경험이 정말 많거든요. 여기엔 제가 돌볼 아이가 없어서 아쉽네요."

"너 하나 여기 있는 것만으로 이리 벅차니 챙겨야 할 아이가 왜 더 있어야 하는지 모르겠구나. 어떻게 생각해 봐도 네가 문제다. 너를 어째야 할지 모르겠구나. 매슈는 정말 이상한 사람이야."

앤은 다르게 생각하는 거 같았다. "저는 아저씨가 아주 좋은 분이라고 생각해요. 이야기도 잘 들어주시고요. 제가 떠들어도 괜찮다 하시고 오히려 좋아하시는 거 같았어요. 아저씨를 보자마자 마음이 잘 통할 걸 알겠더라고요."

"둘 다 꽤 별나긴 하지. 마음이 통한다는 게 그 뜻이라면 말이다." 마릴라가 콧방귀를 꼈다. "그래, 설거지를 해보렴. 뜨거운 물을 충분히 넣고 닦은 다음 물기를 확실히 없애라. 오후에는 화이트샌즈로 마차를 몰고 가서 스펜서 부인도 만나야 하니 아침에 할 일이 차고 넘친다. 너는 나랑 같이 가서 이제 어떻게 할지 결정해야 해. 설거지 끝나면 올라가서 침대 정리해라."

마릴라가 매서운 눈으로 지켜보는 가운데 앤은 생각보다 설거지를 잘 끝냈다. 침대를 정리하는 일은 좀 어설펐는데 깃털 이불을 매만지는 법을 배운 적이 없었기 때문이다. 하지만 어떻게든 털고 정리해서 잘 마무리했다. 그런 다음 마릴라는 아이를 치워버릴 요량으로 식사 때까지 밖에 나가 놀라고 했다.

앤은 얼굴이 환해지더니 눈을 반짝이며 문으로 달려갔다. 하지만 문지방에 이르자마자 갑자기 멈춰 서더니 빙그르르 돌아 식탁에 앉았다. 누군가 촛불 소등기로 불을 끈 것처럼 아이의 얼굴에서 빛이 순식간에 사라졌다.

마릴라가 물었다. "이번엔 또 왜 그러니?"

앤은 세속적인 기쁨을 모두 내려놓은 순교자처럼 말했다. "밖에 못 나가겠어요. 여기에 살 수 없는데 초록 지붕 집을 사랑하는 게 다 무슨 소용이에요. 밖에 나가서 나무랑 꽃, 과수원, 개울까지 모두와 친해지면 사랑하게 될 거예요. 지금도 충분히 힘든데 더 힘들어지긴 싫어요. 모든 식물이 저를 부르는 거 같아서 밖에 나가고 싶지만요. '앤, 앤, 나와봐. 우리 같이 놀자.' 하지만 안 나가는 게 나아요. 억지로 헤어져야 한다면 사랑할 필요가 없잖아요. 그렇지 않나요? 사랑하는 것과 억지로 헤어지는 건 너무 힘들어요. 그래서 여기에 살게 된다고 생각했을 때 너무 기뻤어요. 여긴 사랑하고 싶은 것이 널려 있고 이제 마음껏 사랑해도 되는 줄 알았거든요. 하지만 그 꿈은 짧게 끝났네요. 이제 겨우 운명 앞에 무릎을 꿇었는데 다시 운명과 싸우고 싶은 마음이 들까 봐 나가지 않을 작정이에요. 그런데 창턱에 있는 저 제라늄은 이름이 뭔가요?"

"그건 사과 향 제라늄이란다."

"아, 종류 말고요. 아주머니가 지어준 이름이요. 이름 지어주지 않으셨어요? 제가 지어도 될까요? 뭐라고 하냐면, 어디 보자. '보니'가 좋겠네요. 제가 여기 있는 동안에는 '보니'라고 불러도 될까요? 제발, 그렇게 하게 해주세요!"

"맙소사. 난 상관없다. 도대체 제라늄에 이름을 왜 붙이는 거니?"

"제라늄이라도 이름이 있었으면 해서요. 그러면 더 사람 같잖아요. 제라늄이 그냥 제라늄으로만 불리면 기분 나빠할지도 모르잖아요. 여자들에게 여자라고만 부른다면 기분이 어떻겠어요? 그래요. '보니'라고 불러야겠어요. 다락방 창문에 있던 벚나무도 제가 아침에 이름을 지어줬어요. 눈처럼 희니까 '눈의 여왕'이라고 지었죠. 물론 꽃이 늘 피어 있진 않지만 피어 있다고 상상할 수 있으니까요. 그럴 수 없을까요?"

"내 평생 저런 애는 처음 보네, 정말." 마릴라는 감자를 가지러 지하창고로 내려가면서 등을 돌리고 중얼거렸다. "매슈 말대로 흥미로운 애라고 할 수는 있겠네. 다음엔 대체 무슨 말을 쏟아낼지 궁금하긴 하니까. 나도 마음이 흔들리네. 아이에게 넘어가는 걸까. 이미 매슈는 넘어간 거 같은데. 조금 아까 밖에 나가면서 나를 쳐다보던 표정에서도 다 드러났어. 어제 마음과 다르지 않다고 말이야. 매슈가 다른 남자들처럼 말 좀 하면 얼마나 좋아. 그러면 말대꾸라도 하며 차근차근 따져볼 수도 있잖아. 하지만 눈만 멀뚱멀뚱 뜨고 있는 남자랑 무슨 대화를 하겠어?"

마릴라가 창고에서 돌아왔을 때, 앤은 턱을 손으로 받치고 하늘을 쳐다보며 공상에 빠져 있었다. 그래서 마릴라는 점심을 차릴 때까지 아이를 그냥 두었다.

"매슈, 오후에 내가 말을 몰고 가야겠지요?" 마릴라가 물었다.

매슈는 고개를 끄덕이고 안타깝다는 듯 앤을 바라보았다. 마릴라는 시선을 뚝 자르며 단호히 말했다.

"화이트샌즈로 가서 이 일을 해결해야겠어요. 앤을 데리고 스펜서 부인에게 가면 부인이 아이를 노바스코샤로 돌려보낼 일정을 금방 잡을 수 있겠죠. 마실 차는 준비해 놓을 거고 우유 짜는 시간에 맞춰 집에 돌아올 거예요."

매슈가 여전히 입을 다물고 있자 마릴라는 말하는 데 쓸데없는 힘을 썼다는 생각이 들었다. 대답하지 않는 남자보다 더 짜증나는 건 없었다. 물론 대답하지 않는 여자도 마찬가지지만.

매슈는 마릴라와 앤이 타고 갈 마차에 암말을 묶었다. 마당 문을 열자 마차가 천천히 빠져나갔다. 매슈는 딱히 누굴 쳐다보지도 않고 혼자 중얼거리듯 말했다.

"오늘 아침에 크리크에서 제리 부트라는 남자애가 왔기에 내가 여름에 일을 좀 도와달라고 했지."

마릴라가 아무런 대꾸도 없이 채찍으로 어찌나 사납게 말을 내리쳤는지 이렇게 맞아본 적이 없는 적갈색 암말은 놀라운 속도로 횡 하고 달려나갔다. 마차가 질주하자 마릴라는 뒤를 돌아보았다. 심각한 얼굴의 매슈가 문에 기대어 안타까운 얼굴로 마차를 바라보고 있었다.

# 5

## 앤이 자라온 이야기

앤이 비장하게 말했다. "마릴라 아주머니, 저는 오늘 즐겁게 가기로 결심했어요. 마음만 굳게 먹으면 거의 모든 일을 즐겁게 할 수 있어요. 제 좌우명이에요. 물론 아주 단단히 결심해야 하지만요. 마차를 타고 가는 동안에 고아원으로 돌아간다는 생각은 안 하려고요. 지금 가는 길만 생각할 거예요. 보세요. 들장미가 벌써 피었어요! 정말 예쁘지 않나요? 장미로 태어나면 기쁘겠죠? 장미가 말을 할 수 있다면 얼마나 좋을까요? 아주 예쁜 말만 할 거예요. 분홍색이야말로 세상에서 가장 매력적인 색 아닐까요? 제가 참 좋아하는 색깔이긴 하지만 저는 분홍색 옷을 입을 수가 없어요. 머리카락이 빨간 사람들은 분홍색 옷을 못 입어요. 꿈도 못 꾸죠. 혹시 아주머니께서 어렸을 때 머리카락이 빨간색이었다가 커서 색깔이 변한 사람이 있다는 이야기를 들어본 적이 있을까요?"

마릴라가 냉랭하게 대답했다. "모르겠다. 아는 사람 중엔 없으니까. 네 머리를 보니 변할 거 같진 않구나."

앤이 한숨을 뱉었다.

"아, 희망이 또 하나 사라졌네요. '내 인생은 묻어버린 희망들의 완벽한 묘지다.' 책에서 읽은 문장인데 실망할 때마다 마음의 위로를 받으려고 외우곤 해요."

"그 말이 왜 위로가 되는지 모르겠구나."

"왜긴요. 마치 제가 소설 속 여자 주인공인 것처럼 너무 낭만적이고 멋있게 들리잖아요. 저는 낭만적인 걸 참 좋아하는데 묻어버린 희망으로 가득한 묘지라니, 상상할 수 있는 말 중 가장 낭만적인 말 아닌가요? 이런 문장을 알고 있어서 기쁘기까지 한걸요. 오늘은 '빛나는 물결의 호수'를 지나가나요?"

"'빛나는 물결의 호수'가 '베리의 연못'을 말하는 거라면 거긴 안 지나간다. 바닷가 길로 갈 거야."

앤이 꿈꾸는 듯한 목소리로 말했다. "바닷가 길이라니, 멋져요. 그 길은 이름처럼 멋있나요? 아주머니가 '바닷가 길'이라고 말하는 순간 저는 마음속에 딱 그려졌어요. 정말 빠르죠! 화이트샌즈도 예쁜 이름이긴 하지만 에이번리만큼 마음에 들진 않아요. 에이번리는 아름다운 이름이에요. 이름에 리듬감이 있잖아요. 화이트샌즈까지는 얼마나 멀어요?"

"8킬로미터 정도 된다. 그리고 네가 계속 떠들기로 작정한 듯한데 이왕 하는 김에 너 자신에 관해 이야기하면 어떻겠니?"

앤이 열심히 설명했다. "어, 저에 관한 이야기는 정말 할 게 없어요. 그보다 제가 상상한 이야기를 들으시는 게 훨씬 더 흥미로우실 거예요."

"아니다. 나는 네 상상은 듣고 싶지 않아. 정확한 사실만 말해봐. 처음부터 시작해 보렴. 어디서 태어났고 몇 살이니?"

사실만 또박또박 말해야 한다는 생각에 앤은 한숨부터 내쉬었다. "지난 3월에 11살이 되었어요. 노바스코샤의 볼링브룩에서 태어났고요. 아버지 이름은 월터 셜리, 볼링브룩 고등학교 선생님이셨고요. 어머니는 버사 셜리예요. 월터와 버사라니, 참 좋은 이름이죠? 부모님 이름이 멋져서 기뻐요. 아버지 이름이 제데디아 같은 거라면 창피하지 않겠어요?"

마릴라는 앤에게 도움이 될 만한 올바른 교훈을 가르쳐야겠다는 생각이 들었다.

"사람이 행동만 바르게 한다면야 이름이 뭐든 전혀 상관없단다."

앤은 생각에 잠긴 투로 말했다. "글쎄요. 책에서 '장미가 다른 이름으로 불렸어도 똑같이 향기가 날 거[*]'라는 글을 읽었지만 믿을 순 없더라고요. 장미를 엉겅퀴나 앉은부채라고 부른다면 그렇게 좋은 향이 날 것 같지는 않아요. 아버지는 심지어 제데디아라는 이름이었어도 좋은 사람이었을 테지만요. 그래도 그런 이름이라면 짊어져야 할 십자가였겠죠. 음, 엄마도 고등학교 선생님이었지만 아버지와 결혼하고 나서 당연히 그만두셨어요. 남편만 해도 챙길 게 많잖아요. 토마스 부인이 제 부모님은 순진한 아기 같은 한 쌍이었고 교회 쥐처럼 가난했대요. 볼링브룩에 있는 코딱지만한 노란 집에서 살림을 시작했고요. 저는 그 집을 본 적이 없지만 수천 번 넘게 상상해 보았죠. 거실 창문 위로는 인동덩굴이 보이고 앞마당에는 라일락이, 문 바로 안쪽에는 백합이 피었어요. 그리고 모든 창문에는 모슬린 커튼이 달렸죠. 모슬린 커튼을 달면 집에 산뜻한 분위기가 나잖아요. 저는 그 집에서 태어났어요. 토마스 부인이 그때까지 본 아기 중 제가 제일 못생긴 아기였대요. 뼈만 앙상하고 쪼그매서 눈밖에 안 보였지만 그래도 어머니는 제가 완벽하게 예쁜 아기라고 하셨대요. 그래도 청소하러 오신 아주머니보다는 제 어머니가 더 잘 판단하셨겠죠? 그렇지 않을까요? 제가 어떻게 생겼든 저를 좋아하셨다니 정말 기뻐요. 어머니가 저를 보고 실망하셨다면 정말 슬펐을 거

---

[*]  셰익스피어의 『로미오와 줄리엣』 중 줄리엣의 대사다.

예요. 어머니가 저를 낳고 그리 오래 살지 못하셨거든요. 제가 겨우 100일이 되었을 때 열병으로 돌아가셨어요. 어머니라고 불러본 기억이 있을 정도로 오래 사셨다면 얼마나 좋았을까요. '어머니'라는 말은 정말 다정한 느낌이 들잖아요. 그리고 아버지도 역시 열병으로 나흘 후에 돌아가셨어요. 그래서 저는 고아가 됐죠. 주변 사람들이 어쩔 줄 몰라 해서 토마스 부인이 저를 어떻게 할지 결정해야 했대요. 그러니까 그때도 저를 원한 사람은 없었죠. 그게 제 운명인가 봐요. 아버지, 어머니 두 분 다 고향이 멀었기 때문에 주변에 친척이 없는 것도 다 아셨거든요. 결국에는 가난한 데다 주정뱅이 남편까지 있던 토마스 부인이 저를 데려가겠다고 했대요. 직접 키우셨죠. 근데 우유를 먹여가며 손수 키운 아이는 뭔가 달라야 하나요? 왜냐면 제가 말썽을 부릴 때마다 토마스 부인은 당신이 손으로 직접 키웠는데 어떻게 이렇게 못되게 굴 수 있냐고 하셨거든요. 원망스럽다는 투로요."

"토마스 아저씨와 아줌마는 볼링브룩에서 메리스빌로 이사 갔고 저는 거기서 여덟 살이 될 때까지 살았어요. 그 집 아이들 돌보는 일을 했어요. 저보다 어린 애가 네 명 있었어요. 서로 어찌나 똑 닮았던지. 그런데 토마스 아저씨가 선로에 추락해서 기차에 깔려 돌아가시고 말았어요. 아저씨의 어머니가 토마스 아주머니에게 같이 살자고 했지만 저까지 원하신 건 아니었어요. 또다시 토마스 아줌마가 저를 어떻게 해야 할지 결정해야 했죠.

그런데 강 위쪽에 사는 해먼드 아줌마가 내려와서 제가 아이를 돌보는 데 도움이 되겠다며 데려가겠다고 했어요. 그래서 저는 해먼드 아줌마랑 강을 따라 올라가 그루터기 사이의 작은 공터에 지어진 집으로 갔죠. 정말 외로운 곳이었어요. 상상력이 없었다면 절대 그 집에 살지 못했을 거예요. 해먼드 아저씨는 작은 제재소에서 일했고 해먼드 아줌마는 아이가 여덟이었어요. 쌍둥이를 세 번이나 낳았죠. 저도 아기를 좋아하는 편이지만 연달아 세 쌍이라니, 정말 괴로웠어요. 그래서 해먼드 아줌마가 마지막으로 쌍둥이를 낳았을 때 진지하게 힘들다고 말씀드렸죠. 아이들을 안고 다니느라 너무 피곤했거든요.

해먼드 아줌마랑 2년 넘게 살았는데 해먼드 아저씨가 돌아가시자 해먼드 아줌마는 집안일에서 손을 떼셨어요. 아이들을 각각 친척 집에 나누어 맡기고 미국으로 가버렸죠. 저는 아무도 원하지 않았기 때문에 호프톤에 있는 고아원으로 가야 했어요. 고아원에서도 반기지 않았어요. 이미 아이들이 너무 많다고요. 그래도 저를 받아야 했고 스펜서 부인이 오기 전까지 넉 달 동안 있었어요."

앤이 이야기를 마치고 한숨을 내쉬었다. 자신을 반기지 않았던 세상에 대해 말하고 싶지 않은 게 분명했다.

"학교는 가본 적 있니?" 마릴라가 마차를 바닷가 길로 몰았다.

"자주는 못 갔어요. 토마스 부인과 살던 마지막 해에 좀 갔죠.

강 위쪽에 살다보니 학교까지 너무 멀어서 겨울에는 못 갔어요. 걸어갈 수가 없었거든요. 여름에는 방학이었고, 그래서 봄, 가을에만 갔죠. 물론 고아원에 있을 때는 학교에 다녔어요. 글은 다 읽을 수 있고 외울 수 있는 시도 많아요. 「호엔린덴 전투」, 「플로든 전투 이후의 에든버러」, 「라인강의 빙겐」 그리고 「호수의 여인」이랑 제임스 톰슨의 「사계」도 거의 외웠어요. 시를 외우면 등이 간질간질해지는 기분이 드는 게 참 좋죠? 5학년을 위한 도서 시리즈에 「폴란드의 멸망」이라는 작품이 있었는데 정말이지 흥미진진하더라고요. 물론 제가 5학년은 아니었고 겨우 4학년이었지만요. 언니들이 읽으라고 빌려주곤 했어요."

마릴라가 앤을 곁눈질하며 물었다. "토마스 아줌마랑 해먼드 아줌마가 너에게 잘해줬니?"

앤이 머뭇거렸다. "아, 그거는……." 당황했는지 작은 얼굴이 갑자기 진홍색이 되면서 이마가 빨개졌다. "잘해주려고 하셨죠. 최대한 다정하고 친절하게 대해주려고 하셨어요. 왜 사람들이 잘해주려 한다는 걸 아는 것만으로도 괜찮잖아요. 아줌마들은 모두 걱정거리가 산처럼 쌓여 있었거든요. 게다가 술주정뱅이 남편도 신경 써야 하죠. 쌍둥이를 연달아 세 번 낳았으니 얼마나 힘들었겠어요. 그렇게 생각하지 않으세요? 하지만, 그래도 저한테 잘해주고 싶었을 거라고 생각해요."

마릴라는 더 묻지 않았다. 앤은 바닷가 길을 바라보며 말없이

풍광을 감상했고 마릴라는 깊이 생각에 잠긴 채 말을 몰았다. 갑자기 이 아이에게 동정심이 일기 시작했다. 이 아이는 얼마나 사랑에 굶주린 삶을 살아온 걸까. 가난했고, 고된 일을 해야 했으며, 방치된 채 혼자 살아왔을 아이의 인생⋯⋯. 마릴라는 앤이 말한 내용과 진짜 진실 사이의 행간을 읽어낼 수 있을 만큼 판단력이 좋은 사람이었다. 아이가 진짜 집에 살게 됐다며 그렇게 좋아했던 게 당연하구나. 아이를 되돌려 보내야 하니 안된 일이다. 매슈의 말도 안 되는 생각에 맞장구를 쳐주고 아이를 키워야 할까? 매슈는 아이를 데리고 있으려고 했다. 그리고 아이는 착하고 가르칠 만한 애다.

마릴라는 생각에 잠겼다. '애가 수다스럽긴 해. 하지만 그 버릇이야 고칠 수 있겠지. 아이가 무례하거나 나쁘게 말하진 않잖아. 오히려 숙녀답다고 할 수 있지. 키워준 사람들이 괜찮았던 모양이야.'

바닷가 길은 어느 시인의 말마따나 자연 그대로의 모습처럼 나무가 무성했고 쓸쓸했다. 오른편으로는 거센 바닷바람과 오랫동안 난투를 벌이고도 기운을 잃지 않은 전나무들이 우직하게 뻗어 있었다. 왼편으로는 적색 사암 절벽이 가파르게 깎여 있었는데 매슈의 암말보다 덜 믿음직한 암말이 끌었다면 마차에 탄 사람들은 불안해했을 것이다. 절벽 바닥에는 파도에 부딪히는 바위들이 쌓여 있었고 조약돌이 보석처럼 박힌 모래 더미가 모습을 드러내기도 했다. 그 너머로는 반짝이는 푸른 바다가 펼쳐졌고 위로는 갈매기가 햇빛을 받아 은빛 날개를 활짝 펼치고 솟아올랐다.

눈을 둥그렇게 뜨고 오랫동안 말이 없던 앤이 입을 열었다. "바다가 참 멋있죠? 메리스빌에 살 때 한번은 토마스 아저씨가 운송용 사륜마차를 빌려와서 16킬로미터 정도 떨어진 바닷가로 모두 놀러 간 적이 있었어요. 내내 아이들을 챙겨야 했지만 그날 모든 순간이 즐거웠죠. 오랫동안 그 행복했던 기억으로 살았어요. 하지만 여기 해변이 메리스빌 해변보다 더 멋지네요. 갈매기가 참 멋있죠? 갈매기가 되고 싶지 않으세요? 저는 그래요. 사람이 될 수 없다면요. 해가 뜨면 일어나서 바다로 휙 날아가 온종일 저 사랑스러운 푸른 바다 위를 날아다니잖아요. 그리고 밤에는 둥지로 돌아오고요. 아, 전 정말 잘할 수 있을 거 같아요. 저기 바로 앞에 있는 큰 집은 뭔가요?"

"저건 화이트샌즈 호텔이다. 커크 씨가 운영하지만 지금은 철이 아니지. 여름에 미국인들이 잔뜩 몰려온단다. 여기가 딱 적당한 해변이라나 봐."

앤이 불안한 듯 말했다. "스펜서 부인의 집인 줄 알았어요. 거기에 가고 싶지 않아요. 어쩐지 모든 게 끝장날 거 같아요."

# 6

## 마릴라가 결단을 내리다

하지만 마릴라와 앤은 스펜서 부인의 집에 도착하고야 말았
다. 부인은 화이트샌즈만에 있는 커다란 노란 집에 살고 있었다.
그녀는 마릴라와 앤을 보고 깜짝 놀라더니 문으로 와서 친절하
게 맞아주었다.

"이머나, 오늘 뵙게 될 줄은 정말 몰랐는데요. 그래도 너무 반
갑네요. 말을 묶어두실래요? 앤, 잘 지냈니?"

앤이 웃지 않고 대답했다. "네, 저는 걱정해 주신 덕에 잘 지
내고 있어요. 감사해요." 아이의 얼굴에 어두운 그림자가 드리
웠다.

마릴라가 말했다. "말을 좀 쉬게 해야 하니 조금만 있다 갈게요. 매슈에게 집에 일찍 간다고도 말해놨거든요. 사실은 스펜서 부인, 알 수 없는 오해가 생겨서 어떻게 된 일인지 알아보러 왔습니다. 매슈와 나는 고아원에서 남자애를 데려와 달라고 전언을 보냈어요. 부인의 오라버니인 로버트에게 열 살이나 열한 살 정도 되는 남자애를 원한다고 말했죠."

스펜서 부인이 기가 막힌다는 표정을 지었다. "미스 마릴라 커스버트, 그게 정말인가요! 이런, 로버트가 딸 낸시에게 말을 전달했고, 낸시는 저에게 커스버트 댁은 분명 여자애를 원한다고 했거든요. 플로라 제인, 그랬지?" 부인은 계단을 내려온 딸을 쳐다보았다.

플로라 제인은 진지한 목소리로 맞장구를 쳤다. "낸시가 정말 그렇게 말했어요. 미스 커스버트."

스펜서 부인이 말했다. "일이 이렇게 되어서 정말 유감입니다. 너무 안타깝네요. 하지만 제 잘못은 아니에요. 저는 할 수 있는 한 최선을 다해 부탁을 들어주었다고 생각했습니다. 낸시가 정신없이 굴 때가 많아요. 정신 좀 차리라고 무섭게 혼내야 할 때가 종종 있답니다."

마릴라가 체념한 듯 말했다. "우리 잘못입니다. 직접 왔어야 했어요. 이렇게 중요한 일을 건너 건너 전할 게 아니라요. 어쨌든 오해가 생겼으니 이제 할 일은 문제를 바로잡는 거겠죠. 이 아이를 고아원으로 다시 보낼 수 있을까요? 다시 받아주겠죠, 그렇죠?"

스펜서 부인은 생각에 잠겼다. "그럴 거예요. 하지만 꼭 다시 보낼 필요는 없을 거 같아요. 어제 피터 블루웨트 부인이 집에 왔었는데 살림을 도와줄 어린 여자애를 보내줬으면 하더라고요. 아시겠지만, 피터 부인은 식구가 많아 일손을 구하기가 힘들대요. 앤이라면 부인에게 큰 도움이 될 거예요. 하느님의 뜻인가 봐요."

마릴라에게 이 일은 하느님의 뜻과는 큰 상관이 없는 것처럼 보였다. 이 고아를 손에서 털어버릴 수 있는 예상치 못한 기회가 왔지만, 천만다행이라는 생각은 들지 않았다.

마릴라는 피터 블루웨트 부인과 안면만 있는 사이었는데 그녀는 성질이 고약해 보이는 자그마한 여자로 뼈에 살집이라고는 한 움큼도 없었다. 그녀에 관한 소문 또한 익히 들었다. 피터 부인은 '끔찍하게 채찍질하는 마부'라고 알려져 있었다. 쫓겨난 하녀들에 따르면 피터 부인은 성질이 괴팍하고 인색하기로 유명한 데다 아이들은 되바라졌고 걸핏하면 싸운다는 것이있다. 마릴라는 이토록 자비 없기로 소문난 사람에게 앤을 넘겨준다고 생각하니 마음이 꺼림칙했다.

마릴라가 말했다. "그럼, 가서 이 문제를 이야기해 보죠."

스펜서 부인이 갑자기 외쳤다. "어머나, 마침 피터 부인이 저기 올라오시네요!"

그러고는 손님들을 데리고 복도를 지나 거실로 부산스럽게 안내했다. 거실은 암녹색 블라인드를 너무 오랫동안 쳐놓은 탓에 따뜻한 기운을 잃고 죽음 같은 찬기만 맴돌았다.

"문제를 당장 해결할 수 있게 됐으니 다행이네요. 미스 커스버트, 의자에 앉으세요. 앤, 너는 이 발 받침대에 앉아라. 흔들진 말고. 모자는 제가 받을게요. 플로라 제인, 가서 주전자에 물 올리렴. 블루웨트 부인, 안녕하셨어요? 이렇게 우연히 지나가시다니 얼마나 운이 좋은지요. 소개해 드릴게요. 이쪽은 블루웨트 부인, 이쪽은 미스 커스버트. 잠시만 실례할게요. 플로라 제인에게 오븐에서 빵을 꺼내라는 말을 잊었네요."

스펜서 부인은 블라인드를 올린 다음 서둘러 자리를 떴다. 발 받침대에 앉은 앤은 무릎 위에서 양손을 꼭 쥐고 얼빠진 사람처럼 블루웨트 부인을 응시하며 생각했다. '얼굴이 날카롭고 눈매가 저렇게나 무서운 아줌마에게 맡겨지는 걸까?' 앤은 목구멍에서 무언가 울컥 올라오는 거 같았고 눈도 시큼하게 아파왔다. 앤이 눈물을 참지 못할 거 같아 두려워지기 시작했을 때 스펜서 부인이 돌아왔다. 생기 넘치는 얼굴로 돌아온 부인은 육체적, 정신적인 문제는 물론 영혼의 문제까지 즉각 해결할 수 있을 거라는 표정이었다.

스펜서 부인이 말했다. "블루웨트 부인, 이 여자애에 대해 오해가 있었던 거 같아요. 저는 커스버트 댁에서 여자애를 입양하고 싶어 하는 줄 알았어요. 분명 그렇게 들었거든요. 그런데 알고 보니 남자애를 원하셨더라고요. 그래서 어제 말씀하신 대로 여전히 여자애를 원하신다면 이 아이가 딱 맞을 거 같아요."

블루웨트 부인은 앤의 머리부터 발끝까지 재빨리 훑어보았다. "몇 살이고 이름이 뭐니?"

"앤 셜리입니다. 나, 나이는 열한 살입니다." 겁먹은 앤은 말을 더듬었고 이름 철자고 뭐고 토를 달 생각은 감히 하지도 않았다.

"음! 별 볼 일 없어 보이는구나. 하지만 강단은 있어 보이네. 이러나 저러나 강단 있는 아이가 결국은 제일이지. 그래, 내가 너를 데려간다면 착하게 굴어야 한다. 알겠지? 착하고 영리하게, 말도 잘 들어야 한다. 재워주고 먹여주는 대가로 일을 해야 하고, 그건 당연하지. 그래요. 미스 커스버트, 여자애를 데려가 보겠습니다. 갓난아기가 어찌나 까다로운지 돌보는 게 무척 힘들더라고요. 원하신다면 지금 당장 데리고 갈 수도 있습니다."

마릴라는 앤을 쳐다보고 마음이 약해졌다. 앤은 표현하기 힘든 표정을 짓고 있었는데 마치 빠져나온 덫에 또 길러버린 힘없고 불쌍한 생명체처럼 얼굴이 일그러져 있었다. 만약 마릴라가 저 괴로워하는 얼굴을 모른 채 넘긴다면, 죽는 날까지 마음이 쓰릴 거라는 강한 확신이 들었다. 게다가 블루웨트 부인이 마음에 들지 않았다. 저런 여자에게 예민하고 감성적인 아이를 넘기다니! 안 될 일이지. 마릴라는 그런 일을 하고 밀려오는 책임감을 감당할 수 없을 것 같았다!

마릴라가 천천히 입을 뗐다. "음, 잘 모르겠네요. 매슈랑 제가 아이를 키우지 않겠다고 확실히 결정했다고는 말하지 않았습니다. 사실 매슈는 이 여자애를 키우고 싶어해요. 저는 이 오해가 어떻게 생긴 건지 알아보려고 온 겁니다. 아이를 다시 집에 데려가서 매슈와 상의해야겠어요. 매슈와 의논하지 않고 결정해선 안 된다는 생각입니다. 우리가 아이를 키울 수 없겠다는 판단이 들면, 내일 밤에 아이를 데리고 오거나 여기로 보내겠습니다. 만약 아이를 보내지 않는다면 우리가 아이를 키우기로 한 걸로 생각하세요. 괜찮으시겠어요. 블루웨트 부인?"

"그래야 할 거 같네요." 무례한 말투였다.

마릴라가 말하는 동안 앤의 얼굴은 동이 터오듯 밝아졌다. 절망에 잠겨 있던 표정이 서서히 사라지더니 희망의 빛으로 조금씩 붉어지기 시작했다. 눈동자는 샛별처럼 깊어졌고 빛이 났다. 아이는 완전히 딴사람이 되어 있었다. 블루웨트 부인이 원래 물어보려 했던 요리법을 위해 스펜서 부인과 함께 부엌으로 간 사이, 앤은 벌떡 일어나 거실을 후다닥 뛰어 마릴라에게 왔다.

"미스 커스버트, 제가 초록 지붕 집에서 살게 될지도 모른다고, 정말 그렇게 말씀하신 거예요?" 앤은 마치 큰 소리로 말하면 이 눈부시게 아름다운 기회가 산산조각이 날 수 있다는 듯 숨도 안 쉬고 빠르게 속삭였다. "정말 그렇게 말씀하신 건가요? 아니면 저의 상상일까요?"

마릴라는 언짢은 듯 말했다. "앤, 내 생각에 너는 그 상상력을 조절하는 법부터 배우는 게 좋겠구나. 뭐가 진짜고 가짠지 구분하지 못할 정도니 말이다. 그래, 내가 그렇게 말했고 그 말이 전부다. 하지만 아직 결정된 건 아니야. 블루웨트 부인에게 너를 보내겠다는 결정을 내릴지도 몰라. 확실히 나보다는 부인이 너를 더 필요로 하니까."

앤은 간절히 애원했다. "저 부인 집에서 사느니 차라리 고아원으로 돌아가겠어요. 저분은 완전히, 송곳 같아요."

그런 말을 하다니, 앤을 혼내야 한다는 생각이 들면서도 슬며시 웃음이 나서 얼른 감춰야 했다.

마릴라는 진지한 얼굴로 말했다. "너같이 조그만 애가 잘 알지도 못하는 어른에게 그렇게 말하다니 창피한 일이다. 가서 입 다물고 조용히 앉아 착한 아이처럼 행동하거라."

앤은 얌전히 발받침 의자로 돌아갔다. "원하시는 건 뭐든 다 할게요. 저를 데리고 있기만 하신다면요."

저녁쯤 마릴라와 앤이 초록 지붕 집으로 돌아오자 매슈가 길에 나와 둘을 맞았다. 마릴라는 멀리서부터 매슈가 어슬렁어슬렁 걸어오는 걸 보고 무슨 생각을 하는 건지 짐작할 수 있었다. 마릴라가 앤을 데리고 오기만 해도 매슈의 얼굴에 안심하는 표정이 가득할 것이었다. 하지만 둘은 이 일에 관해 아무런 말도 하지 않다가 마당의 헛간 뒤에서 우유를 짤 때야 입을 열었다. 마릴라는 그동안 앤이 살아온 이야기와 스펜서 부인과 나눴던 대화들을 간단히 말해주었다. 매슈가 웬일로 화를 냈다. "그 블루웨트 여자에겐 내가 좋아하는 개도 안 주겠어."

마릴라도 인정했다. "저도 그런 여자 좋아하지 않아요. 하지만 매슈, 그게 아니라면 우리가 데리고 살아야 한다는 이야기잖아요. 오라버니가 원하니까 나도 따라야겠죠. 그래서 여자애를 키운다는 생각이 덜 낯설어질 때까지 곱씹어 봤어요. 의무감 같은 게 들더라고요. 아이를, 그것도 여자애를 키워본 적이 없으니 혹시 내가 아이 인생을 완전히 망치게 되면 어쩌나 하는 생각도 들었어요. 하지만 최선을 다할 거예요. 지금까지 생각한 바로 앤은 여기 살아도 되겠어요."

매슈의 수줍은 얼굴에 기쁨의 빛이 흘렀다.

"그래, 마릴라. 너도 이제 아이를 좋게 보게 됐구나. 참 흥미로운 꼬마 아니냐."

마릴라가 코웃음을 쳤다. "쓸모 있는 아이라고 말할 수 있는 게 더 중요하겠죠. 아이가 일을 제대로 하도록 내가 가르쳐볼 생각이에요. 그리고 매슈, 내 훈육 방식에 간섭하지 마세요. 늙은 처녀라 아이 키우는 법을 잘 모를 수 있어도 늙은 총각보다는 잘 알겠죠. 그러니 아이 가르치는 일은 나한테 다 맡겨야 해요.

내가 실패하면 그때 참견해도 늦지 않으니까."

매슈가 마릴라를 안심시켰다. "그럼, 그럼. 네 방법대로 해도 되지. 다만 아이 버릇이 나빠지지 않을 선 안에서 최대한 다정하고 친절하게 대해줘. 아이가 너를 좋아하게만 되면 시키는 건 뭐든 다 할 것 같은데."

마릴라는 매슈가 여자에 대해 이러쿵저러쿵 의견을 내는 게 어이가 없어 콧방귀를 끼며 양동이를 들고 버터 제조장으로 나갔다.

마릴라는 우유를 크림 분리기에 부으며 생각했다. '여기서 살아도 된다고 오늘 밤에는 이야기하지 말아야겠다. 너무 흥분해서 한숨도 못 잘 테니. 아이고, 이제 골치가 좀 아프겠구나. 고아 여자애를 입양하는 날이 올 거라고 생각이나 해봤나? 물론 매슈가 이 사단을 불러왔다는 사실만큼 놀랍지는 않지. 여자애라면 목숨을 걸고 도망치더니. 어쨌든 해보기로 했으니 이제 어떻게 될지는 두고 봐야겠지.'

# 7
# 앤이 기도를 드리다

마릴라는 그날 밤 앤을 침실로 데려가서 딱딱한 말투로 말했다.

"자, 앤. 어제 보니 옷을 벗을 때 사방에 던져놓더구나. 그건 아주 지저분한 버릇이니 반드시 고쳐야 한다. 옷을 벗었으면 전부 다 단정히 개서 의자 위에 놓아라. 나는 깔끔하지 않은 여자애는 필요 없으니까."

앤이 말했다. "어젯밤에는 마음이 너무 괴로워서 옷은 생각도 못 했어요. 오늘 밤에는 잘 접어놓을게요. 고아원에서도 늘 옷을 개라고 했어요. 그래도 빨리 침대에 누워서 멋진 상상을 하려고 절반 정도는 잊었지만요."

마릴라가 꾸짖었다. "여기서 지내려면 더 잘 기억해야 할 거야. 자, 그 정도면 되겠구나. 이제 기도하고 침대에 누워라."

"저는 기도를 해본 적이 없어요."

마릴라는 몸서리치게 놀랐다.

"세상에, 앤. 그게 무슨 말이냐? 기도하는 법을 배운 적이 없다는 거니? 하느님은 아이들이 늘 기도하길 원하신다. 하느님이 누군지 모르니, 앤?"

앤은 바로 나불댔다. "하느님은 영이시고 무한하시며 영원하시고 변치 않으시며, 그분은 지혜와 힘, 성스러움과 정의, 선함과 진실이시죠."

이제야 마릴라는 약간 안심이 되었다.

"좀 아는 것 같구나. 다행이야! 완전히 비종교인은 아닌 거 같은데 그건 어디서 배웠니?"

"고아원에 있던 주일학교에서요. 교리 문답서를 몽땅 외우게 시켰거든요. 전 문답서가 꽤 마음에 들더라고요. 단어에 어떤 웅장함이 느껴졌어요. '무한한, 영원하고, 불변하는.' 위엄이 느껴지죠? 어떤 울림이 있어요. 커다란 오르간 소리처럼요. 시라고 할 순 없지만 시같이 들리잖아요. 그렇지 않나요?"

"앤, 우린 지금 시에 관해 이야기하는 게 아니다. 기도에 대해 이야기하는 거야. 매일 밤 기도하지 않는 건 끔찍할 정도로 사악한 일이라는 걸 모르니? 네가 아주 버릇없는 아이인 거 같아 걱정이구나."

앤은 억울한 듯했다. "아마 아주머니도 머리카락이 빨갛다면 착한 것보다 못되게 사는 게 더 쉽다는 걸 아실 거예요. 머리가 빨갛지 않은 사람은 괴로운 게 뭔지 몰라요. 토마스 부인은 하느님 나름대로 뜻이 있어 제 머리를 붉게 만든 거라고 하셨어요. 그 이후로 하느님을 좋아하지 않게 됐어요. 그리고 밤에 기도하기에는 늘 피곤했어요. 쌍둥이를 돌봐야 하는 사람은 기도할 기운이 없을걸요. 그래도 할 수 있다고 생각하세요?"

마릴라는 앤에게 당장 종교 교육부터 시켜야겠다고 마음먹었다. 말 그대로 이건 미룰 수 있는 문제가 아니었다.

"앤, 네가 내 집에 사는 한, 기도는 꼭 해야 한다."

앤은 얼른 하겠다고 나섰다. "그럼요. 당연하죠. 제가 하길 바라신다면요. 아주머니를 기쁘게 하는 일이라면 뭐든 할 거예요. 하지만 이번만 어떻게 하는 건지 가르쳐주세요. 침대에 누워 멋지게 기도하는 상상을 매일 해볼게요. 막상 생각해 보니 정말 흥미로울 거 같네요."

마릴라는 좀 민망해졌다. "무릎을 꿇고 해야지."

앤은 마릴라의 다리 옆에 무릎을 꿇고 앉아 진지한 얼굴로 쳐다보았다.

"기도하려면 왜 무릎을 꿇어야 하나요? 제가 정말로 기도하고 싶다면 어떻게 할지 말해볼게요. 일단 혼자서 커다랗고 드넓은 들판에 가거나 숲속으로 아주 깊이, 깊이 들어가는 거예요. 그리고 파란색이 끝없이 펼쳐진 푸른 하늘을 아주 높이, 높이 올려다보는 거죠. 그러면 기도가 절로 나올 거 같아요. 자, 저 준비됐어요. 이제 뭐라고 말할까요?"

마릴라는 당혹스러웠다. 원래는 앤에게 '이제 제가 자려고 누웠습니다.' 같은 아주 어린 애들이나 외우는 기도문을 가르칠 작정이었다. 하지만 앞에서 말했듯 마릴라에게는 유머 감각이라는 것이 조금 있었고, 상황에 따라 적합하게 드러낼 줄도 알았다. 흰 잠옷을 입고 어머니의 무릎에 앉아 혀 짧은 소리로 단순하게 외우는 기도는, 아무래도 하느님의 사랑엔 관심도 없는 이 주근깨투성이 꼬마 마녀에게 전혀 맞지 않겠다는 생각이 들었다. 앤은 인간의 사랑을 통해 전해지는 하느님의 사랑 또한 한번도 경험해 보지 못했기 때문이다.

마릴라는 결국 이렇게 말했다. "앤, 너는 혼자 기도할 수 있을 정도로 컸다. 하느님의 은총에 감사드리고 네가 원하는 걸 겸손히 밀씀드려 보렴."

앤이 마릴라의 무릎에 얼굴을 묻으며 다짐했다. "그럼 최선을 다해볼게요. 자비로우시고 은혜로우신 하느님 아버지. 교회에서 목사님들이 이렇게 하던데 제가 혼자서 기도드릴 때도 똑같이 하면 되죠?" 잠시 고개를 들어 묻더니 기도를 이어갔다.

"자비로우시고 은혜로우신 하느님 아버지, '기쁨의 하얀 길'과 '빛나는 물결의 호수', 그리고 '보니'와 '눈의 여왕'을 주셔서 감사합니다. 정말이지 그것들을 주셔서 감사합니다. 지금은 하느님에게 감사드릴 게 그거밖에 생각이 안 나네요. 제가 원하는 것은 너무 많지만 다 말하려면 시간이 오래 걸리니 가장 중요한 두 가지만 말씀드릴게요. 제발 제가 초록 지붕 집에 살 수 있게 해주세요. 그리고 어른이 됐을 때 예뻐지게 해주세요. 존경하는 마음을 담아 앤 셜리 드림."

앤이 힘차게 일어나며 물었다. "다 했어요. 잘했나요? 생각할 시간이 더 있었다면 훨씬 더 화려하게 할 수 있었는데."

마릴라는 기가 차서 쓰러질 거 같았지만 이렇게 말도 안 되는 기도는 앤이 불손해서가 아니라 단순히 종교에 관해 아는 게 없기 때문이라는 사실을 떠올리며 꾹 참았다. 그녀는 앤을 침대에 누이고 당장 내일부터 기도하는 법을 가르쳐야겠다고 마음속으로 맹세했다. 그리고 초를 들고 나가려는데 앤이 부르는 소리가 들렸다.

"방금 생각났는데요. '존경하는 마음을 담아' 대신에 '아멘'이라고 끝냈어야 했는데, 그렇죠? 목사님이 하는 것처럼요. 기도를 끝내려는 마음 때문에 깜빡하고 다른 말을 했어요. 상관있을까요?"

"그건, 상관없을 거 같구나. 자, 이제 착한 아이처럼 얼른 자

라. 잘 자라."

앤은 아주 편안하게 베개를 껴안았다. "오늘 밤은 아주 푹 잘 거 같아요. 진짜로요."

마릴라는 부엌으로 가서 식탁 위에 초를 잘 고정한 후, 매슈를 째려봤다.

"오라버니, 정말이지 입양한 저 아이에게 가르칠 것들이 너무 많네요. 쟤는 완전히 비종교인이나 다름없더라고요. 여태껏 단 한 번도 기도한 적이 없다면 믿겠어요? 내일 목사관에 보내서 『어린이를 위한 성경 공부』를 당장 빌려오게 해야겠어요. 그리고 내가 적당한 옷을 만들고 나면 주일학교에도 보내고요. 일이 산더미같이 쌓이겠네요. 아이고, 우리 모두 각자 몫의 고통을 짊어지지 않고는 살아갈 수 없는 거겠죠. 지금까지 꽤 평탄하게 살았지만, 드디어 그 시간이 끝난 거 같네요. 그저 최선을 다해봐야죠."

# 8
## 앤의 교육이 시작되다

다음 날 오후가 될 때까지, 마릴라가 앤에게 초록 지붕 집에서 살게 될 거라는 말을 하지 않는 데는 몇 가지 이유가 있었다. 그녀는 일단 오전에 앤에게 여러 가지 일을 시켜 분주하게 한 다음 날카로운 눈으로 일하는 모습을 지켜봤다. 정오가 되자 마릴라는 앤이 영리하고 순종적이며 일을 빨리 배운다고 결론 내렸다. 그러나 앤의 가장 큰 단점은 일하다 말고 공상에 빠지는 통에 일을 망치는 것이었다. 혹은 무섭게 혼난 다음 부랴부랴 현실로 돌아온다는 거였다.

앤이 점심 설거지를 끝내고 갑자기 분위기를 잡더니, 최악의 상황도 맞닥뜨릴 준비가 되었다는 비장한 표정으로 마릴라 앞에 섰다. 앤의 가녀린 작은 몸이 머리부터 발끝까지 바들바들 떨렸다. 얼굴은 붉으락푸르락했고 눈동자는 둥그렇게 확대되어 거의 검은자만 보일 지경이었다. 그리고 두 손을 꼭 쥐더니 이렇게 애원했다.

"미스 커스버트, 제발, 저를 보내실 건지 아닌지 말해주시면 안 될까요? 오전 내내 참으려고 했지만 더는 이대로 있을 수가 없어요. 너무 두려워요. 제발 말씀해 주세요."

마릴라는 요지부동이었다. "내가 말한 대로 행주를 깨끗한 물에 삶지 않았구나. 더는 묻지 말고 얼른 가서 해라."

앤은 돌아서서 행주를 삶았다. 그리고 일을 끝내자마자 돌아와서 임종을 앞둔 사람처럼 애절한 눈빛으로 마릴라를 쳐다보았다. 더는 미룰 구실이 없어지자 마릴라가 입을 열었다. "그래, 너한테 말해줘야겠구나. 매슈와 나는 너를 키우기로 결정했다. 말하자면 네가 착하게 굴고 감사히 여기는 마음을 가진다면 말이다. 얘야, 왜 그러냐?"

앤은 이해할 수 없다는 표정을 지었다. "눈물이 나요. 이유는 모르겠어요. 최고로 기뻐요. 아, 기쁘다는 말은 적당한 표현이 아니에요. 하얀 길과 벚꽃을 보는 게 기쁜 거죠! 아, 이건 기쁨이라는 감정 그 이상이에요. 정말 행복해요. 착한 아이가 되려고 열심히 노력할게요. 토마스 부인이 늘 저한테 못된 아이라고 했으니

쉽진 않겠지만, 최선을 다할 거예요. 제가 왜 우는지 모르시겠어요?"

마릴라는 못마땅한 듯했다. "흥분되고 감정이 북받쳐서 그런 거 같구나. 의자에 앉아 마음을 가라앉혀라. 너는 너무 자주 울고 웃는 거 같아 걱정이다. 그래, 넌 여기에서 살아도 되고 우리는 널 잘 챙겨줄 거다. 학교도 가야지. 방학이 2주밖에 안 남았으니 개학하는 9월까지 조금 기다리는 게 나을 거다."

앤이 물었다. "제가 뭐라고 부를까요? 미스 커스버트라고 부를까요? 마릴라 이모라고 불러도 되나요?"

"아니다. 그냥 마릴라 아주머니라고 불러라. 미스 커스버트라고 불리는 건 어색하고 신경 쓰이는구나."

앤의 생각은 다른 것 같았다. "그냥 마릴라 아주머니라고 부르는 건 굉장히 실례인 거 같은데요."

"네가 예의만 잘 갖춰 말한다면 그렇게 불러도 전혀 실례될 건 없다. 에이번리에 사는 사람들은, 늙으나 젊으나 목사님만 빼고 모두 나를 마릴라라고 부른다. 목사님은 미스 커스버트라고 부르시지. 그것도 생각나면 말이다."

앤은 아쉬워했다. "마릴라 이모라고 부르고 싶었는데. 전 친척이 하나도 없으니까요. 심지어 할머니도요. 진짜 가족처럼 느끼고 싶어요. 마릴라 이모라고 부르면 안 되나요?"

"안 된다. 난 네 이모도 아니고 가족도 아닌데 그렇게 부르는 건 아니지."

"그래도 진짜 이모라고 상상할 수 있잖아요."

마릴라는 단호했다. "난 상상할 수 없다."

앤이 눈을 똥그랗게 뜨고 물었다. "뭔가를 현실과 다르다고 상상해 본 경험이 없으세요?"

"없다."

"아!" 앤이 길게 한숨을 뱉었다. "아, 미스 커스, 아니 마릴라 아주머니, 너무 안타까워요!"

마릴라가 쏘아붙였다. "현실과 다르다고 상상하는 게 뭐가 좋은 거냐. 하느님이 우리를 어떤 상황에 처하게 한 데는 다 이유가 있는 게야. 그러니 우리가 다른 상황에 있다고 상상하는 건 좋지 않아. 그러고 보니 생각나는구나. 거실에 있는 벽난로 위에 선반이 있을 게다. 거기서 그림 카드 좀 가져오렴. 발 깨끗한지 확인하고 파리 안으로 들이지 말고. 카드에 주기도문이 쓰여 있으니 남는 오후 시간 동안 완전히 외우도록 해라. 이제는 어젯밤처럼 그렇게 기도하면 안 된다."

"어제 제 기도가 아주 어색했나 봐요. 하지만, 그러니까…… 연습해 본 적이 없어서요. 기도를 처음 하는 사람이 굉장히 잘할 순 없잖아요. 그렇지 않을까요? 말씀드린 대로 어제 침대에 누운 다음에 정말 멋진 기도문을 곰곰 생각해 봤어요. 거의 목사님 기도처럼 길었고 굉장히 시적이었죠. 하지만 믿어지세요? 아침에 일어나니 한마디도 생각이 안 나는 거예요. 다시는 그렇게 멋진 기도를 드릴 수 없을 거 같아요. 두 번째로 생각해 본 것들은 어쨌거나 첫 번째만큼 좋지 않고요. 그런 경험, 해보셨나요?"

"앤, 네가 지금 새겨들어야 할 말이 있다. 내가 너한테 심부름을 시키면 이렇게 서서 떠들지 말고 바로 해야 한다는 거다. 얼른 가서 내가 시킨 대로 하렴." 앤은 바로 뒤돌아 복도를 지나 거실로 갔다. 하지만 돌아오지는 않았다. 마릴라는 10분간 뜨개질을 하다 내려놓은 후, 무거운 표정으로 앤을 찾아나섰다. 앤은 두 창문 사이에 걸린 그림을 멍하니 바라보고 있었다. 창밖의 사과나무와 포도나무 덩굴 사이로 새어 들어오는 희고 푸른빛이 그림에 푹 빠진 작은 소녀를 황홀하게 비췄다.

마릴라가 날카롭게 물었다. "앤, 너 지금 무슨 생각을 하는 거니?"

앤이 깜짝 놀라며 현실로 돌아왔다.

"저 그림," 앤이 선명한 색감의 그림을 가리켰다. 「어린아이들을 축복하시는 예수님」이라는 제목이었다. "저 그림에 있는 아이가 저라고 상상했어요. 저처럼 가족이 없어서 혼자 구석에 서 있는, 파란 원피스를 입고 있는 여자애가 저예요. 외롭고 슬퍼보이죠. 그렇지 않나요? 부모님도 없나 봐요. 그래도 축복받고 싶어서 사람들을 헤치고 조심조심 앞으로 나왔어요. 아무도 눈치채지 못길 바라면서요. 예수님만 빼고요. 저 아이 기분이 어떤지 정확히 알아요. 제가 아주머니께 여기에 살아도 되냐고 물었을 때처럼 심장이 쿵쾅거리고 손은 얼음장처럼 차가울 거예요. 예수님이 자기를 보지 못할까 봐 두렵기도 하고요. 하지만 예수님이 보셨죠. 그렇죠? 저 아이는 예수님에게 아주 가까워질 때까지 계속 조금씩 다가갔어요. 그러자 예수님이 아이를 보시고 손을 머리에 올리자, 아, 기쁨의 전율이 아이의 몸을 타고 흘렀어요! 그런데 화가가 예수님을 저렇게 슬픈 표정으로 그리지 않았으면 좋았을 텐데. 아시는지 모르겠지만 예수님 표정이 그림마다 다 저래요. 하지만 저는 예수님이 저렇게 슬픈 표정을 지었을 거라고 생각하지 않아요. 그러면 아이들이 예수님을 무서워했을 테니까요."

마릴라는 왜 이런 헛소리를 진작 끊지 않았는지 후회하며 입을 열었다. "앤, 그런 식으로 말하면 안 된다. 그건 경건하지 못한 말이다. 아주 불경스러운 말이야."

앤의 눈이 동그래졌다.

"저는 최대한 경건한 마음으로 말한 거예요. 불경스럽게 하려는 뜻은 전혀 없었어요."

"그래, 그렇겠지. 하지만 그런 말을 그렇게 스스럼없이 하는 건 좋지 않단다. 그리고 또 한 가지. 앤, 내가 뭘 즉시 가져오라고 보냈는데 그림 앞에 서서 이렇게 멍하니 상상에 빠져 있으면 안 된다. 꼭 기억하렴. 그 카드를 갖고 부엌으로 당장 와라. 자,

여기 구석에 앉아서 주기도문을 외우렴."

앤은 식탁을 장식하기 위해 꺾어온 사과꽃을 주전자에 가득 담고 그 앞에 카드를 기대어 세워놓았다. 마릴라도 곁눈으로 꽃을 봤지만 아무 말도 하지 않았다. 앤은 턱을 손에 괴고 몇 분간 조용히 주기도문을 외우는 데 집중했다.

한참 후 앤이 선언하듯 말했다. "주기도문이 마음이 들어요. 아름다워요. 전에 한 번 들어봤는데 고아원에 있는 주일학교 담당 선생님이 읊어주셨죠. 그때는 딱히 마음에 들지 않았어요. 선생님 목소리도 갈라졌고 너무 구슬프게 읊으셨거든요. 기도를 마치 의무로 하시는 것 같았죠. 주기도문이 시는 아니지만 시를 읽었을 때랑 똑같은 기분이 들어요. '하늘에 계신 우리 아버지여, 이름이 거룩히 여김을 받으시오며.' 노래의 한 소절 같잖아요. 아, 저에게 주기도문을 가르쳐주셔서 정말 기뻐요. 미스, 아니지 마릴라 아주머니."

"외울 때는 입을 다물어라." 마릴라가 짧게 답했다.

앤은 사과꽃이 담긴 주전자를 기울여 분홍색 꽃봉오리에 입을 맞추고는 다시 얼마간 열심히 외웠다.

앤이 이내 또 입을 열었다. "마릴라 아주머니, 제가 에이번리에서 마음의 친구를 사귈 수 있을까요?"

"무슨, 뭐라고?"

"마음의 친구요. 제일 친한 친구요. 제 마음속 깊은 이야기까지 털어놓을 정도로 마음이 맞는 사람이요. 전 평생 그런 친구를 만나길 꿈꿔왔어요. 실제로 만날 수 있다는 생각은 안 했지만 제가 꿈꿨던 가장 멋진 일들이 갑자기 동시에 이뤄지니까 이 꿈도 이뤄질 수 있을 거 같아요. 사귈 수 있을까요?"

"과수원 비탈길에 사는 다이애나 베리가 네 나이지. 아주 착한 여자애고 아마 우리 집에 온다면 너와 같이 놀게 될 거다. 지금은 카모디에 있는 이모를 만나러 갔지. 그래도 베리 부인이 아주 까다로운 사람이기 때문에 행동을 조심해야 할 거야. 예의 바르고 착한 아이가 아니라면 베리 부인은 다이애나와 절대 어울리지 못하게 한단다."

사과꽃 사이로 마릴라를 쳐다보는 앤의 눈이 호기심으로 반짝였다.

"다이애나는 어떤 애인가요? 머리가 빨간색은 아니죠? 아, 제발 아니었으면…… 제가 빨강 머리인 것도 충분히 괴로운데 마음의 친구까지 빨강 머리라면 견디기 힘들 거예요."

"다이애나는 아주 예쁘게 생겼다. 눈과 머리카락은 검은색이고 뺨은 장밋빛이지. 착하고 영리하니 그게 예쁜 거보다 더 좋은 점이다."

마릴라는 『이상한 나라의 앨리스』에 나오는 공작부인처럼 교훈을 좋아하는 사람이었고 아이를 키울 때는 말끝마다 교훈을 덧붙여야 한다고 굳게 믿었다.

하지만 앤은 교훈에 도통 관심이 없었고 자기 마음에 쏙 드는 말들만 귀에 담았다.

"아, 다이애나가 예쁘다니 너무 기뻐요. 제가 아름다워지는 것 다음으로요. 물론 그건 불가능하니까, 예쁘게 생긴 마음의 친구 라니! 최고일 거 같네요. 토마스 부인네 집에서 살 때 거실에 유리문이 달린 책장이 있었거든요. 안에 책은 없었어요. 토마스 부인은 거기다 제일 아끼는 그릇이랑 각종 잼들을 보관했죠. 보관할 잼이 남아 있다면요. 문 하나는 깨져 있었어요. 어느 밤에 토마스 아저씨가 술에 좀 취해서 문을 깨버렸거든요. 하지만 다른 문은 멀쩡해서 저는 거기에 비친 제 모습이 그 안에 사는 다른 소녀라고 생각했어요. 저는 그 애를 케이트 모리스라고 불렀는데 정말 친하게 지냈죠. 한 시간 동안 이야기하곤 했어요. 특히 일요일은 더 오래 했고 모든 걸 다 털어놓았어요. 케이트는 내 인생의 위안이었고 위로였어요. 책장에 마법이 걸려 있어서 제가 주문만 외우면 토마스 부인의 그릇과 잼이 있는 선반이 아니라 케이트 모리스가 사는 방으로 들어갈 수 있다고 상상했어요. 그러면 케이스 모리스가 제 손을 잡고 꽃과 햇살과 요정이 사는 멋진 장소로 저를 데려가요. 거기서 영원히 행복하게 사는 거예요. 해먼드 부인의 집에서 살게 되었을 때 케이트 모리스와 헤어져야 해서 가슴이 찢어지게 아팠어요. 케이트도 끔찍한 기분이었을 거예요. 전 알아요. 제가 책장 문에 작별의 입맞춤을 하자 그 애도 울었거든요. 해먼드 부인의 집에 책장은 없었어요. 하지만 그 집에서 조금만 위로 가면 길고 좁은 초록빛 계곡이 있어요. 거기에는 아름답게 울리는 메아리가 살았어요. 그렇게 크게 소리치지 않아도 말이 그대로 울려서 돌아왔죠. 그래서 저는 그 메아리가 비올레타라는 소녀라고 상상했고 우린 굉장히 좋은 친구가 됐어요. 전 비올레타를 거의 케이트 모리스만큼, 아니, 거의 비슷할 정도로 사랑했어요. 고아원으로 가기 전날 밤, 제가 비올레타에게 '안녕'하니까 어찌나 슬프고 슬픈 목소리로 대답하던지…… 비올레타가 너무 그리워서 고아원에서는 마음의 친구를 사귀겠다는 상상도 하지 않았어요. 하긴 고아원에는 상상할 것도 없었지만요."

마릴라가 무미건조하게 말했다. "상상할 게 없었다니 차라리 다행이구나. 나는 그런 상상은 좋아하지 않는다. 너는 네가 상상하는 내용의 반만 믿어야 할 거 같구나. 진짜 친구를 사귀게 되면 네 머리에서 그런 말도 안 되는 소리가 사라질 테니 잘 됐다. 하지만 베리 부인 앞에서 케이트 모리스니, 비올레타니, 그런 얘기는 꺼내지도 말아라. 부인은 네가 꾸며냈다고 생각할 테니."

"안 할게요. 모든 사람에게 이야기해 줄 수도 없어요. 그러기엔 너무 소중한 기억이거든요. 하지만 아주머니는 그 둘을 알았으면 해서요. 아! 보세요. 사과꽃에서 방금 커다란 벌이 굴러떨어졌어요. 얼마나 멋져요. 사과꽃 안에서 살다니! 바람에 살랑살랑 흔들릴 때 사과꽃 안에서 잠을 자면 얼마나 좋을까요. 제가 사람이 아니라면 꿀벌이 되어 꽃 사이를 날아다니고 싶어요."

마릴라는 기가 막혔다. "어제는 갈매기가 되고 싶다더니. 네 변덕은 죽 끓듯 하는구나. 떠들지 말고 주기도문을 외우라고 했잖니. 하지만 네 말을 들어줄 사람이 있는 한, 너는 도저히 입을 다물지 못하는 거 같구나. 그러니 네 방으로 올라가 마저 외워라."

"아, 지금 거의 다 외웠어요. 마지막 한 줄만 빼고요."

"상관없다. 내가 말한 대로 해라. 방으로 올라가 마저 외우고 차 마실 준비를 도와달라고 부르기 전까지 나오지 마라."

앤이 간청했다. "사과꽃을 가져가서 친구로 삼으면 안 될까요?"

"안 된다. 꽃 때문에 방이 지저분해지잖니. 애초에 꺾지 말고 그냥 뒀어야지."

"저도 그런 생각이 들었어요. 꽃의 가지를 꺾어서 아름다운 생명을 꺼트리면 안 된다고요. 제가 사과꽃이라도 누가 꺾는 게 싫었을 거예요. 하지만, 유혹을 이겨낼 수가 없었어요. 거부할 수 없는 유혹이 생기면 어떻게 하시나요?"

"앤, 네 방으로 가라는 말 못 들었니?"

앤은 한숨을 푹 쉬고 동쪽 다락방으로 올라가 창가 의자에 앉았다.

"자, 이제 주기도문은 다 외웠어. 계단을 올라오면서 마지막 문장을 외웠으니까. 이제 이 방을 상상으로 꾸며보자. 늘 멋진 모습으로 있도록 말이야. 하얀 벨벳 카펫 위에는 분홍 장미가 잔뜩 쌓여 있고 창문에는 분홍색 실크 커튼이 달렸어. 벽에는 금실과 은실으로 짜여진 벽걸이 그림이 걸려 있지. 가구는 마호가니 나무로 만들어진 거야. 마호가니 가구를 본 적은 없지만, 말만 들어도 너무 고급스럽잖아. 이건 소파고, 소파 위에는 분홍, 파랑, 진홍, 금색 실크로 만든 멋들어진 쿠션이 잔뜩 쌓여 있고, 나는 그 위에 우아하게 기대고 있지. 벽에 걸린 화려하고 커다란 거울 속에 내 모습이 비치기도 해. 나는 키가 크고 흰 레이스 장식이 길게 달린 드레스를 입었고 가슴엔 진주 십자가 목걸이, 머리에는 진주 장식을 해서 위엄이 흘러넘쳐. 머리는 한밤중의 어둠처럼 까맣고 피부는 상아처럼 희고 투명해. 이름은 코델리아 피츠제럴드 공주야. 아니, 아니지. 그 이름은 진짜 같지가 않네."

앤은 깡충깡충 뛰어가서 거울을 들여다보았다. 뾰족한 주근깨 투성이 얼굴과 차분한 잿빛 눈동자가 앤을 바라보았다.

앤은 진지한 목소리로 말했다. "너는 초록 지붕 집의 앤일 뿐이야. 내가 코델리아 공주라고 상상할 때마다 네가 나를 보듯 나도 네가 보여. 하지만 떠돌이 앤 보다는 초록 지붕 집의 앤이 수백 배는 더 멋있잖아. 그렇지 않니?"

그러고는 몸을 앞으로 숙여 애정을 담아 거울의 자신에게 입을 맞추고 열린 창문으로 다가갔다.

"사랑하는 '눈의 여왕', 안녕. 골짜기에 있는 소중한 자작나무들도 잘 있었니. 그리고 언덕에 있는 회색 집도 잘 지냈니. 다이애나가 내 마음의 친구가 될 수 있을까? 그랬으면 좋겠어. 그러면 그 애에게 정을 듬뿍 쏟을 텐데. 하지만 케이트 모리스와 비올레타는 절대 잊지 않을 거야. 내가 그 애들을 잊는다면 크게 상처받을 테니까. 나는 책장 소녀의 마음이든 메아리 소녀의 마음이든, 그 누구의 마음도 상하게 하고 싶지 않아. 그러니 그들을 소중히 여기고 매일 입맞춤을 보내야 해."

앤은 손끝에 두세 번 입을 맞춰 벚꽃 사이로 후 날린 다음, 턱을 손에 괴고 공상의 바다로 빠져 유유히 헤엄치기 시작했다.

# 9
## 레이첼 린드 부인이 큰 충격을 받다

린드 부인이 앤을 살피러 온 건 앤이 초록 지붕 집에 살기 시작한 지 벌써 2주나 흐른 후였다. 하필이면 린드 부인이 계절에 맞지 않게 지독한 감기에 걸려 지난번 초록 지붕 집을 방문한 이후 외출도 못 하고 꼼짝없이 집에 갇혀 지내야 했기 때문이었다. 허약 체질이 아닌 린드 부인은 병치레가 잦은 사람을 굉장히 무시하는 편이었다. 하지만 그녀의 주장에 따르면, 독감은 지구상의 그 어떤 질병과 달리 신의 섭리로만 이해될 수 있는 특별한 병이었다. 그녀는 외출해도 좋다는 의사의 허락을 받자마자 초록 지붕 집으로 서둘러 발걸음을 옮겼다. 매슈와 마릴라가 입양한 고아에 대한 온갖 소문과 억측이 에이번리에 이미 파다했기에 린드 부인은 호기심을 억누르기가 무척 힘들었다.

앤은 지난 2주간, 눈을 뜨고 있는 매 순간을 마음껏 만끽했다. 주변에 있는 나무들과는 이미 모두 친구가 되었다. 사과 과수원 밑으로 난 샛길이 삼림지대까지 쭉 이어진다는 걸 발견하기도 했다. 개울과 다리, 전나무 숲과 우거진 양벚나무, 여기저기 잔뜩 뒤덮인 고사리, 단풍나무와 마가목이 여러 갈래로 펼쳐지는 샛길까지 구석구석 다니며 시시각각 다채롭게 변하는 풍경을 탐색했다.

앤은 골짜기 아래에 있는 작은 샘과도 친구가 되었다. 얼음처럼 차가운 샘물은 깊고 맑았다. 샘 주변은 부드러운 적색 사암이었고 물속에는 커다란 종려나무같이 생긴 물고사리가 옹기종기 모여 있었다. 샘물 위로는 개울을 건너는 나무다리가 있었다.

한껏 신난 앤은 춤을 추듯 다리를 건너 나무가 울창한 언덕으로 달려갔다. 깊은 숲속은 직선으로 우직하게 뻗은 전나무와 가문비나무 아래로 어스름한 미명이 끝없이 펼쳐졌다. 앤은 걸음을 재촉했다. 가장 사랑스럽고 수줍음 많은 섬초롱꽃과 마치 작년에 지고 영혼만 남은 양 창백한 별 모양의 보리지만이 여기저기 피어 있었다. 나무 사이에 걸린 거미줄은 은실로 짠 듯 반짝였고 전나무 가지와 꽃술은 앤에게 다정하게 말을 거는 듯했다.

가끔 30분의 자유시간이 주어질 때마다 앤은 이렇게 황홀한

탐험 여행을 떠났고, 여행을 마치고 나면 매슈와 마릴라가 반쯤 귀가 먼 사람인 양 자신의 새로운 발견에 대해 침을 튀기며 신나게 떠들었다. 확실히 매슈는 불만이 없어 보였다. 그저 가만히 미소만 띤 채 앤이 하는 말을 전부 조용히 들어주었다. 마릴라는 이 잡담을 허락했다가도 본인이 너무 빠져든다 싶을 때면 즉각 앤에게 입을 다물라고 퉁명스럽게 명령했다.

린드 부인이 왔을 때, 앤은 과수원에서 불그스름한 오후 햇살을 받으며 살랑대는 풀밭을 신나게 돌아다니던 중이었다. 그래서 이 마음씨 고운 부인이 마릴라에게 독감에 관해 설명하기에 딱 좋은 기회가 되었다. 자신이 어떻게 아팠는지 하나부터 열까지 어찌나 떠들어대는지 마릴라는 그녀가 독감을 앓을 만하겠구나 하는 생각마저 들었다. 시시콜콜한 이야기까지 다해버리고 나자 린드 부인은 자신이 방문한 진짜 이유를 드러냈다.

"마릴라와 매슈에 대해 놀라운 소식을 좀 들었어요."

마릴라가 말했다. "저보다는 놀라지 않으셨을 거예요. 지금도 놀란 마음을 다스리는 중이니까요."

린드 부인이 다 안다는 듯 말했다. "그런 오해가 있었다니 참 안됐네요. 애를 돌려보낼 수는 없었어요?"

"보낼 수는 있었지만 그러지 않기로 했어요. 매슈가 아이를 마음에 들어 했어요. 그리고 나도 아이가 좀 좋아졌다고 말해야겠네요. 물론 고쳐야 할 점은 있지만요. 벌써 이 집 분위기가 달라졌어요. 아이가 참 밝답니다."

린드 부인이 걱정하는 투로 말했다. "무거운 짐을 스스로 지셨네요. 특히 아이를 길러본 경험이 없잖아요. 어떤 성격의 아이인지 모르기도 하고요. 크면 또 어찌 될지 모르고요. 물론 기분을 상하게 하려는 건 아니에요, 마릴라."

마릴라가 무덤덤하게 말했다. "아무렇지 않아요. 나는 뭘 하기로 마음을 먹으면 흔들리지 않고 끝까지 밀고나가는 편이니까요. 앤을 보고 싶으시겠죠. 아이를 불러오죠."

이내 과수원을 실컷 돌아다닌 앤이 신나는 얼굴로 뛰어 들어왔다. 하지만 뜻밖의 낯선 사람을 보자 문간에서 당황스러워하며 걸음을 멈췄다. 앤은 분명 평범해 보이는 아이는 아니었다. 고아원에서부터 입고 온 꽉 끼고 짧은 직물 원피스에, 얇은 다리는 꼴사납게 쭉 삐져나와 있었다. 주근깨는 그 어느 때보다 더 많고 두드러져 보였다. 모자를 쓰지 않은 머리는 바람 때문에 엉망으로 헝클어졌고 빨강 머리는 그 어느 때보다 더 빨갛게 보였다.

린드 부인이 거침없이 이렇게 말했다. "아이고, 이분들이 네 외모를 보고 고른 건 아닌 게 확실하구나." 린드 부인은 자기 생각을 거침없이 말하는 게 스스로도 자랑스러운 사람인데다가 사람들은 그 점을 재미있어하고 좋아했다. "마릴라, 애가 끔찍하게 말랐고 못생겼네요. 애야, 이리 와봐라. 제대로 좀 보자. 맙소

사, 주근깨가 이렇게 많은 사람은 처음 보네요. 게다가 머리카락
은 홍당무처럼 빨갛구나! 애야, 이리 오라고 했잖니."

앤이 '이리 오긴' 했지만 린드 부인이 예상했던 대로 오진 않
았다. 앤은 부엌을 한 번에 껑충 뛰어 린드 부인 앞에 섰다. 얼굴
은 분노로 달아올랐고 입술은 파르르 떨렸으며 마른 몸은 머리
부터 발끝까지 벌벌 떨렸다.

"아줌마 미워요." 앤은 발로 바닥을 쿵쿵 구르며 목멘 소리로
울부짖었다. "미워요. 미워요. 미워요!" 말할 때마다 부아가 치민
다는 듯 발을 크게 굴렀다. "어떻게 저한테 깡마르고 못생겼다는
말을 대놓고 할 수가 있어요? 주근깨투성이에다 빨강머리라뇨?
아줌마는 무례하고 예의 없고 마음이 차가운 사람이에요!"

어처구니가 없던 마릴라가 앤에게 소리쳤다. "앤!"

하지만 앤은 물러서지 않았다. 고개를 쳐들고 이글거리는 눈
으로 두 손을 꼭 쥐고 린드 부인을 똑바로 바라봤다. 뜨거운 분
노가 증기 기관차처럼 뿜어져 나왔다. 앤은 격렬하게 울분을 터
트렸다. "어떻게 그런 말을 할 수 있어요? 아줌마가 그런 말을
들으면 기분이 어떻겠어요? 아줌마가 뚱뚱하고 촌스럽고 상상
력이라곤 눈곱만큼도 없다고 하면 기분이 어떻겠어요? 이런 말
을 해서 아줌마가 상처받는다고 해도 신경 안 써요! 아줌마가
상처받았으면 좋겠어요. 아줌마는 토마스 부인의 주정뱅이 남편
보다 저한테 더 큰 상처를 줬어요. 절대로 용서하지 않을 거예

요. 절대, 절대요!"

쿵! 쿵!

충격을 받은 린드 부인이 소리를 질렀다. "내 평생 저런 성격은 처음 보네!"

겨우 말할 힘을 찾은 마릴라가 앤에게 명령했다. "앤, 네 방에 가서 내가 올라갈 때까지 나오지 마라."

앤은 눈물을 와락 터트리며 현관 벽에 달린 함석이 덩달아 흔들릴 정도로 복도 문을 쾅 닫고, 회오리바람처럼 계단을 뛰어 올라갔다. 위층에서 묵직하게 탕 소리가 나는 걸 보니 동쪽 다락방 문도 똑같이 화를 내며 닫은 모양이었다.

린드 부인이 이루 말할 수 없이 침통한 얼굴로 입을 열었다. "아이고, 마릴라. 내가 저런 애를 키우지 않아도 되니 다행이네요."

마릴라는 입을 떼면서도 린드 부인에게 사과해야 할지 애원해야 할지 알 수가 없었다. 하지만 그때 마릴라의 입에서 나온 말은 두고두고 곱씹을 때마다 놀랄 만큼 강력했다.

"레이첼, 아이 생긴 거 가지고 그래서는 안 됐어요."

"마릴라 커스버트, 지금 저 모양으로 성질부린 애를 편드는 건 아니죠?" 린드 부인은 노여워했다.

마릴라가 천천히 말했다. "아니에요. 아이를 용서한다는 말은 아니에요. 아이가 아주 못되게 군 건 맞아요. 그거에 대해선 제가 따로 이야기해 봐야죠. 하지만 아이를 좀 이해해 줬으면 해요. 뭐가 옳은지 그른지 배운 적이 없잖아요. 그리고 레이첼, 아이한테 너무 심한 말을 했어요."

마릴라는 또다시 그 말을 한 자신에게 놀랐지만, 마지막 한마디를 꼭 덧붙여야겠단 마음을 누를 수가 없었다. 린드 부인은 굉장히 자존심이 상한 얼굴로 일어섰다.

"마릴라, 이제부터 굉장히 조심해서 말해야겠네요. 세상에 어디서 데리고 온 지도 모르는 고아의 세심한 감정이 그 무엇보다 우선인 것 같으니까요. 아니요, 난 화가 난 게 아니니 걱정은 붙들어 매세요. 내가 화났다고 해도 마릴라가 신경 쓸 틈이 있겠어요? 아이 때문에 골치가 아플 텐데요. 어차피 아이 열 명을 낳고 둘을 잃어본 내 조언은 듣지도 않겠지만, 그래도 내가 한마디 한다면, 마릴라가 방금 말한 대로 아이와 이야기를 나눌 예정이라면, 꽤 튼튼한 자작나무 회초리가 필요할 겁니다. 그런 성깔 있는 아이를 키울 때는 그게 가장 효과적인 언어가 될 겁니다. 아이 성질머리가 꼭 자기 머리 색깔 같네요. 그럼 마릴라, 좋은 저녁 보내요. 평소대로 우리 집에 자주 놀러 오길 바라요. 내가 이런 일을 당하고 이렇게 모욕적인 일을 겪어야 한다면, 다시는 이 집에 드나들 것 같지 않으니까요. 이런 일은 태어나서 처음 겪네요."

린드 부인은 후다닥 나가버렸다. 늘 뒤뚱뒤뚱 걷던 덩치 좋은 부인이 후다닥 갔다는 표현을 쓸 수 있다면 말이다. 이제 마릴라는 동쪽 다락방을 심각한 표정으로 쳐다보았다.

마릴라는 계단을 올라가면서 어떻게 해야 할지 곤혹스러워 머리가 복잡했다. 방금 일어난 일이 당황스럽기는 그녀도 마찬가지였다. 앤이 하고 많은 사람 중에, 하필이면 레이첼 린드 부인 앞에서 그렇게 성질을 부리다니, 이 일을 어쩌면 좋단 말인가! 그리고 마릴라는 앤의 성격에 이런 심각한 문제가 있다는 걸 알게 되었다는 슬픔보다, 이런 일이 생겨 창피한 마음이 더 크게 느껴진다는 사실 때문에 갑자기 마음이 무거워졌고 자책감도 밀려왔다. '이 아이를 어떻게 혼내야 할까?' 마릴라는 린드 부인의 자녀들이 입을 모아 아파 죽을 뻔했다고 말했던 그 자작나무 회초리는 그다지 끌리지 않았다. 아이를 때릴 수는 없었다. '그래, 앤이 얼마나 심각한 잘못을 했는지 충분히 깨달을 수 있도록 다른 벌을 찾아봐야지.'

앤은 침대에 얼굴을 묻고 큰 소리로 울고 있었다. 묻고 진흙이 묻은 부츠 때문에 침대 덮개가 더러워지든 말든 그런 건 안중에도 없다는 듯이 말이다.

"앤." 마릴라가 부드럽게 앤을 불렀다.

답이 없었다.

"앤." 좀 더 심각한 목소리로 불러보았다. "당장 침대에서 일어나 앉아 내 말을 들어라."

앤은 꿈틀꿈틀 침대에서 나와 침대 옆에 있는 의자에 똑바로

앉았다. 퉁퉁 부은 얼굴은 눈물자국으로 범벅이었다. 그리고 고집스럽게 바닥만 바라봤다.

"너 행동 한번 잘했다. 앤! 부끄럽지도 않니?"

"그 아줌마가 저에게 못생긴 빨강 머리라고 말할 권리는 없어요." 앤은 얼버무리며 대꾸했다.

"앤, 너도 달려들어서 화를 내고 그런 식으로 말할 권리는 없지. 네가 부끄럽구나. 너무 부끄러워. 린드 부인에게 친절하게 대하길 바랐다. 이렇게 날 망신시키지 말고. 린드 부인이 빨강 머리에다 못생겼다고 말했다고 해서 네가 그렇게까지 화를 냈어야 했는지 정말 모르겠구나. 네 스스로도 여러 번 그렇다고 얘기했잖니."

앤이 흐느꼈다. "자기가 직접 말하는 거랑 다른 사람이 말한 걸 듣는 거랑은 달라요. 자기가 그렇다는 걸 알아도 다른 사람은 그렇게 생각하지 않았으면 하고 바라는 거예요. 제가 성질머리가 고약하다고 생각하시겠지만, 참을 수가 없었어요. 그 아줌마가 하는 말을 들으니까 마음속에서 뭔가 치솟아서 숨을 쉴 수가 없더라고요. 아줌마한테 화를 쏟아내야 했어요."

"그래, 네가 자초해서 이야깃거리가 됐다는 건 알고 있어라. 린드 부인은 이제 동네방네 퍼트릴 좋은 거리가 생겼지 뭐니. 그 부인은 그러고도 남지. 앤, 그렇게 성질을 부리다니 정말 끔찍했다."

앤은 눈물이 그렁그렁했다. "누군가 아주머니한테 대놓고 깡마르고 못생겼다고 하면 어떻겠어요?"

갑자기, 마릴라가 예전에 겪었던 비슷한 일이 떠올랐다. 어렸을 때 이모가 다른 이모에게 소곤거리던 말을 들은 적이 있었다. "아유, 애가 저렇게 까맣고 못생겨서 어째." 그 쓰라린 기억이 사라질 때까지 마릴라에게 50년이라는 세월이 걸렸다.

마릴라는 더 부드러운 목소리로 타일렀다. "앤, 린드 부인이 너한테 그렇게 말한 게 잘했다는 말은 아니다. 원래 말을 좀 그렇게 하는 사람이거든. 하지만 그렇다고 네가 그렇게 행동해서는 안 되지. 부인은 네가 처음 보는 사람이고 나이도 많고 내 손님이잖니. 이 세 가지 이유만으로도 너는 반드시 예의를 갖춰 행동했어야 해. 넌 무례하고 건방지게……." 문득 마릴라는 앤을 혼낼 방법이 생각났다. "자, 너는 린드 부인에게 가서 성질부려서 죄송하다고 말씀드리고 용서를 구해야 한다."

앤은 먹먹한 목소리로 단호하게 말했다. "그렇게는 절대 못 하겠어요, 마릴라 아주머니. 다른 방법으로는 얼마든지 절 혼내셔도 좋아요. 뱀과 두꺼비가 우글거리는 어둡고 축축한 동굴에 저를 가둬놓고 빵과 물만 주셔도 불평하지 않을게요. 하지만 린드 부인에게 용서해 달라는 말은 정말 못하겠어요."

마릴라가 덤덤히 말했다. "우린 어둡고 축축한 동굴에 사람을 가둬놓진 않는다. 에이번리에는 그런 동굴도 없고. 하지만 린드 부인에게 사과는 반드시 해야 해. 한다고 할 때까지 넌 방에서 나오지 못한다."

앤이 울먹였다. "그러면 저는 이 방에 영원히 갇혀 있어야 할 거예요. 린드 부인에게 죄송하다는 말을 끝내 못 할 테니까요. 어떻게 그래요? 저는 미안하다는 생각이 안 들어요. 마릴라 아주머니를 화나게 한 건 죄송하죠. 하지만 저는 린드 부인에게 그런 말을 하길 잘한 것 같아요. 속이 굉장히 시원했거든요. 마음에도 없는 말을 할 순 없잖아요. 그렇죠? 죄송하다고 말하는 장면조차 상상할 수 없어요."

마릴라가 방을 나가려고 일어섰다. "아마 내일 아침이 되면 상상이 더 잘 될 거다. 오늘 밤에 네가 했던 행동을 돌아보면 마음가짐이 달라질 거야. 초록 지붕 집에 살 수 있게만 해준다면 아주 착한 아이가 되기 위해 노력하겠다고 했잖니. 그런데 오늘 저녁은 그런 모습이 전혀 보이지 않는구나."

마릴라의 마지막 말은 화살이 되어 앤의 가슴에 꽂혔다. 마릴라는 몸과 마음이 심히 괴롭고 혼란스러운 채로 부엌으로 내려왔다. 그리고 앤에게 화가 난 것처럼 자기 자신에게도 화가 났다. 어이없어하던 린드 부인의 얼굴을 떠올릴 때마다 입술이 떨렸고, 정말 부끄럽게도 웃음이 자꾸 터져 나올 거 같았기 때문이다.

# 10
## 앤의 사과

마릴라는 매슈에게 저녁에 있었던 일에 관해 한마디도 하지 않았다. 하지만 앤은 다음 날 아침까지도 여전히 고집불통이었다. 그래서 그녀는 왜 앤이 아침을 먹으러 오지 않는지 매슈에게 설명해야 했다. 마릴라는 앤이 벌려놓은 일이 얼마나 심각한지에 대해 매슈를 이해시키려 애썼다.

하지만 매슈는 위안이랍시고 이렇게 말했다. "레이첼 린드가 한 방 당했구먼. 잘됐어! 그 여자는 골치 아픈 참견쟁이야."

"오라버니, 정말 놀랍네요. 실제로 앤의 행동이 지나쳤잖아요. 그런데도 아이의 편을 들다니요! 이젠 아이에게 벌도 주면 안 된다고 하시겠어요!"

매슈는 마음이 언짢았다. "아니, 그건 아니지만. 벌을 받긴 받아야겠지. 하지만 마릴라. 너무 심하게 야단치지는 마. 아이한테 그런 걸 가르칠 사람이 여태껏 없었잖아. 그나저나, 먹을 건 가져다줄 거지?"

마릴라는 부아가 났다. "내가 언제 사람 고친다고 밥 굶기는 거 봤어요? 꼬박꼬박 삼시 세끼 챙겨줄 거예요. 하지만 앤이 린드 부인에게 사과하겠다고 할 때까지는 계속 방에 있어야 해요. 매슈, 그건 양보 못 해요."

그날 아침, 점심, 저녁이 지날 동안 앤이 여전히 고집을 꺾지 않았으므로 집은 내내 침묵에 잠겼다. 마릴라는 식사 때마다 쟁반에 이것저것 잔뜩 챙겨서 동쪽 다락방으로 날랐지만, 잠시 후 거의 손대지 않은 음식을 그대로 가지고 내려와야 했다. 매슈는 마릴라의 손에 든 쟁반을 걱정스러운 눈길로 바라보며 아무 것도 먹지 않는 앤을 걱정했다.

그날 저녁, 마릴라가 뒤편 목초지에 풀어놨던 소를 데리러 가자, 헛간 주변을 어슬렁거리며 기회를 엿보던 매슈는 마치 도둑처럼 집으로 스르륵 들어와 계단을 올라갔다. 매슈는 자기 집인데도 대체로 부엌과 본인의 작은 침실 사이만 왔다 갔다 하며 지냈다. 가끔씩 목사가 차를 마시러 올 때만 어색하게 응접실이나 거실로 향했다. 2층에 올라갔던 때는 4년 전 봄, 마릴라가 남는 방에 도배할 때 도와주러 간 게 전부였다.

매슈는 복도를 살금살금 걸어가 동쪽 다락방 앞에 한동안 서 있다가 마음을 단단히 먹고 손가락으로 문을 톡톡 두드린 다음 고개를 들이밀었다.

앤은 창가의 노란 의자에 앉아 슬픈 눈으로 정원을 바라보고 있었다. 어찌나 작고 안쓰럽던지 매슈는 가슴이 찌르듯 아팠다. 그는 문을 살살 닫고 앤에게 조심스럽게 다가갔다.

"앤, 어떻게 지내고 있니, 앤?" 매슈는 마치 누가 들을까 속삭이듯 말했다.

앤은 힘없이 웃었다.

"잘 있었어요. 상상을 엄청나게 많이 하면서요. 그러면 시간이 빨리 가잖아요. 그래도 외롭긴 했어요. 하지만 조금 지나면 그것도 익숙해질 거예요."

앤은 앞으로 긴 세월 동안 감금 생활을 꿋꿋이 잘 해낼 거라는 듯 다시 웃어 보였다.

매슈는 마릴라가 생각보다 일찍 돌아올지도 모르니 망설이지 않고 일른 할 말을 해야겠다고 결심했다. "자, 앤. 마릴라가 시킨 일을 그냥 해버리고 얼른 끝내버리는 게 낫지 않겠니? 조만간 어차피 해야 할 게다. 알잖니. 마릴라는 한번 결심하면 끝장을 보는 사람이야. 앤, 그냥 하자. 후딱 그 일을 해치워 버리렴."

"린드 부인에게 사과하라는 말씀이시죠?"

매슈가 설득에 나섰다. "그래, 사과하는 거. 그거 좋은 거란다. 말하자면 그냥 부드럽게 넘기자는 말이지. 내가 하려는 말이 그 거란다."

앤은 생각에 잠긴 듯 말했다. "아저씨를 위해서라면 할 수 있을 거 같아요. 죄송하다고 말한다 해도 그건 진심일 거예요. 지금 생각하면 죄송하니까요. 어젯밤은 조금도 그런 마음이 안 들었어요. 화가 머리끝까지 나서 밤새도록 풀리지 않았어요. 자다가 세 번이나 깼는데 깰 때마다 화가 났으니 잘 알아요. 하지만 오늘 아침은 아니었어요. 더는 그런 기분이 들진 않더라고요. 그냥 완전히 지쳐버린 기분이에요. 저 자신이 부끄럽기도 하고요. 하지만 린드 부인에게 가서 사과하는 건 정말 못하겠어요. 너무 창피할 거예요. 그러느니 차라리 입을 닫고 영원히 이 방에 있자고 마음먹었죠. 그렇지만 아저씨를 위해서라면, 아저씨가 정말 원하신다면……."

"그럼, 물론 난 네가 그래주길 바란단다. 네가 없으니 아래층이 너무 허전해. 그냥 가서 일을 원만히 끝내자. 그게 착한 아이지."

앤은 체념한 듯했다. "알겠어요. 마릴라 아주머니가 돌아오시는 대로 잘못했다고 말할게요."

"그래, 앤. 그런데 마릴라에게 내가 이런 말을 했다고 전하지는 마라. 내가 끼어들지 않겠다고 약속했는데 약속을 어겼다고 생각할지도 모르니까."

앤이 엄숙하게 말했다. "무덤까지 갖고 갈게요. 그런데 사람이 죽었는데 어떻게 무덤까지 걸어가죠?"

하지만 매슈는 순순히 사과하겠다는 앤의 대답에 자신도 깜짝 놀라 이미 사라지고 없었다. 그는 마릴라의 의심을 사지 않기 위해 목초지에서도 가장 먼 곳으로 허겁지겁 달려갔다. 집으로 돌아온 마릴라는 계단 난간에서 "마릴라 아주머니" 하는 가느다란 목소리가 들리자 반가운 마음이 들었다.

"왜 그러니?" 마릴라가 복도로 들어서며 물었다.

"제가 화를 내고 무례한 말을 해서 죄송해요. 린드 부인에게 가서 그렇게 말할게요."

"잘됐구나." 마릴라는 딱딱하게 대답하며 안심하는 기색을 감췄다. 사실 앤이 끝까지 고집을 꺾지 않으면 도대체 어떻게 해야 할지 고민 중이었다. "우유를 짠 다음 린드 부인에게 데려다주마."

우유를 짠 후, 마릴라와 앤은 린드 부인의 집으로 향했다. 마릴라는 허리를 꼿꼿이 세워 의기양양한 자세로 걸었고 앤은 기가 꺾여 풀이 죽은 모습이었다. 하지만 거의 중간쯤 가자 실의에 빠졌던 앤의 모습이 마법처럼 사라졌다. 고개를 당당히 들고 노을 지는 하늘을 바라보기도 했으며, 앤의 가벼운 발걸음에서 린드 부인 집으로 가는 길이 은근히 즐겁다는 분위기마저 풍겨졌다. 마릴라는 이 변화가 마땅치 않았다. 앤의 표정은 마치 린드 부인이 마땅히 그런 말을 들을 만했다는 듯 조금도 뉘우치는 기색이 없었다.

마릴라가 날카롭게 물었다. "앤, 무슨 생각하니?"

앤이 꿈꾸는 듯한 목소리로 답했다. "린드 부인에게 뭐라고 말할까 상상하는 중이었어요."

'그거 참 다행이야. 그래, 그래야지.' 하지만 마릴라는 자신이 정한 벌칙의 결과가 뭔가 잘못되어 간다는 꺼림칙한 느낌을 지울 수 없었다. 저 아이가 왜 저렇게 신나고 해맑은 표정을 짓고 있는 건지 알 수 없었다.

앤의 밝은 표정은 부엌 창가에서 뜨개질하고 있던 린드 부인 바로 앞에 가서도 여전했다. 그러더니 앤은 갑자기 표정을 순식간에 바꾸고 정말로 뉘우치고 있다는 걸 온몸으로 표현하기 시작했다. 앤은 사과의 말을 꺼내기도 전부터, 린드 부인의 무릎 앞에 난데없이 철퍼덕 엎어지더니 간청하듯 두 손을 뻗었다.

"린드 부인, 정말 너무너무 죄송합니다." 앤의 목소리가 떨렸다. "사전을 통째로 다 쓴다고 해도 제가 얼마나 후회하고 있는지 절대로 다 표현할 수 없을 겁니다. 저는 부인에게 정말 예의 없이 행동했습니다. 그리고 소중한 매슈 아저씨와 마릴라 아주머니를 망신시키고 말았습니다. 그분들은 제가 남자애가 아닌데도 초록 지붕 집에 살도록 해주셨잖아요. 저는 끔찍하게 못됐고

감사함을 모르는 소녀이며 벌을 받아 마땅하고 존경받는 어른
들에게 영원히 쫓겨난 데도 할 말이 없습니다. 부인이 저에게 하
신 말은 모두 사실이었습니다. 제 머리는 빨갛고 주근깨도 많고
삐쩍 말랐고 못생겼습니다. 제가 부인께 드린 말도 사실이지만
그런 말을 해서도 안 됐습니다. 아, 린드 부인. 제발, 제발 저를
용서해 주세요. 용서해 주시지 않는다면 비록 성질이 고약한 소
녀이긴 하나 불쌍한 고아인 저에게 평생의 슬픔이 될 것입니다.
용서해 주시겠죠? 린드 부인, 제발 저를 용서해 주세요."

　앤은 두 손을 꼭 쥐고 머리를 숙인 채 심판을 기다렸다.

　아이의 말이 진심인 건 분명했다. 목소리에 절절히 묻어났으
니까. 마릴라와 린드 부인 모두 의심할 바 없이 앤이 진심으로
사과했다는 걸 알았다. 하지만 마릴라는 앤이 현재 이 상황에 한
껏 심취해 있음을, 더구나 실제로 굴욕의 골짜기*를 즐기고 있다
는 낌새까지 알아채고는 몹시 당황스러웠다. 마릴라는 참으로
건전한 벌칙이라는 생각에 내심 만족하고 있었는데 도대체 어
떻게 된 일인지 혼란스러웠다. 앤은 벌을 받는 상황을 재미있는
놀이로 홀라당 바꿔버렸다.

　생각이 단순하고 사람 좋은 린드 부인은 이 사실을 알아차리
지 못했다. 앤이 제대로 용서를 구했다고 여겼고 친절하지만 거

---

* 존 번연의 『천로역정』에 나오는 '굴욕의 골짜기'란 표현을 빌려 썼다.

들먹거리기 좋아하는 사람인지라 모든 화가 풀리는 기분이었다.

린드 부인이 다정하게 말했다. "자자, 애야, 일어나거라. 물론
널 용서하고말고. 어쨌든 나도 너에게 약간 심한 말을 한 거 같
구나. 하지만 내가 원래 거침없이 말하는 사람이란다. 내 말에
신경 쓰지 말란 말이다. 네 머리카락이 새빨간 건 사실이지만 말
이야. 그리고 나와 학교를 같이 다녔던 친구 중에 어렸을 때 너
처럼 그렇게 머리카락이 빨간 애가 있었단다. 그런데 크고 나니
정말 예쁜 적갈색이 된 애도 있어. 나중에 네 머리카락이 변한
데도 전혀 놀랄 일은 아니지. 그럼."

앤은 부인의 발치에서 일어나며 깊이 숨을 내쉬었다. "아, 린
드 부인! 저에게 희망을 주셨어요. 이제부터 부인은 제 은인이세
요. 나중에 제 머리카락이 적갈색으로 바뀔 거라고 생각하면 그
어떤 일도 참을 수 있어요. 머리가 적갈색이라면 착한 아이가 되
는 게 훨씬 쉬울 거예요. 그렇게 생각하지 않으세요? 그럼 이제
저는 두 분이 이야기하시는 동안 정원에 가서 사과나무 아래에
있는 의자에 앉아 있어도 될까요? 거기가 상상할 수 있는 범위
가 더 넓거든요."

"그럼, 물론이지. 어서 가거라. 하고 싶으면 모퉁이에 있는 섬
초롱꽃을 꺾어 꽃다발을 만들어도 좋다."

앤이 문을 닫고 나가자 린드 부인은 가벼운 발걸음으로 등불
에 불을 켰다.

"아이가 참 독특하긴 하네요. 마릴라, 이 의자에 앉아요. 그게 더 편하니까. 그 의자는 일하는 남자애 앉으라고 갖다 놓은 거예요. 그러네요. 아이가 정말 독특하지만 왜 데리고 있기로 했는지 알겠네요. 마릴라와 매슈가 아이를 키우기로 한 게 그리 놀랍지 않아요. 안됐다는 생각도 안 들고요. 아이가 잘 자랄 거 같네요. 물론 말하는 모양새가 좀 특이하고 뭐랄까, 좀 꾸며서 하는 거 같지만요. 하지만 이제 교양 있는 두 분 밑에서 살게 됐으니 차차 나아지겠죠. 그런데 성질이 좀 들쑥날쑥하네요. 그래도 성격이 불같았다가 얼음 같았다가 하는 애들의 좋은 점이 뭐냐면 교활하거나 남을 속여먹거나 그러진 않는다는 거에요. 난 교활한 아이는 질색이에요. 마릴라, 난 이 아이가 마음에 좀 드네요."

마릴라가 집에서 나올 즈음 앤이 땅거미가 지는 향기로운 과수원에서 수선화 꽃다발을 들고 폴짝 뛰어나왔다.

"저 린드 부인께 사과 잘했죠. 그렇죠? 이왕 하는 거면 제대로 해야 한다고 생각했어요." 앤이 걸으며 자랑스럽다는 듯 말했다.

"그래, 참 잘했다." 마릴라는 생각만 해도 웃음이 터질 것 같아 얼른 짧게만 대답했다. 제대로 용서를 빌었다는 이유로 앤을 혼내는 것도 어째 옳지 않은 듯했다. 하지만 그래도 정말이지 얼마나 우습던지! 마릴라는 이렇게 단단히 일러두는 거로 양심과 합의를 보기로 했다.

"이제 사과할 일을 더는 만들지 않았으면 좋겠구나. 앤, 화를 좀 참도록 해라."

앤이 한숨을 쉬었다. "사람들이 제 외모로 놀리지만 않는다면 다 참을 수 있어요. 다른 건 화가 안 나는데요. 머리카락 가지고 놀림을 너무 많이 당해서요. 그 말만 들으면 부글부글 끓어올라요. 그런데 제 머리카락이 나중에 진짜 예쁜 적갈색으로 바뀔까요?"

"앤, 외모가 그렇게 중요하니? 겉모습에 너무 집착하는 거 같아 걱정이구나."

"제가 못생긴 것도 알고 겉모습에 신경 쓴다 해도 달라지는 게 없단 것도 알아요. 저는 그냥 예쁜 게 좋을 뿐이에요. 거울을 봤는데 예쁘지 않아 보이면 참 싫거든요. 그럼 너무 슬퍼져요. 못난 걸 볼 때처럼요. 아름답지 않은 걸 보면 불쌍해지더라고요."

마릴라가 속담을 말해주었다. "외모는 그저 외모일 뿐이란다." 앤은 믿지 못하겠다는 듯한 표정으로 수선화 꽃다발에 코를 묻었다. "저도 그 말을 들어봤지만 믿진 못하겠어요. 아, 향기가 너무 좋아요! 린드 부인이 꽃을 주시다니, 참 다정하시죠. 이제 나쁜 감정은 하나도 남아 있지 않아요. 잘못을 인정하고 용서를 받고 나면, 마음이 참 편안하고 아늑해지잖아요? 오늘 밤은 별이 밝네요? 별에서 살 수 있다면 어떤 별을 고르실래요? 저는 저기 어두운 언덕 위에 있는 제일 크고 예쁜, 투명한 별을 고를래요."

"앤, 입 좀 다물어라." 마릴라는 앤이 떠올리는 생각의 흐름을

쫓아가느라 완전히 지쳐버렸다.

다행히 집으로 가는 오솔길에 다다를 때까지 앤은 얌전히 걷기만 했다. 바람이 살랑살랑 불더니 이슬을 머금은 어린 고사리의 향긋한 향기가 실려왔고, 저 멀리 나무 사이로 초록 지붕의 부엌 조명이 정답게 반짝였다. 앤은 갑자기 마릴라에게 가만히 기대더니 늙은 여인의 굳은살 배긴 손바닥에 자기 손을 밀어 넣었다.

"집이라는 곳에 갈 수 있다니, 정말 좋아요. 전 이미 초록 지붕 집과 사랑에 빠졌어요. 전에는 어떤 집도 사랑해 본 적이 없었거든요. 그 어떤 곳도 내 집이라는 생각이 들지 않았어요. 마릴라 아주머니, 전 너무 행복해요. 지금 기도가 막 저절로 나올 거 같고 하나도 어려울 거 같지가 않아요."

마릴라는 자신의 손에 작고 여린 손이 들어오자 따스하고 포근한 감정이 몽실몽실 일었다. 아마도 마릴라가 경험해 보지 못한 모성애가 찰랑찰랑 차오르는 것이리라. 처음 겪어보는 부드러움에 마릴라는 마음이 흔들렸다. 그래서 얼른 교훈을 하나 들이밀이 마음을 다잡자고 생각했다.

"앤, 네가 착하게 굴면 늘 행복할 거다. 그리고 기도가 어렵다고 생각해선 안 된다."

앤이 생각에 잠긴 듯 말했다. "기도를 소리 내서 하는 거랑 마음속으로 하는 거랑은 다르잖아요. 저는 제가 나무 끝을 지나가는 바람이라고 상상해 볼래요. 나무에 있는 게 지루해지면 여기 고사리로 가서 휭 바람을 날리고요. 그런 다음 린드 부인의 정원 으로 날아가서 꽃을 춤추게 할 거예요. 그런 다음 훌쩍 올라가 클로버 들판으로 가서 '빛나는 물결의 호수'에 바람을 후 불어서 작고 반짝이는 물결을 만들래요. 바람 하나로도 참 상상할 게 많 네요! 마릴라 아주머니, 그러니까 이제부터 말을 그만할게요."

마릴라가 안도하며 한숨을 뱉었다. "그거 다행이로구나."

# 11
## 앤의 주일학교에 대한 첫인상

마릴라가 물었다. "자, 어떠냐?"

앤은 다락방 침대 위에 나란히 놓인 원피스 세 벌을 하나하나 살펴보았다. 하나는 마릴라가 작년 여름에 쓸모가 많다는 보따리장수의 꾐에 넘어가 산 우중충한 체크무늬 옷감으로 만든 원피스였다. 다음 옷은 겨울이라 값이 많이 떨어졌을 때 구매했던 흑백의 부드러운 무명실로 만든 원피스였다. 마지막 옷은 카모디 상점에 갔을 때 마련한 천으로 만든 원피스였다. 이것 마저 칙칙한 파란색이었다.

모두 마릴라가 직접 만든 옷들이라 그런지 모양이 다 똑같았다. 허리가 딱 달라붙는 밋밋한 치마에 소매폭마저 좁디좁았다.

앤이 침착하게 대답했다. "좋아한다고 상상해 볼게요."

마릴라는 기분이 언짢아졌다. "상상은 왜 하니? 옷이 마음에 들지 않는 거니! 뭐가 어때서 그러니? 단정하고 깨끗하고 새 옷이잖니?"

"그렇죠."

"그런데 뭐가 마음에 안 든다는 거냐?"

앤이 머뭇거렸다. "그게…… 예쁘지가 않잖아요."

마릴라가 코웃음을 쳤다. "예쁘지가 않다! 너에게 예쁜 원피스를 지어줄 만큼 내가 한가하지가 않아요. 그리고 앤, 네 허영심을 부추길 생각도 없다. 내가 분명히 일러두마. 이 옷들은 장식 같은 게 없어도 편하고 튼튼하고 실용적이라 여름까지 잘 입을 수 있다. 갈색 체크무늬와 파란 원피스는 학교가 시작되면 입고 가거라. 무명실로 만든 원피스는 교회와 주일학교에 입고 가면 된다. 깨끗하고 단정하게 입고 구멍 나지 않게 조심하렴. 난 네가 입고 있던 그 꽉 끼던 직물 원피스만 아니라면 뭐든 감사히 여길 줄 알았다."

앤이 얼른 대답했다. "아, 감사하게 생각하고 있죠! 하지만, 그러니까, 하나만이라도 퍼프 소매가 있었다면 훨씬 더 감사한 마음이 들었을 거 같아요. 볼록한 소매가 지금 유행이거든요. 마릴라 아주머니, 퍼프 소매가 달린 원피스를 한 번만이라도 입을 수 있다면 정말 감동일 거 같아요."

"그럼 그냥 감동 없는 평범한 옷을 입어야 할 거 같구나. 퍼프 소매에 낭비할 옷감은 없단다. 내가 보기엔 우습기만 하더구나. 나는 평범하고 실용적인 옷이 좋다."

앤은 여전히 실망감에서 벗어나지 못했다. "하지만 저만 평범하고 실용적인 옷을 입고 다른 사람은 전부 우스워 보이는 옷을 입는다면, 저는 차라리 우스워 보이는 옷을 고를래요."

"넌 그럴 거 같구나! 자, 이 옷들 옷장에 조심히 걸어놓고 의자에 앉아서 주일학교 공부를 하렴. 벨 장로님에게 성경 공부 교재를 받아왔으니 내일 주일학교에 가야 한다." 마릴라는 못마땅한 얼굴로 계단을 내려갔다.

앤은 손을 꼭 쥔 채 원피스를 찬찬히 뜯어보았다.

그리고 울적해져서 이렇게 중얼거렸다. "하나만이라도 퍼프 소매가 달린 흰색 원피스이길 바랐는데. 기도도 하긴 했지만 하느님이 들어주실 거란 생각은 안 했어. 어린 고아 소녀의 원피스까지 신경 쓰실 시간이 어디 있겠어. 마릴라 아주머니만 믿고 기다렸는데. 뭐, 이 중 하나는 퍼프 소매가 세 겹이나 있고 사랑스러운 레이스 장식이 달린, 눈처럼 하얀 모슬린 천 원피스라고 상상하면 되니까."

다음 날 아침, 마릴라는 두통이 몰려와 앤과 함께 주일학교에 가지 못했다.

"아래 길로 내려가서 린드 부인을 불러라. 네 반이 어딘지 알려주실 거다. 자, 오늘 행동 조심해서 잘하거라. 설교 시간이 되면 린드 부인에게 우리 앉는 자리가 어디인지 여쭤보렴. 여기 1센트는 헌금하고 사람들을 똑바로 쳐다보지 말고 꼼지락거리지도 말아라. 집에 오면 성경 내용이 뭐였는지 나에게 알려다오."

앤은 흑백이 어우러진 뻣뻣한 면 원피스를 단정히 차려입고 길을 나섰다. 치마 길이도 적당했고 꽉 끼지 않았는데도 어째선지 앤의 마른 몸이 구석구석 강조되는 디자인이었다. 번들번들한 새 밀짚모자는 작고 납작했다. 극히 평범한 모양이라 또 실망한 앤은 모자에 아름다운 리본과 꽃 장식이 달렸다고 상상하기 시작했다. 그런데 꽃은 큰길에 닿기도 전에 손에 넣을 수 있었다. 오솔길 중간 즈음, 미나리아재비가 바람에 흔들려 금빛 물결을 이루었고 아름다운 들장미가 만개해 있었던 것이다. 앤은 곧바로 풍성한 화환을 만들어 모자를 마음껏 장식했다. 다른 사람의 시선을 그다지 신경 쓰지 않는 앤은 장식이 마음에 쏙 들었다. 그래서 노랑과 분홍으로 장식한 모자를 척 쓰고 뿌듯하고 자랑스러운 얼굴로 길을 깡충깡충 내려갔다.

린드 부인의 집에 도착했지만 부인은 이미 집을 나가고 없었다. 그래도 앤은 전혀 당황하지 않고 혼자 교회로 씩씩하게 갔다. 교회 현관에는 흰색, 파랑, 분홍 원피스를 차려입은 여자아이들이 잔뜩 모여 있었다. 앤이 꽃으로 화려하게 장식한 모자를 쓰고 한가운데로 기운차게 걸어가자 아이들의 호기심 어린 시선이 쏟아졌다. 에이번리에 사는 아이들은 이미 앤이 독특하다는 소문을 익히 들어온 터였다. 린드 부인은 앤의 성질이 괴팍하다고 했고 초록 지붕 집에서 일하는 제리 부트는 앤이 마치 미친 사람처럼 혼자 중얼거리거나 나무와 꽃과 대화를 나눈다고 했다. 아이들은 일제히 앤에게 시선을 고정한 채 성경 공부 교재로 입을 가리고 수군댔다. 친절하게 먼저 다가오는 사람은 아무도 없었다. 잠시 후 개회 예배가 끝나자 앤은 미스 로저슨 선생님의 반에 가게 되었다.

미스 로저슨은 주일학교에서 20년 동안 아이들을 가르친 중년 여성이었다. 수업 방식은 선생님이 교재에 적힌 질문을 던진 후, 교재 너머로 특정 소녀를 똑바로 바라보면 그 소녀가 대답하는 식이었다. 로저슨 선생님은 앤을 매우 자주 쳐다봤고 마릴라의 훈련 덕에 앤은 또박또박 대답할 수 있었다. 하지만 앤이 질문이나 답을 제대로 이해하고 있는지는 의문이었다.

앤은 선생님이 별로 마음에 들지 않은 데다 기분까지 축 처진 상태였다. 교실에 있는 모든 여자애들이 퍼프 소매를 입고 있었기 때문이다. 앤은 퍼프 소매 옷이 없다면 살아 있을 이유가 없는 것처럼 느껴졌다.

"왔구나. 주일학교 어땠니?" 앤이 집에 오자 마릴라가 궁금해하며 물었다. 앤은 쓰고 있던 화환이 시들해지자 오는 길에 버렸고, 그래서 마릴라는 모자에 대해서는 전혀 알지 못했다.

"조금도 마음에 들지 않았어요. 사실 끔찍했고요."

"앤 셜리!" 마릴라가 놀라서 소리 질렀다.

앤은 한숨을 길게 쉬더니 흔들의자에 앉아 '보니'의 잎사귀에 입을 맞추고 꽃을 피운 푸크시아에게 손을 흔들었다.

"제가 없었을 때 이 아이들이 외로웠을 수도 있으니까요." 그리고는 설명을 시작했다. "주일학교는요. 아주머니가 말씀하신 대로 조심히 행동했어요. 린드 부인이 집에 안 계셨지만 혼자 교회를 잘 찾아갔어요. 교회 안으로 들어갔더니 여자애들이 잔뜩 있더라고요. 개회 예배 때는 창가의 구석 자리에 앉았어요. 벨 장로님이 기도를 엄청나게 길게 하셨어요. 창가에 앉지 않았다면 지루해서 도저히 못 견뎠을 거예요. 하지만 '빛나는 물결의 호수'가 바로 보였기 때문에 호수를 바라보며 온갖 멋진 상상을 할 수 있었죠."

"그러면 안 되지. 벨 장로님 기도를 잘 들었어야지."

"하지만 저한테 말씀하신 게 아니었잖아요. 하느님한테 말하는 거니까. 그리고 장로님도 그다지 열성이 있어 보이지는 않았어요. 장로님은 하느님이 아주 멀리 있다고 생각하시는 거 같았어요. 호수 위로 흰자작나무가 축 늘어져 있고 햇살이 물 바닥까지 깊이, 아주 깊이 비췄어요. 마릴라 아주머니, 정말 아름다웠고 꿈 같은 풍경이었어요! 몸에 전율이 일어서 이렇게 기도했죠.

'하느님, 감사합니다.' 그 말을 두 번, 세 번은 한 거 같아요."

마릴라는 걱정하지 않을 수 없었다. "그 말을 소리 내서 한 건 아니겠지."

"아니에요. 작게 했어요. 드디어 벨 장로님 기도가 끝난 다음 에는 미스 로저슨 선생님 반으로 가라고 하더라고요. 여자아이 가 아홉 명 있었고 전부 다 퍼프 소매 원피스를 입고 있었어요. 저도 퍼프 소매를 입고 있다고 상상하려 했지만 잘 안 되더라고 요. 왜 안 됐을까요? 동쪽 다락방에 혼자 있을 때는 그렇게 잘 되더니만. 진짜로 퍼프 소매 원피스를 입은 애들하고 같이 있으 니까 도저히 안 되더라고요."

"주일학교에 가서 옷에 대해 생각하고 있으면 안 되지. 성경 공부를 제대로 했어야지."

"제대로 했어요. 모든 질문에 열심히 대답했는걸요. 미스 로저 슨 선생님이 어찌나 질문을 많이 하시는지. 선생님만 질문을 그 렇게 많이 하는 건 불공평하다고 생각해요. 선생님께 물어보고 싶은 게 많았는데 저랑 맞는 분은 아닌 거 같아서 질문하고 싶 지 않았어요. 그런 다음 아이들 모두 성경 구절을 암송했어요. 선생님께서 저에게 외우는 구절이 있냐고 물어보시더라고요. 외 우고 있던 성경 구절이 없었지만, 선생님이 원하시면 「주인 무 덤가의 강아지」를 외우겠다고 했어요. 3학년 도서 시리즈에 나 온 시인데요. 종교 느낌이 많이 나는 시는 아니지만 마치 종교시처럼 굉장히 슬프고 우울하거든요. 선생님은 그런 시는 안 된다고 하셨고 다음 주에는 열아홉 번째 말씀을 외워오라고 하셨어요. 교회가 끝나고 나중에 읽어봤더니 정말 웅장하더라고요. 특히 제가 전율을 느낀 두 줄은 이거예요.

'미디안의 악한 세대여
살육된 기병대가 추락하듯 나락으로 떨어지는구나.'

'기병대'랑 '미디안'이 무슨 말인지 모르겠지만 정말 비극적으로 들려요. 다음 주일까지 암송하고 싶어서 어떻게 참죠. 이번 주 내내 연습할 거예요. 주일학교가 끝난 다음 린드 부인이 너무 멀리 계셔서 로저슨 선생님에게 우리 자리가 어딘지 여쭤봤어요. 설교를 들을 때는 최대한 움직이지 않고 가만히 앉아 있었답니다. 설교 본문은 요한계시록 3장 2, 3절 말씀이었어요. 엄청 길더라고요. 제가 목사님이라면 짧고 분명한 거로 고를 텐데요. 설교 말씀이 얼마나 길었는지 아세요? 제 생각엔 목사님이 성경에 맞춰서 길게 하신 거 같아요. 흥미로운 부분은 하나도 없었어요. 문제가 뭐냐면 목사님은 상상력이 전혀 없으신 거 같더라고요. 집중해서 듣진 않았어요. 생각이 흘러가는 대로 그냥 두니까 어마어마하게 멋진 것들이 생각나더라고요."

마릴라는 앤을 크게 혼내야 한다는 생각이 들어 기운이 쭉 빠졌다. 하지만 앤이 했던 말 중, 특히 목사 설교나 벨 장로의 기도에 관한 부분은 마릴라 자신도 오랫동안 가슴속 깊이 생각만 하고 입 밖으로 내지 못했던 말이었다. 그래서 완전히 틀렸다고 할 순 없어 머뭇거렸다. 마릴라가 혼자서 비밀처럼 품고 있던 비판적인 생각이 이 거칠 것 없는 꼬마의 입을 통해 갑자기 모습을 갖춰 뚜렷한 형태로 드러나는 것 같았다.

# 12

## 엄숙한 맹세와 약속

마릴라는 금요일이 되어서야 앤이 교회에 꽃 모자를 뒤집어 쓰고 등장했다는 이야기를 들을 수 있었다. 린드 부인의 집에서 돌아온 마릴라는 앤을 불러 세웠다.

"앤, 린드 부인이 네가 지난 주일에 장미와 미나리아재비로 장식한 우스꽝스러운 모자를 쓰고 나타났다는데, 도대체 왜 그런 말도 안 되는 행동을 한 거니? 얼마나 보기 좋은 놀림감이었겠어?"

"아, 그거요? 분홍이랑 노랑이 제게 어울리지 않는 색이라는 건 알고 있죠."

"한술 더 뜨는구나! 모자에 꽃을 올린 거 말이다. 어떤 색이었든지 간에, 우스워 보이잖니. 정말이지 나를 곤란하게 만드는구나!"

앤은 억울했다. "왜 모자에 꽃을 꽂으면 이상하고 옷에 꽂으면 괜찮은지 모르겠어요. 어린 여자애들은 작은 부케를 옷에 달고 다니잖아요. 뭐가 다른 거예요?"

마릴라는 애매하고 추상적인 말보단 안전하고 명확한 사실만 말하고 싶었다.

"앤, 그렇게 말대꾸하지 마라. 그런 짓을 하다니 아주 한심한 행동이었어. 다시는 내 귀에 그런 이야기가 들리지 않았으면 좋겠구나. 린드 부인이 모자에 꽃을 꽂고 들어오는 널 보는 순간, 바닥으로 꺼지는 기분이었다고 하시더라. 너무 멀리 앉아 있어서 모자를 벗으라는 말도 미처 하지 못했다면서 말이다. 사람들이 너를 보고 정말 이상한 애라고 떠들었대. 내가 너를 그렇게 치장해서 내보냈다고 생각할 테니 나 또한 제정신이 아닌 사람으로 보겠지."

앤의 눈에서 눈물이 또르르 흘렀다.

"정말 죄송해요. 절대로 아주머니를 곤란하게 만들 생각은 아니었어요. 장미랑 미나리아재비가 너무 예뻐서 모자에 달면 사랑스럽겠다고 생각했을 뿐이에요. 여자애들은 모자에 조화를 달고 다니잖아요. 제가 아주머니에게 무거운 짐이 된 거 같아요.

죄송해요. 저를 다시 고아원으로 돌려보내시는 게 낫겠어요. 그럼 너무 끔찍해서 전 아마 견뎌내지 못하겠죠. 폐결핵에 걸릴지도 몰라요. 아주머니도 아시지만 제가 삐쩍 말랐잖아요. 하지만 아주머니에게 골칫거리가 되느니 차라리 그게 나아요."

눈물 흘리는 앤을 보니 마릴라는 마음이 짠해졌다. "말도 안 되는 소리. 너를 고아원으로 돌려보낼 생각은 없다. 그저 다른 애들처럼 평범하게 행동하고 자신을 농담거리로 만들지 말라는 이야기를 하고 싶었을 뿐이다. 이제 눈물 그치렴. 너한테 알려줄 게 있단다. 다이애나 베리가 오후에 집에 도착했다고 하는구나. 베리 부인에게 치마 패턴을 빌리러 갈 생각인데 너도 따라오고 싶으면 가서 다이애나를 만나도 좋다."

앤이 손을 마주 잡고 벌떡 일어나자 꿰매고 있던 행주가 툭 떨어졌다. 볼 위로는 여전히 눈물이 흘렀다.

"마릴라 아주머니, 저 겁나요. 진짜 만난다니까 정말 겁이 나요. 다이애나가 절 안 좋아하면 어쩌죠! 그러면 제 인생에서 가장 비극적이고 실망스러운 날이 될 거예요."

"자, 야단법석 떨 일은 아니다. 그리고 그렇게 장황한 단어로 말하지 않았으면 좋겠구나. 조그만 여자애가 그러니 우습게 들린단다. 다이애나는 널 좋아하겠지. 네가 기억해 둬야 할 건 다이애나의 어머니다. 만약 베리 부인이 너를 마음에 들어하지 않는다면 다이애나가 널 얼마나 좋아하는지는 상관이 없게 돼. 네가 린드 부인에게 버릇없이 굴었던 일이나 미나리아재비 모자를 쓰고 교회에 갔단 이야기를 들으면 널 어떻게 생각할지 모르겠구나. 예의 바르게, 또 침착하게 행동하고 이상한 말은 아예 꺼내지도 마렴. 맙소사, 애 정말 떨고 있잖아!"

앤은 몸을 부들부들 떨었고 창백한 얼굴은 딱딱하게 굳어 있었다.

그리고 서둘러 모자를 가지러 가며 이렇게 말했다. "마릴라 아주머니, 아주머니가 마음의 친구로 삼고 싶은 여자애를 만나러 가는데 어머니가 싫어할지도 모른다면 아주머니라도 떨리실 거예요."

둘은 개울을 건너 전나무 숲 언덕을 오르는 지름길을 지나 과수원 비탈길로 향했다. 마릴라가 문을 두드리자 베리 부인이 부엌문으로 나왔다. 부인은 키가 컸고 눈동자와 머리카락이 검은색이었으며 입술에서 굳은 의지가 보였다. 자녀들에게 엄격하기로 유명한 사람이었다.

베리 부인이 다정하게 인사를 건넸다. "마릴라, 잘 지내셨어요? 들어오세요. 이 아이가 입양하신 아이군요?"

마릴라가 말했다. "그래요. 앤 셜리라고 한답니다."

"끝에 e가 있는 앤입니다." 아무리 떨리고 긴장된 순간이라도 이렇게 중요한 문제는 제대로 짚고 넘어가야 한다는 생각에 앤은 숨도 제대로 못 쉬며 말했다.

못 들은 건지 이해를 못 한 건지 부인은 그저 악수만 청했다.

"안녕? 어떻게 지냈니?"

"몸은 건강하지만 마음은 좀 복잡합니다. 물어봐 주셔서 감사합니다." 앤이 침착하게 답하고는 마릴라에게 소곤거렸다. "저 이상한 말 안 했죠. 그렇죠?"

다이애나는 소파에 앉아 책을 읽다가 손님들이 들어오자 책을 떨어뜨렸다. 엄마를 닮은 검은 눈과 검은 머리카락부터, 아버지에게 물려받은 명랑한 표정까지, 뺨이 장밋빛으로 물든 다이애나는 정말이지 예쁘장한 소녀였다.

베리 부인이 소개했다. "우리 딸 다이애나란다. 다이애나, 앤을 데리고 정원으로 가서 네 꽃을 보여주렴. 책만 보느라 눈을 피곤하게 하느니 그게 낫겠다. 애가 책을 너무 많이 읽어요." 아이들이 나가자 부인이 마릴라에게 말했다. "어쩔 수 없다니까요. 애 아빠가 부추기거든요. 애가 책에서 눈을 떼질 않아요. 친한 친구가 될지도 모르니 잘됐네요. 그러면 좀 더 밖에서 시간을 보내게 되겠죠."

정원은 전나무부터 서쪽 끝까지 부드러운 저녁노을로 물들었고, 앤과 다이애나는 흐드러지게 핀 참나리꽃 너머로 서로를 어색하게 바라보았다. 꽃이 무성한 배리네 정원은 앤을 들뜨게 하기에 충분했다. 지금처럼 운명을 걱정하는 상황이 아니라면 말이다.

빙 둘러싼 큼직한 버드나무와 높이 솟은 전나무 아래, 그늘을 즐기는 풍성한 꽃들이 천지였다. 조개껍데기를 두른 화단은 단정하게 직각으로 나뉘어 마치 붉은 리본처럼 엇갈렸고, 길 사이로는 친숙한 꽃들이 빈틈없이 채워졌다. 장밋빛 금낭화와 화려함을 뽐내는 진홍빛 작약, 향기로운 흰 수선화와 가시투성이 스코틀랜드 장미가 피어 있었다. 분홍, 파랑, 흰색의 매발톱꽃과 보랏빛의 비누풀, 개사철쑥과 갈풀, 박하도 무성했다. 보랏빛 난초, 황수선화, 그리고 여리여리한 클로버까지 깃털처럼 유쾌하게 펼쳐졌다. 특히 단정하고 새하얀 물꽈리아재비 위로 날카롭게 솟은 칼체도니아 동자꽃이 강렬했다. 이 정원은 햇살이 오랫동안 머물고 꿀벌이 윙윙대며 바람이 어슬렁거리다 기분 좋게 바스락대는 곳이었다.

마침내 앤이 두 손을 움켜쥐더니 속삭이듯 작은 소리로 말했다. "다이애나, 저기, 나를 조금…… 아니, 마음의 친구가 될 수 있을 정도로 나를 좋아할 수 있겠니?"

다이애나가 웃었다. 늘 말하기 전에 웃는 아이였다.

다이애나가 솔직하게 말했다. "그럴 수 있을 거 같은데. 네가 초록 지붕 집에 살게 되어서 정말 기뻐. 같이 놀 친구가 있다면 정말 신날 거야. 그동안 가까이에 사는 여자아이가 없었거든. 나이가 비슷한 자매도 없고 말이야."

"그러면, 영원히 내 친구가 되겠다고 맹세해 줄래*?" 앤이 간절하게 물었다.

다이애나는 깜짝 놀랐다.

"그게 무슨 말이야?"

"아, 나쁜 뜻 말고, 그 단어에 다른 뜻도 있잖아."

"나는 한 가지 뜻밖에 몰라."

앤이 설명해 주었다. "나는 다른 뜻을 말하는 거야. 전혀 나쁜 말이 아니고 '엄숙하게 약속한다'는 뜻도 있거든."

다이애나는 마음을 놓았다. "그렇구나. 그럼, 할 수 있지. 어떻게 하는 건데?"

앤이 진지하게 설명했다. "손을 잡아야 해, 이렇게. 원래 흐르는 물 위에서 하는 거지만 지금은 그냥 이 길에 물이 흐른다고 상상하자. 내가 먼저 맹세할게. 나는 해와 달이 하늘에 떠 있는 한 내 마음의 친구, 다이애나 베리를 나의 신실한 마음의 친구로 삼을 것을 엄숙히 맹세합니다. 자, 이제 내 이름을 넣어서 말하면 돼."

다이애나는 웃음을 터트린 다음 맹세를 따라 했고 끝내고도 또 웃었다. 그리고 이렇게 말했다.

"앤, 너 정말 특이한 애구나. 네가 특이하다는 말은 이미 들어

• 단어 swear 의미에는 '욕하다', '맹세하다' 등이 있는데 다이애나는 '욕하다'의 뜻으로 알아들었다.

서 알고 있었지만, 난 너를 아주 좋아하게 될 거 같아."

다이애나는 마릴라와 앤이 집에 돌아갈 때 나무다리까지 바래다주었다. 두 소녀는 사이좋게 팔짱을 긴 채였다. 그리고 개울에 서서 다음 날 오후에 만날 것을 약속하고 또 약속했다.

초록 지붕 집의 정원으로 들어서며 마릴라가 물었다. "그래, 다이애나가 너랑 마음이 맞는 아이 같니?"

마릴라가 살짝 비웃듯이 물었다는 건 전혀 눈치 못 챈 앤이 한숨을 내쉬었다. "아, 마릴라 아주머니. 지금, 이 순간, 프린스에 드워드섬에서 가장 행복한 소녀는 바로 저예요. 오늘 밤에는 진심으로 기도가 술술 나올 거 같아요. 다이애나랑 저는 내일 윌리엄 벨 씨의 자작나무 숲에서 소꿉놀이를 하기로 했어요. 장작 쌓아두는 곳에 깨진 도자기가 있던데, 가져가도 될까요? 다이애나의 생일은 2월이래요. 저는 3월인데요. 정말 기가 막힌 우연이죠? 다이애나가 책도 빌려주겠대요. 굉장히 감동적이고 엄청나게 재밌는 책이래요. 뒤쪽 숲에 흑백합이 핀 곳도 알려주기로 했어요. 다이애나의 눈은 감정이 참 풍부해 보이죠? 제 눈도 그랬으면 좋겠는데. 또 다이애나가 〈개암나무 골짜기의 넬리〉라는 노래를 가르쳐 주고 싶대요. 제 방에 걸어놓을 그림도 주기로 했는데 아주 아름답대요. 사랑스러운 아가씨가 옅은 파랑색의 실크 드레스를 입고 있다네요. 재봉틀 판매상이 줬다나 봐요. 저도 다이애나에게 뭔가 주고 싶어요. 그리고 제가 다이애나보다 3센

티미터 정도 크지만 다이애나가 훨씬 통통해요. 다이애나는 마른 몸이 더 우아해 보인다며 말랐으면 좋겠다고 하는데 그건 저를 위로하려는 말 같아요. 나중에는 조개껍데기를 주우러 해변도 같이 가보기로 했어요. 나무다리 아래에 있는 샘은 '드라이어드의 거품'이라고 부르기로 했어요. 정말 우아한 이름 아닌가요? 그렇게 부르는 샘물에 관한 책을 읽었거든요. 드라이어드는 약간 어른 요정인 거 같더라고요."

마릴라가 말했다. "다이애나 앞에서는 그렇게 너무 떠들지 말아야 할 텐데 말이다. 하지만 앤, 놀러 갈 약속을 잡으려거든 이걸 명심해라. 너는 온종일 놀지는 못할 거다. 너는 해야 할 일이 있고 그 일을 먼저 끝내야 하니까."

그러나 앤의 마음은 이미 행복으로 가득한 잔처럼 찰랑댔는데 매슈는 그 잔을 철철 넘치게 했다. 카모디의 상점에 들렀다가 집에 막 들어서더니 마릴라의 눈치를 살피며 주머니에서 작은 봉투를 주섬주섬 꺼내 앤에게 건네는 것이었다.

"네가 초콜릿 사탕을 좋아한다기에 좀 사왔다."

"아이고, 앤 치아랑 위장에 안 좋기만 히죠. 자자, 앤야. 그렇게 풀 죽을 건 없다. 매슈 오라버니가 애써 사왔으니 먹으려무나. 박하사탕을 사왔다면 더 좋았을 텐데. 건강에도 좋고 말이다. 한꺼번에 다 먹고 속이나 아프지 마라."

앤이 신이 나서 말했다. "아니에요. 절대 다 먹지 않을 거예요.

오늘 밤에는 하나만 먹을게요. 그리고 반은 다이애나 줘도 괜찮을까요? 다이애나에게 준다고 생각하면 나머지 반이 두 배는 더 맛있을 거 같아요. 저도 뭔가를 줄 수 있다고 생각하니까 너무 기뻐요."

앤이 다락방으로 올라가고 나자 마릴라가 말했다. "저 아이의 장점이에요. 마음이 좁지가 않아요. 하고 많은 단점 중에 마음이 구두쇠 같은 아이는 딱 질색이거든요. 세상에나, 아이가 이 집에 온 지 3주밖에 안 됐는데 마치 계속 여기 살았던 거 같아요. 앤이 없는 집은 상상이 안 되네요. 아유, 매슈. 그럴 줄 알았지 하는 눈으로 쳐다보지 말아요. 여자가 해도 싫은데 남자가 그러는 건 못 봐주겠네요. 아이 키우길 참 잘했다는 거, 아이에게 정이 간다는 거, 다 인정해요. 하지만 매슈 커스버트, 나도 아니까 자꾸 들먹이지 말란 말이에요."

# 13
## 기대하는 즐거움

"앤이 바느질할 시간인데." 마릴라의 시선이 시계에서 8월의 강렬한 햇볕이 내리쬐는 창밖으로 옮겨갔다. 뜨거운 열기 속에서는 뭐든 축 늘어졌다. "약속 시간보다 30분이나 더 다이애나랑 놀았구나. 그러고는 일할 시간이라는 걸 뻔히 알면서도 저렇게 장작더미에 앉아 매슈에게 속사포처럼 떠들어내고 있으니. 어휴, 바보 같은 매슈는 애가 하는 말을 멍하니 듣고만 있고. 내 저렇게 홀딱 빠진 남자는 처음 보네. 애가 말이 많을수록, 이상한 말을 할수록 티를 내며 더 좋아하는 꼴이라니. 앤 셜리. 너 당장 이리 오지 못하니!"

마릴라가 스타카토처럼 타닥탁 서쪽 창문을 두드리자, 앤이 두 눈을 반짝이며 달려왔다. 뺨은 연분홍빛으로 달아올랐고 풀어헤친 머리카락 사이로 빛이 환했다.

앤은 숨도 안 쉬고 외쳤다. "마릴라 아주머니. 다음 주에 주일학교에서 소풍을 간대요. 하면 앤드루스 씨네 들판으로 가는데요. '빛나는 물결의 호수' 바로 근처에요. 벨 장로님과 레이첼 린드 부인이 아이스크림을 만들어주실 거래요. 마릴라 아주머니, 아이스크림이요! 그런데 저도, 저도 가도 될까요?"

"앤, 시계를 보거라. 내가 몇 시에 오라고 했지?"

"2시요. 하지만 소풍이라니, 정말 굉장하죠? 저도 가도 될까요? 전 한 번도 소풍에 가본 적이 없어요. 소풍 가는 걸 꿈꾼 적은 있지만 한 번도……."

"그래, 내가 두 시에 오라고 했지. 지금은 2시 45분이다. 왜 내 말을 어겼는지 듣고 싶구나."

"마릴라 아주머니, 제시간에 오려고 했는데요. '한적한 대자연'이 얼마나 굉장했는지 몰라서 그래요. 또 매슈 아저씨에게 소풍 이야기를 했어야 했고요. 제 말은 다 들어주시니까요. 근데 저도 소풍 가도 되나요?"

"대자연이고 뭐고 간에, 너는 그 아름답다는 것들을 참는 법을 좀 배워야겠구나. 내가 시간을 정해주면 그 시간에 맞춰 와야지, 30분이나 늦게 오는 말이 아니잖니. 오는 길에 네 말이라면 다 들어주는 사람한테 보고한답시고 들릴 필요도 없다. 소풍은 물론 가도 된다. 넌 주일학교 학생이고 다른 아이들도 다 가니까. 너만 못 가게 하진 않아."

앤이 쭈뼛거렸다. "그런데, 음. 다이애나가 그러는데, 학생들은 전부 다 바구니에 먹을 걸 싸가야 한대요. 아시지만 저는 음식을 할 줄 몰라서요. 그리고. 음, 퍼프 소매를 입지 않고 소풍에 가는 건 괜찮은데 음식 바구니 없이 가야 한다면 정말 창피할 거 같아요. 다이애나가 그 이야기를 해준 다음부터 계속 그것만 걱정되는 거 있죠."

"그건 걱정할 필요 없단다. 내가 만들어주마."

"와! 다정하신 마릴라 아주머니. 저에게 이렇게 잘해주시다니. 진짜 감사해요, 와!"

앤은 '와!' 하고 소리를 지르더니 마릴라의 팔에 폴짝 뛰어들어 핼쑥한 뺨에 마구 입을 맞춰댔다. 어린아이가 마릴라의 얼굴에 달려들어 입을 맞춘 건 생전 처음 있는 일이었다. 그 갑작스러운 따뜻함이 마릴라의 마음속에 찰랑찰랑 차올랐다. 마릴라는 앤의 난데없는 진한 애정 표현에 대난히 기뻤지만 어쩐지 퉁명스러운 말만 나왔다.

"자자, 이렇게 입 맞추고 난리 부릴 거 없다. 그보다 내가 시킨 일들을 얼마나 정확히 해내는지 지켜볼 거야. 음식 만드는 건 차차 너에게 가르쳐 줄 참이었다. 하지만 네가 너무 덤벙대니까 좀 차분해질 때까지 기다려야겠지. 불 앞에 설 때는 정신을 바짝 차려야 하거든. 엉뚱한 생각하느라 손을 놓고 있으면 안 되니까. 자, 이제 조각보를 잡고 차 마시기 전까지 네가 맡은 부분은 다 끝내거라."

앤은 서글픈 표정으로 반짇고리를 뒤적여 빨갛고 하얀 마름모 모양의 조각보 뭉치를 들고 한숨을 쉬며 앉았다. "다른 바느질은 괜찮지만, 조각보를 꿰맬 때는 상상할 수 있는 게 없어요. 한 줄 꿰매고 나면 다음 줄 꿰매고…… 그렇게 무한 반복이에요. 물론 다른 집에서 아무것도 하지 않고 놀기만 하는 앤보다는 초록 지붕 집에서 바느질하는 앤이 낫지만요. 바느질할 때도 다이애나랑 놀 때처럼 시간이 빨리 갔으면 좋겠어요. 참, 마릴라 아주머니, 저희 진짜 재미있게 놀았어요. 대부분 상상해서 꾸며야 했지만 그건 제가 잘하는 거니까요. 다이애나는 정말이지 모든 면에서 완벽한 친구예요. 저희 농장이랑 다이애나네 농장 사이에 흐르는 개울을 건너면 평평한 작은 땅이 있는 거 아시죠. 거기가 윌리엄 벨 씨네 마당인데요. 구석진 곳으로 더 가면 흰자작나무로 동그랗게 둘러싸인 공간이 있어요. 최고로 낭만적인 장소라고요. 다이애나랑 저는 거기에다 장난감 집을 만들고 '한적한 대자연'이라고 부르기로 했어요. 정말 시적인 이름 아닌가요? 그 이름을 생각해 내는 데 얼마나 오래 걸렸다고요. 어떤 이름으로 할까, 거의 밤을 새우고 고민했어요. 그러다가 막 잠이 들려는데 마치 영감이 떠오르듯 이름이 갑자기 튀어나온 거 있죠. 제가 지은 이름을 말해주니까 다이애나는 너무 좋아서 뒤로 넘어가더라고요. 집을 아주 멋있게 지었어요. 아주머니도 와서 보셔야 해요, 네? 이끼로 뒤덮인 커다란 돌이 의자고 나무 사이에 판자를 끼운 게 선반이에요. 거기다가 접시도 다 올려놨죠. 당연히 다 깨진 접시들이지만 멀쩡한 새 그릇이라고 상상하는 건 세상에서 제일 쉬운 일이니까요. 빨강, 노랑으로 담쟁이가 그려진 접시가 특히 예뻤어요. 그 접시는 응접실에 보관하기로 했고 거기다 요정 모양의 유리 조각도 두기로 했어요. '요정 유리 조각'은 마치 꿈에 나오는 것처럼 멋있어요. 다이애나가 닭장 뒤에 있는 숲에서 발견해 낸 거예요. 무지개색이 전부 나긴 하는데 아직 다 무르익지 않은 어린 무지갯빛이었어요. 다이애나의 어머니가 옛날에 갖고 있던 벽걸이 램프에서 떨어진 장식일 거라고 알려주셨대요. 하지만 무도회가 열렸던 그 밤에 요정들이 잃어버린 장식이라고 상상하는 게 더 멋있잖아요. 그래서 우린 그걸 '요정 유리 조각'이라고 부르기로 했어요. 매슈 아저씨가 식탁을 만들어주신댔어요. 참, 베리 씨네 들판에 있는 작은 둥근 연못은 '버드나무 작은 호수'라고 이름 붙였어요. 다이애나가 빌려준 책에서 이름을 가져온 거죠. 그 책 정말 흥미진진했어요. 여자 주인공에게 남자친구가 다섯 명이나 있더라고요. 저는 하나면 될 거 같은데요. 그렇지 않을까요? 주인공은 뛰어난 미인이었는데 큰 시련을 겪었어요. 그리고 시도 때도 없이 기절해요. 마릴라 아주머니, 저도 기절해 보고 싶어요. 너무 낭만적이잖아요. 하지만 제가 마르긴 했어도 진짜 건강하거든요. 그래도 조금씩 살이 오르는 거 같아요. 매일 아침 일어나서 팔꿈치에 보조개가 생겼나 확인해요. 다이애나는 팔꿈치까지 내려오는 새 옷을 장만했는데 그걸 소풍 갈 때 입을 거래요. 아, 맞다. 다음 주 수요일에 날씨가 좋아야 할 텐데. 소풍을 못 가면 엄청나게 실망할 거예요. 계속 살아가긴 하겠지만 평생의 슬픔이 될 게 확실해요. 앞으로 백 번의 소풍을 간다 해도 상관없어요. 이번에 못 간 걸 메꾸진 못할 거예요. '빛나는 물결의 호수'에 보트를 띄우고 아까 말씀드린 대로 아이스크림을 먹을 거래요. 저는 아이스크림을 한 번도 안 먹어봤거든요. 다이애나가 무슨 맛인지 설명해 주려고 했지만, 상상을 넘어서나 봐요."

마릴라가 말했다. "앤, 시계를 보니 10분간 쉴 새 없이 떠들었구나. 자, 궁금해서 하는 말인데, 똑같이 10분간 입을 다물 수 있는지 한번 보자."

앤은 시키는 대로 입을 다물었다. 하지만 일주일 내내 앤은 소풍에 대해 떠들었고 소풍을 생각했으며 소풍 가는 꿈까지 꿨다. 토요일에 비가 쏟아지자 이러다 수요일까지 계속 오면 어쩌나 한바탕 난리를 부리기도 했다. 마릴라는 하는 수 없이 앤의 마음이 차분해지도록 조각보를 한 조각 더 꿰매게 시켜야 했다.

교회에서 집으로 오던 일요일, 앤은 목사님이 소풍에 관해 발표할 때 실제로 온몸이 오싹했다고 고백했다.

"마릴라 아주머니, 찌릿찌릿한 게 위로 죽 올라오더니 등을 타고 죽 내려가더라고요! 목사님이 발표하시기 전까진 제가 소풍을 간다는 사실이 믿기 어려웠나 봐요. 혼자 상상한 게 아닐까 두려웠던 거죠. 하지만 목사님이 설교단에서 말씀하시는 건 믿을 수 있잖아요."

마릴라가 한숨을 쉬었다. "앤, 네가 기대를 너무 많이 하는 거 같구나. 앞으로 살면서 실망할 일이 많이 생길까 걱정이다."

앤이 신나게 외쳤다. "마릴라 아주머니, 원래 기대하는 즐거움이 반이에요. 바랐던 만큼 좋지 않을 수도 있지만, 그 무엇도 기대하는 재미를 앗아갈 순 없죠. 린드 부인은 이렇게 말씀하셨지만요. '아무것도 기대하지 않는 자는 복 받을지어다. 실망하는 일이 없을 테니.' 하지만 저는 실망하는 것보다 아무것도 기대하지 않는 게 더 불행한 거 같아요."

마릴라는 그날도 평소대로 자수정 브로치를 달고 교회에 갔다. 그녀는 교회에 갈 때면 늘 그 브로지를 달았다. 브로지를 달지 않으면 성경책이나 헌금 봉투를 잊고 교회에 가는 것처럼 큰 죄라고 여기는 듯했다. 자수정 브로치는 마릴라가 가장 아끼는 액세서리였다. 선원이었던 삼촌이 마릴라의 어머니에게 선물로 줬던 걸 마릴라에게 물려준 것이었다. 흔한 타원형 모양으로 안

에는 어머니의 머리카락이 들어 있고 테두리는 값비싼 자수정으로 장식되어 있었다. 마릴라는 자수정이 실제로 얼마나 좋은 건지 모를 정도로 값비싼 보석에 대해서는 아는 바가 없었다. 하지만 브로치를 매우 아꼈고, 고급스러운 갈색 새틴 원피스 위에서 반짝거릴 보랏빛 브로치를 늘 흡족히 여겼다.

앤은 브로치를 처음 봤을 때부터 반짝임에 홀딱 반했다.

"마릴라 아주머니, 정말 완벽하게 우아한 브로치네요. 그걸 달고 어떻게 설교나 기도에 집중할 수 있으세요? 전 분명히 못 할 거예요. 전 자수정이 제일 예쁜 거 같아요. 원랜 다이아몬드가 그렇게 예쁠 거라고 생각했어요. 오래전에 다이아몬드에 관한 책을 읽으면서 과연 어떻게 생겼을까 상상했었거든요. 아주 사랑스럽게 반짝이는 보랏빛 보석일 거라고 예상했죠. 그런데 어쩌다가 어떤 아가씨가 끼고 온 다이아몬드 반지를 실제로 보게 됐는데, 어찌나 실망했는지 눈물이 다 나더라고요. 물론 예쁘긴 했지만 제가 예상했던 다이아몬드가 아니었어요. 브로치를 잠깐 들고 있어도 될까요? 자수정은 착한 제비꽃의 영혼이 아닐까요?"

# 14
## 앤의 자백

소풍을 앞둔 월요일 저녁, 마릴라가 근심 어린 낯빛으로 방에서 내려왔다.

앤은 먼지 하나 없는 식탁에서 콩깍지를 까며 다이애나가 일러준 대로 〈개암나무 골짜기의 넬리〉를 열창하던 중이었다. "앤, 자수정 브로치 못 봤니? 어제 오후 교회에 갔다 와서 핀 쿠션에 꽂아둔 거 같은데 찾을 수가 없구나."

앤이 느릿느릿 대답했다. "어, 아까 오후에, 여성봉사회에 가셨을 때 방에서 봤어요. 아주머니 방을 지나가다가 쿠션에 브로치가 있기에 들어가서 봤어요."

마릴라가 엄한 목소리로 물었다. "브로치를 만졌니?"

앤이 고개를 끄덕였다. "네에에에…… 브로치를 가슴에 꽂아 보고 그냥 어떤지만 봤어요."

"그런 행동은 하는 게 아니란다. 남의 물건에 손을 대는 건 아주 잘못된 행동이야. 우선 내 방에 들어가서는 안 됐지. 그리고 네 것이 아닌 브로치에 손을 대서도 안 됐고. 어디에다 뒀니?"

"화장대 위에 다시 두었어요. 1분도 안 갖고 있었어요. 정말로 브로치에 손댈 생각은 없었어요. 아주머니 방에 들어가서 브로치를 해보는 게 나쁜 행동이라는 건 생각하지 못했어요. 하지만 지금 생각하니까 잘못된 행동이 맞는 것 같아요. 다시는 안 할게요. 저의 장점 중 하나예요. 못된 행동은 절대 다시 하지 않는 거요."

"아니야, 넌 제자리에 놓지 않았다. 브로치는 화장대 근처 어디에도 없다. 네가 가져갔겠지."

"제자리에 놨어요. 핀 쿠션에 꽂아놨는지 도자기 쟁반에 올려놨는지 기억은 안 나지만요. 도로 갖다 놓은 건 확실해요." 앤이 서둘러 대답했지만 마릴라기 듣기에는 버릇없이 구는 것처럼 느껴졌다.

"내가 다시 가서 확인해 보마. 네가 브로치를 제자리에 놨다면 거기에 그대로 있겠지. 만약 브로치가 없다면 네가 제자리에 놓지 않은 거다!"

마릴라는 방으로 올라가 화장대뿐 아니라 브로치가 있을 만한 곳을 샅샅이 살펴보았다. 하지만 어디서도 찾을 수 없었고 마릴라는 다시 부엌으로 내려왔다.

"앤, 브로치는 없다. 네가 말한 대로 브로치를 만진 마지막 사람은 너구나. 자, 그걸로 뭘 했지? 얼른 사실대로 말해라. 가져간 거니, 잃어버린 거니?"

앤은 화난 마릴라의 눈을 똑바로 보고 진지하게 답했다. "아니요. 가져가지 않았어요. 아주머니 방에서 브로치를 절대 가지고 나오지 않았고 단두대로 끌려간다 해도 그게 사실이에요. 단두대가 뭔지 정확히 모르겠지만요. 그게 전부예요."

앤의 '그게 전부예요'라는 말은 자신의 주장이 옳다고 강조하기 위한 말이었지만 마릴라는 반항으로 받아들일 뿐이었다.

마릴라는 날을 세웠다. "앤, 넌 나한테 거짓말을 하고 있어. 난 알고 있다. 자, 사실 그대로 말하지 않을 거면 더는 아무 말도 하지 말아라. 네 방으로 올라가서 사실대로 털어놓을 준비가 될 때까지 나오지 마라."

앤은 순순히 따랐다. "콩 가지고 갈까요?"

"아니다. 껍질은 내가 마저 까마. 넌 시키는 대로만 해."

앤이 방으로 올라간 후 마릴라는 매우 착잡한 마음으로 집안일을 했다. 아끼던 브로치가 계속 눈앞에 아른거렸다. 앤이 잃어버렸으면 어쩌나? 가져가지 않았다고 하다니, 이 못돼먹은 것.

누가 봐도 가져간 게 뻔한데! 그 천진난만한 표정은 또 어떻고!

마릴라는 콩깍지를 까며 초조해지는 마음을 감출 수 없었다.

'이런 일이 생길 수 있다고 왜 예상하지 못 했을까. 물론 아이가 훔치거나 그럴 생각은 아니었겠지. 그냥 가지고 놀다가 자기 거인 양 상상했겠지. 오늘 오후에 내가 방에 들어가기 전까지 아이 말대로 브로치는 분명히 방에 있었고 그 이후론 방에 들어간 사람이 없으니 앤이 가져간 건 맞아. 브로치는 사라진 게 확실해. 앤이 잃어버렸으니 벌을 받을까 무서워 털어놓기가 무서운 게지. 아이가 거짓말을 한다고 생각하니 끔찍하구나. 무섭게 성질부리는 것보다 훨씬 더 하네. 믿을 수 없는 아이를 집에 들인다는 게 이토록 무서운 책임감을 짊어지는 거였구나. 교활하고 부정직한 모습을 보이다니. 그게 브로치보다 더 신경 쓰이네. 앤이 사실대로 말했더라면 이렇게까지 마음이 괴롭진 않을 텐데.'

마릴라는 저녁 내내 틈만 나면 방으로 올라가 브로치를 찾아봤지만 허사였다. 잠 들 시간에 동쪽 다락방에도 가봤지만 역시 허사였다. 앤은 여전히 브로치가 어디 있는지 모른다고 우겼고 마릴라는 앤이 가져간 게 분명하다는 확신만 너하게 되었다.

다음 날 아침, 마릴라는 매슈에게 이 사건을 이야기했다. 매슈는 곤혹스러워 어쩔 줄을 몰랐다. 앤을 향한 믿음을 쉬이 놓진 않겠지만 정황상 앤이 불리하다는 건 인정해야 했다.

"화장대 근처로 떨어진 건 분명히 아니라는 거지?" 매슈는 이 말밖에 할 수 없었다.

마릴라는 확신했다. "화장대를 아예 옮겨서 확인해 봤고 서랍을 꺼내서 갈라진 틈이란 틈은 다 찾아봤어요. 브로치는 확실히 없어졌고 아이가 가져간 게 틀림없어요. 근데 거짓말을 하고 있어요. 오라버니, 이게 비참하지만 틀림없는 사실이에요. 우리가 인정하고 받아들이는 게 나아요."

"그러면, 어떻게 할 생각이야?" 매슈는 이 사태를 자신이 아니라 마릴라가 처리해야 한다는 사실에 몰래 안도하며 허망한 얼굴로 물었다. 이번 일은 끼어들고 싶지 않았다.

마릴라가 이전에 성공했던 방법을 떠올리며 우울하게 답했다. "사실대로 말할 때까지 방에 둬야죠. 그럼 알게 되겠죠. 아이가 브로치를 어디에다 뒀는지 말한다면 찾을 수 있을지도 몰라요. 하지만 어찌 되었건 마땅히 벌을 받아야죠."

매슈가 모자를 챙기며 말했다 "그럼, 벌 받아야지. 어쨌든 나는 이 문제에 상관하지 않을 거다. 네가 끼어들지 말라고 경고했잖니."

마릴라는 모든 사람이 자신에게 등을 돌린 거 같았다. 린드 부인에게 조언을 구하러 갈 수도 없었다. 심각한 얼굴을 한 마릴라는 동쪽 다락방으로 올라갔고 더 심각해진 얼굴로 내려왔다. 앤은 계속해서 부인했다. 브로치를 절대 가져가지 않았다는 말만 되풀이했다. 아이는 울었고 그걸 본 마릴라는 가엾다는 생각

이 들었지만 마음을 굳게 다잡았다. 밤이 되자 마릴라는 본인 표현대로 기진맥진한 상태가 되었다.

"앤, 사실대로 말할 때까지 방에 있어야 한다. 그걸 알아두렴."

앤은 눈물을 흘렸다. "하지만 내일은 소풍날이잖아요. 그것도 못 가게 하진 않으시겠죠? 오후에는 나가게 해주실 거죠? 소풍 갔다 온 다음에는 기꺼이 이 방에 오래오래 있을게요. 하지만 소풍은 꼭 가야 해요."

"앤, 네가 자백하기 전까지는 소풍이고 뭐고 없다."

앤은 숨이 막혔다. "아, 마릴라 아주머니!"

하지만 마릴라는 이미 방을 나가 문을 닫아버린 후였다.

소풍 가기에 완벽한 날이라는 듯 화창한 수요일 아침이 밝아왔다. 초록 지붕 주변으로 새가 지저귀고 정원의 흰백합 향기가 보이지 않는 바람을 타고 창문마다 날아왔다. 마치 축복의 영혼인 양 모든 복도와 방을 훑고 지나갔다. 골짜기의 자작나무는 동쪽 다락방의 앤이 나오기를 기다리듯 상냥하게 손을 흔들었다. 하지만 앤은 창가에 모습을 비추지 않았다. 마릴라가 아침 식사를 들고 올라가 보니 앤이 입술을 굳게 다물고 눈을 반짝이며 결심을 굳힌 듯 창백한 얼굴로 침대에 단정히 앉아 있었다.

"마릴라 아주머니, 이제 털어놓을게요."

마릴라가 접시를 내려놓았다. "그래! 앤, 어디 네 말을 들어보자." 또 한번 마릴라의 훈육 방식이 성공한 셈이었지만 아주 씁

쓸하기만 했다.

앤은 학교에서 배운 내용을 암기하듯 술술 털어놓기 시작했다. "제가 자수정 브로치를 가져갔어요. 아주머니의 말씀대로요. 방에 들어갔을 때 가져갈 생각은 없었어요. 하지만 너무 예쁘더라고요. 가슴에 꽂아보니 그 유혹을 도저히 견딜 수 없었어요. '한적한 대자연'에 가져가서 코넬리아 피츠제럴드 공주님 놀이를 하면 얼마나 완벽하게 어울릴까 상상해 봤어요. 진짜 자수정 브로치를 달고 있다면 상상이 훨씬 더 잘 될 거 같았어요. 다이애나와 저는 로즈베리로 목걸이를 만든 적이 있지만 그게 자수정하고 비교가 되겠어요? 그래서 브로치를 가져갔어요. 아주머니가 집에 오시기 전에 갖다 둘 수 있을 거라고 생각했거든요. 오랫동안 갖고 놀고 싶은 마음에 사방을 돌아다녔어요. '빛나는 물결의 호수'에 놓인 다리를 건너다가 브로치를 다시 보려고 손위로 꺼냈어요. 햇빛에 반짝반짝하는 게 얼마나 예쁘던지요! 그런데, 다리 위로 몸을 숙이다가 브로치가 그만 손가락에서 미끄러졌어요. 그게 다리 아래로, 아래로, 보랏빛을 반짝이며 내려가더니 '빛나는 물결의 호수' 바닥에 영원히 사라졌고 말았어요. 마릴라 아주머니, 이게 제가 할 수 있는 최선의 자백이랍니다."

마릴라의 가슴에 다시 분노가 치밀어 올랐다. 마릴라가 아끼는 자수정 브로치를 훔쳐간 것도 모자라 잃어버리기까지 했는데도 반성이나 주저하는 낯빛 하나 없이 조목조목 차분히 말하는 앤의 태도가 정말이지 실망스러웠다.

마릴라는 차분하려고 애썼다. "앤, 이건 최악이다. 너는 내가 본 아이 중 가장 못돼먹은 아이야."

앤은 조용히 말했다. "네, 그런 거 같아요. 제가 벌을 받아야 한다는 것도 알아요. 하지만 지금 제 마음속엔 온통 소풍 생각밖에 안 들어서…… 얼른 벌을 주시면 안 될까요?"

"소풍이라니! 앤 셜리. 오늘 소풍이고 뭐고 없다. 그게 네 벌이다. 네가 저지른 잘못에 반도 미치지 않는 벌이야!"

앤은 벌떡 일어나서 마릴라의 손을 붙들었다. "소풍에 못 간다니요! 소풍에 가도 된다고 약속하셨잖아요! 마릴라 아주머니, 저는 소풍에 가야 해요. 그래서 자백한 거예요. 그 벌만은 내리지 말아주세요. 마릴라 아주머니, 제발요. 제발 소풍에 가게 해주세요. 아이스크림은 어떡해요! 저는 이제 영원히 아이스크림을 못 먹게 될 지도 몰라요."

마릴라는 앤의 손을 차갑게 내쳤다.

"그렇게 빌 거 없다. 소풍은 못 가니까. 내 결정이 바뀔 일은 없을 거다. 절대로."

앤은 마릴라가 마음을 바꾸지 않으리란 걸 알아차렸다. 그리고는 손을 꽉 쥐며 찢어질 듯 날카로운 비명을 지르더니 침대 위로 몸을 날려 얼굴을 묻고는 실망과 좌절로 몸을 비틀며 울부짖었다.

마릴라는 방에서 서둘러 나오며 숨을 들이쉬었다. "세상에나 맙소사! 아이가 미친 게 분명하구나. 제정신인 아이라면 저렇게 행동하진 않을 거야. 미치지 않고서야 어떻게 저럴 수 있겠어. 맙소사. 린드 부인이 처음부터 제대로 본 거면 어쩌지. 그래도 손에 쟁기를 잡기로 했으니 뒤를 돌아보진 말아야지.*"

무거운 아침이었다. 마릴라는 현관 바닥을 맹렬히 쓸고 닦았고 더는 할 일이 없어지자 선반을 청소하기 시작했다. 사실 현관도 선반도 청소할 필요는 없었지만 마릴라는 일에 매달려야 했다. 이제는 밖에 나가서 마당을 갈퀴로 쓸기 시작했다.

점심시간이 되자 계단을 올라가 앤을 불렀다. 앤이 눈물에 젖은 처참한 얼굴로 계단 난간에 나타났다.

"앤, 점심 먹으러 내려와라." 앤이 훌쩍이며 대답했다. "마릴라 아주머니, 점심을 먹고 싶지가 않아요. 아무것도 먹을 수가 없어요. 제 가슴은 산산조각 났어요. 마릴라 아주머니, 제 마음을 깨뜨리셨으니 언젠가 양심의 가책을 느끼실 거예요. 하지만 용서해 드릴게요. 그때가 되면 제가 용서했다는 걸 기억해 주세요. 하지만 뭘 먹으라고 하진 말아주세요. 특히 삶은 돼지고기랑 채소요. 그건 고통에 휩싸인 사람이 먹기에 낭만적인 음식이 아니에요."

• 누가복음 9장 62절의 구절을 인용한 것이다.

마릴라는 화를 억누르며 부엌으로 돌아왔다. 그러고는 본인이 생각하는 정의로움과 무조건 앤을 편들고 싶은 마음 사이에서 괴로워하는 매슈에게 고통스러운 마음을 쏟아냈다.

"그래, 애가 네 브로치를 가져가서는 안 됐지. 그런 이야기를 지어내서도 안 됐고."

매슈도 인정했다. 그리고 앤의 말대로 이런 위기 상황에 돼지고기와 콩이 낭만적이지 않다는 것처럼 애꿎은 음식만 뒤적거렸다. "하지만 어린애고 엉뚱한 꼬마잖아. 애가 소풍 간다고 그렇게 좋아했는데 못 가게 하는 건 좀 심한 거 아닐까?"

"오라버니, 정말 당황스럽네요. 난 너무 가벼운 벌을 줬나 생각 중이었어요. 그리고 진짜 문제는 자기가 얼마나 버릇없는 행동을 하는지 전혀 모른다는 거예요. 내가 걱정하는 건 바로 그거라고요. 아이가 진심으로 반성했다면 내가 이렇게까지 힘들진 않을 거예요. 오라버니도 전혀 모르는 거 같네요. 늘 아이 편에 서서 핑곗거리를 만들어주잖아요."

매슈가 모기만한 소리로 같은 말만 반복했다. "아니, 애가 어리잖아. 마릴라, 애를 좀 봐줘야지. 가정교육을 받아본 적이 없잖아."

마릴라가 쏘아댔다. "지금 받고 있잖아요."

그 말에 매슈는 입을 다물었지만 그렇다고 마릴라의 생각에 동의하는 것은 아니었다. 점심 식탁엔 무거운 공기만 감돌았다.

즐거운 사람은 일꾼인 제리 부트 하나였다. 마릴라는 신나게 밥을 먹는 그의 모습이 꼭 자신들을 놀리는 것 같아 부아가 치밀었다.

마릴라는 설거지를 끝내고 빵을 반죽한 다음 닭 모이를 주었다. 그리고 여성봉사회를 다녀왔던 월요일 오후, 가장 아끼는 검은색 레이스 숄에 작은 구멍이 났던 게 떠올랐다.

마릴라는 수선을 하려고 방으로 올라갔다. 숄은 트렁크 안의 상자에 보관해 두었다. 상자 뚜껑을 열자, 창밖의 무성한 포도 덩굴 사이로 들어오던 햇살이 숄에 있는 무엇인가를 비췄다. 그러자 어떤 보랏빛 같은 게 얼핏 반짝였다. 마릴라는 숨이 턱 막혀 얼른 낚아챘다. 이런, 숄에서 삐져나온 실에 자수정 브로치가 걸려 있는 게 아닌가!

마릴라는 얼이 빠진 채로 중얼거렸다. "세상에 맙소사. 이게 무슨 일이야? 베리의 연못 바닥에 있을 줄 알았던 브로치가 여기에 멀쩡히 있다니. 앤이 브로치를 가져가서 잃어버렸다는 이야기는 뭐지? 초록 지붕 집이 마법에 걸린 게 분명하구나. 가만있자. 월요일 오후에 숄을 벗어서 화장대 위에 잠깐 뒀었지. 그때 브로치가 숄에 걸렸던 게로구나. 세상에나!"

마릴라는 브로치를 손에 들고 동쪽 다락방으로 갔다. 눈물을 쏟을 대로 쏟아낸 앤은 창가에 맥없이 앉아 있었다.

마릴라가 차분히 말했다. "앤 셜리, 브로치가 내 검은 레이스

솥에 걸려 있는 걸 방금 발견해 냈다. 오늘 아침에 네가 했던 그 복잡한 이야기가 대체 뭐였는지 알고 싶구나."

앤이 힘없이 답했다. "그건, 아주머니가 제가 자백할 때까지 가둬두신다고 했잖아요. 그래서 소풍에 너무 가고 싶어서 지어 낸 거예요. 어젯밤 침대에 누워서 뭐라고 자백할까 고민한 다음 최대한 그럴듯하게 만들었어요. 그리고 잊지 않도록 계속, 계속 외웠어요. 하지만 결국 소풍에 보내주지 않으셨으니 그렇게 애 쓸 필요가 없었죠."

마릴라는 터져나오는 웃음을 참기가 힘들었다. 하지만 그러기엔 양심의 가책을 느꼈다.

"앤, 너 참 대단하구나! 하지만 내가 잘못했다. 이제 알겠구나. 너는 거짓말을 할 아이가 아닌데, 네 말을 의심하지 말았어야 했어. 물론 네가 하지도 않은 일을 했다고 자백하는 것도 옳은 행동은 아니야. 대단히 잘못된 행동이지. 하지만 내가 그렇게 몰아세웠구나. 그러니 네가 날 용서한다면 앤, 나도 널 용서하마. 그리고 우리 다시 시작해 보자꾸나. 자, 그러면 이제 소풍 갈 준비하고."

앤은 천장에 닿을 듯 펄쩍 뛰었다.

"마릴라 아주머니, 너무 늦은 게 아닐까요?"

"아니다. 이제 2시인걸. 아직 다 모이지도 않았을 거야. 그리고 간식 먹기 전까지 한 시간은 있어야 할 거다. 세수하고 머리

빗고 체크무늬 원피스를 입어라. 바구니를 챙겨야겠구나. 빵을 잔뜩 구웠단다. 제리보고 마차를 준비해 놓으라고 해야겠네. 소풍 장소까지 널 데려다주라고 말이야."

앤이 세면대로 달려가며 소리 질렀다. "아, 마릴라 아주머니, 5분 전까지만 해도 너무 불행해서 차라리 태어나지 말았더라면 했는데 이제는 천사가 된다 해도 바꾸지 않을래요!"

그날 오후, 행복함과 피곤함에 푹 젖은 앤은 이루 말할 수 없이 큰 축복을 받은 듯한 표정을 한 채 초록 지붕 집으로 돌아왔다.

"마릴라 아주머니, 정말 기가 막히게 재밌었어요. '기가 막히다'는 단어는 오늘 새로 알게 된 단어예요. 매리 앨리스 벨이 사용하는 걸 들었거든요. 굉장히 감정적인 단어 아닌가요? 모든 게 멋졌어요. 간식을 정말 맛있게 먹은 다음 '빛나는 물결의 호수'에서 하면 앤드루스 씨가 태워주시는 보트를 탔어요. 한 번에 여섯 명씩이요. 그런데 제인 앤드루스가 거의 배에서 떨어질 뻔했어요. 수련을 꺾으려고 팔을 뻗다가 막 떨어지려는데 앤드루스 씨가 허리띠를 잡았어요. 그렇지 않았으면 아마 물에 빠졌을 거예요. 그게 저였다면 얼마나 좋았을까요. 기의 물에 빠질 뻔하다니, 정말 낭만적인 경험이잖아요. 흥미진진한 얘깃거리도 되고요. 그리고 아이스크림을 먹었어요. 아이스크림은 말로 표현이 안 되더라고요. 아, 마릴라 아주머니, 정말이지 절묘한 맛이었어요."

그날 저녁, 마릴라는 양말 바구니 너머로 매슈에게 사건의 결말을 전부 말해주었다.

마릴라가 솔직하게 결론지었다. "내가 실수했다는 건 기꺼이 인정해요. 그래도 배운 게 있어요. 앤이 지어낸 이야기를 생각할 때마다 웃음이 나온다니까요. 비록 거짓말이니 웃으면 안 된다는 걸 알면서도요. 하지만 다른 거짓말처럼 어째선지 나쁘게 들리지가 않아요. 그리고 어쨌든 내가 그렇게 하도록 만들었고요. 아이가 어떻게 보면 이해하기 힘든 면이 있어요. 하지만 지금까지 하는 거 보면 잘 클 거 같아요. 그리고 하나 분명한 건, 그 애가 있으면 어느 집이든 심심하진 않을 거예요."

# 15
## 학교에서 벌어진 대소동

앤이 길게 숨을 내쉬었다. "하, 얼마나 멋진 날이니! 이런 날 살아 있다는 게 그저 행복하지 않니? 이런 날을 놓치다니, 아직 태어나지 않은 사람들이 불쌍해. 물론 그 사람들도 좋은 날을 맞 겠지만 이런 날은 없을 테니까. 학교 가는 길이 이렇게나 멋있으 니 더 근사하잖아. 그렇지?"

"큰길로 돌아가는 것보다 훨씬 좋네. 그 길은 먼지 나고 덥잖 아." 다이애나는 현실적으로 있는 그대로만 말하면서 자신의 점 심 바구니를 슬쩍 들여다봤다. 촉촉하고 맛있는 라즈베리 타르 트 세 개를 열 명이 한 입씩 먹으려면 어떻게 나눠야 할까, 머리를 굴려보았다.

　에이번리 학교의 여자아이들은 늘 점심을 다 같이 먹기 때문에 라즈베리 타르트 세 개를 혼자 다 먹거나 제일 친한 친구하고만 나눠 먹는다면 영원히 치사한 아이로 낙인찍힐 게 분명했다. 하지만 타르트를 열 명의 친구들과 나누려면 무척 감질날 것이었다.

　학교로 가는 길은 실제로 아주 아름다웠다. 앤은 다이애나와 오가는 이 등굣길이 상상 속에서조차 이보다 멋지진 않을 것 같았다. 큰길은 낭만이라고는 찾아볼 수 없었다. 하지만 '연인들의 오솔길'과 '버드나무 작은 호수' 그리고 '보랏빛 골짜기'와 '자작나무 통로'를 지나는 길은 대단히 낭만적이었다.

　'연인들의 오솔길'은 초록 지붕 집의 과수원 밑에서 시작해 커스버트 농장의 끝에 있는 숲까지 쭉 이어졌다. 이 길로 소 떼를 몰고 뒤편 목초지로 가기도 하고 겨울이면 장작 무더기를 집으로 운반해 오기도 했다. 앤은 초록 지붕 집에 산 지 한 달도 안 됐을 때 이 길을 '연인들의 오솔길'이라고 이름 붙였다.

　앤은 마릴라에게 이렇게 설명했다.

　"진짜 연인들이 그 길로 걷는다는 게 아니라요. 다이애나랑 제가 끝내주게 재미있는 책을 읽었는데요. 거기에 '연인들의 오솔길'이 나오거든요. 그래서 저희도 하나 만들기로 했죠. 게다가 이름도 사랑스럽잖아요. 그렇죠? 너무 낭만적이에요! 연인들이 진짜 걷고 있는 것 같아요. 제가 그 오솔길을 좋아하는 이유는 사람들한테 이상한 애라는 소리를 들을까 조심하며 말할 필요가 없다는 거예요. 생각한 걸 그대로 신나게 마구 떠들 수 있거든요."

앤은 아침에 집에서 나와 '연인들의 오솔길'을 지나 개울까지 내려갔다. 거기서 다이애나를 만나 무성한 단풍나무 잎으로 둥글게 덮인 오솔길을 올랐다. 그리고 "단풍나무는 참 성격이 좋은 나무야. 늘 바스락거리면서 소곤소곤 말을 거니까"라고 수다를 떨며 낡은 다리까지 걸었다. 그러면 오솔길을 벗어나 베리 씨의 뒷마당을 통과해 '버드나무 작은 호수'를 지날 수 있었다. '버드나무 작은 호수' 너머로 가면 앤드루 벨 씨네 울창한 숲이 나왔다. 숲의 그늘진 쪽으로 가면 작게 옴폭 들어간 초록빛 평지, '보랏빛 골짜기'가 펼쳐졌다. 앤은 마릴라에게 이렇게 말했다. "물론 지금은 제비꽃이 없어요. 하지만 다이애나가 봄이 되면 제비꽃이 셀 수도 없이 많이 핀다는 거예요. 아, 마릴라 아주머니. 눈앞에 짠하고 그려지지 않으세요? 저는 숨을 못 쉬겠더라고요. 그래서 제가 '보랏빛 골짜기'라고 지은 기예요. 다이애나는 노저히 저처럼 장소에 딱 맞는 이름을 지을 자신이 없대요. 뭐든 잘하는 게 있는 건 좋은 거죠? 하지만 '자작나무 통로'는 다이애나가 지은 이름이에요. 이름을 지어보고 싶다고 해서 해보라고 했죠. 하지만 저라면 밋밋한 '자작나무 통로'보다는 더 시적인 이름을 지었을 거예요. 그런 이름은 누구라도 생각할 수 있잖아요. 하지만 '자작나무 통로'는 세상에서 가장 예쁜 장소에요."

사실 그랬다. 앤뿐만 아니라 그 길로 우연히 들어선 사람은 누구라도 그렇게 생각했다. 약간 폭이 좁은 '자작나무 통로'는 쭉 뻗은 언덕을 구불구불 내려갔다. 수없이 펼쳐진 에메랄드빛 장막처럼 가지런히 선 나무들 사이로 새어나오는 빛은, 벨 씨네 숲까지 죽 이어져 마치 흠 없는 다이아몬드처럼 완벽히 아름다웠다. 어린 자작나무들이 하얀 줄기에 호리호리한 나뭇가지를 매달고 길 양쪽에 늘어섰고 고사리와 보리지 그리고 야생 은방울꽃과 옹기종기 모인 다홍빛 미국자리공도 길을 따라 지천으로 피었다. 늘 상큼하고 진한 향기가 공기 중에 감돌았고 새들의 노랫소리와 함께 나무에서 불어오는 바람의 소근거림과 웃음소리가 가득한 곳이었다. 조용히 걷는다면 가끔 뛰어가는 토끼를 볼 수 있었지만 앤과 다이애나는 좀처럼 보지 못했다. 골짜기 아래로 가면 큰길이 나왔고 가문비나무 언덕을 오르면 학교가 보였다.

에이번리 학교는 처마가 낮고 큼지막한 창문이 달린, 회반죽을 칠한 건물이었다. 교실에는 위로 열고 닫을 수 있는 여닫이 모양의 편안하고 튼튼한 책상이 있었다. 학생들이 삼대째 계속 같은 책상을 사용하면서 이름 머리글자와 그림을 새겨놓아 구식 책상 위는 어지러웠다. 학교 건물은 길에서 멀찍이 떨어져 있

었고 그 뒤로는 전나무가 어스름히 서 있었으며 주변으로 개울
이 흘렀다. 아이들은 아침마다 이 개울물에 각자 우유병을 담궈
서 시원하게 보관했다.

9월, 앤이 학교에 처음 갈 때 마릴라는 남몰래 걱정이 가득했
다. 앤은 정말 독특한 여자아이였으므로 다른 아이들과 잘 어울
려 지낼 수 있을지, 그리고 수업 시간에 도대체 어떻게 입을 다
물고 있을 것인지 등의 노파심이 들었다.

하지만 마릴라의 우려와 달리 앤은 학교에 잘 적응하는 듯했
다. 그날 오후 기운이 철철 넘치는 얼굴로 집에 온 앤은 당당히
이렇게 말했다.

"학교가 좋아질 거 같아요. 선생님은 그냥 그렇지만요. 내내
콧수염만 만지작거리고 프리시 앤드루스랑 눈만 맞추고 있거든
요. 프리시는 어른이나 마찬가지예요. 열여섯 살인데 내년에 샬
럿타운에 있는 퀸스 학교에 입학시험을 칠 거래요. 틸리 볼터가
그러는데 선생님은 프리시한테 완전히 빠졌대요. 피부도 곱고
갈색 곱슬머리인 프리시가 올림머리를 하면 아주 우아하거든요.
프리시는 주로 교실 뒤에 있는 긴 의자에 앉아 있는데 선생님도
대부분 거기 앉아 계세요. 선생님은 프리시한테 공부를 가르쳐
준다지만 루비 길리스가 본 건 그게 아니었어요. 선생님이 프리
시 석판에 뭔가 적었고, 프리시가 그걸 읽더니 얼굴이 비트처럼
새빨개지면서 킥킥 웃더래요. 루비 길리스는 그건 공부와는 아

무런 상관이 없을 거라고 그랬어요."

마릴라가 날카롭게 주의를 주었다. "앤 셜리, 다시는 내 앞에서 선생에 대해 그런 식으로 말하지 마라. 선생을 흉보기 위해 학교에 가는 게 아니다. 선생이 너를 가르치고, 네가 공부한다는 게 중요한 거야. 집에서 선생에 대해 그렇게 말하면 안 된다는 걸 분명히 기억하렴. 그런 행동은 안 했으면 좋겠구나. 착한 아이처럼 행동해야지."

앤은 자신 있게 대답했다. "저 오늘 착하게 행동했어요. 상상했던 것보다 그렇게 어렵지도 않더라고요. 다이애나랑 앉았고요. 우리 자리가 바로 창가 앞이라 '빛나는 물결의 호수'가 바로 보여요. 학교에 친절한 여자애들이 많아서 특히 점심시간에 기가 막힐 만큼 재밌게 놀았어요. 같이 놀 친구가 많으니까 참 좋더라고요. 물론 다이애나가 제일 좋고 앞으로도 그럴 거지만요. 전 다이애나가 너무 좋아요. 그런데 진도는 다른 애들보다 훨씬 뒤처져 있어요. 모두 5학년 교과서로 공부하는데 저만 4학년 교과서로 공부해요. 좀 기가 죽었죠. 하지만 저처럼 상상력이 좋은 애는 한 명도 없더라고요. 그건 금방 알아냈죠. 오늘은 독해, 지리, 캐나다 역사와 받아쓰기를 공부했어요. 근데 필립스 선생님이 제 철자가 창피한 수준이라면서 석판을 들더니 애들한테 다 보여준 거 있죠. 전부 채점되어 있었는데요. 정말 굴욕적이었어요. 처음 보는 사람한테도 그렇게 차갑게 대하시진 않을 거 같아요. 어쨌든 루비 길리스는 저한테 사과를 줬고 소피아 슬로앤은 '집에 잘 들어갔나요?'라고 적힌 예쁜 분홍색 카드를 빌려줬어요. 내일 갖다줄 거예요. 그리고 틸리 볼터는 오후 내내 구슬 반지를 끼고 있게 해줬어요. 다락방에 있는 낡은 핀 쿠션에 있는 그 진주 구슬들을 떼서 반지로 만들어도 될까요? 아, 마릴라 아주머니. 제인 앤드루스가 저한테 말해준 건데요. 프리시 앤드루스가 사라 길리스한테 제 코가 예쁘다고 말하는 걸 미니 맥퍼슨이 들어서 자기한테 말해줬대요. 태어나서 처음 들어본 칭찬이었는데 어찌나 기분이 이상하던지. 아주머니, 제 코가 그렇게 예쁜가요? 아주머니는 진실만 말해주시니까요."

"네 코 정도야 괜찮지." 마릴라는 짧게 대답했지만 속으로는 앤의 코는 특별히 예쁜 코라고 생각했다. 하지만 앤에게 그렇다고 말해줄 생각은 없었다.

그렇게 3주가 아무 일 없이 잘 흘러갔다. 청명하던 9월의 어느 날 아침 에이번리에서 가장 행복한 두 소녀, 앤과 다이애나는 '자작나무 통로'를 즐겁게 걸었다. 다이애나가 말했다. "오늘 길버트 블라이드가 학교에 오나 봐. 여름 내내 뉴브런즈윅에 있는 사촌 집에 있다가 토요일 저녁에야 집에 왔대. 걔가 엄청나게 잘생겼거든. 여자애들을 심하게 괴롭히지만 말이야. 정말 인생이 괴롭다고 느껴질 정도로."

다이애나의 목소리는 오히려 인생이 괴로울 정도로 괴롭힘을 당하고 싶다는 투였다.

앤이 말했다. "길버트 블라이드? 현관 벽에 줄리아 벨과 함께 '여기 집중' 밑에 적혀 있는 이름 아니야?"

다이애나가 고개를 갸웃거렸다. "맞아. 하지만 그 애는 줄리아 벨을 싫어해. 그 애의 주근깨로 곱셈 공부를 했단 말을 들은 적이 있거든."

앤이 애원했다. "아휴, 내 앞에서 주근깨 이야기는 꺼내지 말아줘. 내가 주근깨가 많다 보니까 나한텐 예민한 문제거든. 어쨌든 남자애랑 여자애 이름을 벽에 나란히 쓰고 집중이라는 둥 이것 저것 적어놓는 건 정말 한심한 짓이야. 내 이름을 남자애 이름과 쓰기만 해봐라. 물론……." 앤은 망설이다 덧붙였다. "그럴리는 없겠지만."

앤은 한숨을 쉬었다. 자기 이름이 적히는 건 싫었지만 그럴 가능성이 없다는 사실이 왠지 창피하게 느껴지기도 했다.

다이애나가 말했다. "왜 그럴 리가 없니." 다이애나의 까만 눈과 윤기 나는 머리카락은 에이번리 학교 남자애들의 마음을 무수히 흔들어놓았기에 다이애나의 이름은 이미 여섯 번이나 올라갔었다. "애들이 그냥 장난으로 하는 거야. 그리고 네 이름이 쓰일 리 없다고 그렇게 확신하지 않는 게 좋을걸. 찰리 슬론이 너한테 완전히 빠졌으니까. 찰리가 자기 어머니한테 학교에서 네가 가장 똑똑한 아이라고 그랬대. 그게 예쁘다는 말보다 더 좋은 거지."

"아니야. 그렇지 않아." 뼛속까지 여성스러운 앤이었다. "나는 똑똑한 것보다 예쁜 게 좋아. 나는 찰리 슬론이 싫어. 눈이 개구리같이 생긴 남자애는 못 봐주겠더라. 누군가 내 이름을 찰리랑 함께 벽에 쓴다면, 그 망신을 어떻게 잊을 수 있겠니? 그나저나, 반에서 1등을 하니까 기분이 되게 좋더라."

다이애나가 말했다. "앤, 다음 시간부터는 길버트랑 너랑 같은 수업을 듣게 될 거야. 그 반에서 길버트가 1등이었거든. 지금 나이는 열네 살인데 아직까지 4학년 교과서로 공부하지만 말이야. 4년 전에 아버지 건강 문제로 앨버타에 갔을 때 길버트도 같이 갔었거든. 거기서 3년을 살았는데 여기로 돌아올 때까지 학교를 거의 안 다녔대. 앤, 다음 시간부턴 계속 1등 하기가 쉽지 않을 거야."

앤이 재빨리 말했다. "잘됐네. 겨우 아홉 살이나 열 살짜리 꼬마 애들이랑 듣는 수업에서 계속 1등 하는 것도 그다지 자랑스럽진 않았거든. 참, 어제 '분출ebullition*'이라는 철자 시험을 봤어. 그런데 들어봐. 조시 파이가 몰래 책을 펴보는 거 있지. 필립스 선생님은 그 애를 못 봤어. 플리시 앤드루스만 쳐다보고 있으니까. 하지만 난 봤어. 그래서 내가 파이를 얼음처럼 차가운 경

---

• 돌발, 분출이라는 뜻이다.

멸의 눈으로 째려보니까 애가 비트처럼 새빨개지더니 결국 철자를 틀리게 썼더라고."

큰길 펜스를 넘어가며 다이애나가 화를 냈다. "파이네 집 애들은 늘 그런 식이라니까. 거티 파이는 어제 내 자리에다가 자기 우유병을 담가놓고 가더라고. 그 애랑 말해봤니? 나는 이제 걔랑 말 안 해."

필립스 선생님이 교실 뒤에서 프리시 앤드루스의 라틴어를 듣고 있을 때 다이애나가 앤에게 속삭였다. "네 건너편에 앉은 애가 바로 길버트 블라이드야. 한번 봐. 잘생긴 거 같아?"

앤은 그쪽을 쳐다보았다. 마침 대놓고 쳐다보기 좋은 때였다. 길버트 블라이드는 자신의 앞에 앉은 양 갈래머리를 한 루비 길리스의 금발 머리를 의자 등받이에 핀으로 몰래 고정시키는 데 정신이 팔려 있었다. 갈색 곱슬머리의 길버트는 키가 컸고 연갈색 눈동자에는 장난기가 넘쳤다. 그는 친구를 놀리느라 재밌는지 입술을 비죽거리는 중이었다. 잠시 후, 루비 길리스가 선생님에게 종이를 제출하려고 일어서는 순간, 머리카락이 뿌리 뽑히는 듯한 고통에 작게 비명을 지르며 의자로 주저앉고 말았다. 모든 아이가 루비 길리스를 쳐다봤고 필립스 선생님이 이글거리는 눈으로 째려보자 루비는 울음을 터뜨렸다. 길버트는 고정했던 핀을 얼른 빼서 세상 진지한 얼굴로 역사 공부를 하기 시작했다. 하지만 소란이 가라앉고 교실이 다시 조용해지자, 길버트

는 앤을 쳐다보더니 말로 표현하기 힘든 우스꽝스러운 표정으로 윙크를 했다.

앤이 다이애나에게 솔직하게 말했다. "길버트 블라이드가 잘생긴 건 맞아. 하지만 너무 뻔뻔하더라. 그리고 처음 보는 사람한테 윙크하다니, 정말 예의가 없잖아."

하지만 진짜 심각한 문제는 오후에 터지고야 말았다.

필립스 선생님은 구석에서 프리시 앤드루스에게 대수학을 설명하고 있었고 나머지 학생들은 자유롭게 풋사과를 먹거나 잡담을 하던 중이었다. 혹은 석판에 낙서하거나 귀뚜라미에 실을 묶어 통로 사이를 왔다 갔다 하고 있었다. 길버트 블라이드는 앤셜리가 자신을 돌아보게 하려고 했지만, 번번이 실패했다. 앤은 당시 길버트 블라이드가 거기에 앉아 있다는 사실은커녕 에이번리 학교에 있는 어떤 학생도 안중에 없었다. 손으로 턱을 받히고 서쪽 창문 너머로 시선을 고정한 채였다. '빛나는 물결의 호수'의 푸른빛에 정신이 팔려 자신의 머릿속 세상 외에는 보고 들리는 게 아무것도 없었다. 길버트 블라이드는 여자애의 시선을 돌리는 데 실패해 본 적이 거의 없었다. 당연히 앤도 자신을 쳐다봐야 했다. 앤 셜리, 빨강머리, 갸름한 턱선, 그리고 에이번리 학교에 다니는 어떤 여자애보다도 커다란 저 눈.

길버트는 통로로 손을 뻗어 앤의 긴 빨강 갈래머리를 잡고 휙 치켜들더니, 거슬리는 목소리로 이렇게 말했다.

"홍당무, 홍당무!"

그제서야 앤은 활활 불타는 눈으로 길버트를 쳐다봤다!

앤은 쳐다보기만 한 게 아니었다. 벌떡 일어섰다. 그림 같던 상상의 세계는 와르르 무너졌다. 처음에는 길버트를 획 째려보는 앤의 눈이 분노로 이글거리더니 금세 눈물로 반짝이는 게 아니던가?

앤이 폭발했다. "이런 나쁜 놈! 어떻게 감히 그런 말을!"

그리고 쾅! 앤이 석판으로 길버트의 머리를 내리치자 우두둑 깨지는 소리가 났다. 깨진 건 머리가 아니라 석판이었다. 두 동강으로 쩍 갈라진 것이다.

늘 구경거리를 찾아다니는 에이번리 학생들에게 이 장면은 그야말로 놓칠 수 없는 명장면이었다. 학생들은 엄청난 소동에 일제히 "와!" 하고 소리를 질렀다. 다이애나는 숨이 탁 막혔다. 유난 떨기 좋아하는 루비 길리스는 울음부터 터트렸다. 토미 슬론은 입이 떡 벌어지는 이 연극의 한 장면을 멍하니 감상하느라 귀뚜라미를 다 놓쳐버렸다.

필립스 선생님이 통로를 걸어와 앤의 어깨를 손으로 꾹 누르며 다그쳤다.

"앤 셜리, 이게 무슨 일이지?" 앤은 대답하지 않았다. 전교생 앞에서 '홍당무'라고 놀림을 받았다고 말하라니 그건 인간적으로 너무 심한 요구였다. 용감히 나선 건 길버트였다.

"필립스 선생님, 제 잘못입니다. 제가 앤을 놀렸어요."

필립스 선생님은 길버트에게 눈길도 주지 않았다.

"내 학생 중에 이렇게 성질이 포악하고 폭력적인 학생이 있다니 참 안타깝구나. 앤, 칠판 앞 교단에 가서 오후 내내 서 있어라." 마치 자신의 학생이라면 이 자그맣고 불완전한 인간의 마음속에 있는 모든 악한 생각을 뿌리째 뽑아버릴 거라는 듯한 말투였다.

앞으로 나갈 생각을 하니 앤의 여린 영혼은 채찍으로 맞은 것처럼 덜덜 떨려왔고 차라리 실제로 채찍을 맞는 게 훨씬 나을 것 같았다. 앤은 창백해진 얼굴을 한 채 칠판 앞으로 나갔다. 필립스 선생님은 분필을 들고 앤의 머리 위에 이렇게 썼다.

"앤 셜리는 성질이 나쁩니다. 앤 셜리는 화를 참는 법을 배워야 합니다." 그리고 글씨를 읽을 줄 모르는 유치원생도 다 알 만큼 큰 소리로 읽게 했다.

앤은 오후 내내 그 글귀 아래 서 있었다. 눈물을 보이거나 고개를 숙이진 않았다. 그러기엔 분노가 여전히 가슴에서 들끓었기 때문에 지독히 창피해도 꿋꿋이 서 있을 수 있었다. 앤의 화난 눈동자와 달아오른 뺨은 다이애나의 동정 어린 눈길과 찰리 슬론의 공감한다는 듯한 고갯짓, 그리고 조시 파이의 음흉한 미소와 정면으로 마주했다. 길버트 블라이드는 아예 쳐다보지도 않았다. '절대로 쳐다보지 않을 거야! 절대로 말도 섞지 않을

거야!'

학교가 끝나고 앤은 빨강 머리를 당당히 들고 걸어나갔다. 길버트 블라이드가 현관문 앞으로 나와 앤에게 말을 걸었다.

"앤, 네 머리카락 갖고 놀려서 정말 미안해. 진심이야. 그만 화좀 풀어줘." 길버트는 애절하게 사과했다.

앤은 보지도 듣지도 못했다는 듯 완전히 무시하고 지나갔다. 다이애나는 앤을 쫓아오며 반은 책망하듯, 반은 이해하기 힘들다는 듯 나직이 물었다. "앤, 왜 그랬어?" 다이애나는 길버트의 사과를 도저히 외면할 수 없을 것 같았다.

앤은 진지했다. "다이애나, 나는 절대로 길버트 블라이드를 용서하지 않을 거야. 필립스 선생님도 내 이름 철자를 틀리게 썼어. e를 안 쓰셨거든. 내 가슴에 쇳덩이가 내려앉은 기분이야."

다이애나는 앤이 무슨 말을 하는 건지 정확히 이해하진 못했지만 무언가 대단히 나쁜 상태라는 건 알아챘다.

다이애나는 앤을 달래려고 애썼다. "길버트가 머리카락을 가지고 놀린 거에 너무 마음 쓰지 마. 여자애라면 다 놀리니까. 나보고도 머리가 까맣다고 놀렸어. 까마귀라고 열두 번도 더 놀렸다고. 게다가 길버트가 사과하는 건 처음 봤어."

앤이 차분히 설명했다. "다이애나, 까마귀라고 하는 것과 홍당무라고 하는 건 아주 큰 차이야. 길버트 블라이드는 내 감정을 참을 수 없을 만큼 상하게 했어."

만약 다른 일이 일어나지 않았더라면 앤은 이 일을 그냥 넘겼을 수도 있었다. 하지만 설상가상이라더니, 더 안 좋은 일이 일어나고 말았다.

점심시간이 되면, 에이번리 학생들은 언덕 너머의 벨 씨네 가문비나무 숲과 드넓은 들판에서 고무 진을 뽑아 씹고는 했다. 거기서 필립스 선생님이 하숙하는 에벤 라이트의 집을 감시할 수도 있었다. 그러다가 필립스 선생님이 나오면 학교를 향해 뛰기 시작했다. 하지만 필립스 선생님이 집에서 학교로 오는 거리보다 학생들이 뛰어야 하는 거리가 세 배는 멀었기 때문에 학생들은 숨을 헐떡이며 겨우 도착했다. 그중 몇몇은 3분 정도 늦게 도착하기도 했다.

다음 날, 필립스 선생님은 난데없이 갑자기 반 분위기를 잡아야겠다는 생각에 점심을 먹으러 하숙집으로 돌아가기 전, 이렇게 선언했다. 자기가 돌아오기 전까지 모든 학생은 자리에 앉아 있어야 하며 누구라도 늦게 오는 사람은 벌을 받을 것이라고.

모든 남자아이와 몇 명의 여자아이들은 평소와 마찬가지로 '한 번만 씹고 올까'라는 생각으로 벨 씨네 가문비나무 숲으로 향했다. 하지만 가문비나무 숲에는 놀 거리가 많았고 노란 고무 진 조각은 거부하기 힘들 정도로 매력적이었다. 아이들은 고무 진을 뽑아 먹으며 정신없이 숲을 돌아다녔다. 늘 그렇듯 뛰어야 할 시간을 제일 먼저 알려준 건 제일 높은 가문비나무 꼭대기에 올라가서 "선생님 온다!"라고 외쳤던 지미 글로버의 목소리였다.

숲 바닥에 있던 여자애들이 제일 먼저 뛰기 시작했고 몇 초를 남기고 간신히 학교 건물에 도착했다. 나무에 올라가 있던 남자 아이들은 재빨리 요리조리 나무를 타고 내려와 그 다음으로 뛰기 시작했다. 그리고 가장 마지막으로 뛰기 시작한 사람은 마치 자신이 어둑한 숲에서 태어난 야생의 요정인 양 굴던 앤이었다. 앤은 고무 진에는 전혀 관심도 없이 숲 언저리에서 허리까지 올라오는 기다란 고사리 사이를 행복하게 돌아다니며 흑백합 화환을 머리에 쓴 채 흥얼거리던 중이었다. 대신 앤은 사슴처럼 날랬다. 필립스 선생님이 고리에 막 모자를 거는 순간, 다다닥 뛰어 남자아이들을 제치고 다른 아이들과 함께 날쌔게 교실로 들어왔다.

필립스 선생님의 반 분위기를 바꿔보겠다는 의지는 이미 사그라지고 없었다. 열댓 명 학생들을 벌주는 것도 성가신 일이었다. 하지만 말을 던져놨으니 무언가는 해야 했기에 희생양을 찾아 두리번대다 앤을 발견했다. 앤은 숨을 헐떡이며 자리에 앉아 있었는데 깜빡 잊고 백합 화환을 계속 삐딱하게 쓰고 있어 유독 지저분하고 단정하지 못했다.

필립스 선생님은 냉랭하게 말했다. "앤 셜리, 네가 남자아이들하고 노는 걸 그렇게 좋아하니, 오늘 오후는 네 취향을 존중해 줘야겠구나. 머리에 올린 꽃을 치우고 길버트 블라이드와 앉도록 해라."

다른 남자아이들이 킥킥거렸다. 다이애나는 앤의 머리에서 얼른 화환을 내리고 안타까운 마음에 창백해진 얼굴로 앤의 손을 꽉 잡았다. 앤은 돌처럼 굳은 채 선생님을 바라보았다.

필립스 선생님이 진지한 목소리로 물었다. "앤, 내 말 못 들었니?"

앤은 천천히 대답했다. "들었습니다, 선생님. 하지만 진심으로 하신 말씀인지는 몰랐어요."

"진심으로 하는 말이다. 즉시 움직여라." 여전히 비꼬는 말투였다. 모든 아이가 싫어하는, 특히 앤이 너무나도 싫어하는 말투였다. 아픈 데를 또 찔린 기분이었다.

잠시 동안, 앤은 움직이지 않았다. 하지만 이내 어쩔 도리가 없다는 걸 깨닫고 건방진 태도로 일어나 통로를 건너 길버트 블라이드 옆에 앉았다. 그리고 책상에 엎드렸다. 옆에서 앤을 살짝 본 루비 길리스는 집으로 가는 길에 다른 아이들에게 이렇게 말했다. "그런 얼굴은 본 적이 없다니까. 얼굴은 새하얀 데다가 작고 시뻘건 점이 얼마나 많던지."

이건 앤에게 세상이 끝장난 것과 마찬가지였다. 똑같이 늦게 들어온 열두 명 중에서 자신만 벌을 받은 것도 최악이었지만 그 벌칙이란 게 남자애랑 앉는 거라니! 게다가 그 남자애는 자신에게 참을 수 없는 모욕을 준 길버트 블라이드였다. 앤은 도저히 견딜 수 없었다. 이건 노력해서 될 일이 아니었다. 앤의 온몸은 부끄러움과 분노와 수모로 부글부글 끓었다.

처음에는 다른 학생들이 쳐다보고 웅성거리며 낄낄대고 팔꿈치를 툭툭 쳤다. 하지만 앤은 단 한 번도 얼굴을 들지 않았다. 길버트가 분수 문제를 푸는 데만 온 정신을 쏟아붓자, 점점 아이들도 각자 할 일을 했고 앤에게 신경 쓰지 않았다. 필립스 선생님이 역사 수업을 시작한다고 했을 때 앤도 앞으로 나가야 했지만 옴짝달싹도 하지 않았다. 필립스 선생님은 수업을 시작하기 전부터 「프리실라에게」라는 시를 쓰고 있었는데 맞추기 힘든 각운을 생각해 내느라 앤은 안중에도 없었다. 그런데, 아무도 보지 않을 때 길버트가 책상에서 분홍색 하트 모양 사탕을 꺼내더니 앤의 팔 밑으로 슬쩍 밀어넣었다. 사탕 위에는 금색으로 '사랑스러운 아이'라고 장식되어 있었다. 그러나 앤은 얼굴을 들고 손끝으로 사탕을 조심스럽게 밀더니 바닥으로 툭 떨어뜨린 다음 가루가 될 때까지 신발로 뭉개버렸다. 그리고 길버트에게 눈길 한 번 주지 않고 곧장 엎드렸다.

학교가 끝나자 앤은 자기 책상으로 척척 걸어갔다. 그러더니 보란듯이 안에 있던 모든 책, 필기판, 펜과 잉크, 성경책과 연산책을 모조리 꺼내 부서진 석판 위에 가지런히 쌓았다.

교실 안에서는 물어볼 용기가 안 났던 다이애나가 밖으로 나오자마자 물었다. "앤, 그거 왜 다 집에 가져가는 거야?"

앤이 말했다. "나 앞으로 학교 안 다닐 거야." 다이애나는 숨이 턱 막혀 앤의 말이 진심인지 아닌지 알기 위해 앤을 빤히 쳐다보았다.

"마릴라 아주머니가 네가 집에 있는 걸 허락하실까?"

"허락하셔야지. 나는 저 선생님이 있는 한 다시는 학교에 안 갈 테니까."

다이애나는 울음을 터트릴 것처럼 보였다. "앤! 너무해. 그럼 나는 어떡해? 필립스 선생님이 나를 그 끔찍한 거티 파이랑 앉힐 거란 말이야. 걔가 혼자 앉아 있으니까 뻔하잖아. 제발 학교에 가자. 앤."

앤이 서글프게 말했다. "다이애나, 너를 위해서라면 난 못할 게 거의 없어. 너에게 조금이라도 도움이 된다면 내 팔다리라도 떼어주겠어. 하지만 학교는 안 되겠어. 그러니 제발 그러지 말아줘. 그럼 내가 너무 힘들어."

다이애나는 슬프기만 했다. "그러면 재밌는 놀이를 다 못하게 되잖아. 개울 아래에다 제일 예쁜 소꿉놀이 집을 짓기로 했잖아. 다음 주엔 공놀이도 할 긴데 너 공놀이 해본 적 없지, 앤? 얼마나 재밌는데. 새로운 노래도 부를 거야. 제인 앤드루스가 지금 연습하고 있어. 앨리스 앤드루스가 다음 주에 팬시가 새로 쓴 책을 갖고 온대. 그러면 개울로 가면서 한 장씩 소리 내서 읽자. 앤, 너 소리 내서 책 읽는 거 좋아하잖아."

그 어떤 놀이도 앤의 마음을 움직이지 못했다. 앤은 이미 결심을 군힌 후였다. 필립스 선생님이 있는 학교로 다시는 돌아가지 않을 작정이었다. 그리고 집에 도착해서 마릴라에게도 그렇게 말했다.

마릴라는 어이가 없었다. "말도 안 되는 소리."

앤이 마릴라를 진지하게 원망하는 눈으로 바라보았다. "말도 안 되는 소리가 아니에요. 모르시겠어요? 저는 모욕을 당했어요."

"모욕이라니, 무슨 말이냐. 내일 평소대로 학교에 가야 한다."

앤은 천천히 고개를 저었다. "아니요. 마릴라 아주머니, 저는 학교에 가지 않을 거예요. 집에서 공부할 거고 최대한 입을 다물고 착하게 있겠어요. 하지만 학교는 안 가요. 절대로요."

마릴라는 앤의 자그마한 얼굴에서 절대 양보하지 않겠다는 비장한 표정을 읽었다. 이대로 밀어붙였다가는 일이 커질 것 같았다. 그래서 지혜로운 마릴라는 더 이상 아무런 말도 하지 않았다. '이따 저녁에 린드 부인에게 가서 물어봐야겠다. 지금은 앤이랑 말이 안 통하겠어. 머리끝까지 화가 난 데다 마음을 이미 굳게 먹었으니 고집을 꺾지 않을 거 같은데…… 말하는 걸 들어보니 필립스 선생이 너무 심하긴 했네. 하지만 앤에게 그런 말은 하면 안 되겠지. 린드 부인과 이야기해 봐야겠다. 아이 열 명을 학교에 보냈으니 어떻게 해야 할지 알게야. 지금 즈음이면 벌써 소문을 들어 알고 있겠지.'

린드 부인은 늘 그렇듯 쾌활한 태도로 열심히 퀼트를 꿰매고
있었다.

마릴라는 조금 민망한 듯 말했다. "제가 왜 왔는지 아시죠?"

린드 부인이 고개를 끄덕였다.

"학교에서 앤이 소동을 부려서 그렇죠. 수업을 마치고 온 틸리
볼터가 말해주더군요."

"어떻게 해야 할지 모르겠어요. 앤이 학교에 가지 않겠다고 하
네요. 저렇게 굳은 얼굴은 처음 봤어요. 학교를 보낼 때부터 문
제가 생길 걸 알았죠. 그동안 너무 순조롭다 싶었어요. 지금 아
이가 굉장히 예민해져 있어요. 레이첼, 어떻게 생각하세요?"

남에게 조언하길 좋아하는 린드 부인은 친절하게 충고해 주
었다. "마릴라, 내 조언을 들으러 왔으니까 말씀드리죠. 우선 아
이가 좀 웃어넘길 수 있게 해주세요. 저라면 그러겠어요. 내가
보기엔 필립스 선생이 잘못했어요. 물론 아이들한테 그렇게 말
하면 안 되겠죠. 어제 앤이 성질을 부린 일로 벌을 준 건 옳은
일이었어요. 하지만 오늘은 다르죠. 늦게 들어온 다른 아이들도
앤처럼 똑같이 벌을 받았어야 맞죠. 그럼요. 벌칙으로 여자애를
남자애랑 앉힌다는 것도 좀 그래요. 바람직한 방법이 아니잖아
요. 틸리 볼터도 상당히 분해하던데요. 완전히 앤 편을 들더라고
요. 다른 아이들도 다 그렇게 말했대요. 어떻게 된 건지 앤이 아
이들 사이에서 인기가 좋은 모양이에요. 다른 애들과 그렇게 사

이좋게 지내게 될 줄은 몰랐네요."

마릴라가 놀라서 물었다. "그러면 정말로 앤을 그냥 집에 두는게 낫다고 생각하시는 거군요."

"그렇죠. 나라면 아이가 스스로 학교에 가겠다고 할 때까지 학교 얘길 꺼내지 않겠어요, 마릴라. 일주일 정도 지나면 아이도 털어버리고 스스로 학교에 가겠다고 할 겁니다. 그럼요. 지금 당장 학교에 가게 한다면 다음에 어떤 희한한 일을 벌일지 누가 알아요. 제 생각엔 단순하게 생각할수록 좋을 거 같아요. 학교 공부라면 놓치는 게 그리 많진 않을 거예요. 필립스 선생이 사실 선생으로서 영 아니잖아요. 수업 분위기와 관련해서 소문도 안 좋고요. 꼬마들은 내버려 두고 퀸스 학교에 간다는 다 큰 학생에게 시간을 쏟으니 말이에요. 그 사람 삼촌이 학교 이사만 아니었다면 1년도 있지 못했을 거예요. 그 이사라는 사람이 다른 이사들 두 명을 쥐고 흔든다잖아요. 정말이지, 우리 섬의 교육이 어떻게 되어가고 있는 건지 모르겠어요."

린드 부인은 자신이 교육청 수장이라면 훨씬 더 잘 운영할 수 있다는 듯 고개를 저었다.

마릴라는 린드 부인의 조언을 받아들여 앤에게 학교로 돌아가라는 말을 일절 하지 않았다. 대신 앤은 집에서 학교 공부와 집안일을 했다. 가을날의 서늘한 보랏빛 땅거미가 질 때 즈음 다이애나와 같이 놀기도 했다. 하지만 길버트 블라이드를 길에서 우연히 만나거나 주일학교에 가다가 마주치기라도 하면, 길버트가 아무리 화를 풀어주려고 애를 써도 얼음같이 차갑게 지나쳤다. 다이애나도 중간에서 갖은 시도를 했지만 모두 헛수고로 끝날 뿐이었다. 앤은 죽을 때까지 길버트 블라이드를 증오하기로 굳게 마음을 먹은 게 분명해 보였다.

하지만 앤은 작은 마음에 품을 수 있는 최대한의 크기로 길버트를 증오했고 또 그만큼 다이애나를 열정적으로 사랑했다. 어느 날 저녁, 마릴라가 과수원에서 사과를 한 바구니 따서 들어오는데 앤이 땅거미가 지는 동쪽 창가에 앉아 엉엉 울고 있었다.

"앤, 왜 그러니?"

앤은 슬픔에 잠겨 눈물을 줄줄 흘렸다. "다이애나 때문에 그래요. 마릴라 아주머니, 저는 다이애나가 너무 좋아요. 다이애나 없이는 살 수가 없어요. 그런데 우리가 크면 다이애나는 결혼할 테고 그럼 저와 멀어지겠죠. 결국 저를 떠나게 될 거예요. 그러면 어떡해요? 전 다이애나의 남편이 미워요. 너무너무 미워요. 제가 다 상상해 봤거든요. 결혼식이랑 전부 다. 다이애나는 눈처럼 하얀 드레스를 입고 베일을 쓰고 여왕처럼 아름답고 우아해요. 저는 신부 들러리로 섰는데 퍼프 소매가 달린 예쁜 드레스를 입고 있지만, 겉으로만 웃고 있지 속으로는 마음이 갈기갈기 찢어져요. 그리고 다이애나에게 작별의 인사를 안녀여어어엉엉……." 앤은 또 얼굴이 일그러지더니 더 크게 울기 시작했다.

마릴라는 입술이 꿈틀거려 얼른 뒤로 돌아섰지만 소용없었다. 바로 옆 의자에 주저앉아 큰소리로 와하하 하고 웃음을 터뜨렸다. 마당 건너편에 있던 매슈는 일하다 말고 깜짝 놀랐다. 마릴라가 저렇게 크게 웃은 적이 있던가?

웃음을 좀 가라앉힐 수 있게 되자 마릴라가 입을 열었다. "맙소사, 앤 셜리. 걱정하려면 좀 더 가까운 미래부터 걱정하는 게 어떻겠니? 네가 상상력이 좋다는 건, 그건 정말 인정하마."

# 16
## 다이애나에게 차를 마시자고
## 초대했던 일이 비극으로 끝나다

초록 지붕 집의 10월은 아름다웠다. 골짜기의 자작나무는 해 님처럼 황금빛으로 빛났고 과수원 뒤의 단풍나무는 환상적인 진홍색을 뽐냈다. 오솔길을 따라 핀 양벚나무는 세상에서 제일 고운 검붉은색과 구릿빛 초록색 옷으로 갈아입은 듯했다. 추수 가 끝난 들판은 햇살을 흠뻑 받았다.

앤은 눈앞에 펼쳐진 찬란한 색채의 향연에 감탄했다.

어느 토요일 아침, 앤은 나뭇가지를 한 아름 안고 춤을 추듯 걸어왔다. "아, 마릴라 아주머니. 10월이 있는 세상에서 살고 있 다는 게 너무 기뻐요. 9월에서 11월로 그냥 넘어간다면 얼마나 끔찍하겠어요. 이 단풍나무 가지 좀 보세요. 몸에 전율이 여러 번 찌르륵 올라오지 않으세요? 이걸로 제 방을 꾸밀 거예요."

미적 감각이라곤 딱히 없는 마릴라가 말렸다. "지저분해지기만 하지. 앤, 밖에서 가져온 물건들을 방에 잔뜩 늘어놓았더구나. 침실은 원래 자라고 있는 데다."

"네, 알아요. 그리고 꿈을 꾸는 곳이기도 하죠. 그리고 예쁘게 꾸민 방에서 더 멋진 꿈을 꿀 수 있는 거 아시잖아요. 이 나뭇가지들을 오래된 파란색 주전자에 꽂아 탁자 위에 둘 거예요."

"그러면 계단에 나뭇잎이나 사방팔방 흘리지 말아라. 나는 오후에 여성봉사회 모임이 있어 카모디에 간다. 어두워진 다음에야 집에 돌아올 거야. 매슈와 제리가 먹을 저녁 식사를 네가 준비해야 한다. 그러니 저번처럼 까먹지 말고 식탁에 앉기 전에 차부터 우려야 한다."

"네, 그땐 저도 너무 놀랐어요. 하지만 '보랏빛 골짜기'를 대신할 이름을 생각하느라 다른 건 다 까먹고 말았어요. 그래도 매슈 아저씨가 많이 도와주셨어요. 혼내지도 않으셨고요. 차도 직접 끓이시고 우려지는 동안 잠깐 기다리면 된다고도 말씀해 주셨고요. 그래서 제가 아저씨한테 아름다운 요정 이야기를 해드렸더니 기다리는 시간이 하나도 길게 느껴지지 않으셨대요. 아! 정말 아름다운 이야기였어요. 결말을 잊어버려서 제가 그냥 지어냈거든요. 그런데 매슈 아저씨는 어디부터 지어낸 이야기인지도 모르겠다고 하셨어요."

"앤, 매슈는 다 괜찮다고 할 거다. 네가 한밤중에 점심을 먹자고 해도 말이다. 하지만 이번에는 정신 똑바로 차리고 하렴. 그리고 내가 잘한 결정인지는 모르겠다. 네가 더 허둥댈까 걱정이다만, 이따 오후에 다이애나보고 우리 집으로 오라고 하렴. 둘이 차를 마셔도 좋다."

앤이 두 손을 꽉 움켜쥐었다. "아, 마릴라 아주머니! 완벽한 계획이에요! 아주머니도 결국 상상할 수 있으시네요. 그게 아니라면 제가 이날만을 얼마나 손꼽아 기다렸는지 모르실 테니까요. 너무 근사하고 어른이 된 거 같은 기분이 들 거예요. 손님이 있으면 차 끓이는 걸 잊을까 걱정하지 않아도 되겠네요. 혹시 장미꽃 봉오리가 그려진 찻잔 세트를 써도 되나요?"

"뭐라고? 그건 절대 안 된단다. 다음엔 뭘 해달라고 하려고? 그 찻잔은 목사님이나 여성봉사회 모임 외에는 절대 안 쓰는 거 알잖니? 늘 쓰는 갈색 찻잔을 꺼내 쓰렴. 하지만 체리 프리저브는 먹어도 좋다. 노란 작은 단지에 있으니 열고 먹으렴. 어쨌든 먹을 때가 됐으니까 맛이 들었을 거야. 그리고 과일 케이크 잘라서 먹고 쿠키랑 생강 과자도 먹거라."

앤은 무아지경에 빠진 듯 눈을 감았다. "식탁에서 제일 좋은 자리에 앉아서 차를 따르는 제 모습이 상상되어요. 다이애나에게 설탕을 넣겠냐고 물어볼 거예요! 다이애나가 설탕을 안 넣는

다는 건 알지만 그래도 물어볼 거예요. 그리고 과일 케이크랑 체리 프리저브도 더 먹으라고 권할 거예요. 아, 마릴라 아주머니, 생각만 해도 기분이 좋아져요. 다이애나가 오면 손님방에 가서 모자를 벗어놓으라고 해도 되나요? 그리고 응접실에 가서 앉고요?"

"안 된다. 응접실은 너와 네 친구가 앉는 데가 아니야. 하지만 지난밤에 교회 모임에서 먹고 남은 라즈베리 코디얼*이 반병쯤 남았을 거다. 식료품 저장고 두 번째 선반에 있으니 마시고 싶으면 마셔라. 오후에 쿠키랑 곁들이기에 좋지. 매슈는 감자를 운반하느라 차 마시러 늦게 올 게다."

앤은 골짜기로 날아가듯 뛰어가 '드라이어드의 거품'을 지나 가문비나무숲 위로 갔다. 과수원 비탈길에 도착한 앤은 다이애나에게 차를 마시러 오라고 전했다. 마릴라가 카모디로 떠나자마자 다이애나가 찾아왔다. 모임에 초대받았을 때 차려입기 딱 알맞은 원피스 중 두 번째로 좋은 옷을 입은 모습이었다. 다른 때라면 노크도 없이 부엌으로 들이닥쳤을 다이애나지만, 지금은 현관문 앞에서 얌전하게 노크했다. 그리고 역시 두 번째로 좋은 원피스를 입은 앤이 다소곳이 문을 열자 두 소녀는 처음 만난 사람들처럼 진지하게 악수를 했다. 둘은 동쪽 다락방에 모자를

---

* 과일과 설탕이 들어가서 달콤한 맛이 나는 음료수다.

벗어놓고 거실에서 발가락을 세우고 새침하게 앉아 있었다. 그 10분 동안, 둘은 어색하지만 진지한 대화를 이어갔다.

"어머니는 좀 어떠신가요?" 앤은 오늘 아침, 멀쩡하고 건강한 모습으로 사과를 따고 있던 베리 부인을 마치 못 본 것처럼 정중히 물었다.

"어머니는 안녕하십니다. 물어봐 줘서 고마워요. 커스버트 아저씨는 오늘 오후에 감자를 릴리 샌즈로 운반하시는 중이겠군요. 그렇죠?" 그날 아침 매슈 아저씨의 수레를 얻어 타고 해먼드 앤드루스 씨 댁에 갔던 다이애나가 물었다.

"맞아요. 감자가 올해 풍작이거든요. 다이애나 아버지의 농사도 잘됐으면 좋겠네요."

"우리도 풍작입니다. 고마워요. 사과는 많이 땄나요?"

우아하게 행동하던 앤이 갑자기 멈추더니 발딱 일어났다. "정말 많이 땄어. 다이애나, 우리 과수원에 나가서 레드스위팅스 사과 몇 개 따오자. 마릴라 아주머니가 나무에 남은 건 다 먹어도 된다고 하셨어. 정말 너그러우시지 않니. 과일 케이크랑 체리 프리저브도 먹으라고 하셨어. 하지만 손님에게 어떤 차를 내올지 미리 말하는 건 예의가 없는 거니까, 우리가 어떤 차를 마실지 지금은 말해주지 않겠어. '라'로 시작하고 선명한 빨간색 음료라는 것만 말해줄게. 나는 선명한 빨간색 음료가 좋더라. 너는? 다른 색깔 음료보다 두 배는 맛있잖아."

두 소녀는 과수원에서 오후를 신나게 보냈다. 과수원은 묵직한 사과 무게 때문에 활 모양으로 크게 휜 나뭇가지들로 가득 찼다. 두 아이는 부드러운 가을 햇살 덕에 서리가 녹은 초록빛 풀밭 구석에 앉아 사과를 먹으며 수다를 떨었다. 다이애나는 학교에서 일어난 일들을 전하느라 쉼 없이 재잘댔다. 다이애나는 결국 거티 파이랑 짝을 하게 되었다며 끔찍하게 싫다고 했다. 거티는 필기할 때 언제나 끼익 소리를 내서 그때마다 다이애나의 피를 얼게 했다. 루비 길리스는 크리크에 사는 매리 조 할머니가 준 마법 조약돌을 이용해 정말로 사마귀를 다 없앴다. 그 조약돌로 사마귀를 문지르고 초승달이 뜬 날 왼쪽 어깨 쪽으로 던지면 사마귀가 전부 없어진다는 이야기가 있었다. 그리고 찰리 슬론의 이름이 현관 벽에 앰 화이트랑 같이 올라갔다. 앰 화이트가 어찌나 화를 내던지! 샘 볼터는 필립스 선생님에게 말대꾸를 해서 필립스 선생님이 회초리를 들었다. 그랬더니 샘의 아버지가 학교로 찾아와 다시는 아이에게 손을 대지 말라고 선생님에게 경고했다. 매티 앤드루스는 빨간색 모자와 꽃술이 달린 숄을 입고 왔는데 어찌나 자랑해 대는지 눈꼴시어 못 보겠다고 했다. 리지 라이트는 메이미 윌슨과 사이가 틀어졌다. 메이미 윌슨의 큰언니가 리지 라이트의 큰언니의 남자친구를 가로챘기 때문이다. 또 모든 친구들이 앤을 보고 싶어 하고 학교로 다시 오길 기다리고 있다고도 했다. 그리고 길버트 블라이드는……

하지만 앤은 길버트 블라이드 이야기는 듣고 싶지 않았다. 앤은 벌떡 일어나서 이제 안으로 들어가서 라즈베리 코디얼을 마시자고 했다.

앤은 식료품 저장고의 두 번째 선반을 살펴보았지만, 라즈베리 코디얼은 보이지 않았다. 한참 찾아보니 선반 맨 위의 구석에 있는 게 아닌가? 앤은 코디얼을 쟁반에 담아 잔과 함께 식탁에 내려놓았다.

앤이 예의를 차리며 말했다. "자, 다이애나. 얼른 마셔봐. 나는 지금 못 마시겠어. 사과를 많이 먹었더니 배가 너무 불러."

다이애나는 코디얼을 잔에 한가득 담고 선명한 빨간색이 예쁘다는 듯 바라보더니 우아하게 마셨다.

"앤, 정말 맛있는 라즈베리 코디얼이다. 코디얼이 이렇게 맛있는 건지 몰랐어."

"네가 맛있다고 하니 정말 기쁘다. 마음껏 마셔. 나는 잠깐 나가서 불 좀 보고 올게. 집안일은 신경 쓸 게 얼마나 많은지. 그렇지 않니?"

앤이 부엌에서 돌아왔을 때 다이애나는 코디얼을 두 번째로 가득 담아 마시고 있었다. 그리고 앤이 한 잔 더 마시라고 하자 세 번째인데도 그다지 거절하는 기색을 보이지 않았다. 잔 크기가 꽤 큰 편이었으니 라즈베리 코디얼이 마음에 쏙 든 게 분명했다.

다이애나가 말했다. "내가 지금껏 마셔본 것 중에 제일 맛있는 거 같아. 린드 부인은 자기께 굉장히 맛있다고 자랑하지만 이게 더 맛있어. 린드 부인이 만든 거랑은 맛이 전혀 달라."

앤도 마릴라 편을 들었다. "마릴라 아주머니가 만든 게 린드 부인 것보다 훨씬 더 맛있을 거야. 마릴라 아주머니가 요리를 잘하기로 유명하시잖아. 다이애나, 아주머니가 요새 나한테 요리를 가르쳐 주시는데 정말이지, 요리란 만만치 않은 일이더라. 요리할 때는 상상을 하면 안 돼. 딱딱 정해진 대로 해야 한다니까. 저번에는 케이크를 만들었는데 내가 밀가루 넣는 걸 깜빡 잊었지 뭐야. 너랑 나에 대한 정말이지 사랑스러운 이야기를 생각하고 있었거든. 네가 천연두에 걸려서 엄청 아프다고 상상해 봤어. 그래서 모든 사람이 너를 떠나버린 거야. 하지만 나는 용감하게 네 옆에서 건강을 회복할 때까지 간호했지. 그러다가 내가 천연두에 옮아서 죽은 거야. 그래서 묘지에 있는 포플러 나무 아래에 묻혔고 너는 내 무덤가에 장미 나무를 심고 흐르는 눈물로 물을 줬어. 너는 너를 대신해 목숨을 희생한 어린 시절의 친구를 절대, 절대, 잊지 못해. 아, 다이애나, 너무 슬픈 이야기 아니니? 케이크 반죽을 섞는데 눈물이 볼을 타고 줄줄 흘렀다니까. 그러다가 밀가루를 잊어서 케이크를 다 망쳤지 뭐. 밀가루가 안 들어간 케이크라니 말이 안 되잖아. 마릴라 아주머니가 엄청 화내셨지만 그럴 만도 하시지. 내가 아주머니 골치를 썩일 때가 많거든.

저번 주에는 푸딩 소스 때문에 아주머니를 정말 곤란하게 만들었어. 화요일 점심에 플럼 푸딩 케이크를 먹었는데 소스가 한 주전자 남아 있었거든. 마릴라 아주머니가 점심에 한 번 더 먹을 수 있겠다며 나보고 식품 저장실 선반에 갖다 놓은 다음 뚜껑을 덮어놓으라고 하셨어. 다이애나, 내가 정말 뚜껑을 덮으려고 그랬거든? 그런데 가다가 내가 수녀라는 상상을 하게 된 거야. 물론 나는 개신교지만 가톨릭이라고 상상한 거지. 수도원에 틀어박혀 살면서 상처받은 마음을 묻어버리기 위해 베일을 쓴 수녀 말이야. 그래서 푸딩 소스에 뚜껑 덮는 걸 까맣게 잊었지 뭐야. 다음 날 아침에 문득 생각이 나서 식품 저장실로 막 달려갔더니, 푸딩 소스에 쥐새끼 한 마리가 둥둥 떠 있는 거야! 그래서 수저로 쥐를 건져 올려서 마당에다 버린 다음에 수저를 물로 세 번이나 씻었어. 그 후로 마릴라 아주머니는 우유를 짜러 나가셨는데 나는 아주머니가 돌아오시면 소스를 돼지에게 줘도 되냐고 물어볼 작정이었지. 그런데 그때쯤 내가 얼음 요정이라는 상상을 하게 된 거야. 숲을 지나가면서 나뭇잎들이 원하는 대로 빨갛고 노랗게 색을 바꿔주는 거지. 그렇게 푸딩 소스를 완전히 잊어버렸는데 마침 마릴라 아주머니가 나보고 사과를 따오라고 심부름을 보내셨어. 그런데 그날 아침에 스펜서베일에서 로스 부부가 우리 집에 오셨거든. 너도 알지만 그분들 굉장히 세련된 사람들이잖아. 특히 체스터 로스 부인 말이야. 마릴라 아주머니가

나를 부르셨을 때 점심이 다 차려져 있었고 모든 사람이 식탁에
앉아 있었어. 그래서 난 최대한 예의 바르고 점잖게 행동하려고
했지. 체스터 로스 부인한테 내가 예쁘진 않아도 다소곳한 숙녀
라는 인상을 주고 싶었거든. 모든 게 잘 돌아가고 있었는데 마릴
라 아주머니가 한 손에는 플럼 푸딩 케이크를 다른 손에는 푸딩
소스를 '따끈하게' 데워서 들고 오신 거야. 다이애나, 정말이지
끔찍한 순간이었어. 그제야 모든 게 다 생각나서 내가 자리에서
벌떡 일어나 '마릴라 아주머니, 그 푸딩 소스 쓰시면 안 돼요. 쥐
가 빠져 있었어요. 말씀드린다는 걸 깜빡 잊었어요!'라고 소리를
질렀지 뭐야. 아, 다이애나, 내가 백 살까지 산다 해도 그렇게 비
참했던 순간은 절대 잊지 못할 거야. 체스터 로스 부인이 나를
쳐다보던 그 눈길이라니, 진짜 너무 굴욕스러워서 땅으로 꺼지
는 기분이었어. 부인은 완벽한 주부라는데 우리를 어떻게 생각
하겠어. 마릴라 아주머니는 얼굴이 불덩이처럼 달아올라서 한마
디도 안 하셨어. 어쨌든, 그때는 말이야. 그냥 조용히 소스랑 푸
딩 케이크를 들고 나가시더니 딸기 프리저브를 갖고 오셨지. 심
지어 나한테도 주셨지만 한 입도 못 먹은 거 아니? 내가 은혜를
원수로 갚은 꼴이 됐지 뭐야. 체스터 로스 부인이 돌아가신 다음
에 마릴라 아주머니한테 엄청나게 혼났어. 어, 다이애나, 왜 그러
니?"

다이애나가 비틀거리며 일어섰다. 그러더니 다시 주저앉아 손

을 머리에 댔다.

목소리가 약간 잠긴 듯했다. "어, 앤, 나…… 속이 안 좋아. 나, 저기…… 집에 빨리 가야 할 거 같아."

앤은 너무 섭섭해서 이렇게 외쳤다. "아니야. 차도 안 마시고 집으로 돌아간다니, 말도 안 되지. 지금 바로 준비할게. 얼른 가서 차 내려올게."

다이애나는 어눌하면서도 단호한 목소리로 같은 말만 반복했다. "나 집에 가야 해."

앤이 간청했다. "잠깐만, 간식 얼른 내올게. 과일 케이크랑 체리 프리저브 조금만 먹어봐. 소파에 잠깐만 누워 있으면 나아질 거야. 어디가 안 좋은데?"

"집에 가야 해." 다이애나가 한 말은 그게 다였다. 앤은 부질없이 계속 애원했다.

"손님이 차도 안 마시고 집에 갔다는 말은 들어본 적이 없어. 다이애나, 네가 진짜 천연두에 걸렸다고 생각하는 거야? 그렇다면 내가 널 간호해 줄게. 나 믿어도 돼. 나는 절대 네 곁을 떠나지 않을 기야. 그래도 차를 마실 때까지는 함께 있어줬으면 좋겠는데. 어디가 안 좋은 거야?"

다이애나는 이 말만 했다. "나 너무 어지러워."

정말이었다. 다이애나는 이리 비틀 저리 비틀했다. 앤은 실망감에 눈물을 흘리며 다이애나의 모자를 갖고 와서 베리 씨네 마당 울타리까지 다이애나를 데려다주었다. 그러고는 내내 울면서 초록 지붕 집으로 돌아와 서글픈 마음으로 남은 라즈베리 코디얼을 식품 저장실에 갖다 놓고 매슈와 제리가 마실 차를 준비했다. 들떴던 마음은 전부 사라지고 난 후였다.

다음 날은 일요일이었고 새벽부터 저녁까지 비가 퍼붓는 통에 앤은 꼼짝없이 초록 지붕 집에만 있었다. 월요일 오후, 마릴라는 앤을 린드 부인의 집으로 심부름을 보냈다. 그런데 이내 앤이 눈물을 철철 흘리면서 오솔길을 날듯이 뛰어오는 게 아닌가. 앤은 부엌으로 와당탕 들어오더니 괴로운 표정으로 얼굴을 소파에 묻었다.

마릴라는 그런 앤이 걱정되고 당황스러웠다. "앤, 또 무슨 일이냐? 너 또 린드 부인에게 성질부리고 못되게 행동한 건 아니겠지."

앤은 폭포수처럼 눈물을 쏟아내느라 대답도 하지 못했다!

"앤 셜리, 내가 물으면 대답을 해야지. 당장 똑바로 앉아서 왜 우는지 말하렴."

앤은 비극의 여주인공 같은 얼굴을 하고 바로 앉았다.

"오늘 린드 부인이 베리 부인네 집에 갔었는데 베리 부인이 화가 많이 나셨대요. 제가 토요일에 다이애나를 취하게 해서 엉망진창인 상태로 집에 보냈다고요. 제가 행실이 나쁘고 못된 아이라 다시는 다이애나와 같이 놀게 하지 않을 거라고 하셨대요.

아, 마릴라 아주머니. 저 너무 마음이 아파요."

깜짝 놀란 마릴라는 앤을 멍하니 쳐다보다가 겨우 목소리를 가다듬고 말했다.

"다이애나를 취하게 했다고! 네가 정신이 나간 거니, 베리 부인이 정신이 나간 거니? 도대체 애한테 뭘 줬는데?"

앤이 울먹였다. "라즈베리 코디얼밖에 안 줬어요. 저는 라즈베리 코디얼을 마셔도 취할 수 있는지 몰랐어요. 아무리 다이애나가 커다란 잔으로 석 잔을 마셨다고 해도요. 진짜…… 토마스 부인의 남편이 하던 짓 같네요! 하지만 전 정말로 다이애나를 취하게 할 마음이 없었어요."

"취하다니, 말이 안 되는데!" 마릴라는 식품 저장실로 갔다. 선반을 보자 3년 묵은 커런트* 와인병이 바로 눈에 들어왔다. 마릴라가 잘 빚기로 유명한 와인이었다. 그러나 와인을 안 좋게 생각하는 사람들이 있기 마련이었고, 베리 부인도 그들 중 하나였다. 마침 그때 마릴라에게 라즈베리 코디얼 병이 어디 있는지 떠올랐다. 식품 저장실이 아니라 지하창고에 놓아두었던 것이다!

마릴라는 손에 와인병을 쥐고 부엌으로 돌아왔다. 사기도 모르게 얼굴이 일그러졌다.

---

* 유럽 북서부가 원산지이며 붉은색과 검은색이 있다. 커런트 자체는 당도가 떨어지는 과일이기 때문에 와인을 만들 때 설탕을 좀 더 넣어 발효시킨다.

"앤, 넌 정말 말썽부리는 데 천재구나. 다이애나에게 라즈베리 코디얼이 아니라 커런트 와인을 주다니. 맛이 다른 걸 모르겠든?"

"저는 마시지 않았어요. 그게 당연히 코디얼이라고 생각했어요. 저는 그저 다 주고 싶었을 뿐인데, 다이애나가 속이 안 좋다며 집에 가겠다고 그랬어요. 베리 부인이 다이애나가 완전히 취했다고 그러셨대요. 다이애나 어머니가 왜 그러냐고 물어도 실실 바보처럼 웃기만 하다가 몇 시간 동안 잠만 잤대요. 이상해서 다이애나의 숨 냄새를 맡아보니까 술 냄새가 나더래요. 다이애나는 어제 온종일 머리가 끔찍하게 아팠대요. 베리 부인은 머리 끝까지 화가 나셨고요. 제가 일부러 그랬다고 철석같이 믿고 계세요."

마릴라가 퉁명스럽게 말했다. "다이애나도 참, 그렇게 욕심을 부려서 석 잔이나 마시다니, 좀 혼나야 하지 않을까? 라즈베리 코디얼이라도 커다란 잔으로 석 잔이면 병이 날 수밖에 없겠어. 평소에도 내가 커런트 와인 만드는 걸 안 좋게 보던 사람들이니 이번 사건이 참으로 좋은 구실이 되겠구나. 물론 목사님이 별로 안 내켜하신다는 걸 안 다음부터는 나도 3년간 만들지 않았단다. 그저 아플 때 마시려고 한 병 보관해 뒀던 건데. 자, 자, 앤. 울지 마라. 그런 일이 생겨 안됐긴 하지만 네가 비난받을 일은 아닌 거 같구나."

"어떻게 안 울 수 있겠어요. 제 심장이 부서진걸요. 하늘에 있는 별들이 제 운명과 싸우고 있나 봐요. 다이애나와 저는 영원히 헤어지게 됐어요. 아, 마릴라 아주머니. 우리가 우정의 서약을 맹세할 땐 이런 일이 일어날 줄은 꿈에도 몰랐어요."

"앤, 바보 같은 말 좀 그만해라. 베리 부인도 네 잘못이 아니란 걸 알고 나면 괜찮다고 할 거야. 네가 멍청한 장난을 쳤거나 그런 거로 생각하겠지. 오늘 오후에 가서 어떻게 된 일인지 말씀드리는 게 좋겠구나." 앤이 한숨을 내쉬었다. "다이애나 어머니가 무섭도록 화가 나셨을 거라 생각하니까 용기가 나질 않아요. 아주머니가 가주시면 안 될까요? 저보다 훨씬 위엄이 있으시잖아요. 제 말보다 아주머니 말씀을 더 잘 들어주실 거 같아요."

마릴라도 그게 낫겠다는 생각이 들었다. "그래, 내가 가마. 앤, 이제 그만 울어라. 괜찮을 거야."

그러나 베리 씨네 집에서 돌아오는 길에 마릴라는 자기 예상이 틀렸다는 걸 깨달았다. 앤은 마릴라가 걸어오는 걸 지켜보고 있다가 쏜살같이 현관으로 나갔다.

"아주머니 얼굴만 봐도 소용없단 걸 알겠어요. 베리 부인이 저를 용서해 주시지 않는다죠?" 앤이 서글프게 물었다.

마릴라가 딱딱한 말투로 말했다. "베리 부인도 참! 상식이 안 통하는 여자 중에 그 여자가 최악이다. 그게 다 실수였고 네 잘못이 아니라고 말했는데도 내 말은 아예 믿질 않는구나. 그리고 내 와인까지 거들먹거리며 와인은 사람들에게 해롭다는 둥 계속 꼬투리를 잡더구나. 그래서 내가 커런트 와인이라는 건 그렇게 큰 잔으로 석 잔을 마시는 게 아니라고 말해줬다. 내 아이가 그렇게 욕심을 부렸다면 정신이 번쩍 들 만큼 혼쭐을 내줬을 거라고 말이야!"

마음이 어지러운 마릴라가 부엌으로 휙 들어가자, 현관에는 너무나도 곤혹스러운 작은 영혼만 덜렁 남았다. 이내 앤은 모자도 쓰지 않은 채, 싸늘한 가을 땅거미가 내린 숲으로 뛰어갔다. 굳게 결심한 얼굴로 시든 클로버 들판을 지나 나무다리를 건너 가문비나무 숲을 통과해 희미한 달빛이 낮게 일렁이는 서쪽 숲으로 달려갔다. 작은 노크 소리에 문을 연 배리 부인은 핏기 없는 입술로 간절한 눈빛을 보내고 있는 앤과 마주했다.

부인의 얼굴이 굳어졌다. 배리 부인은 편견이 심하고 호불호가 분명한 사람이라 한번 화가 나면 냉정하고 무섭게 돌변했고, 또 화를 풀기가 매우 어려운 사람이었다. 물론 그녀는 다이애나의 엄마로서 앤이 다이애나를 고의로 취하게 했다고 믿었으므로 행실이 바르지 못한 아이에게 다이애나가 물들지 않도록 신경 써야 했다. 자신의 소중한 딸을 지켜야 한다는 생각에 진심으로 걱정하던 터였다.

부인이 딱딱한 말투로 물었다. "무슨 일로 온 거니?"

앤이 두 손을 꽉 움켜쥐었다.

"베리 부인, 저를 용서해 주세요. 저는 다이애나를 취, 취하게 하려고 한 게 아닙니다. 제가 어떻게 그러겠어요? 만약 부인이 불쌍한 고아인데 친절한 분들이 입양을 해줬고 세상에서 제일 마음이 맞는 친구를 막 사귀었다고 생각해 보세요. 그 애를 일부러 취하게 하시겠어요? 저는 그게 라즈베리 코디얼인 줄 알았어요. 그게 라즈베리 코디얼이라고 확신했다고요. 제발 다이애나와 놀지 말라는 말씀은 하지 말아주세요. 못 놀게 하신다면 제 인생은 불행이라는 시커먼 구름으로 꽉 들어찰 거예요." 이 말을 린드 부인이 들었다면 당장 화가 눈 녹듯 풀렸을 테지만 베리 부인에게는 아무런 감흥도 주지 못했을 뿐 아니라 오히려 화를 더 돋우고 말았다. 베리 부인은 연극을 하듯 과장된 단어를 사용하면서 어색한 손짓을 하는 앤이 아무래도 이상했고 자신을 놀리는 것 같았다. 그래서 부인은 냉정하게 딱 잘라 이렇게 말했다.

"넌 다이애나랑 어울리기에 적합한 아이가 아니다. 얼른 집에 가거라. 그리고 앞으로 행동 똑바로 하렴."

앤의 입술이 떨렸다.

"삭별 인사라도 하게 다이애나를 한 번만 보게 해주시면 안 될까요?"

"다이애나는 아버지와 카모디에 갔다." 부인은 곧이어 문을 닫았다.

앤은 절망에 휩싸인 채 초록 지붕 집으로 돌아왔다.

앤은 마릴라에게 털어놓았다. "제 마지막 희망이 사라졌어요. 베리 부인께서 저를 굉장히 모욕적으로 대하셨어요. 마릴라 아주머니, 베리 부인은 마음씨가 착한 분이 아닌 거 같아요. 이제 방법은 기도밖엔 없는데 별 소용이 없을 거 같아요. 하느님이라도 베리 부인처럼 황소고집인 사람은 어쩔 도리가 없을 거 같아요."

"앤, 그런 말을 하면 안 되지." 마릴라는 자꾸 웃음이 새어나오려는 것을 애써 참으며 말했다. 그리고 그날 밤, 매슈에게 사건의 자초지종을 다 말할 때는 앤의 괴로운 사정을 알면서도 웃음을 한껏 터트릴 수밖에 없었다.

하지만 마릴라는 침실로 가기 전 동쪽 다락방으로 슬그머니 들어갔다. 그리고 울다 잠든 앤을 보며 평소 잘 짓지 않던 부드러운 표정을 자신도 모르게 지었다. 그녀는 눈물로 젖은 앤의 얼굴에서 머리카락을 떼어주며 중얼거렸다. "불쌍한 것." 그러고는 베개 위로 몸을 숙여 앤의 뺨에 입을 맞췄다.

# 17
## 인생의 새로운 재미

　다음 날 오후, 앤이 부엌 창가에 앉아 조각보를 꿰매고 있는데 '드라이어드의 거품' 주변에서 손을 이리저리 흔들고 있는 다이애나를 발견했다. 앤은 놀라움과 희망이 뒤섞인 얼굴로 순식간에 골짜기 아래로 뛰쳐나갔다. 하지만 다이애나의 실의에 빠진 표정을 보자 희망은 사그라지고 말았다.

　"아직도 어머니 화가 안 풀리셨니?" 앤이 숨을 헐떡거리며 물었다.

　다이애나는 우울하게 고개를 끄덕였다. "아직도 화나셨어. 앤, 어머니가 다시는 너랑 놀지 말래. 내가 계속, 계속 울면서 네 잘못이 아니라고 말했는데도 아무런 소용이 없었어. 너희 집에 가서 작별 인사만 하고 오게 해달라고 얼마나 졸랐는지 몰라. 어머니가 10분만 주겠다고 하셨고 아마 지금 시간을 재고 계실 거야."

"영원한 작별을 하는 데 10분은 너무 짧은걸. 아, 다이애나. 그대가 앞으로 더 좋은 친구를 사귀게 되더라도 나를, 어린 시절의 친구였던 나를, 절대로 잊지 않겠다고 신실하게 약속해 주겠소?"

다이애나가 울먹였다. "물론 그럴 거야. 그리고 다시는 마음의 친구를 사귀지 않겠어. 사귀고 싶지도 않아. 어떤 친구를 사귀더라도 너를 사랑한 것처럼 사랑할 수는 없어."

앤이 두 손을 꼭 쥐고 울음을 터트렸다. "아, 다이애나. 나를 사랑하니?"

"당연히 사랑하지. 그걸 몰랐단 말이야?"

앤이 길게 한숨을 쉬었다. "몰랐어. 네가 나를 좋아하는 건 당연히 알고 있었지만 나를 사랑해 줄 거라고는 전혀 기대하지 않았어. 그 누구도 나를 사랑할 서 같지 않았거든. 내 기억으로 지금까지 나를 사랑해 준 사람은 없었어. 아, 정말 감동적이야! 이 소중한 사실이 그대를 잃어버린 내 어두운 마음에 한 줄기 빛이 되어 영원히 비출 것이오. 오, 다이애나, 한 번만 더 말해주시오."

다이애나가 충직하게 말했다. "앤, 너를 진심으로 사랑해. 그리고 앞으로도 그럴 거고. 믿어도 돼."

앤이 진지한 표정으로 팔을 뻗었다. "그리고 나는 그대, 다이애나를 영원히 사랑할 것이오. 우리가 책에서 읽었던 것처럼, 그대와의 추억은 내 외로운 인생에 별이 되어 빛날 거요. 다이애나. 내가 그대의 칠흑 같은 머리카락을 조금 잘라 영원히 간직해도 되겠소?"

다이애나는 앤의 애정 어린 말을 듣고 흘러내리던 눈물을 닦으며 현실로 돌아왔다. "그럼 혹시, 뭐 자를 거 갖고 있니?"

"응, 마침 조각보 꿰맬 때 쓰던 가위가 앞치마에 들어 있네." 앤은 다이애나의 곱슬머리를 조심스럽게 잘랐다. "내 사랑하는 벗이여, 그대여, 안녕. 우리는 이렇게 나란히 살고 있지만, 이제부터 서로 모르는 이처럼 지내야 하다니. 하지만 내 마음은 영원히 그대에게 충실하리⋯⋯."

앤은 가만히 서서 다이애나가 점점 멀어지는 모습을 지켜보았다. 다이애나가 돌아볼 때마다 구슬프게 손을 흔들어주었다. 그리고 집에 돌아온 앤은 이 낭만적인 이별로 잠시나마 마음을 달랠 수 있었다.

앤이 마릴라에게 말했다. "다 끝났어요. 이제 다시는 친구를 사귀지 않을 거예요. 전보다 훨씬 나빠졌어요. 지금은 케이트 모리스와 비올레타도 없으니까요. 그리고 있다 해도 전과 같지는 않을 거예요. 어떻게 된 건지 진짜 친구를 사귀고 나니까 상상

속의 친구들로는 만족할 수가 없어요. 다이애나와 저는 샘터에서 정말이지 가슴 아픈 이별을 했어요. 제 기억 속에 영원토록 소중하게 간직할 거예요. 제가 생각할 수 있는 가장 슬픈 단어를 썼어요. '그대' 같은 거요. '그대를', '그대에게' 그런 말은 '너'보다 훨씬 더 낭만적으로 들리잖아요. 다이애나가 머리카락을 조금 잘라줬으니까 그걸 작은 주머니에 넣고 꿰매서 제 목에다 평생 두르고 다닐 거예요. 제가 죽으면 함께 묻어주세요. 전 오래 살지 못할 거 같거든요. 아마 제가 죽어서 차갑게 누워 있는 걸 베리 부인이 본다면 저한테 그런 말을 했던 걸 후회하고 다이애나를 장례식에 보내줄지도 몰라요."

마릴라가 어이가 없다는 듯 말했다. "앤, 그렇게 떠드는 걸 보니 죽을 걱정은 안 해도 되겠다."

다음 날 월요일, 앤은 책을 넣은 바구니를 옆구리에 끼고 입술을 굳게 다문 채 방에서 내려와 마릴라를 놀라게 했다.

앤이 선언했다. "학교에 다시 가겠어요. 친구와 잔인하게 헤어지고 나니 인생에서 남은 거라곤 학교뿐이네요. 학교에 가면 다이애나를 볼 수 있고 지나간 추억들을 돌아볼 수도 있으니까요."

마릴라는 상황이 이렇게 풀린 게 기뻤지만 겉으로 드러내지 않았다. "돌아보려거든 수업 내용하고 연산을 돌아보도록 해라. 그리고 앞으로 석판으로 다른 아이의 머리를 내리친다든가 하는 그런 말썽은 안 부렸으면 좋겠구나. 행동 조심하고 선생님이 하라는 대로 따르거라."

앤이 우울하게 대답했다. "모범생이 되도록 노력해 볼게요. 별다른 재미가 있을 거 같진 않지만요. 필립스 선생님은 미니 앤드루스가 모범생이라고 했지만 개한테 상상력이나 생기 같은 건 한 줌도 없거든요. 그냥 지루하고 시시해 보이고, 재미없어 보여요. 하지만 제 기분이 너무 우울하다 보니 저도 그렇게 지낼 수 있을 거 같아요. 큰길로 돌아갈 거예요. 자작나무 통로를 혼자 걷는 건 도저히 불가능하니까요. 그랬다간 눈물을 줄줄 쏟을 거 같아요."

앤이 다시 학교에 가자 아이들은 두 팔을 벌려 반갑게 맞아주었다. 아이들은 앤의 상상력을 아쉬워했고 낭랑하게 노래하는 목소리와 점심시간 때 책을 크게 낭독하는 앤의 연극적인 재능을 그리워했다. 루비 길리스는 성경 읽기 시간에 서양자두 세 개를 몰래 앤에게 줬다. 엘라 메이 맥퍼슨은 에이번리 학교에서 당시 한창 인기였던 식물 카탈로그 표지에서 오려낸 커다란 노란 팬지꽃을 책상 장식으로 주었다. 소피아 슬론은 레이스 뜨는 법을 가르쳐 주겠다고 나섰다. 앞치마 끝단을 장식하기에 안성맞춤인 우아한 모양이었다. 케이트 볼터는 석판 닦는 물을 넣는 데 쓰라며 향수병을 주었고 줄리아 벨은 가장자리가 물결 모양으로 장식된 옅은 분홍 종이에 정성껏 베껴 쓴 시를 선물했다.

앤에게

황혼이 커튼을 드리우며

별 하나를 반짝일 때

그대의 벗을 기억하라

그가 비록 멀리 방랑할지라도


그날 밤 잔뜩 신이 난 앤은 마릴라 앞에서 마구 떠들었다. "친구들이 환영해 주니까 참 좋은 거 있죠?"

여자아이들만 앤을 환영해 준 건 아니었다. 필립스 선생님의 말대로 모범생인 미니 앤드루스의 옆자리로 옮긴 앤이 점심시간 후 자리로 돌아가니, 책상에 커다랗고 향기로운 딸기사과strawberry apple가 놓여 있었다. 사과를 집어 들고 한 입 베어 먹으려는 순간, 이 딸기사과는 '빛나는 물결의 호수' 반대편에 있는 길버트 블라이드 과수원에서만 자란다는 사실이 떠올랐다. 앤은 사과가 마치 뜨겁게 달궈진 석탄인 양 얼른 떨어뜨린 다음 손수건을 꺼내 과장된 몸짓으로 손가락을 벅벅 닦았다. 사과는 다음 날 아침까지도 책상에 그대로 있었는데, 학교를 청소하고 장작불을 관리하는 티모시 앤드루스가 웬 떡이냐는 듯 가져갔다. 찰리 슬론은 점심시간 후 빨간색과 노란색 종이로 화려하게 포장한 석판 분필을 선물했다. 보통 분필이 1센트짜리인 것에 비해 그 분필은 2센트나 하는 비싼 것이었다. 앤은 찰리 슬론에게 환한 미소를 지어주었다. 그렇지 않아도 앤에게 단단히 빠져 있던 찰리 슬론은 그 미소에 홀리는 바람에 받아쓰기 시험을 망치고 말았다. 그래서 찰리 슬론은 방과 후에 학교에 남아 다시 써야만 하는 벌을 받아야만 했다. 하지만 앤의 속마음은 달랐다.

카이사르의 장대한 행렬은 브루투스의 급습으로 무너졌으나
로마 최고의 아들이 더욱더 로마를 기억하게 될 뿐이로다*

이 시구처럼 거티 파이의 옆에 앉아 있는 다이애나 베리에게 는 어떤 선물이나 환영 인사도 받지 못했기 때문에 앤의 소소한 기쁨은 쓰라린 슬픔이 되었다.

앤은 그날 밤 마릴라에게 이렇게 말했다. "다이애나가 그래도 저를 보고 한 번쯤은 웃었을지도 몰라요." 하지만 다음 날 아침, 꼬깃꼬깃 단단히 접은 쪽지와 작은 꾸러미가 앤에게 전해졌다.

앤에게

어머니가 학교에서도 너랑 놀거나 말하면 안 된다고 하셨어. 내 잘 못이 아니니 화내지 말아줘. 나는 여전히 널 사랑하고 있으니까. 너 한테 내 모든 비밀을 털어놓고 싶어. 그리고 네가 정말 그리워. 거

---

* 조지 고드 바이런의 「차일드 해럴드의 순례」에서 인용한 문장이다.

티 파이는 하나도 정이 안 가. 빨간 포장지로 책갈피를 새로 만들었어. 이게 지금 학교에서 굉장히 인기인데 이걸 만드는 방법을 아는 사람은 세 명뿐이야. 이걸 보면서 날 기억해 줘.

너의 진정한 친구

다이애나 베리

**앤은 쪽지를 읽고 책갈피에 입을 맞춘 다음 얼른 답장을 써서 교실 건너편으로 보냈다.**

나만의 친구 다이애나에게

당연히도 너한테 화가 날 리가 업지. 어머니 말씀을 들어야 하니까. 그래도 우리의 영혼은 대화할 수 있자나. 네가 준 예쁜 선물, 영원히 간직할게. 미니 앤드루스는 상상력이 전혀 없지만 참 조은 애야. 하지만 내가 다이애나의 마음의 친구가 된 이상 미니와는 친구가 될 순 업지. 맞춤법이 틀렸어도 이해해 줘. 마니 좋아지긴 했지만 아직 정확히 못 쓰거든.

죽음이 우리를 갈라노을 때까지 너의 친구인

앤 또는 코델리아 셜리

P.S. 오늘 밤, 네 편지를 베개 밑에 놓고 잘게.

A. 또는 C. S.

마릴라는 앤이 다시 학교에 다니기 시작하면 또 문제를 일으킬 거라고 비관적으로 생각했다. 하지만 아무런 일도 일어나지 않았다. 어쩌면 미니 앤드루스에게서 모범생 기운을 받은 건지도 모르겠다. 그 이후로 적어도 앤은 필립스 선생님과도 잘 지냈다. 앤은 길버트 블라이드와 같이 듣는 수업에서 1등을 차지하기 위해 오로지 공부에 전념했다. 둘 사이의 경쟁은 곧 반에서도 유명해졌다. 길버트에게는 그저 잘된 일이었지만 지독한 원한을 품고 있는 앤에게도 잘된 일이라고 말하기에는 조금 어려웠다. 앤은 누군가를 사랑할 때면 마음이 한없이 커졌다. 그러나 그만큼 증오하는 마음도 큰 아이였다. 앤은 길버트와 학교 성적으로 경쟁하고 있다는 사실을 절대 인정하지 않으려 했다. 그러면 앤이 끈질기게 무시하고 있는 길버트의 존재를 인정하는 꼴이 되기 때문이다. 하지만 분명히 둘은 불꽃 튀는 경쟁을 벌였고 엎치락뒤치락하며 1등 자리를 놓고 싸웠다. 길버트가 철자 시험에서 1등을 하면, 다음 시험은 앤이 긴 빨강 갈래머리를 휘날리며 길버트에게 패배를 안겼다. 어떤 날 아침은 길버트가 연산 문제를 모두 맞혀 칠판의 우수학생 명단에 이름을 올리면 다음 날 아침은 소수점 연산과 밤새 씨름한 앤이 일등을 차지했다. 어떤 끔찍한 날에는 둘이 공동 일등이 되어 칠판에 같이 이름이 올라가기도 했다. 그건 거의 '여기 집중'에 이름이 올라가는 것만큼이나 최악이었고 길버트가 뿌듯해하는 만큼 앤에게는 치욕스러운 날이었다. 매달 말에 필기시험을 볼 때면, 교실에는 팽팽한 긴장감이 돌았다. 첫 달엔 길버트가 3점을 앞섰고 두 번째 달엔 앤이 5점 차로 승리를 거머쥐었다. 하지만 길버트가 모든 아이들이 보는 데서 앤을 진심으로 축하해 주는 바람에 앤은 더 이상 기쁘지 않았다. 길버트가 차라리 쓰라린 패배감에 젖었다면 앤은 훨씬 더 황홀한 기쁨을 맛보았을 것이다.

필립스 선생님은 그리 좋은 교사가 아니었다. 하지만 앤처럼 집요하게 공부하기로 마음먹은 학생이라면 어떤 선생님 밑에 있더라도 훌륭한 성적을 받게 될 것이다. 학기 말이 되자 앤과 길버트는 모두 5학년으로 올라갔고 라틴어, 기하학, 프랑스어, 대수학 같은 세부 과목을 배우게 되었다. 기하학을 공부하면서 앤은 인생의 쓴맛을 보았다.

"마릴라 아주머니, 기하학은 너무나 끔찍한 과목이에요. 하나도 이해가 안 가요. 상상할 수 있는 범위도 전혀 없고요. 필립스 선생님이 가르쳤던 학생 중 제가 최악의 열등생이래요. 그런데 길버…… 아니 다른 애들은 어찌나 잘하는지. 너무 분해요. 다이애나마저도 저보다 잘하고 있어요. 물론 다이애나에게 지는 건 괜찮지만요. 비록 지금은 모르는 사람처럼 지내고 있지만, 꺼지지 않는 불꽃처럼 여전히 사랑하고 있으니까요. 가끔 다이애나를 생각하면 아주 슬퍼져요. 하지만 마릴라 아주머니, 이렇게 흥미로운 게 많은 세상인데 너무 오랫동안 슬퍼할 순 없잖아요. 그렇죠?"

# 18

## 앤, 구조에 나서다

어떤 중요한 일이든 자잘한 파동을 만들어내기 마련이다. 캐나다 총리가 선거운동 차 프린스에드워드섬에 들르기로 한 결정은 언뜻 초록 지붕 집의 꼬마 앤 셜리의 운명과 아무런 상관이 없어 보였다. 하지만 실제로 상관이 있었다.

총리가 온 건 1월이었다. 샬럿타운에서 열리는 대규모 정치 집회에 참석해 열렬히 지지하는 후원자들 그리고 격렬히 반대하는 사람들을 모두 모아놓고 연설하기로 한 것이다. 섬 주민들은 대부분 총리를 지지하는 쪽이었다. 그래서 집회가 있던 날 저녁, 거의 모든 남자와 상당수의 여자는 50킬로미터 떨어진 샬럿타운으로 향했고 마을은 썰렁해졌다. 비록 총리의 지지자는 아니었지만, 레이첼 린드 부인 또한 참석했다. 열렬한 정치광이라 자신과 상의하지 않고는 이번 정치 집회가 열릴 수 없다고 믿었기 때문이다. 그래서 린드 부인은 말을 돌봐야 하는 남편과 함께 가기로 했으며 마릴라 또한 동행하기로 했다. 마릴라도 은근히 정치에 관심이 있는 데다 총리를 두 눈으로 직접 볼 유일한 기회라는 생각이 들자 즉시 가겠다고 나선 것이다. 그래서 마릴라는 앤과 매슈에게 다음 날까지 집을 부탁하고 샬럿타운으로 떠났다.

마릴라와 린드 부인이 집회에서 대단히 재밌게 지내는 동안 앤과 매슈는 초록 지붕 집 부엌에서 다정한 시간을 보냈다. 낡은 워털루 난로에서 장작불이 환하게 이글거렸고 창문에는 푸른빛이 도는 하얀 눈 결정들이 반짝였다. 매슈는 소파에서 〈농부의 옹호자〉 잡지를 들고 꾸벅꾸벅 졸았다. 앤은 제인 앤드루스가 빌려준 책이 놓인 시계 선반을 몇 번이나 아쉬운 눈길로 쳐다보면서도 결연한 의지로 식탁에 앉아 공부에 집중했다. 제인이 짜릿한 감동을 주는 책이라고 장담했던 터라 어찌나 궁금한지 책을 펴고 싶어서 손가락이 달달 떨릴 지경이었다. 그러나 지금 소설책을 읽는다는 건 내일 길버트 블라이드에게 진다는 걸 의미했다. 앤은 시계 선반에서 아예 등을 지고 앉아 책이 거기에 없다고 상상하려 애썼다.

"매슈 아저씨도 학교 다닐 때 기하학을 배우셨나요?"

매슈는 졸다가 깜짝 놀랐다. "아니, 그게, 안 했는데."

앤이 한숨을 쉬었다. "하셨다면 좋았을 텐데요. 그러면 제 마음이 어떤지 아실 텐데. 기하학을 배운 적이 없다면 잘 모르실 거예요. 정말이지, 인생 전체가 시커먼 그림자로 뒤덮이는 거 같아요. 제가 기하학은 정말 꽝이거든요."

매슈가 위로를 건넸다. "글쎄다. 모르겠구나. 난 네가 뭐든 잘할 거 같은데. 지난주에 카모디에 있는 블레어네 가게에 갔다가 필립스 선생을 만났는데 네가 학교에서 제일 영리한 학생이라고, 발전 속도가 무척 빠르다고 하더구나. '발전 속도가 빠르다'는 건 그 선생이 한 말 그대로다. 테디 필립스 선생이 교사로선 별로라는 말이 있지만 나는 괜찮은 거 같구나."

매슈는 앤을 칭찬하는 사람이라면 누구라도 괜찮은 사람이라고 했을 것이다.

앤이 투덜댔다. "선생님이 기호만 바꿔 쓰지 않아도 기하학을 더 잘 이해할 수 있을 거예요. 명제를 기껏 외웠는데 선생님이 칠판에 설명하시면서 교과서랑 다른 기호를 쓰면 모든 게 뒤죽박죽이 되어요. 선생님이라고 해도 자기 하고 싶은 대로만 하면 안 되지 않나요? 참, 지금 학교에서 농업을 배우는데 왜 길이 붉은색인지 드디어 알게 되었어요. 정말 기분이 좋더라고요. 마릴라 아주머니와 린드 부인은 재밌게 보내고 계실까요. 린드 부인은 지금 오타와에서 벌어지는 꼴을 보면 캐나다가 망할 거 같다고, 유권자들이 귀를 바짝 세워야 한대요. 여자들에게도 투표권이 생기면 세상이 더 빨리 좋아질 거라고도 하셨어요. 매슈 아저씨는 어느 당을 지지하세요?"

매슈가 짧게 답했다. "보수당이지."

보수당에 투표하는 건 매슈에게 종교와 같았다.

앤이 힘주어 말했다. "그럼 저도 보수당 할래요. 잘됐네요. 왜냐면 길버…… 아니 학교에 어떤 남자애들은 자유당을 지지한대요. 필립스 선생님도 자유당인 거 같아요. 프리시 앤드루스의 아버지가 자유당이니까요. 루비 길리스는 남자가 결혼하려면 늘 여자 쪽 어머니의 종교와 아버지의 정당을 똑같이 맞춰야 한대요. 그게 정말인가요?"

"글쎄다. 모르겠구나."

"매슈 아저씨는 청혼해 본 적이 없으세요?"

매슈는 살면서 그런 생각을 한번도 해보지 않았다. "글쎄다…… 없다. 없는 거 같은데."

앤은 손으로 턱을 괴고 생각해 보았다. "흥미로울 거 같아요. 그렇지 않나요? 루비 길리스가 그러는데 나중에 크면 애인을 잔뜩 사귄 다음에 마음대로 휘둘러서 전부 자기한테 홀라당 빠지게 할 거래요. 하지만 그러면 너무 피곤하지 않을까요? 저는 그냥 똑바른 사람 하나면 될 거 같은데요. 하지만 루비 길리스는 위로 언니들이 줄줄이 있어서 그런 문제라면 완전 척척박사거든요. 린드 부인이 그러는데 길리스 씨네 딸들은 남자들이 바로바로 채간대요. 필립스 선생님은 공부를 도와준답시고 저녁마다 프리시 앤드루스를 보러 가요. 하지만 미란다 슬론도 퀸스 학교 시험을 보는데 프리시보다 엄청나게 공부를 못해서 훨씬 더 많은 도움이 필요하거든요. 그런데 미란다는 한 번도 안 도와줬다는 거예요. 이 세상은 이해할 수 없는 일들 천지인 거 같아요."

"글쎄다. 나도 다 이해한다고는 못하겠구나."

"자, 이제 공부를 마저 해야 해요. 다 할 때까지는 제인이 빌려준 책에 손도 대지 않을 작정이에요. 하지만 정말 참기 힘든 유혹이긴 해요. 등을 지고 앉아 있어도 책이 눈앞에 어른거린다니까요. 제인은 책을 읽고 펑펑 울었대요. 저는 다 읽고 나면 눈물이 나는 책이 좋아요. 저 책을 응접실에 있는 잼 보관장에다 넣고 잠근 다음에 열쇠를 아저씨께 드릴까 봐요. 매슈 아저씨, 절대 저한테 열쇠를 주시면 안 돼요. 공부를 다 하기 전까지는요. 제가 무릎을 꿇고 빌어도요. 혼자서 유혹을 이겨낸다는 게, 아휴, 말이야 쉽지. 그래도 제 손에 열쇠가 없으면 훨씬 더 쉽게 유혹을 뿌리칠 수 있잖아요. 지하창고에 가서 러셋사과russet 좀 가져올까요? 사과 드실래요?"

"글쎄다. 어떤지 먹어볼까?" 매슈는 평소 러셋사과를 입에도 대지 않았지만, 앤이 좋아한다는 걸 알기에 한 말이었다.

창고로 내려간 앤이 접시에다 러셋사과를 잔뜩 담아서 신나게 올라오던 중이었다. 그때 밖에서 누군가 꽁꽁 언 판자 길을 다다닥 달려오는 소리가 들리더니 부엌문이 홀랑 열렸다. 그리고 다이애나 베리가 백지장처럼 하얀 얼굴로 숨을 몰아쉬며 머리에 숄을 대충 두른 모습으로 들이닥쳤다. 화들짝 놀란 앤은 초와 사과 접시를 떨어뜨렸다. 그래서 초와 사과를 담은 접시는 창고 사다리를 타고 데굴데굴 굴러 와장창 깨졌다. 다음 날 찐득한 기름에 박힌 사과와 접시, 초를 발견한 마릴라는 떨어진 조각을 주우며 집에 불이 나지 않게 해주신 하느님의 은혜에 감사했다.

앤이 소리를 질렀다. "다이애나, 왜 그러니? 엄마가 드디어 화를 푸셨니?"

다이애나가 안달하며 애원했다. "오, 앤, 빨리 우리 집에 와줘. 미니 메이가 많이 아파. 후두 기관지염에 걸렸어. 메리 조 언니 말로는 그 병이 맞대. 부모님은 샬럿타운에 가셔서 의사를 부르러 갈 사람도 없어. 미니 메이의 상태가 아주 안 좋은데 메리 조 언니는 뭘 해야 할지 모르겠대. 앤, 나 너무 무서워!"

매슈는 말 한마디 없이 일어나 모자와 코트를 걸치고 다이애나를 지나쳐 마당 어둑한 곳으로 사라졌다.

"매슈 아저씨는 카모디에 의사를 부르러 마차에 말을 묶으러 가신 거야. 난 보기만 해도 알 수 있어. 매슈 아저씨와 나는 마음이 통하기 때문에 서로 생각을 읽을 수 있지." 앤이 모자와 재킷을 서둘러 챙겼다.

다이애나가 울먹였다. "카모디에도 의사가 없을 거야. 블레어 의사 선생님은 샬럿타운에 가셨고 아마 스펜서 의사 선생님도 가셨을걸. 메리 조 언니는 후두 기관지염에 걸린 사람을 본 적이 없다고 하고 린드 부인도 없으니, 앤!"

앤이 씩씩하게 말했다. "다이애나, 울지 마. 후두 기관지염에 걸리면 어떻게 해야 하는지 내가 정확히 알고 있어. 해먼드 부인이 쌍둥이를 세 번 낳았다는 거 기억하지? 쌍둥이 세 쌍을 돌보다 보면 자연스레 경험이 쌓인다니까. 애들은 다 후두 기관지염에 걸리더라고. 토근즙*이 담긴 병을 가져올 테니까 잠깐만 기다려. 너희 집에 없을 수도 있으니까. 자, 이제 가자."

두 소녀는 손을 잡고 서둘러 '연인들의 오솔길'을 지나, 눈이 쌓인 숲속 지름길을 돌아, 꽁꽁 언 들판으로 달려갔다. 앤은 미니 메이가 안쓰럽긴 했지만 이 상황이 낭만적이라는 생각과 다시 한번 마음의 친구와 추억을 나눌 기회라는 생각을 떠올리지 않을 수 없었다.

그날 밤은 세상이 온통 흰 눈으로 덮여 있었다. 그림자는 흑단같이 까맸고 눈 덮인 비탈길만 은빛으로 반짝였다. 커다란 별이 고요한 들판 위를 비췄다. 가루눈이 쌓인 뾰족한 전나무가 어

---

• 생약의 일종으로 거담약으로 쓰인다.

스름히 서 있었고 가지 사이로 바람이 휑 불었다. 앤은 오랫동안 만나지 못했던 마음의 친구와 이 신비스럽고 사랑스러운 숲길을 지나는 게 너무 기뻐서 가슴이 설렜다.

세 살인 미니 메이는 정말로 많이 아팠다. 열이 펄펄 끓어 부엌 소파에 힘없이 누워 있었고 컹컹 쉰 숨소리가 온 집안을 울렸다. 크리크에서 온 메리 조는 통통하고 얼굴이 동그란 프랑스 사람으로 베리 부인이 집에 없을 때 아이들을 돌봐달라고 고용한 사람이었다. 그러나 그녀는 이 상황이 너무 당황스러워 뭘 어떻게 해야 할지 몰라 허둥지둥하기만 했다.

앤은 신속하고 능숙하게 움직이기 시작했다. "미니 메이는 후두 기관지염에 걸린 게 맞아. 상태가 좋진 않지만 난 더 심한 경우도 봤어. 우선 뜨거운 물을 많이 끓여야 해. 다이애나, 주전자에 물이 한 컵 정도밖에 없어! 자, 내가 채웠고 메리 조 언니, 난로에 장작 좀 더 넣어주세요. 언니 기분을 상하게 하려는 건 아니지만 상상력이 좀 있었다면 이 정도는 미리 해 놨어야 해요. 자, 이제 미니 메이의 옷을 벗기고 침대에 눕힐 거야. 다이애나, 너는 부드러운 플란넬 천을 좀 찾아줘. 우선 토근즙 한 수저부터 먹여야겠다."

미니 메이는 토근즙을 순순히 받아먹으려 하지 않았지만, 쌍둥이 세 쌍을 키워본 앤에게는 일도 아니었다. 걱정스러운 긴 밤을 보내는 동안 작은 두 소녀는 아파하는 미니 메이를 침착하게 돌보며 토근즙을 여러 번 떠먹였다. 불안에 떨던 메리 조는 후두 기관지염에 걸린 아기로 꽉 찬 병원에서 필요로 하는 양보다도 더 많은 물을 끓이고 장작을 넣는 등 할 수 있는 한 최선을 다했다.

매슈가 의사를 데리고 온 건 새벽 3시였다. 꼭 의사를 데려와야 한다는 의무감에 스펜서베일까지 갔던 것이다. 하지만 심각한 상황은 지나간 후였다. 상태가 훨씬 좋아진 미니 메이는 깊이 잠들어 있었다.

앤이 설명했다. "절망스러워서 거의 포기할 뻔했어요. 해먼드의 쌍둥이들, 심지어 제일 막내 쌍둥이들이 아팠던 것보다 더 심했거든요. 목구멍이 막혀서 죽으면 어떡하지, 하는 생각까지 들었어요. 마지막 남은 토근즙 한 방울까지 탈탈 털어서 먹이고 나니까 더 이상 할 게 없더라고요. 하지만 다이애나나 메리 조 언니가 이미 걱정이 태산이었기에 더 불안하게 할 순 없었어요. 스스로 부담을 좀 덜어보려고 이런 말을 조용히 속삭일 수밖에 없었죠. '이제 마지막 남은 희망인데 헛되이 끝날까 두렵구나.•' 하지만 3분 정도 지나니까 미니 메이가 가래를 뱉어내더니 조금씩 좋아지기 시작하더라고요, 선생님. 어찌나 마음이 놓이던지…… 그건 상상하셔야 해요. 말로 표현을 못 하겠거든요. 어떤 건 말

• 펠리시아 도로시아 헤먼즈의 「발렌시아 포위전」 중 아들의 목숨을 걱정하던 어머니의 말을 인용했다.

로 설명할 수 없는 거 아시죠."

의사는 고개를 끄덕였다. "그래, 안단다." 그리고 앤을 바라보며 이 아이를 어떻게 설명할 수 있을까 하고 생각해 보았다. 하지만 나중에 베리 부부에게는 이렇게 설명했다.

"커스버트 씨네 빨간 머리 여자아이가 굉장히 영리하더군요. 그 아이가 미니 메이의 생명을 구한 거나 마찬가지입니다. 제가 도착했을 때는 아마 너무 늦었을 거예요. 그 나이의 아이치고는 아기를 돌보는 솜씨나 정신력이 참 대단하더군요. 나를 쳐다보며 상황을 설명하는데, 눈빛이 정말 예사롭지 않았어요."

흰 눈이 쌓인 아름다운 겨울 아침, 밤을 새운 앤은 무거운 눈꺼풀을 껌뻑이며 집으로 돌아갔다. 하지만 널따란 하얀 들판을 건너고, 단풍나무로 뒤덮여 마치 동화의 한 장면처럼 반짝이는 '연인들의 오솔길'을 걸으면서도 앤은 지치지 않고 계속 재잘댔다. "아, 매슈 아저씨. 정말 아름다운 아침이죠? 하느님이 상상하신 그대로 만들어진 거 같아요. 하느님이 혼자 보려고 만든 것처럼요. 제가 후! 하고 불면 나무가 날아갈 거 같아요. 흰 눈이 내리는 세상에 살아서 정말 기뻐요. 그렇지 않으세요? 결국 해먼드 부인이 쌍둥이 세 쌍을 낳아서 다행이었지 뭐예요. 그렇지 않았다면 제가 미니 메이를 어떻게 돌봐야 할지 몰랐을 테니까요. 해먼드 부인에게 쌍둥이를 낳았다며 불평했던 게 정말 죄송하네요. 그런데 매슈 아저씨, 너무 졸려서 학교에 못 가겠어요.

눈도 못 뜨고 있을 게 뻔한데, 그러면 한심해 보일 거에요. 하지만 결석하면 길버…… 아니, 다른 애가 더 잘하게 될걸요. 다시 따라잡으려면 힘들 텐데. 물론 힘들게 따라잡을수록 만족감은 더 높아지지만요."

매슈가 앤의 하얗고 자그마한 얼굴과 눈 밑에 짙은 그림자를 내려다보며 말했다. "글쎄, 넌 괜찮을 거다. 바로 침대로 가서 푹 자거라. 집안일은 내가 다 하마."

앤은 매슈의 말대로 침대에서 어찌나 오랫동안 곤히 잤는지 하얀 땅 위로 장밋빛 햇살이 비추는 오후에야 눈을 뜰 수 있었다. 앤이 부엌으로 내려오니 그사이 집에 온 마릴라가 앉아서 뜨개질을 하고 있었다.

앤이 반가워서 얼른 물었다. "마릴라 아주머니, 총리 보셨나요? 어떻게 생겼던가요?"

마릴라가 대답했다. "생긴 거로 본다면 총리감은 절대 아니란다. 코가 어찌나 이상하게 생겼든지! 하지만 말은 청산유수더구나. 내가 보수당이라는 게 자랑스러웠다. 물론 레이첼 린드 부인은 자유당이니 별 상관 없었지만 말이다. 앤, 점심을 오븐에 넣어두었다. 그리고 식품 저장실에서 자두 프리저브를 꺼내다가 먹으렴. 배가 고프겠구나. 매슈가 지난밤 이야기를 해줬단다. 네가 어떻게 아기를 돌보는지 알고 있어서 참 다행이구나. 나도 후두 기관지염에 걸린 사람을 본 적이 없으니 어떻게 해야 할지 몰랐을 거다. 자, 점심 다 먹기 전까지 입은 제발 다물고 있어라. 네 얼굴만 봐도 할 말이 넘친다는 걸 알겠지만 좀 기다리면 안 되겠니?"

마릴라는 앤에게 알려줄 소식이 있었지만 앤이 그 말을 들으면 천창을 뚫고 나갈 정도로 흥분해서 식욕이니 점심이니 다 잊을 걸 알았기 때문에 하지 않고 차분히 기다렸다. 그리고 앤이 자두 프리저브까지 다 먹고 나서야 입을 열었다.

"앤, 베리 부인이 오후에 다녀가셨단다. 너를 보고 싶어 하셨지만 내가 널 깨우지 않았어. 부인은 네가 미니 메이의 목숨을 구해준 것에 대해 정말 고마워하셨어, 커런트 와인 문제로 그렇게 행동해서 아주 미안하다고도 하셨다. 네가 다이애나를 취하게 하려는 의도가 없었다는 걸 아신다며 용서해 달라고, 다이애나와 다시 사이좋게 지냈으면 좋겠다고 하시더구나. 다이애나가 지난밤에 심한 감기에 걸려 밖에 나갈 수 없으니 원한다면 네가 오늘 저녁에 다이애나 집에 와도 좋다는 말씀도 하셨다. 자, 앤셜리, 제발 그렇게 흥분하지 마라."

불꽃처럼 활활 타오르는 얼굴로 벌떡 일어나는 앤의 표정과 몸짓이 어찌나 하늘로 날아갈 거 같은지 마릴라의 경고는 하나 마나였다.

"마릴라 아주머니, 설거지 안 하고 지금 가도 되나요? 설거지는 돌아와서 할게요. 이런 황홀한 순간에 설거지 같은 낭만적이지 않은 일에 저를 묶어둘 순 없어요."

마릴라가 너그럽게 이해해 주었다. "그래, 그래. 가보거라. 앤 셜리, 너 제정신이니? 당장 들어와서 옷 입고 가라. 세상에, 바람 같구나. 애가 모자도 숄도 안 걸치고 나갔잖아. 머리를 날리면서 과수원을 가로질러 가는 것 좀 봐. 독감이나 안 걸리면 다행이겠구나."

그날 저녁, 앤은 눈 덮인 들판을 건너 보랏빛 겨울 땅거미를 등에 지고 춤을 추듯 집으로 돌아왔다. 멀리 남서쪽 저녁 하늘 위로 진주처럼 영롱한 커다란 별이 반짝였고, 어슴푸레한 황금빛과 영묘한 장밋빛 어른거리는 하늘은 온통 반짝이는 하얀 세상과 어두운 가문비나무 협곡을 비췄다. 썰매 방울의 딸랑거리는 소리가 마치 요정의 차임벨 소리 같았다. 그 소리는 눈 쌓인 언덕 사이로 찬 공기를 타고 넘어왔지만, 앤의 가슴과 입술에서 흘러나오는 노랫소리보다는 사랑스럽게 들리지 않았다.

앤이 선언했다. "마릴라 아주머니, 아주머니는 지금 눈앞에 완벽하게 행복한 사람을 보고 계세요. 저는 완벽하게 행복해요. 네, 제 머리가 빨개도요. 지금은 빨강 머리라는 것도 당당하네요. 베리 부인이 저한테 입을 맞추고 우시면서 정말 미안하다고, 신세를 다 갚을 수 없을 정도라고 하셨어요. 저는 너무 수줍어서 몸이 배배 꼬였지만 최대한 예의 바르게 '베리 부인, 나쁜 감정은 없습니다. 저는 다이애나를 취하게 할 생각이 없었다는 것을 다시 한번 말씀드리고 싶고, 이제부터는 망각의 덮개로 과거를 덮어둘\* 생각입니다.'라고 했어요. 정말 의젓하게 말했죠? 제가 베리 부인에게 원수를 은혜로 갚은 격이잖아요. 그리고 다이애 나랑 진짜 재밌게 놀았어요. 다이애나가 카모디의 이모한테 아 주 세련된 모양으로 크로셰 뜨는 법을 배워와서 저한테 가르쳐 줬어요. 에이번리에서 그 방법을 아는 사람은 저희 둘밖에 없어 요. 아무한테도 안 가르쳐 주기로 엄숙히 선서했어요. 다이애나 가 장미 화환이 그려진 예쁜 카드를 줬는데 거기에 이런 시가 쓰여 있었어요."

내가 그대를 사랑하듯 그대가 나를 사랑한다면
죽음 외에는 그 무엇도 우리를 갈라놓을 수 없으리

"마릴라 아주머니, 이 말은 진짜 사실이에요. 학교에 가서 필 립스 선생님께 다이애나랑 다시 같이 앉아도 되냐고 여쭤볼 거 예요. 거티 파이는 미니 앤드루스랑 앉으면 되거든요. 저희는 차 를 우아하게 마셨어요. 그리고 베리 부인이 제일 좋은 찻잔을 내 오신 거 있죠. 제가 진짜 손님인 것처럼요. 어찌나 찌릿한 전율 이 일었는지 아세요? 저를 위해서 제일 좋은 찻잔을 내온 사람

---

\* 펠리시아 도로시아 헤먼즈의 「제노아의 밤 풍경」에서 가져온 표현이다.

은 지금까지 한 명도 없었거든요. 과일 케이크랑 파운드 케이크
랑 도넛도 먹고 프리저브도 두 종류나 먹었어요. 베리 부인이 저
에게 차를 마시겠냐고 물으시고 '여보, 앤에게 비스킷 좀 주지
그래요?' 그러셨어요. 어른인 양 대접 받으니 어찌나 근사하던
지, 어른이 된다는 건 정말 좋은 일임이 틀림없어요."

마릴라가 짧게 숨을 내쉬며 말했다. "그건 모르겠구나."

앤은 단호히 말했다. "어쨌든, 제가 크면 어린 여자애들을 늘
어른처럼 대할 거고, 과장하며 말해도 절대 비웃지 않을 거예요.
비웃음을 당하면 얼마나 슬픈지 아픈 경험을 통해서 알고 있거
든요. 차를 마신 다음에 다이애나랑 태피 사탕을 만들었어요. 그
런데 망쳐버렸어요. 아마 저희 둘 다 만들어본 적이 없어서 그런
가 봐요. 다이애나가 접시에 버터를 바르는 동안 제가 사탕을 저
었어야 했는데 깜빡하고 태워먹었지 뭐예요. 그리고 사탕을 식
히려고 좌악 펼쳐놓았는데 고양이가 접시 위로 걸어가는 바람
에 다 버려야 했어요. 하지만 태피 사탕을 만드는 건 아주 재밌
었어요. 제가 집에 가려고 하니까 베리 부인이 가능한 자주 집에
놀러 오라고 하셨어요. 다이애나는 제가 '연인들의 오솔길'로 가
는 길 내내 창문에 서서 키스를 날려주었죠. 마릴라 아주머니,
오늘 밤은 기도가 절로 나올 거예요. 저는 이날을 기념해서 완전
히 새로운 특별 기도문을 생각해 내려고 해요."

# 19
## 발표회와 아찔한 사건 그리고 자백

"마릴라 아주머니, 잠깐만 다이애나한테 다녀와도 될까요?"

2월 어느 저녁, 앤이 동쪽 다락방에서 허겁지겁 달려왔다.

마릴라가 무뚝뚝하게 답했다. "이미 어두워졌는데 왜 나가려고 하는지 모르겠구나. 다이애나랑 매일 학교에서 같이 걸어오고, 눈 위에서 입을 얼마나 나불대는지, 30분 동안 재잘재잘 떠들다 오지 않니. 그런데 왜 또 만나러 나가는 거냐."

앤이 졸랐다. "하지만 다이애나가 저를 봐야 한다고 했어요. 아주 중요하게 할 말이 있대요."

"그걸 어떻게 아니?"

"왜냐면 다이애나가 창문에서 방금 신호를 보냈거든요. 초와 판자로 신호를 보내기로 했어요. 초를 창틀에 두고 판자로 앞뒤로 왔다 갔다 해서 깜빡깜빡하는 거예요. 촛불이 깜빡이는 횟수에 따라 뜻이 달라져요. 제가 생각해 냈어요."

"당연히 네 생각일 줄 알았다. 그리고 그런 신호니 뭐니 하다가 커튼에 불이 옮겨붙어 홀라당 태워먹지나 않으면 다행이지."

"저희가 얼마나 조심해서 하는데요. 마릴라 아주머니, 이 촛불 신호 굉장히 재밌어요. 두 번 깜빡이는 건 '너 보고 있니?'라는 뜻이고, 세 번은 '그래', 네 번은 '아니', 다섯 번은 '중요하게 할 말이 있으니 최대한 빨리 와'예요. 방금 다이애나가 다섯 번 신호를 보냈기 때문에 무슨 일인지 너무 궁금해서 죽겠단 말이에요."

마릴라가 비꼬는 투로 말했다. "죽을 지경이라니 안됐구나. 그래, 가거라. 하지만 10분 내로 집에 돌아와야 한다. 꼭 기억하렴."

앤은 마릴라와 약속한 시간 안에 집으로 돌아왔다. 10분 안에 다이애나와 중요한 일을 상의하기 위해 앤이 얼마나 고생했는지 그 누구도 알 수 없을 것이었다. 하지만 적어도 중요한 말은 다 듣고 올 수 있었다.

"마릴라 아주머니, 제 말 좀 들어보세요. 내일이 다이애나의 생일이잖아요. 다이애나의 어머니가 저한테 내일 학교 끝나고 다이애나와 함께 놀다가 하루 자고 가는 게 어떻겠냐고 저한테 물어보라고 했대요. 그리고 내일 밤 회관에서 열리는 토론 발표회에 참가하러 뉴브리지에 사는 사촌들이 썰매를 타고 온대요. 그런데 그 사촌들이 다이애나와 저를 발표회에 데려가 주겠대요. 아주머니가 허락하시면요. 허락해 주실 거죠? 너무 기대되어요!"

"그렇게 수선 떨 것 없다. 넌 못 가니까. 잠은 집에서, 네 침대에서 자야지. 그리고 토론 발표회라니, 말도 안 된다. 어린 여자아이들이 그런 데 가는 거 자체가 말이 안 되지, 그럼."

앤이 설득에 나섰다. "토론 클럽은 훌륭하다고 인정받는 클럽인데요."

"토론 클럽이 나쁘다는 게 아니다. 하지만 발표회 같은 데 쏘다니면서 밤 늦게까지 밖으로 돌아다니는 건 안 돼. 아이들에게 참도 좋은 영향을 주겠네. 다이애나가 간다니, 베리 부인도 참 의외구나."

앤은 눈물이 나올 것 같았다. "하지만 굉장히 특별한 날이잖아요. 다이애나의 생일은 일 년에 한 번뿐이고요. 생일이 자주 있는 것도 아닌데. 프리시 앤드루스는 「오늘 밤은 통행 금지 벨이 울리지 않아야 해요」를 암송할 거래요. 내용은 굉장히 도덕적이에요. 분명 보고 배울 게 많을 거예요. 합창단은 찬송가처럼 아름답고 애절한 노래를 네 곡이나 부를 거래요. 마릴라 아주머니,

목사님도 참석하신대요. 네. 정말로요. 목사님이 연설하실 거래요. 그러면 설교 말씀이나 마찬가지잖아요. 제발요. 저도 가면 안 될까요?"

"앤, 내 말 들었지? 부츠 벗고 침대로 가렴. 8시가 넘었다."

앤이 최후의 수단이라는 듯 이 말을 꺼내들었다. "아주머니, 한 가지 더 있어요. 다이애나가 그랬는데, 베리 부인이 손님방에 침대가 있으니 저보고 침대에서 따로 자도 된다고 하셨대요. 아주머니의 귀여운 앤이 손님방에서 자는 영광을 누린다고 생각해 보세요."

"그런 영광 없이도 잘만 산다. 앤, 네 방으로 가거라. 그리고 이 이야기를 두 번 다시 꺼내지 마라."

앤은 뺨 위로 눈물을 줄줄 흘리며 계단을 올라갔고 대화가 오가는 동안 거실에서 쿨쿨 자는 줄 알았던 매슈가 눈을 뜨고 일어나더니 천천히 말했다.

"마릴라, 앤을 가게 해주는 게 어때?"

마릴라가 코웃음을 쳤다. "안 돼요. 이 아이 지금 누가 키우죠? 오라버니예요, 저예요?"

매슈가 인정했다. "그래, 너지."

"그럼 간섭하지 마세요."

"그게…… 간섭하겠다는 게 아니야. 네 의견에 간섭하겠다는 게 아니라, 내 의견은 앤을 보내줘야 한다는 거지."

마릴라의 상냥한 답변은 이러했다. "오라버니는 앤이 원하면
달에도 보내라고 하겠죠. 뻔하지요. 다이애나 집에서 하루 자는
건 허락해 줄 수 있어요. 하지만 발표회에 가는 건 허락 못 해요.
거기 갔다간 감기에 걸릴 게 뻔하고 애가 흥분해서 무슨 정신으
로 있을지 어떻게 알아요. 일주일은 마음이 붕 떠 있을 테고요.
저 아이의 기질이 어떤지, 아이에게 뭐가 더 좋은지는 오라버니
보다 내가 더 잘 알아요."

매슈는 같은 말만 반복했다. "난 네가 허락해 줘야 한다고 생
각해." 매슈는 논쟁에 뛰어난 편은 아니었지만 고집을 꺾지 않는
데에는 일가견이 있었다. 마릴라는 말이 안 통한다는 듯 한숨을
쉬고 아무 말도 하지 않았다. 다음 날 아침, 앤이 아침 설거지를
하고 있을 때 매슈가 헛간으로 가다가 마릴라 앞에 멈췄다.

"마릴라, 앤을 가게 해줘."

마릴라는 순간 해서는 안 될 말이 튀어나올 정도로 당황했지
만 어쩔 수 없이 물러서면서 이렇게 말했다.

"좋아요. 앤을 보내겠어요. 그 대답 외에는 오라버니 마음을
풀지 못할 거 같으니까."

앤은 기름이 뚝뚝 흐르는 행주를 손에 든 채 식품 저장실에서
튀어나왔다.

"마릴라 아주머니, 마릴라 아주머니, 그 은혜로운 말씀을 한
번만 다시 해주세요."

"한 번 말한 거로 충분한 거 같구나. 하지만 명심하렴. 이건 매슈가 결정한 일이니 나는 책임지지 않을 거다. 네가 남의 침대에서 잠을 자고 오밤중까지 야단법석인 회관에서 놀다가 폐렴에 걸려도 내 탓은 마라. 매슈 탓이니까. 앤 셜리, 바닥에 기름을 다 떨어뜨리고 있잖니. 내 이렇게 조심성 없는 아이는 처음 보네."

앤이 얼른 사과했다. "아휴, 저도 제가 아주머니에게 골칫거리라는 거 알아요. 실수를 너무 많이 하니까요. 하지만 제가 실수할 뻔했지만 하지 않았던 순간들을 생각해 보시면 어떨까요? 바닥은 학교 가기 전에 모래를 뿌려서 잘 닦아놓을게요. 마릴라 아주머니, 제 머릿속은 벌써 토론 발표회에 갈 생각으로 가득해요. 살면서 한 번도 발표회에 가본 적이 없으니 학교에서 다른 여자애들이 발표회 이야기를 하면 정말 소외감이 들었거든요. 아주머니는 제가 어떤 기분이었는지 모르셔서 그래요. 하지만 생각해 보세요. 매슈 아저씨는 제 기분을 아셨던 거예요. 매슈 아저씨가 이렇게 저를 잘 이해해 주시다니. 제 마음을 알아주는 분이 있어서 정말 좋아요."

정신이 완전히 딴 데가 있는 앤은 도저히 학교 수업에 집중할 수가 없었다. 철자 시험에서 길버트 블라이드에게 1등을 빼앗긴 건 물론, 암산 시험에서는 크게 뒤지고 말았다. 하지만 앤은 발표회에 간다는 것과 손님방에서 잔다는 생각에 평소보다 덜 창피했다. 앤과 다이애나가 얼마나 발표회 이야기만 해댔는지 필립스 선생님보다 더 엄격한 선생님이었다면 둘은 크게 벌을 받았을 것이다.

그날은 학생들도 내내 발표회 이야기만 했기 때문에 앤은 만약 자신이 발표회에 못갈 거였다면 차라리 태어나지 않는 게 나을 뻔했다고 느꼈다. 원래 에이번리 토론 클럽은 겨우내 격주로 모였고, 작은 규모였지만 무료 발표회를 여러 번 진행하기도 했다. 하지만 이번 발표회는 도서관을 후원하기 위해 크게 열리기 때문에 입장료를 10센트씩 받았다. 에이번리에 사는 청소년들은 여러 주 동안 발표회를 준비했고 학생들도 자신의 언니나 오빠들이 참가했기 때문에 특별한 관심을 쏟았다. 아홉 살 이상인 아이들은 모두 발표회에 가는 모양이었지만 캐리 슬론은 제외였다. 아버지가 마릴라처럼 어린 여자아이들은 밤에 열리는 발표회는 가는 게 아니라고 고집했기 때문에 캐리 슬론은 오후 내내 문법책 위에 엎드려 '왜 살아야 하나'며 울먹였다.

학교가 끝나자 앤은 점점 들떴다. 발표회 시간이 코앞으로 다가오자 황홀경에 이를 지경이었다. 다이애나와 앤은 완벽할 정도로 우아하게 차를 마신 다음 위층에 있는 다이애나의 작은 방에 가서 옷매무새를 단장했다. 다이애나는 앤의 앞머리를 볼록하게 뒤로 넘기는 스타일로 바꿔주었고, 앤은 자신만 알고 있는 특별한 방법으로 다이애나의 리본을 묶어주었다. 그리고 뒷머리를 어떻게 할까 고민하며 적어도 열두 번은 다르게 묶어보았다.

드디어 모든 준비를 마친 두 소녀의 볼은 진홍색으로 물들었고 눈은 기대에 부풀어 반짝였다.

앤은 다이애나가 걸친 멋드러진 털모자와 깔끔하고 앙증맞은 반코트를 빤히 보았다. 그리고 자신의 평범한 검은색 빵모자와 집에서 만든 회색 코트로 시선을 돌렸다. 앤은 소매도 좁고 볼품없는 자신의 코트를 보자 가슴이 쓰렸다. 하지만 앤은 상상력이 좋았으므로 이 점을 마음껏 활용하자고 다짐했다.

드디어 다이애나의 사촌인 머레이 가족이 뉴브리지에서 도착했다. 말이 끄는 커다란 썰매 안에 짚이 깔려 있었고 일행은 털이불을 덮고 옹기종기 모여 앉았다. 썰매 아래에 달린 날은 사르륵 눈을 제치며 새틴같이 부드러운 길을 달렸다. 그렇게 앤은 회관으로 가는 길을 마음껏 즐겼다. 운치 있는 저녁노을, 눈 덮인 언덕 그리고 세인트로렌스만의 짙푸른 바다는 진주와 사파이어로 된 큼직한 그릇에 와인과 불이 가득 찬 듯한 풍광을 연출했다. 썰매 방울이 짤랑거리는 소리 그리고 멀리서부터 들려오는 나무 요정의 웃음소리가 사방에서 울려 퍼졌다.

앤이 털 이불 아래로 다이애나의 털장갑 낀 손을 꼭 쥐며 숨을 길게 내쉬었다. "다이애나, 이 모든 게 아름다운 꿈 같지 않니? 내 얼굴이 평소랑 똑같니? 모든 게 어찌나 달라 보이는지 내 얼굴도 달라 보일 게 틀림없거든."

방금 사촌에게서 예쁘다는 칭찬을 들은 다이애나는 자신이

받은 칭찬을 전달해 주고 싶었다. "너 정말 예뻐 보여. 얼굴빛이
너무나 사랑스러워."

　그날 밤, 적어도 한 명의 청중에게는 모든 공연이 전율의 연
속이었다. 앤이 다이애나에게 확신하며 말했듯, 그 전율은 전에
느꼈던 전율보다 더 강하게 일었다. 새로 장만한 분홍색 실크 블
라우스를 입고 하얀 목에 진주 목걸이를 한 프리시 앤드루스가
'미끄러운 사다리를 올라가 한 줄기 빛도 들지 않는 어둠 속에
서'라고 암송했을 때, 앤의 마음이 어찌나 아팠던지 몸이 덜덜
떨릴 지경이었다. 필립스 선생님이 프리시를 위해 시내로 나가
구했다는 카네이션 생화를 머리에 꽂은 채였다. 합창대가 「어린
데이지꽃 저 위로」를 부를 때는, 마치 천장에 천사 프레스코 벽
화가 그려져 있다는 듯 앤은 가만히 위를 응시하기도 했다. 샘
슬론이 그림판을 들고 「암탉이 알을 품게 한 소커리의 방법」을
발표하자, 앤이 하도 웃어서 근처에 앉은 사람들까지 웃음을 터
트렸다. 에이번리에서는 이미 다 알려진 내용이었기 때문에 공
연이 재미있어서라기보다 앤의 기분을 맞춰주려고 웃어준 것이
었다. 필립스 선생님은 카이사르의 시체를 보며 마르쿠스 안토
니우스가 했던 연설문을 비통한 목소리로 암송했다. 그는 한 문
장이 끝날 때마다 프리시 앤드루스를 쳐다보았다. 앤은 선생님
의 절절한 목소리에 만약 지금 로마 시민이 나타나 반란을 이끈
다면 당장이라도 가담하겠다고 다짐했다.

단 한 개의 공연만 앤의 관심을 받지 못했다. 길버트 블라이드가 「라인강의 빙겐」을 암송할 때였다. 앤은 길버트의 암송이 끝날 때까지 로다 머레이가 도서관에서 빌려온 책을 읽었고 다이애나가 손바닥이 얼얼해질 때까지 손뼉을 칠 때도 꼿꼿이 앉아 손가락 하나도 까딱하지 않았다.

앤과 다이애나가 집에 돌아온 건 밤 11시였다. 둘 다 노곤한 상태였지만, 아직 남아 있는 일정에 흥분을 감추지 못하고 여전히 신이 난 채로 수다를 떨었다. 모든 식구는 잠든 듯했고 집안은 어둡고 조용했다. 앤과 다이애나는 손님방으로 가기 위해 발끝을 들고 좁은 응접실로 살금살금 걸어갔다. 응접실은 따뜻하고 아늑했으며 타다 남은 장작불이 벽난로 안에서 희미하게 타올랐다.

다이애나가 말했다. "여기서 옷 갈아입자. 따듯하니까 정말 좋다."

앤은 감동스럽다는 듯 한숨을 내쉬었다. "너무 재밌지 않았니? 무대 위로 올라가서 암송한다면 진짜 근사한 기분이 들 거야. 우리도 암송해 달라고 부탁받는 날이 올까?"

"물론이지. 고학년생은 늘 암송하라고 하니까. 길버트 블라이드도 우리보다 겨우 두 살 밖에 안 많은데 자주 하잖아. 그런데 앤, 왜 길버트가 암송하는 걸 안 듣는 척했어? 길버트가 '누이가 아닌, 다른 여인이 있네' 하는 부분에서 너를 똑바로 쳐다봤단 말이야."

앤이 단호하게 말했다. "다이애나. 너는 내 마음의 친구지만 아무리 너라도 내 앞에서 그 애 이야기를 하는 건 허락할 수 없어. 자, 잘 준비됐니? 그럼 우리, 누가 침대에 먼저 가나 내기하자."

다이애나는 앤의 제안이 마음에 쏙 들었다. 흰 잠옷을 입은 두 소녀는 긴 응접실을 달려 손님방 문을 통과해 동시에 침대로 펄쩍 뛰어올랐다. 그런데 순간 무언가가 그들 밑에서 꿈지럭거리는 게 아닌가. 곧이어 헉하는 소리가 들리더니 이렇게 웅얼거렸다.

"아이고, 맙소사!"

앤과 다이애나는 어떻게 침대에서 나왔는지 기억도 못 할 만큼 미친 듯이 도망쳤다. 정신을 차려보니 숨죽여 벌벌 떨며 위층 계단을 올라가고 있을 뿐이었다.

"세상에. 누구였니? 그게 뭐였니?" 앤이 춥고 무서워서 이빨을 딱딱 부딪치며 속삭였다.

다이애나는 웃느라 숨을 제대로 못 쉬었다. "조세핀 베리 이모 할머니야. 할머니가 도대체 왜 거기에 왜 누워계신지 모르겠다. 아휴, 엄청나게 화내실걸. 괴팍하신 분이야. 엄청 괴팍하시지. 그래도 정말 너무 웃기지 않았니, 앤?"

"조세핀 이모할머니가 누군데?"

"아버지의 이모야. 샬럿타운에 사시는데 나이가 아주 많으셔.

칠십몇 살이셨는데 정확히는 기억이 안 나. 할머니한테도 어린 소녀 시절이 있었다는 게 믿기지 않아. 한번 놀러 오실 거라는 말은 들었지만 이렇게 금방 오실 줄은 몰랐어. 할머니는 굉장히 점잖으시고 엄격하시거든. 이제 이 일로 우릴 엄청나게 혼내실 거야. 오늘은 어쩔 수 없이 미니 메이랑 자야겠다. 걔가 얼마나 발로 뻥뻥 차는지 넌 모를 거야."

다음 날 아침, 조세핀 이모할머니는 식탁에 모습을 드러내지 않으셨다. 베리 부인은 두 소녀를 보고 다정하게 미소 지었다.

"어젯밤에 재미있게 놀았니? 조세핀 이모님이 오셨으니 어쩔 수 없이 위층에서 자야 한다고 말해주려고 했는데, 너희가 올 때까지 기다리다가 너무 피곤해서 그만 잠들었지 뭐니. 다이애나, 이모님 방해하지 않았지?"

다이애나는 묵묵히 입을 다물었지만 식탁 너머로 앤과 함께 아찔했던 사건을 떠올리며 몰래 킥킥 웃었다. 그리고 앤은 아침을 먹고 집으로 갔기 때문에 베리네 집에 닥친 불행을 전혀 모르고 있었다. 마릴라의 심부름으로 린드 부인에게 가게 된 늦은 오후에서야 알게 되었다.

린드 부인의 목소리는 심각했지만 눈은 반짝였다. "그래, 어젯밤에 가여운 조세핀 할머니가 놀라서 자빠질 뻔했다지? 베리 부인이 좀 전에 카모디에 가는 길에 우리 집에 잠깐 들렀는데 걱정이 태산이더구나. 조세핀 할머니가 오늘 아침에 일어나셔서 크게 화를 내셨다더구나. 내 분명히 말해두지만 조세핀 할머니 성질은 장난이 아니란다. 다이애나와는 말도 섞지 않을 거야."

앤은 자신의 행동을 후회했다. "그건 다이애나 잘못이 아니에요. 침대로 누가 먼저 가는지 제가 내기하자고 한 거예요."

린드 부인은 자기 예상이 맞았다는 듯 외쳤다. "그럴 줄 알았다! 그 생각이 네 머리에서 나온 건 줄 내 진즉 알았지. 어쨌든, 그 일로 큰 사달이 났지 뭐냐. 조세핀 할머니는 한 달간 머물 예정이셨는데 단 하루도 안 있겠다며 내일 당장 시내로 돌아가겠다고 선언하셨다. 베리 부부가 오늘 모셔다드릴 수 있었다면 오늘이래도 가셨을 거야. 조세핀 할머니가 전에 다이애나의 사분기 음악 수업료를 내주겠다고 약속했지만 그런 말괄량이에게는 한 푼도 대줄 수 없다고 하셨다더구나. 오늘 아침에 참 볼만하지 않았겠니. 베리 부부는 너무 속상했겠지. 조세핀 할머니가 돈이 많으니 잘 보이고 싶어 하거든. 물론 베리 부인이 그런 말을 한 건 아니지만 내가 인간 본성을 꿰뚫어 보는 데 일가견이 있잖니."

앤은 슬픔에 잠겼다. "저는 정말이지 운이 없는 소녀예요. 맨날 문제를 일으키고 제일 친한 친구나 내 심장도 내어줄 수 있는 사람들을 곤란하게 만드니까요. 왜 그런 걸까요. 린드 부인?"

"그야 네가 생각 없이 행동하니까 그렇지. 그렇고말고. 잠깐이라도 멈춰서 생각하지 않고 그냥 머리에 떠오르는 족족 말하고 행동하니까 그런 거 아니냐."

"하지만 그게 제일 좋은 방법이에요. 머리에 어떤 재밌는 생각이 번뜩 떠오르면 바로 해야죠. 그걸 놓고 찬찬히 생각하고 있으면 다 망치게 돼요. 그런 느낌 든 적이 없으세요?"

린드 부인은 점잖은 척하며 고개를 저었다. "아니, 그래본 적은 없단다. 앤, 넌 좀 차분히 생각하는 법을 배워야 해. '돌다리도 두들겨 보고 건너라'라는 속담을 새겨들어라. 특히 손님방 침대로 뛰어들기 전에 말이다."

린드 부인은 자신이 던진 가벼운 농담에 웃음을 터트렸지만 앤은 깊은 슬픔에 빠졌다. 이 상황이 하나도 웃기지 않고 심각하기만 했다. 앤은 린드 부인의 집을 나와 얼어붙은 들판을 건너 과수원 비탈길로 향했다. 다이애나가 부엌문에서 앤을 맞았다.

앤이 속삭였다. "너희 조세핀 할머니, 화가 많이 나셨다며?"

다이애나가 닫힌 거실 문을 불안한 듯 곁눈질하며 작게 킥킥 웃었다. "응, 화가 머리끝까지 나서 펄쩍펄쩍 뛰시더라. 아휴, 어찌나 혼을 내시던지. 할머니가 지금까지 봐온 아이 중 내가 제일 행동거지가 나쁘대. 어머니, 아버지한테는 나를 이렇게 키워놨으니 창피한 줄 알아야 한다고 하시더라. 우리 집에 있기 싫다고 하셨는데 나야 전혀 상관없지. 하지만 부모님은 아니실 거야."

앤이 다그쳤다. "다이애나, 왜 내 잘못이라고 말씀드리지 않았어?"

다이애나가 실망했다는 눈으로 바라봤다. "내가 그렇게 할 거 같니? 앤 설리, 나 고자질쟁이가 아니거든. 어쨌든 나도 너만큼 잘 못했잖아."

앤이 단호히 말했다. "그렇다면 내가 직접 가서 말씀드리겠어."

다이애나가 빤히 쳐다봤다.

"앤 설리, 절대 안 돼! 할머니가 널 산 채로 잡아먹을 거야!"

앤이 간청했다. "어휴, 이미 무서워 죽겠는데 그런 말을 하면 어떻게. 차라리 대포 구멍으로 걸어들어가는 게 낫겠어. 하지만 다이애나, 이 말은 꼭 해야 해. 내 잘못이었다고 털어놓아야 해. 다행히 내가 이런 연습은 참 많이 했거든."

"그렇다면, 좋아. 할머니는 거실에 계셔. 네가 원한다면 어쩔 수 없지만 난 진짜 못 하겠어. 네가 무슨 말을 한다 해도 아마 꼼짝도 안 하실 거야."

앤은 오히려 용기가 꺾이는 응원의 말을 들으며 사자 굴로 들어갔다. 거실 문까지 용감히 걸어간 다음 문을 살짝 두드렸다. 날카롭게 "들어와라" 하는 소리가 들렸다.

마른 몸의 조세핀 할머니는 빈틈없이 단정하고 고지식해 보이는 모습으로 불 옆에서 맹렬히 뜨개질을 하고 있었다. 화가 아직 가라앉지 않은 듯했고 금테 안경으로 보이는 눈매가 날카로웠다. 할머니는 다이애나가 들어온 줄 알고 의자를 돌렸지만 보이는 건 한 창백한 소녀뿐이었다. 소녀의 커다란 눈망울은 한껏

굵어모은 용기와 끔찍한 공포가 뒤섞여 있었다.

조세핀 할머니는 예의고 뭐고 곧장 물었다. "넌 누구냐?"

"저는 초록 지붕 집의 앤입니다." 작은 방문객은 자기가 특히 자주 하는, 두 손을 꼭 움켜쥔 동작을 한 채로 달달 떨며 대답했다. "그리고 괜찮으시다면, 저의 고백을 들어주세요."

"뭘 고백한다는 거냐?"

"어젯밤에 할머니 침대로 뛰어든 건 전부 제 잘못입니다. 제가 그러자고 했습니다. 다이애나는 절대 그런 생각을 못 해요. 다이애나는 얌전한 숙녀거든요. 그러니 이 일로 다이애나가 혼나는 건 아주 불공평해요."

"아, 그러냐? 그런데 다이애나도 뛰지 않았니. 이 명망 있는 집에서 그런 행동을 했단 말이다!"

앤이 설득에 나섰다. "하지만 저희는 그저 재미로 그런 겁니다. 미스 조세핀 베리, 진심으로 사과를 드립니다. 저희를 용서해 주세요. 그리고 다이애나를 너그럽게 봐주시고 다이애나가 음악 수업을 받을 수 있게 해주세요. 다이애나는 음악 수업에 열정을 갖고 있습니다. 저는 어떤 걸 간절히 원하지만 갖지 못하는 기분이 어떤 건지 아주 잘 압니다. 누군가에게 화를 내셔야 한다면 저에게 화를 내세요. 어렸을 때부터 사람들이 하도 저한테 화를 많이 냈어서 그런지 다이애나보다 훨씬 더 잘 견딜 수 있습니다."

이쯤 되자 할머니의 매서운 눈매는 어느새 사라졌고 흥미롭다는 눈빛으로 변해 있었다. 하지만 목소리는 여전히 냉랭했다.

"그저 재미로 그랬다는 건 핑계가 되지 않는다. 내가 어렸을 때 어린 소녀들은 그런 걸 재미있다고 생각하지 않았어. 길고 힘든 여행 끝에 깊이 자고 있는데, 난데없이 두 소녀가 내 위로 뛰어들어 잠을 깨우는 게 어떤 건지 넌 모를 테지."

"네, 모릅니다. 하지만 상상은 할 수 있습니다. 깜짝 놀라셨을 거예요. 하지만 저희의 입장도 있습니다. 조세핀 할머니, 한 번만 상상해 보시면 안 될까요? 저희의 기분이 어땠을지 한 번만 생각해 주세요. 저희 또한 침대에 누가 누워 있을 줄은 꿈에도 몰랐기 때문에 너무 놀라서 기절할 뻔했습니다. 얼마나 놀랐는지 정말 끔찍한 기분이었습니다. 그리고 손님방에서 자는 걸 잔뜩 기대했었는데 그것도 할 수 없었죠. 할머니는 손님방에서 자는 게 익숙하실 거예요. 하지만 만약 할머니가 그런 명예를 누려 본 적이 없는 어린 고아 소녀라면 어떤 기분이었을까요? 한 번만 상상해 보세요."

그때쯤 되자 날카로운 분위기는 완전히 자취를 감췄다. 그리고 조세핀 할머니는 오히려 크게 웃음을 터트렸다. 다이애나는 부엌에서 초조하게 기다리고 있다가 이 소리를 듣고 안도의 한숨을 쉬었다.

"안타깝게도 내 상상력이 좀 녹슬었구나. 사용한 지 오래되어서 말이다. 네 처지를 생각해 달라는 그 말이 내가 겪었던 일만큼이나 인상 깊구나. 어떻게 보느냐에 따라 다 처지가 다른 거지. 자, 여기 앉아서 너에 대해 말해봐라."

앤이 굳건히 말했다. "죄송하지만 그럴 수 없습니다. 할머니는 아주 흥미로우신 분 같고, 보이는 것과 달리 친절하신 분 같지만 지금은 미스 마릴라 커스버트에게 돌아가야 합니다. 미스 마릴라 커트버스는 저를 입양하셨고, 제가 올바르게 자랄 수 있도록 애써주시는 친절한 분이십니다. 하지만 제가 실망을 안겨드릴 때가 많아요. 그러니까 제가 침대로 뛰어들었다고 해서 그분을 탓하시면 안 됩니다. 그리고 제가 가기 전에 다이애나를 용서하실 건지, 에이번리에 예정대로 계실 건지 제발 말씀해 주시겠어요?"

"네가 가끔 여기 와서 말 상대를 해준다면 그럴 거 같구나."

그날 오후, 조세핀 할머니는 다이애나에게 은팔찌를 선물로 주었다. 그리고 여행 가방을 다시 풀었다고 다이애나의 부모에게 말했다.

그녀가 솔직하게 말했다. "앤이라는 소녀를 조금 더 알아보고 싶은 그 마음 하나로 여기 머물기로 했다. 아이가 재미있더구나. 내 나이쯤 되면 나를 재밌게 해주는 사람이 아주 드물단다."

앤의 모든 전후 사정을 들은 후 마릴라는 이렇게만 대답했다. "내 뭐라 했어요." 매슈에게 들으라고 한 말이었다.

조세핀 할머니는 한 달 넘게 머물렀다. 앤 덕분에 늘 기분이 좋았기 때문에 평소보다 덜 까탈스럽게 행동했다. 그동안 둘은 돈독한 우정을 쌓았다.

조세핀 할머니가 집을 떠나는 날이 되었다.

"내 말 잘 들어라, 앤. 시내로 나오면 꼭 내 집에 들러라. 그러면 제일 큰 손님방에 재워주마."

앤은 마릴라에게 이렇게 털어놓았다. "결국 조세핀 할머니와는 마음이 통하는 사이가 됐어요. 겉으론 그렇게 안 보이지만 좋은 분이세요. 매슈 아저씨처럼 처음에는 잘 몰랐지만 지내다 보면 알게 되는, 그런 분인 거죠. 마음이 통하는 사람이 별로 없는 줄 알았는데요. 세상에 좋은 사람이 이렇게 많다는 걸 알게 되어서 정말 기뻐요."

# 20

## 뛰어난 상상력이 엉뚱하게 흘러가다

초록 지붕 집에 다시 봄이 찾아왔다. 올 듯 말 듯 마지못해 돌아온 봄은 4월과 5월 내내 맑고 상쾌하면서도 쌀쌀했으며, 분홍빛 저녁노을 속에서 부활과 성장의 경이로움이 계속해서 피어났다.

'연인들의 오솔길'에 서 있는 단풍나무는 붉은 꽃봉오리를 맺었고 동글동글 자그마했던 고사리는 '드라이어드의 거품' 주위로 쑥쑥 올라왔다. 사일러스 슬론 집 뒤로 난 척박한 땅을 지나면 산사나무의 갈색 나뭇잎 아래, 분홍색과 하얀색의 별 같은 꽃이 활짝 피어 있었다. 모든 학생들은 황금빛 오후 동안 열심히 꽃을 따다가 해 질 녘 땅거미가 지면 양팔과 바구니에 소중한 꽃을 가득 담아 집으로 돌아갔다.

"산사나무가 없는 곳에 사는 사람들이 참 안됐어요. 다이애나는 그 사람들에겐 더 좋은 게 있을 거라고 하지만 산사나무보다 더 좋은 게 과연 있을까요? 그리고 다이애나는 그 사람들이 애초에 산사나무가 뭔지 모를 테니까 뭐가 없는지도 모를 거래요. 하지만 저는 그게 세상에서 제일 슬픈 일인 거 같아요. 산사나무가 뭔지도 모르고 그런 나무가 있다는 것조차 모르다니, 그건 비극이죠. 마릴라 아주머니, 제가 산사나무를 뭐라고 생각하는 줄 아세요? 지난여름에 죽은 꽃들의 영혼이 산사나무고 우리 동네가 그 꽃들의 천국이라고 확신해요. 어쨌든 오늘 진짜 재밌게 놀았어요. 오래된 우물 쪽에 이끼가 잔뜩 덮인 평평한 공간이 있더라고요. 거기서 점심을 먹었는데 정말이지 낭만적인 장소였어요. 참, 찰리 슬론이 아티 길리스에게 우물을 뛰어넘을 수 있으면 넘어보라고 했는데 아티가 뛰어넘은 거 있죠. 왜냐면 아티가 못하겠다는 말은 절대 안 하니까요. 학교에 있는 다른 애들도 다 마찬가지예요. 요즘 학교에서는 위험해도 한번 해보라고 부추기는 게 유행이거든요. 그리고 필립스 선생님이 직접 딴 산사나무 꽃을 모조리 프리시 앤드루스에게 주면서 '사랑스러운 이에게 사랑스러운 꽃을'이라고 말하는 걸 제가 들었어요. 어떤 책에서 가져온 문장이었겠죠. 선생님도 상상력이 좀 있단 증거 아닐까

요? 저도 산사나무꽃을 주겠다는 사람이 있었지만 코웃음을 치
며 거절했어요. 이름은 말씀드릴 수 없어요. 다시는 제 입에 그
이름을 올리지 않겠다고 맹세했거든요. 산사나무꽃으로 화관을
만들어서 모자에 올려 쓰기도 했어요. 집에 갈 시간이 되자 꽃다
발과 화관을 걸치고 둘씩 짝지어 일렬로 걸어왔어요. 「언덕 위
의 내 집」을 부르면서요. 마릴라 아주머니, 정말이지 몸에 전율
이 쫙 일었어요. 사일러스 슬론의 부모님이 우리를 보러 달려 나
오셨고 길을 걷던 사람들도 모조리 멈춰 서서 쳐다봤다니까요.
우리가 진짜 선풍적인 인기를 끌었죠."

"놀랄 일은 아니지! 그런 한심한 짓을 하고 다니니까!" 마릴라
의 대답이었다.

산사나무꽃이 지고 제비꽃이 피자 '보랏빛 골짜기'는 온통 자
줏빛으로 물들었다. 앤은 이곳을 지나 학교에 갈 때면 마치 성스
러운 땅을 밟는 듯 경건한 걸음과 숭배하는 눈빛으로 걸었다.

앤이 다이애나에게 말했다. "왜 그런지는 모르겠지만, 여기를
지날 때면 길버…… 아니 그 누구든 나를 제치고 1등을 하든 말
든 아무 상관이 없어져. 하지만 교실로 들어가면 모든 게 달라지
면서 여전히 등수에 민감해진다니까. 내 안에는 참 여러 모양의
내가 있는 거 같아. 그래서 내가 말썽꾸러기인 게 아닐까? 앤이
하나라면 훨씬 더 편했을 텐데. 하지만 재미는 반으로 줄어들 거
야."

어느 6월 오후, 앤은 동쪽 다락방 창가에 앉아 있었다. 과수원이 다시 분홍색 꽃으로 채워졌고 '빛나는 물결의 호수' 주변의 습지에서 개구리가 은방울 굴러가듯 맑게 노래했다. 또한 들판을 뒤덮은 클로버의 향기와 발삼전나무 숲의 향기가 공기 중에 가득했다. 공부에 집중하던 앤은 밖이 너무 어두워지자 더 이상 책을 읽을 수가 없었다. 앤은 점차 눈을 멍하게 뜨고 공상에 잠겼다. '눈의 여왕'의 가지 사이를 내다보며 활짝 핀 꽃을 바라보면서······.

아담한 동쪽 다락방은 어떻게 봐도 달라진 게 없었다. 벽은 여전히 흰색이고 핀 쿠션도 여전히 빵빵했고 딱딱한 의자도 변함없이 노란색이었다. 하지만 방 분위기는 완전히 바뀌었다. 발랄한 앤의 개성이 방 구석구석에 스민 탓이었다. 책과 원피스, 리본 장식 때문이 아니었다. 심지어 사과꽃을 한가득 꽂은 파란 주전자를 탁자 위에 놓아서도 아니었다. 방은 마치 생기 넘치는 주인의 꿈들이 펼쳐진 듯했다. 비록 수수하긴 하나 자나 깨나 앤이 늘 꿈을 꾸는 덕분이었다. 무지개와 달빛으로 만든 하늘하늘한 천으로 헐벗은 방을 장식하고 있는 느낌이었다. 잠시 후, 마릴라가 방금 다리미질을 끝낸 학교 앞치마를 몇 개 가지고 성큼성큼 들어왔다. 마릴라는 의자에 앞치마를 걸어두고 짧은 한숨을 뱉으며 앉았다. 오후부터 시작된 두통은 겨우 사라졌지만 내내 기운이 없었고 마릴라의 표현을 빌리자면 '지칠 대로 지친'

기분이었다. 앤은 그런 마릴라가 걱정되어 초롱초롱한 눈망울로 마릴라를 쳐다보았다.

"진심으로 아주머니의 두통을 대신 앓아드리고 싶어요. 아주 머니를 위해서라면 아픈 것도 즐겁게 이겨낼 수 있을 거 같아요."

"네가 일을 제대로 해내서 내가 쉴 수 있으니 네가 할 수 있는 건 다 한 셈이지. 요즘은 일도 능숙해졌고 평소보다 실수도 적 게 하더구나. 물론 매슈의 손수건에 풀을 먹일 필요까진 없었지 만 말이다! 그리고 만들어둔 파이는 오븐에다 따듯하게 됬다가 점심 때 꺼내 먹어야지. 마냥 뜨거운 데 놔뒀다가 다 태워먹으 라고 한 게 아니다. 하지만 그걸 잊지 않고 다 기억했다가는 네 가 아닌 게지." 두통이 있는 날이면 마릴라는 다소 쌀쌀맞게 굴 었다.

앤이 반성하는 투로 말했다. "정말 죄송해요. 오븐에 파이를 넣어둔 걸 지금까지 새까맣게 잊고 있었네요. 점심 식탁에서 뭔 가 빠진 것 같다고 느끼긴 했지만요. 오늘 아침에 저한테 파이를 챙기라고 하셨을 때 상상은 절대 하지 말고 오로지 눈앞의 사실 에만 집중하기로 단단히 마음먹었는데. 파이를 오븐에 넣을 때 까지만 해도 기억했는데…… 갑자기 제가 탑에 갇힌 외로운 공 주라는 참을 수 없이 유혹적인 상상을 하게 된 거예요. 그것도 마법에 걸린 공주요! 석탄처럼 까만 말을 탄 잘생긴 기사가 저 를 구하러 오는 거죠. 그래서 파이를 홀랑 잊었어요. 저도 제가 손수건에 풀을 먹였는지 몰랐네요. 다림질하는 내내 다이애나와 개울에서 새로 발견한 섬에 어울리는 이름을 생각하느라 끙끙 댔거든요. 마릴라 아주머니, 정말이지 기가 막히게 아름다운 장소예요. 그 섬에 단풍나무 두 그루가 있고 바로 옆으로 개울이 흘러요. 그래서 곰곰이 생각해 보니까 그 섬을 '빅토리아섬'이라고 부르면 딱 맞겠더라고요. 우리가 섬을 발견했던 날이 여왕의 생일이었거든요. 다이애나랑 저는 왕가에 충성하는 편이랍니다. 파이랑 손수건은 죄송해요. 그래도 오늘은 기념일이니까 특별히 더 착한 아이가 되고 싶어요. 마릴라 아주머니, 작년 오늘 무슨 일이 일어났는지 기억하세요?"

"무슨 특별한 날이었는지 생각이 안 나는구나."

"아주머니, 제가 초록 지붕 집에 온 날이잖아요. 저는 절대 잊을 수 없을 거예요. 제 인생이 완전히 바뀐 날이니까요. 물론 아주머니에게는 그리 중요한 날이 아니겠지만요. 이 집에 온 지 벌써 일 년이 됐고 그동안 참 행복했어요. 물론 힘든 일도 있었지만 힘든 일은 지나가게 마련이니까요. 아주머니, 저를 키우기로 한 걸 후회하시나요?"

가끔 마릴라는 앤이 초록 지붕 집에 오기 전에는 도대체 어떻게 살았나 하는 생각을 했다. "아니다. 후회한다고 말할 수 없지. 아니야, 후회하지 않는다. 앤, 공부 다 했으면 베리 부인 댁에 가서 다이애나의 앞치마 견본을 빌려주실 수 있는지 여쭤봐라."

앤이 크게 외쳤다. "아, 음…… 너무 어두워요."

"너무 어둡다고? 아직 해가 완전히 진 것도 아닌걸. 그리고 새카맣게 어두울 때도 그 집에 뻔질나게 들락거렸잖니."

앤이 간절히 애원했다. "아주머니, 내일 아침 일찍 갈게요. 해가 뜨자마자 일어나서 바로 갈게요."

"앤 셜리, 도대체 왜 그러는 거니? 이따 저녁에 네 앞치마 견본을 새로 뜨려고 그러는 거야. 정신 차리고 얼른 가렴."

앤이 꾸물거리며 모자를 잡았다. "그러면 큰길로 돌아갈래요."

"큰길로 돌아가면 30분은 더 걸리는데! 앤, 대체 왜 그러는 거니?"

"'유령의 숲'으로 갈 순 없어요." 앤이 절망스럽게 외쳤다.

마릴라가 앤을 노려보았다.

"유령의 숲이라니! 너 제정신이니? 도대체 어디가 유령의 숲이라는 거니?"

앤이 속삭이듯 작게 대답했다. "개울 건너 가문비나무 숲이요."

"말도 안 되는 소리! 유령이 나오는 숲은 어디에도 없다. 누가 그런 말을 하던?"

앤이 솔직하게 말했다. "그런 말을 한 사람은 없어요. 다이애나랑 제가 그냥 숲에 유령이 있다고 상상한 거예요. 이 주변은 너무, 전부 다, 그냥 심심하잖아요. 재미있는 걸 하나 만들어내자고 해서 4월부터 그렇게 불렀어요. 유령의 숲은 아주 낭만적이에요. 가문비나무 숲을 고른 이유는 거기 분위기가 <u>으스스하</u>잖아요. 그리고 저희가 진짜 무서운 걸 상상해 봤거든요. 딱 이때쯤 흰옷을 입은 귀신이 두 손을 꼭 쥐고 <u>흐느끼</u>면서 개울을 따라 걸어요. 귀신이 나타나면 가족 중에 누가 죽는 거죠. 그리고 '한적한 대자연'의 어두운 데서 살해당한 아이의 영혼이 나타나 사람 뒤로 슬금슬금 다가가서 차가운 손가락을 그 사람 손에 탁 갖다 대는 거예요. 으악, 마릴라 아주머니, 생각만 해도 몸이 떨려요. 그리고 머리가 없는 사람이 말없이 왔다 갔다 하고, 나뭇가지 사이로는 해골이 노려보고 있어요. 하, 무슨 일이 있어도 '유령의 숲'을 통과하진 못해요. 분명히 나무 뒤에서 하얀 게 튀어나와 저를 콱 붙잡을 거예요."

멍하게 듣고 있던 마릴라가 소리를 질렀다. "다시는 그런 소리 말아라! 앤 셜리, 지금 그런 말도 안 되는 사악한 상상을 네가 믿는다는 거냐?"

앤이 머뭇거렸다. "딱히 그런 건 아니에요. 적어도 낮에는 안 믿어요. 하지만 어두워지고 나면 달라요. 그때 유령이 돌아다니거든요."

"앤, 유령 같은 건 없단다."

앤이 외쳤다. "아니에요, 있어요. 유령을 봤다는 사람들이 있다니까요. 어느 날 밤에 찰리 슬론의 할머니가 일 년 전에 돌아가신 할아버지를 봤대요. 소를 몰고 집에 가시는 걸요. 찰리 슬론의 할머니가 그런 말을 지어낼 리가 없잖아요. 아주 신앙심이 깊으신 분인데요. 그리고 토마스 부인의 아버지가 그랬는데, 잘린 머리가 가죽에 간신히 매달려 있던 양 하나가 불이 붙은 채 집까지 쫓아왔대요. 부인의 아버지는 그게 분명히 죽은 형의 영혼이고 9일 내로 자신이 죽을 거라는 경고라고 했대요. 그런데 죽진 않았어요. 하지만 2년 후에 돌아가셨죠. 그러니까 경고가 맞았잖아요. 그리고 루비 길리스는……."

마릴라가 엄격한 목소리로 말을 끊었다. "앤 셜리! 다시는 이런 헛소리 말아라. 늘 네가 상상하는 게 마뜩잖았다만 이게 네가 상상한 결과라면 절대 용서하지 않겠다. 당장 배리 씨네 댁으로 출발해라. 널 제대로 가르쳐서 정신을 좀 차리게 해야겠구나. 가문비나무 숲을 통과해 다녀와라. 그리고 다시는 유령의 숲이니 뭐니 그런 말은 한마디도 하지 마라."

앤은 너무 무서웠다. 마릴라에게 매달려 울고 싶었고 실제로 마릴라를 붙잡고 늘어졌다. 앤의 상상력은 날개를 달고 엉뚱한 방향으로 날아갔고 해가 떨어진 후의 가문비나무 숲은 앤을 극한의 공포로 몰아넣었다. 하지만 마릴라는 굽히지 않았다. 마릴라는 유령을 볼 수 있다는 앤을 샘까지 데려갔다. 그리고 곧장 다리를 건너 울부짖는 귀신과 머리 없는 유령이 숨어 있는 으슥한 숲으로 들어가라고 명령했다.

앤은 눈물을 줄줄 흘렸다. "마릴라 아주머니, 어떻게 이렇게 잔인하세요? 그 하얀 귀신이 저를 납치해 가면 어쩌려고 그러세요?"

마릴라가 무심히 말했다. "어디 한번 보자꾸나. 내가 절대 빈말하지 않는 거 너도 잘 알 테지. 유령이 있다는 상상을 내가 싹 없애주마. 자, 출발해라."

앤은 출발해야 했다. 나무다리를 비틀거리며 건넜고 무시무시한 길을 파르르 떨며 계속 걸었다. 앤은 어두운 길을 걸었던 그날을 절대 잊지 못할 것이었다. 그러면서 자기가 왜 그런 상상을 했던가 하고 절절히 후회했다. 앤이 만들어낸 도깨비가 모든 그림자마다 숨어 있었고, 차갑고 앙상한 손을 뻗어 겁에 질린 작은 소녀를 잡으려고 했다. 언덕에서 날아온 하얀 자작나무 껍질이 바닥에 떨어져 있는 것을 보고 앤은 심장이 멎을 뻔했다. 고목의 나뭇가지 두 개가 서로 부딪히며 길게 흐느끼는 소리를 낼 때는 이마에 구슬땀이 송골송골 맺혔다. 어둑한 밤하늘에서 머리 위로 곤두박질치는 박쥐의 날갯짓 소리는 마치 괴물 소리 같았다. 윌리엄 벨 씨의 들판에 도착하자 허연 무리가 쫓아오는 것 같아 앤은 전속력으로 내달렸다. 베리 씨의 부엌문에 도착했을 때는 너무 숨이 차서 앞치마 견본을 빌려달라는 말조차 꺼내기가 힘들 지경이었다. 하필 다이애나도 집에 없었기 때문에 꼼지락댈 핑계도 없었다. 그러니까 무서운 길을 금세 다시 돌아가야 했다. 앤은 하얀 유령을 보느니 차라리 나뭇가지에 부딪혀 머리가 깨지는 게 낫겠다고 생각하며 눈을 꼭 감고 돌아갔다. 마침내 나무 다리를 휘청이며 다 건넜을 때, 드디어 안도의 한숨을 내쉴 수 있었다.

마릴라가 차갑게 말했다. "그래, 뭐가 널 붙잡더냐?"

앤이 이빨을 딱딱 부딪쳤다. "마릴라 아주머니, 이제, 이제부 터는 시, 심심한 거에 마, 만족할래요."

# 21

## 새로운 맛을 시도하다

"아휴, 린드 부인이 인생은 그저 만남과 헤어짐의 연속이라고 하셨지만…… 마릴라 아주머니, 오늘 학교에 손수건을 한 장 더 챙겨가길 잘했죠? 더 필요할 거 같은 예감이 들었거든요." 6월의 마지막 날, 앤이 석판과 책을 부엌 식탁에 내려놓고 이미 흠뻑 젖은 손수건으로 빨개진 눈을 닦으며 훌쩍였다.

"필립스 선생이 그만둔다고 손수건을 두 장이나 쓰며 울고불고하다니. 그 선생을 그렇게 좋아하는지 미처 몰랐구나."

"제가 선생님을 엄청나게 좋아해서 운 거 같진 않아요. 다른 애들이 다 우니까 운 거죠. 시작은 루비 길리스였어요. 평소에는

필립스 선생님이 너무 싫다고 노래를 부르더니, 선생님이 인사
말을 하시려고 일어나자마자 울음을 터트리는 거예요. 그러니까
여자애들이 줄줄이 울기 시작했죠. 저는 안 울고 참으려고 했어
요. 그래서 필립스 선생님이 길버…… 아니 남자애랑 앉으라고
했던 일, 칠판에 제 이름을 쓰며 e를 안 썼던 일, 저보고 기하학
에서 최악의 열등생이라고 말했던 일, 제 글의 철자를 보고 비웃
었던 일들을 떠올리려고 했죠. 그동안 선생님이 저를 너무 차갑
게 대했거든요. 비꼬는 말들도 많이 하셨고요. 그런데 왜 그런지
눈물을 참을 수가 없더라고요. 제인 앤드루스는 한 달 내내 필립
스 선생님이 그만둬서 너무 기쁘다고 떠들어댔고, 또 자기는 눈
물을 한 방울도 흘리지 않을 거라며 장담했었는데요. 우리보다
훨씬 더 많이 울어서 남동생한테 손수건을 빌려야 했어요. 남자
애들은 당연히 울지 않았으니까요. 제인은 손수건이 필요 없을
줄 알고 하나도 안 가져왔거든요. 아휴, 마릴라 아주머니, 진짜
가슴이 미어터지는 거 같았어요. 필립스 선생님이 어찌나 아름
다운 인사말을 하셨는지. 이렇게 시작했어요.

 '우리가 헤어질 시간이 왔습니다.'

 그 말을 듣는 순간 가슴이 저릿하게 아프더라고요. 그리고 선
생님 눈에도 눈물이 고였어요. 어휴, 제가 그동안 학교에서 떠들
고, 석판에다 선생님을 그리고, 선생님이랑 프리시를 놀렸던 게
어찌나 죄송하고 후회스럽던지. 저도 미니 앤드루스처럼 모범생

이었다면 얼마나 좋았을까요. 걔는 양심에 찔리는 게 하나도 없을 거예요. 기분이 좀 나아지려고 할 때마다 캐리 슬론이 '우리가 헤어질 시간이 왔습니다'라고 말하는 바람에 애들이 또 울었어요. 어찌나 슬프던지. 하지만 앞으로 두 달간 방학인데 언제까지나 절망의 구렁텅이에 빠져 있을 순 없잖아요, 그렇죠? 게다가 이번에 새로 오신 목사님과 사모님을 우연히 만났지 뭐예요. 역에서부터 마차를 타고 오시던 길목에서요. 필립스 선생님이 그만두셔서 그렇게 슬픈 와중에도 새로 오신 목사님에게 관심이 가더라고요. 사모님이 아주 미인이셨어요. 물론 화려하게 예쁘신 건 아니었고요. 목사님한테 너무 화사한 미모의 부인이 있어도 좋아 보이진 않을 테니까요. 린드 부인은 뉴브리지에서 온 사모님이 한창 유행하는 옷을 입어서 좋은 본보기가 되지 못했대요. 새로 오신 사모님은 퍼프 소매가 달린 파란색 모슬린 원피스에다 장미로 테를 두른 모자를 쓰고 있었어요. 제인 앤드루스가 그런 소매는 사모님이 입기에 너무 세속적이라고 생각한대요. 하지만 저는 그렇게 냉정하게 말하지 않았어요. 왜냐하면 그런 소매를 입고 싶은 마음이 어떤 건지 잘 아니까요. 게다가 사모님이 된 지도 얼마 안 됐으니까 좀 예외로 봐줘야 하지 않을까요? 목사관이 준비될 때까지 두 분은 린드 부인 댁에서 지낼 거래요."

그날 저녁, 마릴라가 린드 부인의 집에 군이 가야만 했던 이유를 댄다면 지난겨울에 빌렸던 퀼트 프레임을 돌려줘야 한다는 거였다. 그건 에이번리 주민들 대부분이 갖고 있던 작은 흠이었다. 린드 부인은 마을 주민들에게 이런저런 물건을 빌려줬는데 다시 돌려받지 못한 것들도 많았다. 하지만 그날 밤, 오래 전에 물건을 빌려간 사람들이 물건을 돌려준다는 핑계로 린드 부인 집으로 하나둘 몰려들었다. 새로 부임한 목사, 그것도 아내를 데리고 온 목사는 이렇다 할 일이 없는 한적한 작은 시골 마을에 뜨거운 관심을 일으킬 만한 존재였다.

앤에게 상상력이 부족할 것 같다는 평을 들은 벤틀리 목사는 18년 동안 에이번리 교회를 섬겼다. 처음 이 마을에 왔을 때도 부인이 없었고 에이번리에 사는 내내 결혼하지 않았다. 물론 이런저런 여성과 결혼할지도 모른다는 소문은 매년 어김없이 돌긴 했다. 그리고 지난 2월, 신도들의 아쉬움을 뒤로 하고 목사직에서 물러났다. 설교가 부족하다는 단점에도 불구하고 마을 사람들 대부분 마음씨 착한 목사님과 오랫동안 친하게 지내며 정을 쌓아온 터였다. 그 이후로 매주 목사 후보들이 에이번리 교회를 찾아왔다. 시범 설교를 하기 위해서였다. 각양각색의 설교 덕분에 마을 사람들은 매번 새로운 기분이 들었다. 어떤 목사를 선택할지는 이스라엘의 아버지와 어머니들이 판단을 내렸다.* 하지만 커스버트 네의 지정석인 구석 자리에 얌전히 앉아 설교를 듣던 빨강 머리 꼬마 소녀도 나름대로 의견이 있어 매슈와 열띤 토론을 벌이곤 했다. 마릴라는 어떤 식으로든 목사님을 평가하는 건 절대 있을 수 없는 일이라고 못 박았다.

앤이 최종 판결을 내렸다. "매슈 아저씨, 스미스 목사님은 안 될 거 같아요. 린드 부인은 설교 전달력이 약하다고 하셨지만, 스미스 목사님의 최대 약점은 벤틀리 목사님처럼 상상력이 없다는 거예요. 반대로 테리 목사님은 상상력이 지나쳤어요. 제가 유령의 숲을 상상했던 것처럼 너무 멀리 가시더라고요. 게다가 린드 부인은 테리 목사님의 신학적 이론이 탄탄해 보이지 않는다고 하셨어요. 그레셤 목사님은 아주 좋은 분이셨고 신앙심도 곧아 보이셨지만 우스운 이야기를 너무 많이 해서 교회 사람들을 실실 웃게 만들었어요. 그러면 위엄이 없어 보이잖아요. 목사님은 위엄이 좀 있어야죠. 그렇지 않나요? 마셜 목사님도 사람 마음을 당기는 힘이 굉장했지만 결혼도 안 하고 약혼도 안 하셨대요. 린드 부인이 꼬치꼬치 물어보셨거든요. 에이번리에서 그렇게 젊은 총각 목사님은 절대 모시지 않을 거라고 하셨어요. 신도와 결혼할 수도 있는데, 그러면 문제가 될 테니까요. 린드 부

• 사사기 5장 7절, "이스라엘에는 마을 사람들이 그쳤으니 나, 드보라가 일어나 이스라엘의 어머니가 되기까지 그쳤도다"의 구절을 인용했다. 왕 없이 판관들이 이스라엘을 다스리던 시절, 드보라는 유일한 여자 판관이었다. 소설 속에선 교회에 목사님이 없는 상황에서 장로와 권사들이 중요한 판단을 내렸다는 의미로 사용되었다.

인은 참 멀리 볼 줄 아세요. 그렇죠? 앨런 목사님이 오시게 되어서 정말 기뻐요. 설교도 흥미로웠어요. 그리고 기도하시는 것도 습관처럼 그냥 하지 않고 굉장히 진심으로 하시는 거 같아서 좋았어요. 린드 부인은 앨런 목사님이 완벽하다고 생각하지 않으신대요. 일 년에 750달러로 완벽한 목사님을 모시는 건 기대할 수 없을 거라고 말씀하시더라고요. 어쨌든 린드 부인이 앨런 목사님에게 신학 교리의 모든 부분을 자세히 물었는데 신학적 뿌리가 깊다고 하셨어요. 그리고 목사님 부인 쪽 사람들도 아시는데 다들 존경받는 분들이면서 훌륭한 주부들이라고 하셨어요. 린드 부인은 정통파 신학자인 남편과 훌륭한 주부인 아내라면, 목사님 가정으로 이상적인 조합이라고 하셨어요."

새로 부임한 목사와 그의 부인은 인상 좋은 젊은 부부로 아직 신혼이었다. 그리고 목사는 본인이 선택한 평생 직업에 대해 선하고 아름다운 열정으로 가득했다. 에이번리는 처음부터 그들을 따듯하게 맞이했다. 늙고 젊고를 떠나 마을 사람들은 이상이 높고 솔직하고 명랑한 목사와 목사관의 또 다른 주인 역할을 맡은 밝고 친절한 부인을 좋아했다. 앤은 곧장 앨런 부인에게 홀랑 빠졌다. 마음을 나눌 수 있는 사람을 또 발견한 것이다.

일요일 오후, 앤이 큰 목소리로 말했다. "앨런 부인은 완벽하게 사랑스러운 분이세요. 교회에서 저희 반을 맡으셨는데 훌륭한 선생님이시더라고요. 수업을 시작하자마자 선생님만 질문하는 건 공평하지 않다고 말씀하시는 거 있죠. 마릴라 아주머니, 제가 맨날 하던 말이잖아요. 앨런 부인이 궁금한 건 얼마든지 물어보라고 하셔서 질문을 잔뜩 했어요. 제가 질문하는 데는 소질이 있잖아요."

"알다마다." 마릴라의 단호한 대답이었다.

"루비 길리스 말고는 아무도 질문을 안 했어요. 게다가 이번 여름에도 주일학교 소풍을 가냐는 질문이었죠. 그건 수업 내용과는 아무런 관련이 없으니까 적절한 질문이 아니잖아요. 본문 내용은 사자 굴에 갇힌 다니엘에 관한 거였거든요. 하지만 앨런 부인은 그냥 웃으면서 소풍을 갈 거 같다고 대답해 주셨어요. 앨런 부인은 웃는 얼굴이 참 매력적이세요. 특히 볼에 보조개가요. 저도 볼에 그런 보조개가 있었으면 좋겠어요. 처음 여기 왔을 때처럼 그렇게 삐쩍 마르진 않았지만 아직 보조개가 없거든요. 보조개가 있다면 사람들에게 영원히 선한 영향력을 끼칠 수 있을 텐데요. 앨런 부인은 타인에게 늘 선한 영향력을 끼쳐야 한다고 말씀하셨어요. 뭐든지 설명을 멋있게 척척 하시더라고요. 이제껏 종교가 이렇게 즐거운 건지 몰랐어요. 종교는 늘 약간 음울하다고 생각했는데 앨런 부인은 그렇지 않아요. 부인처럼 될 수 있다면 저도 기독교인이 될래요. 벨 장로님같이 되기는 싫지만요."

마릴라가 꾸짖었다. "벨 장로님을 그런 식으로 말하다니, 참 못됐구나. 벨 장로님은 마음이 아주 선한 분이다."

앤도 동의했다. "아, 물론 선한 분이시죠. 그런데 그렇다고 해서 즐거워 보이시진 않아요. 만약 제가 마음이 선하다면 너무 신나서 온종일 춤추고 노래할 거 같은데요. 앨런 부인은 춤추고 노래하기엔 나이도 있으시고 또 목사님의 부인이니까 위엄이 서진 않겠죠. 하지만 앨런 부인은 기독교인인 걸 마냥 기뻐하시는 것 같아요. 또 기독교인이 아니어도 천국에 가실 것 같아요. 그런 분이라는 게 그냥 느껴져요."

마릴라가 생각에 잠겨 말했다. "앨런 목사님 내외를 초대해 차 대접을 해야겠구나. 아마 우리 집만 빼고 이미 다 초대했을 거다. 어디 보자. 다음 주 수요일이 좋을 거 같구나. 하지만 매슈 오라버니에게는 한마디도 하지 말아라. 목사님 내외가 오시는 걸 알면 무슨 핑계를 대서라도 도망갈 테니까. 벤틀리 목사님이야 하도 익숙해서 괜찮았지만 새로 온 목사님과 친해지는 걸 힘들어할 테고 목사님 부인까지 온다면 무서워서 까무러칠 거다."

앤이 힘주어 말했다. "네, 비밀로 무덤까지 갖고 갈게요. 그런데요, 마릴라 아주머니, 이번에 제가 케이크를 만들어도 될까요? 앨런 부인을 위해 뭔가 하고 싶어요. 이제는 제가 케이크를 제법 잘 만들잖아요."

"그래, 레이어 케이크를 만들어라." 마릴라가 허락했다.

월요일과 화요일, 초록 지붕 집은 준비로 분주했다. 목사님과 부인을 집에 초대하는 건 굉장히 중요한 일이었기 때문에 마릴라는 에이번리에 사는 어떤 주부에게도 뒤지지 않을 정도로 만반의 준비를 할 작정이었다. 앤의 마음은 흥분과 기쁨으로 가득했다. 화요일 땅거미가 질 때 즈음, 앤은 '드라이어드 거품' 옆의 커다란 붉은 바위에 앉아 발삼전나무 잔가지를 물에 튀겨 무지개를 만들며 다이애나와 한참 수다를 떨었다.

"다이애나, 모든 게 다 준비됐어. 수요일 아침에 내가 케이크를 만들고 마릴라 아주머니가 비스킷만 구운다면 말이야. 다이애나, 정말이지 마릴라 아주머니랑 내가 이틀 동안 얼마나 바빴는지 몰라. 목사님 가족을 초대하는 건 정말 막중한 책임감이 드는 일이더라. 난 그런 경험을 해본 적이 없거든. 우리 식품 저장고를 네가 한번 봐야 하는데. 아마 눈을 못 뗄 거야. 젤리 치킨*하고 차가운 혀 요리를 먹을 거야. 빨간색과 노란색 두 가지 젤리랑 휘핑크림을 곁들여서 레몬 파이와 체리 파이를 낼 거고, 세 가지 쿠키, 과일 케이크도 준비했어. 목사님을 위해서 마릴라 아주머니가 특별히 자신의 대표 요리인 노랑 자두 프리저브도 만들어놨어. 거기에다 파운드 케이크와 아까 말한 레이어 케이크랑 비스킷까지. 목사님이 소화력이 약해 새로 구운 빵을 못 드실 수도 있으니까 며칠 묵힌 빵이랑 갓 구운 빵, 둘 다 준비했지. 린드 부인이 그러셨는데 목사님들은 소화불량인 경우가 많대. 하

---

* 조리한 닭을 잘게 찢은 후 젤라틴을 넣어 요리해 젤리의 모양과 식감이 난다.

지만 앨런 목사님은 소화불량에 걸릴 정도로 목사님을 오래 하신 게 아니니까. 근데 레이어 케이크만 생각하면 막 손발이 차가워지는 거 있지. 다이애나, 만약 케이크가 잘 안 되면 어떡해! 어젯밤 꿈엔 머리 대신 커다란 케이크가 달린 무시무시한 도깨비한테 쫓기기까지 했어."

늘 그렇듯 다이애나가 앤을 안심시켰다. "다 잘 될 거야. 괜찮아. 우리가 2주 전에 '한적한 대자연'에서 점심으로 먹었던 케이크도 네가 완벽하게 만들었잖아."

앤이 전나무 진이 잔뜩 묻은 잔가지를 물에 띄우며 한숨을 쉬었다. "그래. 하지만 케이크라는 게 특별히 신경 써서 만들려고 하면 망치게 되잖아. 그저 하느님의 선한 뜻을 믿고 밀가루나 잘 넣어야지. 아, 다이애나, 저기 봐봐. 정말 예쁜 무지개야! 우리가 간 다음에 '드라이어드 요정'이 나와서 스카프로 쓰는 게 아닐까?"

"드라이어드 같은 건 없어. 너도 잘 알잖아." 다이애나는 '유령의 숲'에 대해 알게 된 어머니에게 된통 혼이 났다. 그 결과 앤을 따라 상상의 날개를 펴는 걸 그만둬야 했고 해를 끼치지 않는 드라이어드일지라도 요정과 친구로 지내는 건 이제 점잖지 못한 짓이라고 생각하게 되었다.

"하지만 드라이어드가 있다는 상상은 그냥 저절로 되지 않니? 나는 밤마다 침대에 눕기 전에 창밖을 내다봐. 그리고 '드라이어드 요정'이 샘물을 거울삼아 탐스러운 머리카락을 빗으면서 여

기에 앉아 있지 않을까 생각하는데. 아침 이슬에 발자국을 남겼나 찾아볼 때도 있고. 다이애나, '드라이어드 요정'이 있다고 계속 생각하자!"

수요일 아침이 밝았다. 너무 흥분한 앤은 잠을 푹 잘 수 없었기 때문에 해가 뜨자마자 바로 일어났다. 하지만 전날 밤 샘물가에서 물장난을 했기 때문인지 머리가 무거웠고 감기에 걸린 것 같았다. 하지만 폐렴에 걸렸을지라도 앤의 불타는 요리 욕구를 잠재울 순 없었을 것이다. 아침 식사 후, 앤은 케이크 만들기에 돌입했다. 그리고 오븐 뚜껑을 닫은 후에야 긴 한숨을 내쉴 수 있었다.

"후. 마릴라 아주머니, 이번에는 확실히 재료를 다 넣었어요. 아휴, 케이크가 잘 부풀까요? 베이킹파우더가 안 좋은 거면 어쩌죠? 새로운 캔에 든 걸 썼어요. 린드 부인 말로는 요새 하도 불순물을 섞어대는 통에 좋은 베이킹파우더라는 걸 확실히 알 수가 없대요. 정부가 이 문제를 조사해야 하지만 토리 보수당이 집권하는 한 그런 날은 절대 오지 않을 거래요. 케이크가 안 부풀면 어쩌죠?"

마릴라는 무심히 케이크를 바라보았다. "레이어 케이크가 없어도 다른 게 충분하잖니."

다행히도 케이크는 잘 부풀었고 황금빛 거품처럼 가볍고 몽실하게 완성되었다. 앤은 기뻐서 팔짝 뛰며 루비같이 반질반질한 젤리로 재빨리 층을 쌓았다. 앤의 상상 속에서 케이크를 먹어 본 앨런 부인은 이미 한 조각 더 달라고 말하는 중이었다.

"마릴라 아주머니, 당연히 제일 좋은 찻잔을 쓰실 거죠? 식탁을 고사리와 들장미로 장식해도 될까요?"

마릴라가 코웃음을 쳤다. "내가 보기엔 쓸데없는 짓 같더라. 입으로 들어가는 음식이 중요하지 그런 실없는 겉치레는 중요하지 않다."

"하지만 배리 부인은 식탁을 장식했단 말이에요. 그리고 목사님이 장식을 보고 정말 아름답다고 칭찬하면서 혀에도 눈에도 성대한 향연이 펼쳐진 거 같다고 그러셨대요." 앤은 꾀를 부리는 뱀처럼 배리 부인의 식탁을 들먹였다는 사실에 양심의 가책을 느꼈다.

배리 부인이든 누구든 간에 절대 뒤지지 않기로 결심한 마릴라였다. "그럼, 네 좋을 대로 하렴. 다만 접시와 음식 놓을 자리는 충분히 남겨둬야 한다는 걸 잊지 마라."

앤이 심혈을 기울여 정성껏 식탁을 장식하자 배리 부인의 장식은 댈 것도 아니었다. 풍성한 장미꽃과 고사리에 앤 특유의 예술적 감각이 더해지자 목사님 내외가 앉았을 때는 입을 모아 아름답다며 찬사를 보낼 정도였다.

"앤의 작품입니다." 마릴라는 그저 짤막하게 말할 뿐이었다. 앨런 부인이 고개를 끄덕이며 웃자 앤은 너무 행복해서 하늘로 날아갈 거 같았다.

어쩐 일로 매슈도 참석해 함께 차를 마시는 중이었다. 매슈를 어떻게 설득했는지는 오직 앤만 알 터였다. 평소 매슈가 어찌나 부끄러워하고 초조해하던지 마릴라는 두 손 두 발 다 들고 포기한 상태였다. 그러나 오늘, 앤이 무슨 수를 쓴 건지 매슈는 흰색 셔츠까지 번듯하게 차려입고 식탁에 얌전히 앉아 목사님과 그럭저럭 대화를 이어갔다. 물론 앨런 부인에게는 단 한 마디도 건네지 않았다. 하지만 거기까지 기대한 사람은 아무도 없었을 것이다.

모든 일은 결혼식을 알리는 종소리처럼 명랑한 분위기 속에서 흘러갔지만 앤이 만든 레이어 케이크가 나오자 일이 터지고 말았다. 앨런 부인은 이미 너무나도 다양한 다과를 먹어 배가 잔뜩 불렀기 때문에 케이크를 사양했다. 하지만 앤의 실망한 얼굴을 보고 마릴라가 웃으며 말했다.

"음, 앨런 부인. 이 케이크는 한 조각이라도 꼭 드셔야 합니다. 앤이 부인을 위해 직접 만들었거든요."

"그렇다면 꼭 맛을 봐야겠군요." 앨런 부인은 생글생글 웃으며 도톰한 케이크 조각을 하나 받았고 목사님과 마릴라도 접시에 덜어갔다.

앨런 부인은 케이크를 한 입 먹더니 굉장히 묘한 표정을 지었다. 하지만 한마디도 하지 않고 꼭꼭 씹어서 삼켰다. 마릴라는 부인의 표정을 보고 얼른 맛을 보았다.

마릴라가 소리쳤다. "앤 셜리! 대체 케이크에 뭘 넣은 거니?"

앤이 깜짝 놀라 크게 대답했다. "레시피에 있는 재료 말고는 아무것도 안 넣었어요. 맛이 이상한가요?"

"이상하냐고? 끔찍한 맛이 난다. 앨런 목사님, 드시지 마세요. 앤, 네가 맛을 보거라. 어떤 시럽을 넣은 거냐?"

앤은 케이크를 맛보고 너무 창피해서 얼굴이 새빨개졌다. "바닐라 시럽이요. 바닐라만 넣었어요. 베이킹파우더가 이상했던 게 틀림없어요. 그 베이킹파우더가 어쩐지……."

"베이킹파우더라니, 말도 안 되는 소리! 네가 썼던 바닐라 시럽을 가져와 보렴."

앤은 식품 창고로 달려가 노란색 이름표에 '베스트 바닐라 시럽'이라고 적힌 갈색 액체가 담긴 병을 들고 왔다.

마릴라는 병을 받아들고 코르크를 연 다음 코를 대보았다.

"세상에나, 앤. 진통제를 케이크에 넣다니. 지난주에 내가 진통제 병을 깨뜨리고 남은 걸 빈 바닐라 시럽 병에 부어뒀는데. 이런, 내 잘못도 있는 거 같구나. 너에게 알려줬어야 했는데 말이다. 그래도 세상에, 냄새가 나지 않던?"

앤은 두 배로 밀려오는 부끄러움에 울음을 터트렸다.

"냄새를 못 맡았어요. 제가 감기에 걸렸거든요!" 그러더니 동쪽 다락방으로 후다닥 뛰어가 침대 위로 몸을 던지고, 위로 같은 건 건네지도 말라는 듯 엉엉 울었다.

잠시 후, 계단에서 발걸음 소리가 들리더니 누군가 방으로 들어왔다.

앤이 여전히 얼굴을 파묻은 채 훌쩍였다. "마릴라 아주머니, 전 이제 평생 부끄러워서 어떻게 살아요? 무슨 일이 일어나도 이걸 만회할 순 없을 거예요. 다 소문나겠죠. 에이번리에서 비밀이라니, 말이 안 되잖아요. 다이애나는 분명히 내 케이크에 대해 물을 테고, 그러면 저는 사실대로 말해야 해요. 케이크에 진통제를 넣은 소녀라고 계속 손가락질 당할 거예요. 길버…… 아니, 학교 남자애들도 맨날 놀릴 거예요. 마릴라 아주머니, 기독교인으로서 동정심이 조금이라도 있으시다면, 저에게 내려가서 설거지하라는 말씀만큼은 하지 말아주세요. 목사님과 사모님이 가시면 할게요. 이제 다시는 앨런 사모님의 얼굴을 보지 못할 거예요. 아마 부인은 제가 독살하려고 했다고 생각하시겠죠. 린드 부인은 자길 입양한 사람을 독살하려 했던 고아 소녀를 알고 있대요. 하지만 진통제에 독은 없어요. 진통제는 고통을 줄여주는 거잖아요. 비록 케이크에 넣어 먹진 않지만요. 앨런 부인에게 그렇게 말씀드려 주시겠어요?"

"네가 일어나서 직접 말하지 그러니?" 쾌활한 목소리였다.

앤이 얼른 일어나서 보니 앨런 부인이 침대 옆에 서서 웃는 눈으로 앤을 살피고 있었다.

앨런 부인은 앤의 비참한 얼굴을 보고 진심으로 안타까워했다. "사랑스러운 앤, 이렇게 울 필요가 없단다. 이 일은 누구나 할 수 있는 재밌는 실수일 뿐이야."

앤은 허망한 얼굴로 말했다. "아니에요. 저라서 그런 실수를 하는 거예요. 앨런 부인에게 정말 멋진 케이크를 만들어드리고 싶었어요."

"그래, 알고 있단다. 나는 오늘 멋있게 완성된 케이크를 받고 네 친절한 마음과 배려에 감동했다고 꼭 말해주고 싶구나. 자, 이제 울지 말고 나랑 내려가서 네 꽃 정원을 보자. 미스 커스버트께서 네가 키우는 작은 화분이 있다고 하시던데. 내가 꽃을 참 좋아해서 한번 보고 싶구나."

앤은 이렇게 다정한 앨런 부인이 자신과 마음까지 잘 통하다니 이건 진정 신의 섭리라고 생각하며 마음을 다잡고 침대에서 내려왔다. 그날 진통제에 관한 이야기는 더 이상 나오지 않았다. 앤은 손님들이 돌아가자 끔찍한 사건에도 불구하고 기대했던 것보다 더 재밌게 보냈다는 걸 깨달았다. 그런데도 한숨을 길게 뱉었다.

"마릴라 아주머니, 내일은 새로운 날이고 아직 실수를 안 했다는 게 참 다행 아닌가요?"

"내가 장담하는데, 넌 내일도 실수를 잔뜩 저지를 거다. 앤, 넌 실수를 안 하고는 못 배기지 않니."

앤이 우울하게 대답했다. "맞아요. 아주머니, 저도 잘 알아요. 하지만 저에게 긍정적인 면이 있다는 거 눈치채셨나요? 저는 같은 실수를 두 번은 안 해요."

"글쎄다. 너는 늘 새로운 실수만 하니 그게 긍정적인 건지 모르겠구나."

"마릴라 아주머니, 이렇게 생각해 보세요. 한 사람이 저지를 수 있는 실수는 분명 제한이 있을 거예요. 그러면 제가 실수를 남김없이 몽땅 저지르고 나면 더는 안 할 거 아니에요. 이렇게 생각하니까 참 위안이 되네요."

"그래, 그러면 가서 케이크를 돼지에게 주렴. 사람이 먹을 게 아니다. 아무리 잘 먹는 제리 부트라도 안 돼."

# 22
## 앤이 차를 마시러 오라고 초대받다

"오늘은 또 무슨 일로 그렇게 눈이 똥그래졌니? 또 마음이 통하는 사람을 발견한 거니?" 마릴라가 우체국에 심부름 갔다 막 돌아온 앤에게 물었다. 앤은 마치 흥분으로 온몸을 휘감은 듯, 눈이 반짝반짝했고 몸 구석구석에 불이 붙은 것 같았다. 8월의 저녁, 부드러운 햇살과 나른한 그림자가 지는 오솔길을 앤은 바람을 타고 날아다니는 영혼인 양 춤을 추며 돌아왔다.

"아니에요, 마릴라 아주머니. 하지만, 이건 아주머니도 깜짝 놀라실걸요? 내일 오후에 목사관으로 차 마시러 오라는 초대를 받았답니다! 앨런 부인이 우체국에다 저에게 보내는 편지를 남기셨더라고요. 이거 보세요. '초록 지붕의 미스 앤 셜리에게.' 태어나서 처음으로 '미스'라고 불린 거예요. 어찌나 찌릿찌릿하던지! 이건 제 보물 상자에 든 물건 중에서도 영원히 간직할 만한 물건이에요."

"앨런 부인이 주일학교 학생들을 차례로 초대할 계획이라고 하더구나. 그러니 그렇게 수선 떨 거 없다. 뭐든 좀 침착하게 받아들이는 법을 배우거라." 마릴라는 이 엄청난 사건을 듣고도 차분했다.

앤이 차분해진다는 건 타고난 천성을 바꿔야 한다는 뜻이었다. 아이는 생기발랄함, 자유로움, 사랑스러움 그 자체였고 인생의 희로애락을 남들보다 3배는 강하게 느꼈다. 너무 쉽게 흔들리는 이 아이는 삶의 좋고 나쁜 일을 조용히 받아들이질 못했다. 마릴라는 아무리 기쁜 일이라도 그만큼의 대가를 치러야 한다는 사실을 아이가 이해하지 못하는 거 같아 그동안 남몰래 마음을 애태웠다. 그래서 불가능해 보일지언정 앤이 무슨 일이든 차분히 받아들일 수 있도록 연습시키는 게 자신의 임무라고 믿었다. 하지만 그건 개울물 위에서 하늘거리는 햇살만큼이나 앤에게 맞지 않는 일이었다. 마릴라의 안타까운 마음에도 불구하고 앤은 별로 달라지지 않았다. 앤은 간절히 소망했던 일이나 계획이 틀어지면 여전히 고통의 나락으로 떨어졌다. 하지만 반대로 일이 잘 풀리면 황홀경으로 날아가 현기증이 나도록 어지러워했다. 세상의 방랑자처럼 살아가는 이 아이를 과연 얌전한 성품과 단정한 몸가짐을 갖춘 모범적인 소녀로 키울 수 있을 것인가에 대해 생각하면 마릴라는 기운이 쭉 빠졌다. 게다가 앤이 정말로 모범생이 된다 해도 지금보다 앤을 더 좋아할 수 있을 것 같지 않았다.

그날 밤 앤은 말 한마디 하지 않고 조용히 침대에 누웠다. 북동쪽에서부터 바람이 불어와 내일 비가 올지도 모른다는 매슈의 말을 듣고 참담한 심경이었다. 집을 둘러싼 포플러 나뭇잎들이 흔들렸다. 마치 빗방울이 떨어지는 소리 같아 앤은 불안했다. 그리고 평소에는 멀리서부터 몰아치던 파도 소리가 신비한 리듬을 자아낸다고 기분 좋게 귀 기울이던 앤이었지만, 내일 날씨가 특히 화창하길 바라는 작은 아가씨에게 이 모든 소리는 폭풍과 재난을 예고하는 것처럼 들렸다. 아침은 영원히 오지 않을 거 같았다.

하지만 모든 일에는 끝이 있는 법. 목사관에 차를 마시러 오라고 초대받은 전날 밤조차도 지나가게 되었다. 매슈의 예언에도 불구하고 아침은 화창했고 앤은 하늘 높이 날아갈 거 같았다.

아침 설거지를 하며 큰 소리로 재잘댔다. "마릴라 아주머니, 오늘 만나는 사람들을 무조건 사랑할 수 있을 거 같은 어떤 기운이 느껴져요. 제 기분이 얼마나 좋은지 모르실 거예요! 이런 기분이 계속된다면 얼마나 좋을까요? 매일 초대받는다면 모범생이 될 수도 있을 거 같아요. 하지만 아주머니, 이 초대가 굉장히 흔치 않은 일이잖아요. 제가 예의 없는 행동을 하면 어쩌죠? 한 번도 목사관에서 차를 마셔 본 적이 없어서 예의범절이니 규칙이니 하는 것들을 하나도 모르거든요. 물론 초록 지붕 집에 살게 된 다음부턴 〈가족 헤럴드〉 잡지에 실린 예의범절에 관한 기사를 모조리 읽어왔지만요. 한심한 행동을 한다든가, 해야 할 일을 잊으면 어떡하죠? 정말 정말 맛있는 음식이 나오면 한 접시 더 먹겠다고 해도 괜찮겠죠?"

"앤, 문제는 너다. 너는 너에 대해서만 생각하는 거 아니? 앨런 부인이 어떤 걸 좋아할지, 어떻게 행동하면 기뻐할지를 생각하렴." 이 말은 마릴라가 살면서 건넸던 충고 중 가장 시기적절하고 핵심을 찌른 충고였다. 앤은 즉시 그 말뜻을 알아들었다.

"마릴라 아주머니, 그 말씀이 맞아요. 저에 관한 생각은 그만하도록 노력할게요."

앤은 예의범절에 크게 어긋나지 않고 실수 없이 잘 다녀온 게 분명해 보였다. 노랗고 붉은 구름이 길게 늘어선 높은 하늘 아래, 말할 수 없이 큰 축복을 받은 사람인 양 땅거미 지는 길을 신나게 걸어온 앤이었다. 집에 도착해 피곤해진 앤은 부엌문 앞의 커다란 붉은 사암 판자 위에 앉았다. 그리고선 체크무늬 치마를 입은 마릴라의 무릎에 곱슬머리를 기댄 채 오늘 있었던 이런저런 일들을 이야기했다.

서쪽 언덕의 전나무 숲에서부터 불어오던 시원한 바람이 추수를 마친 들판 위를 지나, 포플러나무 사이를 스치며 휘파람 소리를 냈다. 과수원 위로 빛나는 별 하나가 걸렸고, '연인들의 오솔길'을 반짝반짝 날아다니는 반딧불이는 고사리와 바스락거리는 나뭇가지 사이를 넘나들었다. 앤은 마릴라와 대화하는 동안 바람과 별, 반딧불이가 모두 한데 어우러진 이 풍경이 말로 표현할 수 없이 사랑스럽고 매력적이라고 느꼈다.

　"마릴라 아주머니, 정말 환상적인 시간이었어요. 제가 지금까지 헛산 게 아니더라고요. 다시는 목사관에 초대받지 못한다고 해도 제 생각은 변하지 않을 거예요. 목사관에 도착했더니 앨런 부인이 문에서부터 맞아주셨어요. 사랑스러운 연분홍색 오건디 원피스를 입고 계셨어요. 소매가 팔꿈치까지 내려오고 주름 장식이 열 개는 달렸는데 꼭 세라핌* 같더라고요. 저도 나중에 목사 부인이 되어야겠다고 결심했어요. 목사라면 내 머리카락이 빨갛든 말든 신경도 안 쓸 거예요. 이렇게 세속적인 일들은 생각하지 않을 테니까요. 하지만 물론 목사 부인이 되려면 선한 사람으로 타고나야 할 텐데 저는 절대 그러지 않으니까 생각해 봤자 아무 소용이 없긴 하죠. 어떤 사람은 선하게 태어나잖아요. 그리고 어떤 사람은 아니고요. 저는 아닌 쪽이죠. 린드 부인이 그러

---

* 성경에 나오는 인간과 비슷하게 생긴 천사로 세 쌍의 날개가 달려 있다.

는데 저는 원죄가 가득하대요. 제가 아무리 선해지려고 노력해도 절대 천성적으로 선한 사람만큼은 안 된대요. 그러고 보니 기하학이랑 상당히 비슷한 거 같네요. 하지만 착해지려고 이렇게 열심히 노력하는데, 좀 인정해 줘야 하지 않을까요? 앨런 부인은 천성적으로 선한 분이죠. 전 앨런 부인을 온 마음으로 사랑해요. 매슈 아저씨나 앨런 부인처럼 그냥 바로 쉽게 사랑할 수 있는 사람들이 있죠. 린드 부인처럼 바득바득 애써야 사랑할 수 있는 사람들도 있고요. 그래도 저는 그런 사람도 사랑해요. 왜냐면 아는 것도 참 많으시고 교회에서 봉사를 열심히 하시니까요. 하지만 늘 사랑하자 계속 되뇌어야지, 안 그러면 잊어버려요. 참, 목사관에 또 다른 여자애도 왔는데 그 애는 화이트샌즈 주일학교에서 왔더라고요. 이름은 로레트 브래들리였고 좋은 애였어요. 마음이 통하는 애는 아니었지만 그래도 좋은 애 있잖아요. 저는 차도 우아하게 마셨고 모든 예의범절을 꽤 잘 지켰어요. 차를 마신 다음에는 앨런 부인이 피아노를 치며 노래를 부르셨어요. 로레트와 저에게도 노래를 시키셨죠. 그런데 앨런 부인이 제 목소리가 좋다면서 이제부터 주일학교 성가대에 서라고 하시는 거예요. 생각만 해도 얼마나 몸이 찌릿찌릿한지. 그동안 다이애나처럼 주일학교 성가대에 너무너무 서고 싶었지만 저는 절대 누릴 수 없는 명예인 거 같아서 겁만 먹고 있었거든요. 로레트는 오늘 밤 화이트샌즈 호텔에서 열리는 발표회에 참석해야 해서 일찍 집에 갔어요. 언니가 낭송을 하나 봐요. 로레트가 그러는데 호텔에서 미국인들이 샬럿타운 병원을 후원하기 위해 격주로 발표회를 연대요. 그러면서 화이트샌즈 주민들에게 낭송해 달라는 부탁을 자주 하나 봐요. 로레트도 언젠가 무대에 설 거라고 하더라고요. 저는 너무 부러워서 그 애를 멍하니 쳐다보기만 했어요. 로레트가 가고 나서 앨런 부인과 마음의 대화를 나눴어요. 저는 모든 걸 털어놓았어요. 토마스 부인에 관한 것, 쌍둥이들과 케이트 모리스, 비올레타 그리고 초록 지붕에 오게 된 일, 기하학을 공부하면서 고생한 일도요. 마릴라 아주머니, 제가 이 말을 하면 믿으시겠어요? 앨런 부인도 기하학 열등생이었대요. 세상에, 제가 그 말을 듣고 얼마나 용기를 얻었는지 아세요? 제가 목사관을 나오는데 마침 린드 부인이 오셨어요. 그런데 이건 어떻게 생각하세요? 학교 이사장들이 새 선생님을 뽑았는데 여자분이시래요. 이름이 뮤리엘 스테이시였어요. 정말 낭만적인 이름 아닌가요? 린드 부인은 에이번리에 여태껏 여자 선생은 없었고 획기적이지만 위험한 결정이라고 생각하신대요. 하지만 여자 선생님이 온다니 너무 기대돼요. 개학까지 2주나 남았는데 그때까지 어떻게 기다리죠? 선생님을 빨리 만나고 싶어서 가슴이 막 두근두근해요."

# 23
## 앤, 자존심이 걸린 일로 슬픔에 빠지다

앤은 선생님을 만나기까지 2주 하고도 더 오랜 시간을 기다렸다. 진통제 케이크 사건 이후, 거의 한 달이 지났으니 새로운 실수를 저지를 만한 시기였다. 탈지유를 돼지 먹이통에 붓지 않고 식품 저장고의 털실 바구니에 아무 생각 없이 부어버린다든지 공상에 잠긴 채 나무다리 끝을 걷다가 개울에 풍덩 빠진다든지 하는 일들은 너무 자잘해서 실수라고 말하기는 어려웠다.

목사관에서 차를 마시고 일주일이 지난 후, 다이애나 베리가 파티를 열었다.

앤이 마릴라를 안심시켰다. "소규모로, 친한 애들만, 우리 반 여자애들만 초대된 거예요."

아이들은 모여서 신나게 놀았고 차를 마신 후에도 그다지 특별한 일은 일어나지 않았다. 그러나 베리 씨네 정원에 둘러앉았을 즈음 아이들은 이미 했던 놀이들이 전부 시들해져 슬슬 짓궂은 장난이 치고 싶었다. 그렇게 '위험한 도전' 게임이 시작되었다.

이 게임은 에이번리 아이들 사이에서 대단히 유행했다. 시작은 남자애들이었지만, 곧 여자애들에게도 퍼졌다. 올여름 동안 에이번리에서 벌어진 어이없는 수준의 '위험한 도전'을 전부 기록한다면 책 한 권은 문제없이 나올 터였다.

먼저 캐리 슬론이 루비 길리스에게 현관 앞에 있는 아름드리 버드나무의 어느 지점까지 올라가 보라고 했다. 캐리 슬론은 버드나무에 징그러운 초록색 애벌레가 우글우글할 거라는 두려움과 새 모슬린 원피스를 찢어오지 말라던 어머니가 눈앞에 어른거렸음에도 불구하고 잽싸게 나무에 올랐다. 그래서 도전을 제안했던 캐리 슬론이 지고 말았다. 그러자 조시 파이가 제인 앤드루스에게 오른발을 땅에 대지 않고 왼쪽 다리로만 한 번도 멈추지 않고 정원을 한 바퀴 돌아보라고 도전했다. 제인 앤드루스는 투지를 불태우며 출발했지만 세 번째 코너를 돌다 포기하며 졌다고 인정했다.

조시 파이는 아이들이 으레 자랑하는 정도를 넘어 굉장히 의

기양양한 태도로 승리를 뽐냈다. 그러자 앤 셜리가 조시 파이에게 정원 동쪽에 둘러진 울타리 위를 걸을 수 있냐고 했다. 안 해 본 사람은 모르겠지만 울타리 위를 걷는 일은 생각보다 머리, 발뒤꿈치의 기술과 힘을 필요로 했다. 하지만 조시 파이는 인기를 얻는 자질은 부족했어도 울타리 위를 걷는 데는 타고난 재능이 있었고 또 열심히 연습했던 터라 성공할 수 있었다. 이런 시시한 일은 '위험한 도전'을 할 가치가 없다는 듯 무심한 태도로 울타리 위를 척척 걸었다. 조시가 보란 듯 해내는 걸 보고 울타리 걷기를 수없이 시도했던 여자애들은 꺼림칙한 얼굴로 박수를 보낼 수밖에 없었다. 울타리 위에서 폴짝 내려온 조시는 승리감에 빠져 상기된 얼굴로 앤을 쏘아보았다.

앤은 빨강 갈래머리를 획 뒤로 넘겼다.

"그렇게 작고 낮은 울타리를 걷는 건 그다지 위대한 일이 아니지. 내가 아는 앤데, 메리스빌에 사는 어떤 여자애는 지붕의 마룻대를 걸을 수 있어."

조시가 딱 잘라 말했다. "난 안 믿어. 마룻대를 걸을 수 있는 사람은 아무도 없어. 어쨌든 너도 못 하잖아."

앤이 발끈 화를 내며 맞받아쳤다. "뭐? 내가 못 한다고?"

조시가 앤을 정면으로 바라봤다. "그렇다면, 내가 너한테 '위험한 도전'을 제시하겠어. 저기로 올라가서 베리 씨네 부엌 지붕의 마룻대를 걸어봐."

앤의 얼굴이 새하얗게 질렸다. 하지만 이 도전을 반드시 해내야 했다. 앤은 사다리가 있는 쪽으로 성큼성큼 걸어갔다. 모든 5학년 여자아이들은 "와!" 하며 흥분하는 동시에 소스라치게 놀랐다.

다이애나가 나섰다. "앤, 하지 마. 그러다 떨어져 죽을 거야. 조시 파이는 신경 쓰지 마. 이렇게 위험한 일을 하라는 건 공평하지 못해."

앤이 진지하게 말했다. "다이애나, 난 해야만 해. 내 자존심이 걸린 일이니까. 저 마룻대를 성공적으로 걷든지 아니면 시도하다 실패하든지 둘 중 하나야. 내가 죽는다면 진주 구슬 반지는 꼭 네가 가져."

숨소리 하나 들리지 않을 만큼 정적이 흐르는 가운데 앤은 사다리를 올라가 마룻대에 섰다. 위태롭게 발을 딛고 똑바로 몸을 세워 균형을 잡고 걷기 시작했다. 거북한 느낌이 들 정도로 높은 곳에 올라오니 머리가 어지러웠다. 지붕 마룻대를 걸을 때는 상상력도 그리 도움이 되지 않았다. 그럼에도 불구하고 앤은 대여섯 발을 비틀비틀 걸었고 그 순간 재앙이 닥쳤다. 몸이 주춤하며 흔들리더니 균형을 잃고 휘청했다. 그러고는 햇빛에 달아오른 지붕 위로 주르륵 미끄러졌고 아메리카 담쟁이덩굴 위로 쿵 떨어졌다. 그러자 아래에 있던 아이들은 겁에 질린 채로 동시에 비명을 내질렀다.

만약 앤이 반대쪽 지붕으로 굴러떨어졌다면 다이애나는 그 자리에서 진주 구슬 반지를 물려받았을 것이다. 하지만 앤은 지붕이 현관 위까지 길게 연장된 쪽으로 떨어졌는데 그곳은 지붕이 현관 바닥과 가까운 편이라 그나마 덜 심각한 높이에서 떨어졌다. 다이애나와 다른 여자애들은 발이 땅바닥에 붙은 듯 멍하니 서 있다가 갑자기 발작하기 시작한 루비 길리스를 제외하고 다들 정신 나간 사람처럼 허겁지겁 집을 빙 돌아 뛰어갔다. 도착해 보니 무너진 아메리카 담쟁이덩굴 위에 창백한 얼굴로 축 늘어져 있던 앤을 발견할 수 있었다.

다이애나가 친구 옆에 무릎을 꿇고 비명을 질렀다. "앤, 너 죽었니? 앤, 사랑하는 앤, 한 마디만 해줘. 네가 죽지 않았다고 말해줘."

앤이 힘겹게 앉더니 조그맣게 중얼거렸다. "아니야, 다이애나. 나는 죽지 않았어. 하지만 감각이 안 느껴져."

앤의 말에 아이들은 겨우 마음을 놓을 수 있었다. 특히 조시 파이는 앤 셜리를 비극적인 죽음으로 이끈 소녀로 낙인찍히는 끔찍한 상상에 사로잡혀 있던 터라, 안도의 한숨을 크게 내쉬었다.

캐리 슬론이 훌쩍였다. "어디가? 응? 앤, 어디가 아픈 거야?"

그러나 앤이 대답을 하기 전에 배리 부인이 사건 현장에 나타났다. 앤은 배리 부인을 보고 발을 딛고 일어서려고 했지만 날카로운 비명을 지르며 다시 주저앉았다.

베리 부인이 물었다. "무슨 일이야? 어디 다친 거니?"

앤이 우물쭈물하며 말을 꺼냈다. "발목을 다쳤어요. 다이애나, 네 아버지를 모셔와 줘. 나 좀 집에 데려다 달라고 부탁드려도 되겠니? 집까지 못 걸어갈 거 같아. 제인은 심지어 정원도 한 바퀴 못 돌았는데 내가 어떻게 집까지 한 발로 뛰어가겠어."

마릴라는 과수원에서 냄비 하나가 가득찰 만큼 여름 사과를 따던 중이었다. 그런데 멀리서 베리 씨가 나무다리를 건너 비탈길 위로 걸어오는 게 아닌가. 게다가 베리 씨 옆에는 베리 부인이 있었고 반 전체 아이들이 줄줄이 따라오고 있었다. 베리 씨의 두 팔에 안겨 어깨 위로 머리를 힘없이 기대고 있는 건 앤이었다.

그 순간, 마릴라는 깨달았다. 저릿한 고통이 심장을 관통하자 앤이 자신에게 어떤 의미인지 뼈저리게 느낄 수 있었다. 마릴라는 자신이 앤을 좋아한다는 걸, 아니 많이 아낀다는 걸 그동안 인정해 오긴 했다. 하지만 비탈길을 정신없이 뛰어가던 마릴라는 앤이 세상에서 그 무엇보다 소중한 존재라는 사실을 다시금 깨달았다.

오랜 세월 동안 늘 침착하고 이성적이었던 마릴라는 하얗게 질린 얼굴로 덜덜 떨었고 숨도 제대로 쉬질 못했다. "베리 씨, 아이에게 무슨 일이 생긴 건가요?"

앤이 얼굴을 들어 직접 대답했다.

"마릴라 아주머니, 그렇게 놀라지 마세요. 지붕 마룻대를 걷다

가 떨어졌어요. 발목을 삔 거 같아요. 하지만 제 목이 부러질 수
도 있었잖아요. 그러니 밝은 면을 봐야지 않겠어요."

마릴라는 그제야 마음이 놓였고 앤을 날카롭게 꾸짖었다. "내
너를 파티에 보낼 때 이런 사달을 벌일 줄 알았다. 베리 씨, 여기
로 와서 아이를 소파에 뉘어주세요. 세상에, 애가 정신이 나가서
기절했잖아!"

정말 그랬다. 부상의 고통을 못 이긴 앤은 소원 하나를 더 이
루게 되었다. 진짜로 기절하고 만 것이다.

들판에서 추수하다가 급히 불려온 매슈가 곧장 의사를 부르
러 갔고, 잠시 후 의사가 도착했다. 부상은 보기보다 훨씬 심각
했다. 발목이 부러진 것이다.

그날 밤 마릴라가 동쪽 다락방에 올라가자 앤이 창백한 얼굴
로 침대에 누워 애처로운 목소리로 그녀를 맞았다.

"마릴라 아주머니, 제가 참 불쌍하다고 생각하시죠?"

마릴라가 블라인드를 내리고 등불을 켜며 말했다. "네 잘못이
지."

"그래도 제가 안됐다고 생각해 주세요. 모든 게 내 잘못이라고
생각하니까 마음이 무거운 거거든요. 다른 사람을 탓할 수 있다
면 기분이 훨씬 나을 거예요. 하지만 마룻대를 걸어보라고 도전
을 받았다면 아주머니는 어떻게 하시겠어요?"

"나 같으면 땅에 딱 버티고 서서 너나 해보라고 그랬겠다. 그

런 헛소리를 하다니!"

앤이 한숨을 쉬었다.

"마릴라 아주머니는 정신력이 참 강하신 거예요. 저는 그렇지 못하거든요. 조시 파이가 비웃는 걸 도저히 참을 수 없었어요. 평생 우쭐할 거 아니에요. 그리고 저는 지금 충분히 벌을 받고 있으니까 화내지 말아주세요. 결국, 기절하는 건 하나도 좋지가 않았어요. 그리고 의사 선생님이 제 발목을 바로 잡을 때 엄청나게 아팠어요. 6~7주는 돌아다니지 못할 거고 새로 오시는 선생님도 못 만나잖아요. 제가 학교에 갈 즈음이면 더는 새 선생님도 아니고요. 그리고 길버…… 아니 다른 애들이 반에서 앞서갈 테고요. 아, 정말 제 영혼이 불쌍하네요. 하지만 아주머니가 저에게 화만 안 내신다면 모든 걸 용감하게 견뎌낼게요."

"앤, 난 화나지 않았다. 그나저나 넌 참 운이 없구나. 그건 확실한 거 같다. 하지만 네 말대로 충분히 벌을 받고 있잖니. 자, 이제 저녁을 좀 먹어봐라."

"제가 상상력이 좋은 게 참 다행이죠? 제 상상력 덕분에 이 시간을 무난히 잘 넘길 테니까요. 상상력이 없는 사람들은 뼈가 부러지면 어떻게 할까요?"

앤은 지루한 7주를 버티며 자신의 뛰어난 상상력을 천만다행으로 여겼다. 그러나 늘 상상력에만 의존했던 건 아니었다. 여러 사람들이 앤의 방으로 줄줄이 병문안을 왔기 때문이다. 학교 친구들이 하루도 거르지 않고 꽃과 책을 가져왔고 에이번리의 아이들 세계에서 일어난 일들을 미주알고주알 이야기해 주었다.

처음으로 마루를 절뚝거리며 걷던 날, 앤이 행복하다는 듯 한숨을 쉬었다. "마릴라 아주머니, 모든 사람이 참 친절했어요. 누워 있는 게 좋지는 않았지만 그래도 반가운 사실을 알게 됐잖아요. 저한테 친구가 얼마나 많은지요. 벨 장로님까지 오시다니. 정말 좋은 분이세요. 물론 마음이 통하는 분은 아니지만요. 그래도 장로님을 좋아하게 되었어요. 그동안 기도를 지루하게 한다고 뭐라 했던 게 정말 죄송하네요. 이제는 진심으로 기도하신다는 걸 알아요. 다만 장로님은 진심이 아닌 것처럼 기도하는 습관이 있어서 그런 거예요. 조금만 노력하면 잘하게 되실 거예요. 제가 노골적으로 힌트를 좀 드렸거든요. 제가 혼자 기도할 때 기도를 흥미롭게 해보려고 얼마나 공을 들이는지 말씀드렸어요. 아, 참. 장로님이 어렸을 때 발목이 부러졌던 경험을 자세히 말씀해 주셨어요. 벨 장로님도 한때 소년이었다는 게 어찌나 이상하던지. 제 상상력조차 한계가 느껴져서 못 하겠더라고요. 장로님의 어릴 적 모습을 아무리 그려봐도 주일학교에서 보는 딱 그 모습처럼 회색 콧수염이랑 안경을 쓴 채 그냥 크기만 작아진 모습인 거예요. 하지만 앨런 부인이 소녀였을 때를 상상하는 건 식은 죽 먹기죠. 앨런 부인은 열네 번이나 병문안을 오셨어요. 마릴라 아주머니, 그건 정말 자랑해도 될 만한 일 아닐까요? 사모님이 얼마나 바쁘신데! 또 얼마나 좋은 분인지 가늠할 수가 없을 정도예요. 이건 네 잘못이니 이 일을 계기로 더 나은 소녀가 되길 바란다는 식으로 절대 말씀하지 않으세요. 린드 부인은 오실 때마다 그렇게 말씀하시지만요. 제가 더 착한 소녀가 되길 바라시지만 실제로는 제가 그렇게 될 리가 없다는 투로요. 조시 파이도 저를 보러 왔잖아요. 조시가 저에게 지붕 마룻대를 걸어보라고 했던 걸 미안해하길래 할 수 있는 한 예의를 차리며 맞아주려고 했죠. 만약 제가 죽어버렸다면 후회라는 무거운 짐을 평생 져야 했을 테니까요. 다이애나는 참 충실한 친구죠. 매일 외로운 제 옆에 있어 줬으니까요. 하지만 아, 새로운 선생님에 대한 흥미로운 말을 너무 많이 들어서 학교에 다시 갈 수 있게 되면 정말 기쁠 거예요. 여자애들은 전부 선생님이 무척 다정한 분이시래요. 다이애나 말로는 아주 사랑스러운 금발 곱슬머리에 눈이 매력적이래요. 옷도 예쁘게 입고 다니는데 퍼프 소매는 에이번리에 사는 누구의 소매보다도 클 거래요. 금요일마다 격주로 암송을 하는데 모든 학생이 한 작품을 암송하거나 연극에 참여해야 한대요. 아, 생각만 해도 너무 멋져요. 조시 파이는 싫다지만 그건 조시가 상상력이 약해서 그래요. 다이애나랑 루비 길리스, 제인 앤드루스는 다음 주 금요일에 발표할 「아침에 갔던 왕진」이라는 연극을 준비하고 있대요. 암송을 안 하는 금요일 오후에는 스테이시 선생님이 전교생을 데리고 숲으로 자연 학습을 가서 고사리, 꽃, 새를 공부한대요. 매일 아침, 오후마다 체육을 하고요. 린드 부인은 그런 수업 방식에 대해 들어본 적이 없다며 여자 선생님을 들여서 이런 일이 생겼다고 그러셨어요. 하지만 제 생각에는 너무 재밌을 거 같고 스테이시 선생님과 마음이 통할 거 같아요."

"앤, 하나는 분명하구나. 네가 베리 씨네 지붕에서 떨어졌어도 입은 말짱하구나."

# 24
# 스테이시 선생님과 학생들이
# 발표회를 준비하다

10월이 돌아오자 앤은 학교로 돌아갈 수 있게 되었다. 아름다운 10월, 모든 세상이 붉은빛과 금빛으로 빛나는 계절이었다. 가을 요정이 부어놓은 듯 계곡은 안개로 보얗게 뒤덮였고 자수정빛과 진줏빛, 은빛과 장밋빛 그리고 흐릿한 청색빛이 햇살 속에서 잔잔하게 일렁였다. 이슬이 어찌나 무겁게 맺혔는지 들판은 은빛 옷을 입은 듯 반짝였고 가지가 무성한 나무가 총총 늘어선 분지에는 나뭇잎이 높게 쌓여 그 위를 달리면 바사삭하고 부서졌다. '자작나무 통로'는 노란 천막을 펼친 듯했고 길을 따라 피어 있던 고사리는 시들어 갈색으로 변했다. 공기 중에 퍼져 있는 톡 쏘는 향기는 소녀들이 달팽이처럼 굼뜨게 걷는 대신 날쌔고 신나게 걷도록 부추겼다. 오랜만에 다이애나와 작은 갈색 책상에 나란히 앉자 앤의 마음은 진한 감동으로 차올랐다. 루비 길리스는 통로 반대편에서 앤을 향해 고개를 끄덕였고 캐리 슬론은 쪽지를 보냈다. 뒷자리의 줄리아 벨은 껌을 건네주었다. 연필을 깎고 책상 안에 그림엽서를 정리해 넣자 앤은 갑자기 행복감에 젖었다. 앤은 차분히 숨을 고르며 인생은 어쩜 늘 이렇게 흥미로운 일들이 생기는 걸까 생각했다.

새로운 선생님은 앤에게 또 다른 훌륭한 친구가 될 것 같았다. 스테이시 선생님은 활기차고 마음씨가 따뜻한 젊은 여자로 학생들의 애정을 한 몸에 받았다. 또한 정신적으로나 도덕적으로 학생들의 잠재력을 최대로 끌어내는 특별한 능력이 있었다. 앤은 이처럼 훌륭한 스테이시 선생님의 가르침을 받으며 꽃처럼 활짝 피어났다. 앤은 그 결실을 집으로 고스란히 가져와 앤의 이야기를 듣기 좋아하는 매슈와 비판하기 좋아하는 마릴라에게 학교 공부와 자신의 목표를 열정적으로 설명했다.

"마릴라 아주머니, 저는 스테이시 선생님을 온 마음으로 사랑해요. 선생님은 아주 성숙하시고 목소리도 또랑또랑하세요. 제 이름을 부르실 때는 끝에 e가 붙는 걸 알고 계신다는 게 본능적으로 느껴져요. 오늘 오후에는 암송을 했어요. 제가 「스코틀랜드의 여왕, 메리」를 외우는 걸 두 분이 들으셨어야 했는데! 제 영혼까지 쏟아부었거든요. 집으로 오는 길에 루비 길리스가 그랬는데 제가 '아버지를 위해 내 여인의 심장에 이별을 고하겠노라'라고 말했을 때 자기 피가 마르는 줄 알았대요."

매슈가 이렇게 제안했다. "그렇다면 며칠 후에 나를 위해 헛간에서 시를 낭송해 주겠니?"

앤이 얼른 대답했다. "그럼요. 해드릴게요. 하지만 학교에서처럼 잘할 순 없을 거예요. 전교생들이 제 대사 한마디 한마디에 숨도 안 쉬고 집중하던 때만큼 심장이 두근거리진 않을 테니까요. 아저씨 피를 마르게 할 순 없잖아요."

마릴라가 말했다. "린드 부인이 그러는데 지난 금요일에 남자애들이 벨 씨네 언덕에 있는 높다란 나무 꼭대기에 올라간 걸 보고 자기 피가 말라붙는 줄 알았다고 하더구나. 스테이시 선생이 부추긴 거 아니냐?"

앤이 설명했다. "하지만 자연 학습 때문에 까마귀 둥지가 필요했거든요. 그날 오후는 야외로 나가는 날이었어요. 마릴라 아주머니, 오후에 하는 자연 학습은 정말 재밌어요. 스테이시 선생님은 모든 걸 알기 쉽게 잘 설명해 주세요. 저희는 그날 들판에 앉아 글짓기도 했는데요. 제가 제일 잘 썼어요."

"앤, 너무 자만하는 거 아니니? 선생에게 인정을 받아야지."

"선생님이 직접 말씀해 주신 거예요. 그러니 제가 자만한 게 아니죠. 또 기하학을 못하는 제가 어떻게 자만할 수 있겠어요.

이제 조금씩 기하학을 이해하기 시작했지만요. 스테이시 선생님은 차근차근 설명해 주세요. 그래도 기하학을 잘하게 될 순 없을 거 같아요. 이 말은 분명 겸손한 말이죠. 하지만 글을 쓰는 건 좋아해요. 보통 때는 스테이시 선생님이 주제를 마음대로 고르라고 하시지만, 다음 주는 위인에 관한 글을 쓰라고 정해주셨어요. 위인은 정말 많은데 한 명만 고르려니 참 어렵네요. 죽은 다음에 누군가 자신에 대한 글을 쓸 정도로 위대한 인물이 되면 정말 근사한 기분이 들겠죠? 저도 꼭 위대한 인물이 되고 싶어요. 나중에 크면 간호사가 될까 봐요. 적십자에 들어간 다음 자비로운 요정이 되어 전쟁터로 나가겠어요. 그래야겠네요. 선교사가 되어 외국으로 나가지 않는다면요. 아주 낭만적일 거 같긴 하지만 선교사가 되려면 아주 선한 사람이어야 할 텐데 그게 걸림돌이네요. 그리고 저희는 매일 체육도 해요. 운동을 하면 몸도 예뻐지고 소화도 잘된대요."

터무니없는 짓이라고 확신하는 마릴라가 말했다. "소화라니. 말도 안 되는 소리!"

하지만 오후의 자연 학습과 금요일 암송, 체육 활동은 스테이시 선생님이 11월 프로젝트를 발표하는 순간 모두 빛을 잃었다. 프로젝트는 다름 아닌 에이번리 학교 학생들이 발표회를 준비해 크리스마스 밤에 회관에서 공연을 하자는 것이었다. 발표회를 여는 이유는 학교에 교기를 다는 비용을 직접 모으자는 기특한 목적에서였다. 학생들은 이 계획을 한마음으로 받아들였고 즉시 공연 준비를 시작했다. 무대 위에서 공연할 학생 중 앤 셜리만큼 흥분한 사람은 없었다. 마릴라는 탐탁지 않게 여겼지만 앤은 공연 준비에 몸과 마음을 쏟았다. 마릴라는 이 모든 게 한심한 짓이라고 궁시렁댔다.

"네 머리에 헛바람만 잔뜩 들었으니 공부해야 할 시간만 잡아먹는 거 아니냐? 난 어린애들이 무대에 올라가려고 연습에 목을 매는 게 썩 마음에 들지 않는다. 헛되고 주제넘은 생각만 가득해서는 결국 쏘다니기만 좋아하게 되는 거지."

앤이 간청했다. "하지만 발표회의 소중한 목적을 생각해 보세요. 교기를 달면 애교심이 높아질 거예요."

"허튼소리! 너희 중에 그 소중한 애교심을 조금이라도 마음에 담아둔 아이가 있을지 의문이다. 너희가 원하는 건 그저 재밌게 노는 거지."

"그러면 애교심이랑 재미를 같이 느낄 수 있다고 생각하면 되잖아요. 그럼 괜찮지 않나요? 물론 발표회를 준비하는 건 정말 멋져요. 합창곡을 여섯 곡하고 다이애나는 독창을 할 거예요. 저는 연극 두 편에 출연하는데 「소문을 억압하는 사회」랑 「요정 여왕」이에요. 남자애들도 연극을 할 거예요. 그리고 저는 시 두 편을 낭송해요. 생각만 해도 몸이 떨리지만, 기분 좋게 떨리는 거니까 괜찮아요. 그리고 마지막에는 「믿음, 소망, 사랑」이라는 태블로tableau*도 할 거예요. 다이애나랑 루비랑 제가 하는데 셋 다 긴 흰색 옷을 입고 머리도 길게 풀기로 했어요. 저는 소망이라서 두 손을 간절히 모으고 눈은 위를 바라보죠. 다락방에서 낭송 연습을 할 거예요. 마릴라 아주머니, 신음 소리가 들려도 놀라지 마세요. 제가 극 중에서 아주 가슴 아프게 괴로워하는 부분이 나오거든요. 가슴 앓는 소리를 예술적으로 내야 하는데 그게 아주 어렵더라고요. 그리고 오늘 조시 파이가 삐졌어요. 연극에서 원하던 배역을 맡지 못했거든요. 요정 여왕이 되고 싶다는 거예요. 하지만 조시처럼 뚱뚱한 요정 여왕이라니, 들어본 적 있으세요? 그건 말도 안 되죠. 요정 여왕은 늘씬해야 해요. 제인 앤드루스가 요정 여왕이고 저는 시녀 요정 중 한 명이에요. 조시는 머리가 빨간 요정도 뚱뚱한 요정처럼 말이 안 된다고 했지만 조시 말에는 신경 쓰지 않기로 했어요. 머리에 흰 장미 화관을 쓸 거고 실내화는 루비 길리스가 하나 빌려주기로 했어요. 저는 실내화가 없잖아요. 부츠를 신은 요정이라니, 상상할 수 있으세요? 특히 앞부분이 구리로 된 부츠라고요. 어쨌든 저희는 회관을 가문비나무랑 전나무로 장식하고 분홍색 휴지로 장미를 만들어서 사이사이에 놓기로 했어요. 그리고 관객이 다 앉으면 엠마 화이

---

• 유명한 그림이나 조각과 똑같은 옷을 입고 똑같은 표정을 짓고 움직이지 않은 채 가만히 있는 공연이다.

트가 오르간으로 행진곡을 연주하는 동안 둘씩 짝지어 입장할 거예요. 마릴라 아주머니, 아주머니께서 발표회에 저처럼 뜨거운 애정이 없으시다는 거 알아요. 하지만 아주머니의 귀여운 앤이 돋보였으면 하고 바라지 않으세요?"

"내가 바라는 건 네가 행동을 제대로 하는 거야. 이 야단법석이 끝나고 네 마음이 차분해진다면 진심으로 기쁠 거 같다. 지금 네 머릿속이 연극이니 신음이니 태블로니 같은 아무짝에도 쓸모없는 한심한 것들로 꽉 들어차 있잖니. 그리고 네 혀 말이다. 닳아 없어지지도 않으니 참 놀랍기만 하구나."

앤은 한숨을 쉬며 뒷마당으로 나갔다. 밝은 황록색으로 물든 서쪽 하늘 아래, 잎이 떨어진 포플러 나뭇가지 사이로 초승달이 반짝였고 거기서 매슈는 장작을 패고 있었다. 앤은 적어도 매슈 아저씨라면 자기 말을 잘 들어줄 거라고 생각했다. 그래서 장작더미 위에 앉아 발표회에 대해 재잘거리기 시작했다.

매슈는 앤의 작고 생기발랄한 얼굴을 바라보며 미소 지었다. "그러냐. 굉장히 좋은 발표회가 될 거 같구나. 너라면 맡은 부분을 잘 해낼 거다." 앤은 매슈를 보고 방긋 웃었다. 둘은 최고의 친구였다. 매슈는 그동안 앤을 키우는 방식에 참견하지 않아도 되니 다행이라고 여길 때가 종종 있었다. 그건 마릴라만의 임무였다. 만약 매슈가 앤의 양육을 담당했다면 아이 특유의 성향과 자신의 의무감 사이에서 갈등하며 걱정할 일이 수두룩했을 터

였다. 하지만 매슈는 그런 것에서 자유로웠기 때문에 원하는 만큼, 마릴라의 표현에 따르면 잔뜩 '버릇을 망쳐놓을' 만큼 앤을 대할 수 있었다. 하지만 결국 이런 방식이 나쁜 건 아니었다. 작은 칭찬은 세상의 모든 훌륭한 양육만큼이나 효과가 좋은 법이었다.

# 25
## 매슈가 퍼프 소매를 고집하다

매슈는 10분째 불편하고 어정쩡한 자세로 숨어 있었다.

12월의 추운 회색빛 저녁, 땅거미가 내려앉자 매슈는 부엌으로 들어와 무거운 부츠를 벗으려고 장작통 가장자리에 걸터앉았다. 앤과 반 친구들이 거실에서 「요정 여왕」을 연습하는 중이었지만 매슈는 이 사실을 꿈에도 모르고 있었다. 하지만 이내 여자애들이 우르르 복도를 지나 깔깔대며 부엌으로 몰려왔다. 여자애들은 매슈를 미처 보지 못했다. 매슈가 한 손에 부츠를, 다른 손에 부트잭bootjack*을 든 채 장작통 옆 그림자가 진 쪽으로 얼른 숨었기 때문이다. 매슈는 아이들이 모자와 외투를 챙기며 발표회에 대해 떠드는 걸 몰래 지켜보았다. 앤도 다른 아이들처럼 눈을 반짝이며 서 있었다. 그러나 어느 순간, 매슈는 앤이 다른 아이들과 뭔가 다르다는 걸 느꼈다. 달라서는 안 될 게 달랐기 때문에 매슈는 근심에 빠지기 시작했다. 다른 아이들보다 앤의 얼굴이 더 환했고 눈은 더 크고 반짝였으며 더욱 오목조목 예뻤다. 수줍음이 많고 관찰력이 좋지 못한 매슈라도 이런 점은 쉽게 알아챌 수 있었다. 하지만 매슈를 고민스럽게 했던 건 그런 쪽이 아니었다.

'뭔가 다른 거 같은데, 뭐가 다른 거지?'

여자아이들은 팔짱을 끼고 꽁꽁 언 오솔길로 내려갔고 앤이 책에 집중하기 시작한 후에도 그 질문은 매슈의 머릿속에서 떠나질 않았다. 마릴라에게 물어볼 수도 없었다. 마릴라는 앤과 다른 애들의 차이점이라고는, 앤은 한시도 입을 다물지 않지만 다른 애들은 가끔 다무는 거라며 코웃음을 칠 게 뻔했다. 그러니 마릴라에게 묻는 건 큰 도움이 되지 않을 터였다.

마릴라가 싫은 티를 냈는데도 매슈는 저녁 내내 파이프 담배를 피우며 과연 뭐가 달랐던 건지 골똘히 생각했다. 두 시간 동안 열심히 궁리한 끝에 매슈는 문제의 답을 알게 되었다. 앤은

---

• 벗기 불편한 장화를 쉽게 벗을 수 있도록 돕는 도구다. 주로 나무로 만들며 발뒤꿈치에 딱 맞게 U자로 홈이 파여 있다.

다른 애들과 옷차림이 달랐던 것이다!

매슈는 생각하면 생각할수록 앤이 초록 지붕 집에 온 이후로 다른 애들과 비슷한 옷을 입은 적이 한 번도 없다는 확신이 들었다. 마릴라는 그동안 앤에게 수수하고 어두운 천으로 만든 똑같은 모양의 원피스만 입혔다. 설령 매슈가 원피스에도 유행이라는 게 있다는 걸 알았다 해도 할 수 있는 일은 없었을 것이다. 하지만 앤이 입고 있던 원피스의 소매가 다른 애들 것과 전혀 다르다는 사실은 꽤 분명했다. 매슈는 그날 저녁 부엌에 옹기종기 모여 있던 여자애들을 떠올렸다. 다들 허리에 빨강, 파랑, 분홍, 흰색이 들어간 밝은 장식이 있던데 왜 마릴라는 유독 앤에게 그렇게 밋밋하고 얌전한 옷만 입히는지 의아했다.

물론 그래도 괜찮을 것이다. 마릴라는 앤에게 제일 좋은 게 뭔지, 앤을 어떻게 키워야 하는지 알고 있으니까. 아마도 이해하기 힘든 어떤 현명한 이유가 있으리라. 하지만 다이애나 베리가 늘 입는 귀여운 원피스를 앤에게 한번쯤 입히는 것도 나쁠 건 없어 보였다. 매슈는 앤에게 옷을 선물하기로 결심했다. 마릴라가 쓸데없는 참견을 한다며 반대할 수 없을 만큼 시기적절했다. 크리스마스가 이제 겨우 2주 앞으로 다가왔으니 예쁜 원피스를 선물로 준다면 제격일 터였다. 매슈는 마릴라가 문이란 문은 다 열고 담배 연기를 내보내는 동안 혼자 마음이 뿌듯해졌고 만족의 한숨을 내쉬며 파이프를 치우고 침대로 갔다.

바로 다음 날 저녁, 매슈는 어려운 일을 빨리 해치우자는 생각에 카모디에 가서 천을 직접 사기로 결심했다. 원피스 천을 사는 일은 만만치 않을 것이었다. 매슈가 다른 물건을 살 때라면 인색하게 가격을 깎아달라 하지 않아도 어련히 잘 살 수 있었겠지만, 여자아이의 원피스라면 상점 주인이 하라는 대로 따라야 할 것 같았다.

매슈는 한참을 고민한 끝에 윌리엄 블레어의 상점 대신 새뮤얼 로슨의 상점에 가기로 했다. 분명히 말해두자면 커스버트 가족은 윌리엄 블레어 가게의 오랜 단골이었다. 이건 거의 장로교회에 나가고 보수당에 투표하는 것만큼이나 양심이 걸린 문제였다. 하지만 윌리엄 블레어의 두 딸이 주로 손님을 맞았기 때문에 매슈는 그게 너무나도 불편했다. 매슈가 원하는 게 뭔지 정확히 집어서 말할 수 있다면야 두 딸에게 어떻게든 물건을 살 수 있었을 것이다. 하지만 원피스라면 설명과 상의가 필요할 테니 매슈는 남자 점원이 있는 곳으로 가야겠다고 생각했다. 그래서 새뮤얼이나 새뮤얼 아들이 맞아줄 새뮤얼 로슨네로 발걸음을 옮겼다.

하지만 이런! 매슈는 최근 사업을 확장한 새뮤얼이 여자 점원을 고용했다는 사실을 미처 모르고 있었다. 점원은 로슨 부인의 조카로 아주 젊고 매력적인 여성이었다. 그녀는 머리를 풍성하게 뒤로 넘겼고 커다란 갈색 눈은 동그랬다. 그리고 당혹스러울 정도로 환한 미소를 지었다. 굉장히 세련된 옷을 입고 팔찌를 여러 개 차고 있었는데 손을 움직일 때마다 번쩍거리며 쨍그랑 달그락 소리가 났다. 매슈는 계산대 뒤에 여자 직원이 서 있는 걸 보고 어찌해야 할 바를 몰랐다. 팔찌가 한 번만 딸랑거려도 분별력이 산산이 깨질 판이었다.

루실라 해리스가 두 손으로 계산대를 가볍게 톡톡 두드리면서 싹싹하게 물었다. "커스버트 씨, 뭘 도와드릴까요?"

매슈는 말을 더듬었다. "저기…… 저기, 그러니까……정원용 갈퀴가 있을까요?"

해리스는 약간 놀랐다. 그럴만도 했던 게 12월 중순에 정원용 갈퀴를 사려는 사람은 거의 없었기 때문이다.

"한두 개 정도 남은 게 있을 거 같습니다. 하지만 위층 창고에 있어요. 제가 가서 확인해 보겠습니다." 해리스가 사라진 사이 매슈는 마음을 가다듬고 정신을 차려보려고 했다.

해리스가 갈퀴를 손에 들고 와서 기운차게 물었다. "또 필요한 건 없으신가요?" 매슈는 간신히 용기를 내어 대답했다. "그, 그러니까…… 물어보시니까 생각해 보니…… 저기, 저기 뭐냐. 건초 씨 좀 사겠습니다."

해리스는 매슈 커스버트가 이상한 사람이라는 것을 이미 들은 터였다. 하지만 이제는 완전히 정신 나간 사람이라는 결론을 내리게 되었다.

해리스가 거만하게 말했다. "건초 씨는 봄에만 들여옵니다. 지금은 재고가 없네요."

"아, 그, 그…… 그렇겠죠. 말씀하신 게 맞습니다." 불쌍한 매슈는 갈퀴를 받아 들고 문으로 향하며 우물쭈물했다. 그러다가 문 앞에서 돈을 안 냈다는 생각이 들자 비참하게 돌아섰다. 해리스가 잔돈을 세는 사이 매슈는 남은 힘을 끌어모아 최후의 시도를 해보기로 했다.

"그러니까…… 큰 부담이 안 된다면…… 아마도, 그러니까…… 설탕을 보고 싶군요."

해리스가 인내심을 갖고 물었다. "흰 설탕이요, 갈색 설탕이요?"

"아…… 그러니까…… 갈색이요." 매슈가 중얼거렸다.

해리스가 팔찌를 짤랑거리며 가리켰다. "저쪽에 갈색 설탕 통이 있습니다. 지금은 그것밖에 없네요."

"어…… 그러면…… 9킬로그램 하겠습니다." 매슈의 이마에 구슬땀이 송골송골 맺혔다.

매슈는 집까지 거의 반쯤 와서야 정신을 차릴 수 있었다. 섬뜩한 경험이었지만 종교까지 배신하고 평소 가지도 않는 상점에 들어갔으니 당할 만도 했다는 생각이 들었다. 집에 도착해서는 갈퀴는 도구 창고에 숨겼지만 설탕은 마릴라에게 갖고 갔다.

"갈색 설탕! 무슨 정신으로 이렇게 많이 샀어요? 일꾼들 죽을 쑤어줄 때나 흑과일 케이크를 만들 때를 제외하고는 쓸 일이 없다는 거 알잖아요. 이제 제리도 갔고 케이크는 이미 오래전에 만들었다고요. 좋은 설탕도 아니네요. 거칠고 색이 짙어요. 윌리엄 블레어 씨가 이런 설탕을 들였을 리가 없는데."

"저기, 언젠가 쓸 일이 있을 거로 생각했지." 매슈는 이렇게 말하며 무사히 빠져나왔다.

계속 똑같은 문제를 머리에 이고 있던 매슈는 아무래도 여자에게 도움을 받아야겠다고 결심했다. 마릴라는 고려 대상이 아니었다. 당장 매슈의 계획에 찬물을 끼얹을 게 뻔했다. 그러면 떠오르는 건 린드 부인밖에 없었다. 에이번리에서 린드 부인 말고는 매슈가 감히 부탁할 사람이 없었다. 그래서 매슈는 린드 부인을 찾아갔고 마음씨 좋은 부인은 잔뜩 지친 이 남자의 손에 놓여 있던 괴로움을 즉시 덜어주었다.

"앤에게 줄 원피스를 골라달라고요? 물론 해드릴 수 있죠. 마침 제가 내일 카모디에 가니까 사올 수 있어요. 특별히 생각해둔 게 있으세요? 없으신가요? 그렇다면 그냥 제가 판단해서 사야겠군요. 예쁜 진갈색이면 앤에게 딱 어울릴 겁니다. 윌리엄 블레어네 상점에 아주 예쁜 모수자 천*이 들어왔더군요. 아마 원피스를 만드는 것도 제가 해주길 바라시겠죠? 마릴라가 만들었다

---

• 실크, 울, 면이 섞인 교직직물. 원피스나 우산 등을 만들 때 쓰인다.

간 아마 앤이 눈치를 챌 테니 그러면 깜짝 선물이 안 될 테니까요. 그럼, 제가 하지요. 아닙니다. 성가실 거 없어요. 바느질하는 거 좋아하니까요. 치수는 내 조카 제니 길리스에 맞출 겁니다. 제니랑 앤이 체형이 콩 두 알처럼 똑 닮았거든요."

매슈가 말했다. "그…… 그러면, 신세 좀 지겠습니다. 그리고 저…… 저기 그러니까 요즘 소매는 예전…… 예전 소매랑 좀 다른 것 같던데. 만약…… 만약 그게 큰 문제가 안 된다면 저기…… 그…… 새로운 모양으로 했으면 합니다."

"퍼프 소매요? 물론이죠. 그런 걱정은 붙들어 매세요. 아주 최신 유행으로 만들어드리죠." 린드 부인이 매슈를 안심시켰다. 그리고 매슈가 집으로 돌아가자 이렇게 중얼거렸다.

"드디어 저 불쌍한 아이가 한 번이라도 그럴듯한 옷을 입게 됐으니 얼마나 흐뭇해. 마릴라가 애한테 입히는 옷은 정말 말도 안 되지. 그렇고말고. 내 열두 번도 더 말해주고 싶어서 입이 얼마나 근질거렸는지. 하지만 마릴라는 충고를 싫어하니까 내 입을 꾹 다물고 있었지. 결혼도 안 했으면서 나보다 애 키우는 방법을 더 잘 안다고 생각한다니까. 하지만 애를 키워본 부모라면 모든 아이한테 딱딱 들어맞는 양육법이란 없다는 걸 잘 알 텐데. 애를 안 키워본 사람은 애들한테 덧셈 뺄셈처럼 숫자만 집어넣으면 답이 재깍 나오는 줄 안다니까. 어찌 사람을 수학 공식처럼 키우겠어. 바로 그게 마릴라 커스버트가 잘못 생각하고 있는 점이지. 그런 옷을 입히면 앤이 겸손해지는 줄 아나 본데 질투심과 불만만 커질 뿐이지. 애도 자기 옷하고 다른 애들 옷하고 다르다는 걸 분명 아는데 말이야. 그나저나, 매슈가 그 점을 알아채다니! 60년 넘게 잠들어 있던 매슈가 이제야 깨어나려나."

마릴라는 2주 내내 매슈에게 뭔가 꿍꿍이가 있다는 걸 눈치챘다. 그러나 크리스마스이브에 린드 부인이 새 원피스를 가져오기 전까지는 무엇 때문인지 짐작도 하지 못했다. 옷을 가져온 린드 부인은 왜 자기가 옷을 만들 수밖에 없었는지 마릴라에게 요령 있게 설명했다. 마릴라가 원피스를 만들 경우 앤이 금방 눈치챌 거라고 매슈가 걱정했기 때문이라고 말이다. 하지만 마릴라는 믿지 않는 눈치였다. 그녀는 그저 그렇겠거니 하고 모른 척 넘어가 주었다.

마릴라는 건조한 말투였지만 그래도 너그럽게 말했다. "그러니까 이게 매슈 오라버니가 2주 동안 수상하게 굴면서 혼자 실실댔던 이유였군요? 오라버니가 무슨 실없는 일을 꾸미고 있단 건 알았죠. 어쨌든 나는 앤에게 더 이상의 원피스는 필요 없다고 생각해요. 이미 올가을에 따뜻하고 두루두루 입을 수 있는 원피스를 세 벌이나 만들어줬으니 그 이상은 순전히 낭비일 뿐이에요. 소매에 달린 천만 써도 블라우스 한 벌은 충분히 만들고도 남겠네. 쯧쯧. 앤의 허영심을 부채질한 거밖에 더 되겠어요? 안 그래도 공작새처럼 뽐내길 좋아하는데. 그나저나 한심해 보이는 저 볼록한 소매가 처음 유행했을 때부터 그렇게 갖고 싶다 했으니 드디어 만족하겠네요. 비록 그 이후로 그런 말은 일절 하지 않지만요. 보아하니 저 소매는 점점 더 커지고 우스꽝스러워지더군요. 이제는 풍선만하잖아요. 내년부터 저 소매를 입은 사람들은 문을 지나다닐 때 옆으로 걸어야겠어요."

드디어 크리스마스 아침이 밝았다. 세상이 온통 하얗고 아름답게 바뀌어 있었다. 12월 내내 날씨가 대체로 푸근했기에 사람들은 눈이 오지 않는 크리스마스를 예상했다. 하지만 밤에 눈이 살살 내리기 시작하더니 어느새 에이번리의 풍경을 완전히 바꾸어놓았다. 앤은 기쁜 눈으로 다락방 창밖의 꽁꽁 언 세상을 내다보았다. '유령의 숲' 전나무들은 솜털 옷을 입은 듯 아름다웠다. 자작나무와 양벚나무는 진주로 테두리를 두른 듯했다. 쟁기질을 끝낸 들판에는 올록볼록한 보조개가 쫙 펼쳐져 있었다. 공기 속엔 알싸한 기운이 황홀하게 감돌았다. 앤은 계단을 내려가며 초록 지붕 집이 쩌렁쩌렁 울릴 정도로 목청껏 소리를 질렀다.

"마릴라 아주머니, 메리 크리스마스! 매슈 아저씨, 메리 크리스마스! 정말 사랑스러운 크리스마스 아닌가요? 화이트 크리스마스라서 너무 기뻐요. 다른 크리스마스는 진짜 같지가 않잖아요. 그렇지 않나요? 저는 초록빛 크리스마스는 싫어요. 게다가 진짜 초록색도 아니잖아요. 지저분하게 시든 갈색이랑 회색인데 왜 사람들이 초록빛 크리스마스라고 부를까요? 와…… 와……

매슈 아저씨, 설마 이거 제 거예요? 아, 매슈 아저씨!" 수줍은 매
슈는 마릴라의 눈치를 보며 종이 포장지를 풀어 앤에게 원피스
를 보여주었다. 마릴라는 꼴 보기 싫다는 듯 찻주전자를 채우는
척했지만 내심 궁금한 마음에 그 장면을 흘겨보았다.

앤은 원피스를 받아들고 입을 꾹 다문 채 경건하게 바라보았
다. 아, 어찌나 예쁜지. 실크처럼 반질반질한 부드러운 갈색 모
수자 천으로 만든 원피스였다. 치마에는 앙증맞은 주름 장식과
셔링이 잡혀 있었다. 허리에는 최신 유행을 따라 가늘고 긴 주름
이 정교하게 들어갔고 목에는 얇은 주름 장식이 달렸다. 하지만
소매, 이 소매가 원피스의 하이라이트였다! 소맷동은 팔꿈치까
지 길게 이어졌고 그 위로 볼록한 소매가 갈색 실크 리본과 셔
링으로 아름답게 빙 둘러 나뉘어졌다.

매슈가 부끄러워하며 말했다. "앤, 네…… 네 크리스마스 선물
이다. 아니, 앤. 마음에 안 드냐? 저런…… 저런."

앤의 눈에 갑자기 눈물이 차올랐다.

"매슈 아저씨! 마음에 쏙 들어요! 완벽하게 아름다워요. 아, 감
사하다는 말론 부족해요. 이 볼록한 소매 좀 보세요! 제가 행복
한 꿈을 꾸고 있는 게 아닐까요?" 앤은 원피스를 의자 위에 걸어
놓고 매슈의 손을 꽉 잡았다.

마릴라가 끼어들었다. "자, 자, 아침 먹자꾸나. 앤, 나는 그런
원피스가 너한테 왜 필요한지 도무지 모르겠다. 하지만 매슈가

너를 위해 준비했으니 아껴서 잘 입도록 해라. 린드 부인이 머리리본도 주셨다. 갈색이라 원피스랑 잘 맞겠다. 자, 앉자."

앤은 너무 기뻐서 제정신이 아니었다. "아침이 넘어갈까 모르겠네요. 이런 흥분된 순간에 아침 식사라니 너무 평범하잖아요. 차라리 원피스를 바라보며 눈의 향연을 즐기겠어요. 이 소매가 아직 유행이라 정말 다행이지 뭐예요. 저런 원피스를 갖기 전에 유행이 지나가면 그 아쉬움을 절대 털어버릴 수 없을 거 같았거든요. 이렇게 만족스러운 기분은 처음 느껴봐요. 린드 부인이 리본까지 주시다니, 정말 다정한 분이세요. 정말 착한 소녀가 되어야겠네요. 이럴 때는 제가 모범생이 아니라는 게 죄송스러워요. 모범생이 되겠다고 늘 결심하지만, 거부할 수 없는 유혹이 생기면 결심을 행동으로 옮기는 게 힘들 때가 있거든요. 그래도 이제부터는 더욱 열심히 노력하겠어요."

평범하게 아침 식사를 끝냈는데 다이애나가 앙증맞은 진홍색 모직 코트를 입고 하얀 나무 다리를 신나는 얼굴로 건너오는 게 보였다. 앤은 다이애나를 만나러 허겁지겁 비탈길을 내려갔다.

"다이애나, 메리 크리스마스! 정말 멋진 크리스마스 아니니? 너한테 진짜 멋있는 걸 보여줄게. 매슈 아저씨가 엄청나게 멋진 소매가 달린 원피스를 선물로 주셨어. 이 세상에서 최고로 예뻐서 아마 이보다 더 예쁜 옷은 상상도 못 할 정도야."

다이애나가 숨을 몰아쉬며 말했다. "나도 너한테 줄 게 있어.

자, 이 상자야. 조세핀 할머니가 우리한테 커다란 선물 상자를 엄청 많이 보내셨는데 이건 네 거야. 어젯밤에 가져오고 싶었지만 상자가 해가 진 다음에야 도착했거든. 어두울 때 '유령의 숲'을 지나오기는 이제 정말 틀렸으니까."

앤은 상자를 열어 살짝 엿보았다. 먼저 '앤 소녀에게, 메리 크리스마스'라고 적힌 카드가 나왔다. 그 다음에는 발끝에 구슬이 달리고, 새틴 리본 장식에는 반짝이는 버클이 달린 귀여운 어린이용 실내화 한 쌍이 들어 있었다.

"세상에. 다이애나. 이건 너무 큰 선물인데. 내가 꿈을 꾸고 있는 게 틀림없어."

다이애나가 말했다. "이건 하느님의 섭리라는 생각이 들어. 이제 루비의 실내화를 빌리지 않아도 되니 얼마나 축복 같은 일이니? 루비 신발은 너한테 두 사이즈가 크잖아. 요정이 신발을 질질 끄는 소리를 낸다면 참 듣기 싫을 거야. 조시 파이만 신나겠지. 그리고 잘 들어봐. 어젯밤에 롭 라이트가 연습이 끝난 다음에 거티 파이랑 집에 같이 갔대. 이런 비슷한 얘길 너도 들었니?"

에이번리 학생들은 회관 실내를 장식하고 마지막 리허설을 마치자 흥분의 도가니에 빠졌다.

발표회는 저녁에 열렸고 성공적으로 치러졌다. 작은 회관은 관중으로 꽉 들어찼다. 모든 공연자가 잘 해냈지만, 행사의 가장 빛나는 별은 앤이었다. 심지어 질투의 화신인 조시 파이조차 감히 부인할 수 없을 정도였다.

모든 공연을 끝낸 앤과 다이애나는 별이 초롱초롱 빛나는 어두운 밤하늘 아래 집으로 함께 걸어갔다. "아, 정말 빛나는 밤 아니었니?" 앤이 감격스러운 한숨을 쉬었다.

다이애나가 현실적으로 말했다. "모든 공연이 잘 끝났어. 10달러는 모았을 거야. 내 말 잘 들어 봐. 앨런 목사님이 샬럿타운 신문에 우리가 발표회를 해서 돈을 모았다는 글을 보내실 거래."

"맙소사, 그러면 우리 이름이 신문에 나오는 거야? 생각만 해도 몸에 전율이 돈다. 다이애나, 네 독창은 완벽하게 우아했어. 사람들이 앙코르를 외칠 때는 너보다 내가 더 자랑스러워서 혼자 이렇게 중얼거렸지. '저렇게 뜨거운 칭찬을 받는 사람이 내 마음의 친구라니.'"

"아휴, 앤. 네가 낭송했을 때 사람들이 환호성을 지르며 손뼉을 쳤잖니. 그 애절한 시는 너무 근사했어."

"다이애나, 내가 얼마나 긴장했는지 아니? 앨런 목사님이 내 이름을 부르니까 도대체 무대 위로 어떻게 올라가야 할지 모르겠더라. 수백 개의 눈동자가 나를 뚫어지게 쳐다보는데 과연 시작이나 할 수 있을까 싶더라고. 하지만 내 사랑스러운 소매를 보고 용기를 냈지. 이 소매에 부끄럽지 않게 행동해야 하니까. 그래서 시작했지. 목소리가 먼 데서 나오는 거 같았어. 앵무새가 된 기분이더라. 다락방을 그렇게 자주 들락거리면서 낭송 연습을 했던 건 정말 하느님의 섭리였지. 안 그랬다면 끝까지 못 했을 거야. 내 신음 소리 괜찮았니?"

"그럼. 사랑스럽게 잘 해냈어." 다이애나가 자신 있게 말했다.

"자리에 앉으면서 보니까 슬론 할머니가 눈물을 훔치시는 거야. 내가 누군가에게 감동을 줬다고 생각하니까 진짜 감격스럽더라. 발표회에 참가하는 건 정말 낭만적이지 않니? 오래도록 기억에 남을 행사였어."

"남자애들 연극도 좋지 않았니? 길버트 블라이드가 정말 잘하더라. 앤, 네가 길버트를 너무 야박하게 대하는 거 같아. 내 말 좀 끝까지 들어봐. 네가 요정 연극을 하고 무대에서 뛰어 내려올 때 머리에 꽂았던 장미를 하나 떨어뜨렸어. 그런데 길버트가 그걸 줍더니 가슴 주머니에 꽂더라. 자, 어때. 너는 굉장히 낭만적이니까 이걸 기뻐해야지."

앤이 거만하게 말했다. "그 애가 뭘 하든 나랑 아무런 상관이 없어. 그 애를 생각하는 데 내 힘을 낭비하진 않을 거야."

그날 밤. 20년 만에 발표회란 데를 처음으로 가본 마릴라와 매슈는 앤이 자러 가고 난 후 부엌 난롯가 앞에 한동안 앉아 있었다.

매슈가 자랑스럽게 말했다. "그러니까, 우리 앤이 애들 중에서 제일 잘하던데."

마릴라가 고개를 끄덕였다. "그래요. 잘했어요. 똑똑한 아이예요. 아주 예뻐 보이더라고요. 발표회 여는 걸 반대했지만 결국 크게 해가 되는 일은 아니었네요. 어쨌든 앤이 자랑스러웠어요. 애한테 그렇다고 말하진 않을 테지만요."

"그런가. 난 앤이 자랑스러워서 올라가기 전에 말해줬지. 슬슬 우리가 앤을 위해서 무엇을 해줄 수 있을지 생각해 봐야지 않겠어? 이제 곧 에이번리 학교보다는 더 좋은 학교가 필요할 거 같은데."

"그걸 생각하기엔 시간이 많아 남았어요. 3월에 겨우 열세 살이 되잖아요. 하긴 오늘 밤에 애가 어찌나 커 보이던지 깜짝 놀랐어요. 린드 부인이 원피스를 약간 길게 만들어서 더 커 보이긴 했죠. 애가 빨리 배우는 편이니 애를 위해 우리가 할 수 있는 최선의 일은 퀸스 학교에 보내는 거 같네요. 하지만 1, 2년은 좀 차분히 기다려봐야죠."

"그런가. 가끔 생각해 둬서 나쁠 건 없지. 이런 일은 여러 번 생각할수록 더 나은 법이니까."

# 26
## 이야기 클럽을 만들다

에이번리 아이들은 다시 따분한 일상으로 돌아가는 것이 쉽지 않았다. 특히 여러 주 동안 흥분으로 가득했던 앤에게 일상은 끔찍하도록 평범했고 따분했으며 좋은 거라곤 단 하나도 없어 보였다. 발표회를 열기 전의 그 아득한 옛날처럼, 자잘한 기쁨에 감사하던 시절로 다시 돌아갈 수 있을까? 앤이 처음부터 다이애나에게 말한 대로 그건 가능해 보이지 않았다.

앤은 50년 전 이야기를 하듯 구슬프게 말했다. "다이애나, 이건 정말 확실해. 이제 도저히 옛날처럼 살 수가 없어. 시간이 지나면 좀 나아지겠지만 발표회라는 건 정말 사람들의 일상을 망쳐놓나 봐. 그래서 마릴라 아주머니가 그렇게 반대하셨던 거야. 정말이지 분별력이 좋으신 분이지. 분별력이 뛰어난 사람이 된다면 참 좋을 거야. 하지만 그래도 나는 그렇게 되고 싶진 않아. 전혀 낭만적이지 않거든. 린드 부인은 내가 분별력이 있는 사람이 될 일은 없다고 하셨지만 그건 모르는 일이잖아. 지금으로선 나도 나중에 분별력 있는 사람이 될 거 같거든. 아휴, 피곤해. 어젯밤에 잠을 설쳤어. 그냥 멍하게 누워서 발표회를 생각하고 또 생각하고 그랬다니까. 바로 그게 이런 행사의 좋은 점 아니겠니? 다시 떠올리기만 해도 너무 행복하잖아."

하지만 결국 에이번리 학교는 서서히 일상으로 돌아가 옛 관심사에 다시 눈길을 돌리기 시작했다. 확실히 발표회는 후유증을 남기긴 했다. 서로 무대 앞에 서겠다며 다투던 루비 길리스와 엠마 화이트는 더는 같은 책상에 앉지 않았다. 3년간 이어온 빛나는 우정이 산산조각 난 것이다. 조시 파이와 줄리아 벨은 석달 동안 말도 섞지 않았다. 줄리아 벨이 암송하러 일어났을 때 머리 리본이 흔들리는 게 꼭 닭 모가지가 흔들리는 거 같다고 조시 파이가 베시 라이트에게 말했고, 그 말을 베시 라이트가 줄리아 벨에게 그대로 전달했기 때문이다. 슬론 씨네 아이들은 벨 씨네 아이들과 놀지 않으려고 했다. 벨 씨네 아이들의 말에 의하면 슬론 씨네 아이들이 프로그램에 지나치게 간섭했고, 반대로 슬론 씨네 아이들은 벨 씨네 아이들이 작은 배역도 제대로 못

한다며 비꼬았다. 마지막으로 찰리 슬론은 무디 스퍼전 맥퍼슨과 주먹다짐을 했다. 무디 스퍼전이 낭독하는 앤을 보며 잘난 척을 한다고 하자, 찰리가 무디 스퍼전에게 주먹을 날렸기 때문이다. 그 결과 무디 스퍼전의 여동생인 엘라 메이는 겨울 내내 앤셜리와 말도 섞지 않았다. 이런 사소한 마찰을 제외하면 스테이시 선생님의 작은 왕국은 평소처럼 순조롭게 잘 굴러갔다.

겨울도 매일 조금씩 흘러갔다. 유난히 포근한 겨울이었고 눈이 적게 내려 앤과 다이애나는 거의 매일 '자작나무 통로'를 걸어 학교에 갔다. 앤의 생일날, 둘은 수다를 떨면서도 눈과 귀를 바짝 세우고 살살 걸었다. 스테이시 선생님이 '겨울 숲속 산책하기'라는 주제로 작문 숙제를 내줬기 때문에 둘은 주변을 잘 살펴야 했다.

앤이 경이롭다는 듯 말했다. "다이애나, 생각해 봐. 나는 오늘 열세 살이 됐어. 십 대*라는 게 믿기지 않아. 오늘 아침에는 일어났더니 정말이지 모든 게 달라 보이는 거야. 너는 이미 한 달 동안 열세 살이었으니까 나처럼 새롭지 않겠지. 삶이 훨씬 더 흥미롭게 보이는 거 같아. 2년 뒤에는 진짜 성인이 돼. 내가 과장된 말을 써도 사람들이 비웃지 않을 거라고 생각하니 마음이 푹 놓

---

* 일반적으로 13세에서 19세까지를 십대teenager라고 칭한다. 원어로 열셋thirteen부터 십대를 의미하는 단어 'teen'이 들어가기 때문이다.

이는 거 있지."

"루비 길리스는 열다섯 살이 되자마자 남자 친구를 사귈 거래."

앤이 한심하다는 듯 말했다. "걔는 머릿속에 남자밖에 없나
봐. 누가 '여기 집중'에 자기 이름을 쓰면 화내는 척하지만 사실
은 좋아한다니까. 하지만 아휴, 방금 내가 한 말은 안 좋은 말인
거 같다. 앨런 부인이 부정적인 말을 하면 안 된다고 하셨거든.
하지만 이런 말은 생각하기도 전에 저절로 막 술술 나오지 않
니? 조시 파이는 부정적인 말을 하지 않고는 이야기할 수가 없
으니 걔 이야기는 아예 입에 올리지 않으려고. 아마 너도 눈치챘
을 거야. 나는 최대한 앨런 부인처럼 되려고 노력하는 중이거든.
내가 보기에 앨런 부인은 완벽한 사람이야. 앨런 목사님도 그렇
다고 생각하시는 거 같아. 린드 부인은 앨런 목사님이 사모님이
밟고 가는 땅바닥까지 떠받든다며 목사가 한 인간에게 그 정도
로 애정을 쏟는 건 옳지 않다고 생각하신대. 하지만 다이애나,
목사님도 인간이니까 다른 사람처럼 늘 얽매이기 쉬운 죄를 지
을 수밖에 없잖아. 지난 주일 오후에 앨런 부인과 얽매이기 쉬운
죄에 대해서 얼마나 흥미로운 대화를 나눴는지 몰라. 주일날 토
론하기에 딱 좋은 주제 중 하나라고 생각해. 나를 얽매는 죄는 상
상에 너무 자주 빠져서 내 할 일을 잊어버리는 거야. 그 죄를 짓
지 않기 위해 얼마나 아둥바둥하는지 아니? 이제는 열세 살이니
까 더 나아지겠지."

"4년 후에는 머리를 올릴 수 있게 돼. 엘리스 벨은 겨우 열여섯인데 머리를 올렸다니까. 하지만 그건 말도 안 되는 거 같아. 나는 열일곱까지 기다릴 거야."

앤이 단호하게 말했다. "만약 앨리스 벨의 비뚤어진 코가……악! 안 하려고 했는데 또 했어. 내가 하려던 말은 나쁜 말이기 때문에 하지 않을 거야. 게다가 내 코하고 비교하려고 했는데 그건 허영심이지. 옛날에 내 코에 대해 칭찬을 들은 다음부터는 코 생각을 진짜 자주 하게 됐거든. 참 기분 좋은 칭찬이긴 했지. 어, 다이애나. 저기 봐. 토끼가 있어. 숲에 대한 작문을 쓸 때 저걸 기억해 둬야겠다. 나는 겨울 숲도 여름 숲처럼 사랑스럽다고 생각해. 온통 새하얗고 고요하니 잠든 숲이 아름다운 꿈을 꾸는 거 같잖아."

다이애나가 한숨을 쉬었다. "이번 작문 숙제는 그래도 쓸 수 있을 거 같아. 숲에 관해서 쓰는 건 그나마 괜찮거든. 그렇지만 월요일에 내야 하는 작문 숙제는 너무 끔찍해. 그러니까 스테이시 선생님은 우리 머릿속에서 이야기를 지어내서 쓰라고 하시는 거잖아!"

"음, 그건 식은 죽 먹기 같은데."

다이애나가 대꾸했다. "너는 상상력이 좋으니까 쉽지. 하지만 상상력이 없이 태어났다면 어떡하겠어? 넌 그럼 이미 숙제를 끝낸 거야?"

앤은 우쭐해 보이지 않으려고 나름 노력했지만, 완전히 실패하면서 고개를 끄덕였다.

"지난 월요일 저녁에 썼어. 제목은 「질투심에 휩싸인 경쟁자」, 혹은 「죽음도 갈라놓지 못하리」야. 마릴라 아주머니에게 읽어드렸더니 말도 안 되는 헛소리라고 하셨어. 그래서 매슈 아저씨께 읽어드렸더니 멋진 이야기라는 거야. 나는 그런 비평가가 좋더라. 내용은 아주 슬프고 아름다워. 쓰면서 어찌나 울컥하던지 그냥 애처럼 엉엉 울었다니까. 코델리아 몽모랑시와 제럴딘 시모어라는 두 명의 아름다운 여성에 관한 이야기야. 둘은 같은 마을에서 서로 아끼며 사이좋게 살고 있었어. 코델리아는 흑단같이 까만 왕관을 쓴 것처럼 위엄이 느껴지는 갈색 머리에 눈동자는 황혼처럼 빛나. 제럴딘은 황금 실같이 우아한 금발인데다가 눈동자는 부드러운 보랏빛이야."

다이애나는 조금 믿지 못하겠다는 투로 말했다. "난 눈동자가 보라색인 사람은 한 번도 본 적이 없는데."

"나도 못 봤어. 그냥 상상한 거야. 평범하지 않은 걸 원했거든. 제럴딘은 이마도 석고 조각같이 아름다워. 이제는 석고 조각 같은 이마가 뭔지 알아. 열세 살이 되어서 좋은 점 중에 하나지. 열두 살이었을 때보다 아는 게 훨씬 많아졌다니까."

"그래서 코델리아랑 제럴딘은 어떻게 되는데?" 주인공의 운명이 궁금해진 다이애나가 물었다.

"둘은 열여섯이 될 때까지 나란히 아름답게 자랐어. 그런데 버트럼 드비어가 그들의 고향 마을에 와서 아름다운 제럴딘과 사랑에 빠진 거야. 제럴딘의 말이 수레를 달고 날뛸 때 버트럼 드비어가 목숨을 구해줬거든. 그래서 버트럼은 팔에 안긴 채 기절한 제럴딘을 5킬로미터 가까이 떨어진 집까지 데려다줘. 왜냐하면, 어쩔 수 없잖아. 마차가 완전히 부서졌거든. 프러포즈하는 부분을 써야 했는데 내가 아는 게 없으니까 상상이 잘 안 되더라고. 그래서 루비 길리스에게 남자가 어떻게 프러포즈하는지 물어봤어. 결혼한 언니가 위로 줄줄이 있으니까 그 방면으로는 척척박사일 거 같았거든. 그랬더니 말콤 앤드루스가 수잔 언니한테 프러포즈하는 걸 자기가 식품 창고에 숨어서 봤다는 거야. 말콤이 수잔한테 자기 아버지가 농장을 자기 이름으로 해줬다면서 이렇게 말했대. '사랑하는 내 귀여운 수잔. 이번 가을에 결혼하는 게 어떨까요?' 수잔은 '네…… 아니…… 모르겠어요. 어떻게 될지 두고 보죠.' 그러더니 후딱 약혼하더래. 하지만 그런 프러포즈는 낭만적이지 않은 거 같더라고. 그래서 결국 할 수 있는 만큼 상상해서 썼지 뭐. 버트럼 드비어가 무릎을 꿇고 프로포즈하는 장면을 아주 화려하면서도 시적으로 표현했어. 비록 루비 길리스에 의하면 요즘에는 그렇게 안 한다고 하지만. 어쨌든 제럴딘은 한 페이지에 걸쳐 수락하는 연설을 해. 그 부분을 쓰느라고 얼마나 고생했는지 아니? 다섯 번을 다시 썼다니까. 아무래도 내 대표작이 될 거 같아. 어쨌든 버트럼은 굉장한 부자이기 때문에 다이아몬드 반지와 루비 목걸이를 주면서 신혼여행도 유럽으로 가자고 해. 하지만 아! 그들의 행로에 어두운 그림자가 지기 시작하지. 코델리아가 버트럼을 몰래 짝사랑했는데 제럴딘이 버트럼과 약혼했다는 말을 듣자 가슴이 화르르 타올랐거든. 특히 목걸이와 다이아몬드 반지를 보고 분노에 휩싸였어. 그동안 제럴딘을 아꼈던 마음은 쓰라린 증오로 변해버렸지. 코델리아는 제럴딘이 버트럼과 절대 결혼하지 못하게 하겠다고 맹세했어. 하지만 겉으로는 여전히 제럴딘의 친한 친구인 양 행동했어. 어느 날 밤, 코델리아와 제럴딘은 휘몰아치는 강을 건너려고 다리 위에 서 있었는데 둘 외에는 아무도 없다고 생각한 코델리아가 제럴딘을 다리 위로 확 밀어버려. 그리고 미친 사람처럼 '아, 하, 하, 하!'하고 웃지. 하지만 거기서 다 보고 있던 버트럼이 즉시 급류로 뛰어들지. '단 하나뿐인 나만의 제럴딘, 내가 그대를 구하겠소.' 하지만 아뿔싸, 버트럼은 자기가 수영을 못한다는 걸 깜빡 잊은 거야. 그래서 서로의 팔에 안긴 채 둘 다 빠져 죽고 말아. 그들의 시체는 곧 물가로 떠밀려 왔어. 두 남녀는 한 무덤에 같이 묻히고 장례식은 아름답게 거행돼. 다이애나, 결혼식보다는 장례식으로 이야기를 끝내는 게 훨씬 더 낭만적이야. 코델리아는 어떻게 됐냐면 후회하다 미쳐버려서 정신병원에 갇혀. 그녀의 범죄를 시적으로 응징한 셈이지."

비평가로서 매슈의 라인에 서 있는 다이애나가 한숨을 내쉬었다. "앤, 어쩜 그렇게 사랑스러운 이야기를 쓸 수 있니! 어떻게 머리에서 그렇게 전율이 이는 이야기를 지어낼 수 있는지 모르겠다. 내 상상력도 너처럼 좋으면 얼마나 좋을까?"

앤이 명랑하게 말했다. "상상력은 기를 수 있어, 다이애나. 난 그냥 대강 줄거리만 생각했던 거야. 참, 그러면 너랑 나랑 이야기 클럽을 만들어서 글 쓰는 연습을 하면 어떨까? 네가 혼자서 잘 쓸 수 있을 때까지 내가 계속 도와줄게. 상상력을 기르려면 연습을 해야 해. 스테이시 선생님이 그러셨잖아. 올바른 방향으로만 가면 된다고. 내가 선생님께 '유령의 숲'을 말씀드렸더니 그건 상상력을 잘못된 방향으로 쓴 거래."

그래서 이야기 클럽이 만들어지게 된 것이다. 처음에는 다이애나와 앤뿐이었지만 이내 제인 앤드루스, 루비 길리스 그리고 상상력을 키우고 싶어 하는 한두 명의 아이들이 참여하게 되어 클럽 규모가 커졌다. 남자애들은 가입할 수 없었다. 비록 루비 길리스가 남자 애들이 들어오면 더 재밌을 거라고 의견을 냈지만 말이다. 그리고 각 멤버는 일주일에 하나씩 이야기를 지어와야 했다.

앤이 마릴라에게 말했다. "정말 재미있어요. 한 명씩 자기 이야기를 크게 소리 내서 읽은 다음, 다 같이 그 글에 관해 토론하는 거예요. 이 작문은 신성하게 잘 보관했다가 후손에게 읽어줄 거예요. 저희는 각자 필명도 있어요. 제 필명은 로사몬드 몽모랑시예요. 애들이 다들 꽤 잘 써요. 루비 길리스의 글은 좀 감성적이에요. 연애담을 어찌나 많이 넣는지 모르겠어요. 지나친 건 모자란 것보다 못하다는 말도 있잖아요. 하지만 반대로 제인은 절대 연애담을 넣지 않아요. 그러면 큰 소리로 낭독할 때 너무 한심하게 느껴진대요. 그래서 제인의 글은 아주 이성적이에요. 다이애나의 글에 등장하는 인물들은 맨날 죽어요. 등장인물들을 어떻게 해야 할지 몰라서 그냥 없애버리기 위해 죽인대요. 매번 아이들에게 어떻게 쓰는 게 좋겠다고 조언해 줘야 하지만 전 아이디어가 수백만 개라 어렵진 않아요."

마릴라가 코웃음을 쳤다. "이야기 클럽이라니 한심한 짓거리다. 머리에 헛바람만 잔뜩 들어서 공부해야 할 시간만 낭비하고 있잖아. 소설책을 읽는 것도 나쁜데 소설을 쓰고 앉아 있으니 더나쁘지."

앤이 설명에 돌입했다. "하지만 마릴라 아주머니. 우리가 얼마나 도덕적인 교훈을 넣으려고 신경 쓰는데요. 제가 그러자고 우겼어요. 선한 사람은 보상을 받고 악한 사람은 죄에 따라 벌을 받아요. 그런 내용을 넣으면 다른 사람들에게 꼭 좋은 영향을 미칠 거예요. 교훈이란 건 위대하니까요. 앨런 목사님이 그러셨어요. 제 글 중 하나를 목사님 부부 앞에서 읽어드렸는데 두 분 모두 이야기 속 교훈이 훌륭하다고 그러셨어요. 엉뚱한 부분에서 웃음을 터트리시긴 했지만요. 눈물을 흘렸다면 더 좋았을 텐데요. 제인과 루비는 제가 가슴 아픈 부분을 읽을 때마다 울먹인다니까요. 다이애나가 우리 클럽에 관한 이야기를 조세핀 할머니께 써 보냈더니 할머니가 쓴 걸 좀 보내달라고 답장이 왔대요. 그래서 제일 잘 쓴 글 네 편을 베껴 써서 보내드렸죠. 할머니한테서 답장이 왔는데 살면서 이렇게 즐거운 이야기는 처음 읽는다고 하셨어요. 그런데 저희는 좀 의아했어요. 보냈던 글들은 대단히 가슴 저린 이야기였고 등장인물도 거의 다 죽거든요. 하지만 할머니가 좋아하셨다니 정말 기뻐요. 우리 클럽이 세상에 어떤 도움이 되고 있다는 뜻이니까요. 앨런 부인이 모든 일은 목표가 있어야 한다고 말씀하셨어요. 저도 그 목표대로 살려고 아등바등 애를 쓰지만 재미있는 일이 생기면 자꾸 까먹어요. 저는 크면 앨런 부인처럼 되고 싶어요. 마릴라 아주머니, 그럴 가능성이 조금이라도 있다고 생각하세요?"

마릴라가 용기를 북돋아 주었다. "그럴 가능성이 크다는 말은 못 하겠다. 앨런 부인은 너같이 한심하고 잘 까먹는 소녀는 절대 아니었을 테니."

앤이 진지하게 답했다. "아니셨겠죠. 하지만 앨런 부인도 지금처럼 늘 선했던 건 아니래요. 직접 그렇게 말씀하셨다니까요. 어렸을 때 못된 장난을 하도 쳐서 맨날 곤경에 빠졌대요. 그 말을 듣고 어찌나 용기가 나던지. 다른 사람이 말썽꾸러기였다는 말을 듣고 힘을 얻다니, 이것도 나쁜 거겠죠? 린드 부인은 나쁜 게 맞다고 하셨어요. 그리고 린드 부인은 아무리 어렸을 때라도 누군가가 못된 일을 저지른 적이 있다는 말을 들으면 언제나 충격받으신대요. 한 목사님이 어렸을 때 이모의 식품 저장고에서 딸기 타르트를 훔쳤다고 고백하신 걸 들었대요. 그 이후로는 그 목사님을 전혀 존경하지 않았대요. 하지만 저는 그렇게 생각하지 않아요. 목사님이 그렇게 고백했다니 얼마나 귀한 고백이에요. 못된 짓을 저질러서 반성하고 있는 어린 소년들이 그럼에도 불구하고 목사님이 될 수 있다는 사실을 알게 되면 얼마나 위안을 받겠어요. 저라면 그렇게 생각하겠어요."

"앤, 내가 지금 무슨 생각을 하는지 아니. 지금은 네가 설거지하는 데 집중해야 할 시간이라는 거다. 잡담하느라 30분이나 더 걸렸잖아. 기억하렴. 일을 먼저 하고 말은 나중에 하라는 걸 말이다."

# 27
## 허영심과 영혼의 고통

　4월 말의 어느 날 저녁, 여성봉사회 모임을 마치고 집을 향해 걷던 마릴라는 문득 겨울이 물러갔다는 걸 느꼈다. 성큼 다가온 봄은 젊고 즐거운 이들이나 늙고 서러운 이들이나 모두를 설레게 했다. 마릴라는 자기 생각과 감정을 하나씩 따져보는 사람이 아니었다. 그러니 아마도 자신이 여성봉사회와 선교사 기부금 상자 그리고 제의실에 새로 깔 카펫에 대해 생각하는 중이라고 여겼을 것이다. 하지만 마릴라의 이런 현실적인 생각들 뒤로 석양 아래 붉은 들판이 희미한 보랏빛 안개 속으로 타들어갔다. 끝이 길고 뾰족한 전나무 그림자가 개울 너머 초원으로 넘어갔고,

거울처럼 투명한 연못 주위로 붉은 꽃망울이 맺힌 단풍나무가 있었다. 회색빛 잔디 밑에 숨은 맥박들이 기지개를 켜며 세상 밖으로 나오려고 쿵쿵 뛰기도 했다. 온 땅에 봄기운이 퍼지자, 중년인 마릴라도 마음속 깊은 곳에서부터 기쁨이 저절로 흘러 넘쳤고 점잖던 발걸음이 가볍고 날래졌다.

마릴라는 총총히 늘어선 나무들 사이로 언뜻 자신의 집을 발견했다. 그리고선 햇살이 반사되어 여러 개의 찬란한 빛으로 반짝이는 초록 지붕 집의 창문을 애정 어린 눈길로 바라보았다. 그녀는 촉촉이 젖은 오솔길을 조심조심 걸으며 앤이 오기 전을 떠올렸다. 여성봉사회 모임을 마치고 집에 오면 집안은 늘 어둡고 썰렁했다. 하지만 앤이 있는 지금의 초록 지붕 집은 장작불이 경쾌하게 타고 있을 거였고, 식탁 위에 차 마실 준비가 다 되어 있을 것이었다. 그러자 마릴라는 마음이 푸근해졌다.

하지만 막상 부엌문을 열고 들어가니 불은 꺼져 있었고 앤은 어디에도 보이지 않았다. 마릴라는 실망했고 왈칵 짜증이 솟구쳤다. 분명 앤에게 5시까지 차 마실 준비를 해놓으라고 일러둔 터였다. 마릴라는 어쩔 수 없이 두 번째로 좋은 옷을 벗고 얼른 편한 옷으로 갈아입은 다음, 매슈가 쟁기질을 마치고 오기 전까지 서둘러 음식을 차려야 했다.

칼을 든 마릴라가 불쏘시개 나무를 괜스레 힘주어 깎으며 신경질적으로 말했다. "미스 앤께서 집에 오시면 내가 아주 끝장을 보겠어요." 집에 들어온 매슈는 구석 자리에 앉아 가만히 차가 끓기만을 기다렸다. "다이애나랑 쏘다니면서 이야기를 쓰네, 연극 대사를 연습하네, 하면서 한심한 짓이나 하고 돌아다니고 있겠죠. 지금이 몇 신지, 자기 할 일이 뭔지는 새까맣게 잊고요. 그런 짓은 당장 그만두게 해야 해요. 앨런 부인이 지금껏 본 아이 중 앤이 가장 똑똑하고 사랑스러운 아이라고 했지만 난 그렇게 생각하지 않아요. 애가 똑똑하고 사랑스러울진 몰라도 머릿속은 잠꼬대로 꽉 찼고 다음엔 또 어떤 말썽을 부릴지 감도 못 잡겠으니 말이에요. 괴상한 장난이나 치다가 지겨워지면 금세 또 새로운 장난을 만들어내고! 오늘 여성봉사회에서 레이첼 린드 부인이 이 말을 똑같이 하는 거예요. 내가 어찌나 화가 나던지, 앨런 부인이 앤 편을 들어줘서 정말 기뻤죠. 앨런 부인이 나서지 않았다면 내가 사람들 앞에서 린드 부인을 한번 들이박았을 거예요. 물론 하느님 아버지, 앤이 단점이 많은 아이긴 하죠. 그걸 부정하는 건 아니에요. 하지만 애는 내가 키우고 있지 린드 부인이 키우는 게 아니잖아요. 에이번리에 천사 가브리엘이 살았다면 아마 린드 부인은 가브리엘의 잘못도 끄집어냈을 인물이에요. 그렇지만 오늘 오후에는 집에 있으면서 집안일 좀 봐달라고 당부까지 했는데 집을 나가다니…… 이건 앤이 잘못했어요. 그동안 말썽을 많이 부리긴 했지만 이 정도로 못미덥게 행동하진 않았는데, 이제 와서 앤이 그런 애인가 하는 생각이 드니 정말 속상하네요."

"글쎄다. 난 모르겠구나." 인내심이 강하고 지혜로우며 무엇보다 배가 고픈 매슈는 마릴라가 화를 마구 쏟아낼 때 눈치 없이 괜히 끼어들면 안 된다는 것 정도는 잘 알았다. 하던 일을 빨리 끝내도록 그냥 두는 것이 최선이라는 걸 경험을 통해 깨우친 것이다. "마릴라, 앤을 너무 성급하게 판단하는 게 아닐까? 앤이 정말로 네 말을 듣지 않았다는 게 확실해질 때까지 믿을 수 없는 아이라고 단정하지 마. 아마 다 설명하겠지. 앤이 설명 하나는 기가 막히게 잘 하잖아."

마릴라가 비꼬았다. "내가 집에 있으라고 했는데 애가 없잖아요. 그러니 내 성에 찰 만큼 설명하긴 어려울걸요. 물론 오라버니가 앤의 편에 서고 싶다는 건 알겠어요. 하지만 내가 앤을 키우지 오라버니가 키우는 게 아니잖아요."

저녁이 준비되고 하늘이 어둑해졌는데도 여전히 앤은 보이지 않았다. 할 일을 깜빡 잊었다며 숨이 차도록 나무다리나 '연인들의 오솔길'을 허겁지겁 뛰어오는 낌새도 없었다. 마릴라는 심각한 얼굴로 그릇을 씻고 정리했다. 그리고 창고로 내려가려니 초가 필요해져서 앤 방에 놓인 초를 가지러 동쪽 다락방으로 올라갔다. 그런데 마릴라가 초를 켜고 돌아선 순간, 앤이 베게 사이로 얼굴을 묻고 침대에 누워 있는 게 아닌가.

"세상에 맙소사. 앤, 자고 있었니?" 화들짝 놀란 마릴라가 물었다.

앤이 우물거리며 대답했다. "아니요."

마릴라가 침대로 다가가 걱정스럽게 물었다. "그럼 아픈 게냐?"

앤은 사람들의 눈길을 영원히 피하고 싶다는 듯 배개 속으로 더 깊이 파고 들어갔다.

"아니에요. 마릴라 아주머니, 제발요. 그냥 나가주시면 안 될까요? 저를 쳐다보지 말아주세요. 저는 절망의 구렁텅이로 떨어졌어요. 반에서 누가 일등을 하든, 최고의 작문을 내든, 더는 주일학교 성가대에 못 서든, 아무 상관없어요. 지금 그런 사소한 것들이 중요한 게 아니에요. 어차피 그런 데는 두 번 다시 발을 들여놓을 수 없으니까요. 제 인생은 끝났어요. 제발, 나가주세요. 저를 쳐다보지 마세요."

어리둥절한 마릴라는 이유를 알아야 했다. "듣도 보도 못한 말들이구나. 앤 셜리, 도대체 왜 그러니? 무슨 짓을 했니? 당장 똑바로 앉아 말해라. 얼른! 자, 왜 그러니?"

앤은 어쩔 수 없이 마릴라 말대로 바닥으로 내려왔다.

"제 머리카락을 보세요." 앤이 작게 속삭였다.

마릴라는 초를 들어 묵직하게 허리까지 내려오는 앤의 머리카락을 자세히 살펴보았다. 분명 굉장히 이상해 보였다.

"앤 셜리, 머리카락에 무슨 짓을 한 거니? 아니, 초록색이잖아!"

지구상에 존재하는 색 중 하나를 골라 표현한다면 초록색일

것이었다. 앤의 머리카락은 이상하고도 칙칙한 초록색이었고 군데군데 원래 색깔인 빨간색이 보여 괴기스러운 느낌마저 났다. 마릴라는 앤의 머리색만큼 괴상망측한 색을 태어나 처음 보았다.

앤이 신음하듯 말했다. "네, 초록색이에요. 전 빨간색만큼 나쁜 색은 없을 거라고 생각했어요. 하지만 초록색 머리가 열 배는 더 끔찍해요. 아, 마릴라 아주머니. 제가 얼마나 비참한 기분인지 짐작도 못 하실 거예요."

"대체 어쩌다 이렇게 됐는지 알 수가 없구나. 하지만 이제 알아야겠다. 자, 여긴 너무 추우니 당장 부엌으로 내려가자. 무슨 짓을 한 건지 말해라. 그렇지 않아도 이상한 일을 하나 벌일 때가 되었구나 싶었다. 두 달간 조용히 지냈잖니. 아무렴. 사건이 하나 터질 때가 됐다고 확신하고 있었지. 자, 머리에 뭘 한 거냐?"

"염색했어요."

"염색! 머리에 염색을 했다고! 앤 셜리, 그게 얼마나 사악한 짓인지 모르니?"

앤이 수긍했다. "알아요. 조금 사악한 짓이라는 건 알았어요. 하지만 빨간색을 지울 수만 있다면 약간 나쁜 짓을 해도 괜찮을 거라고 생각했어요. 그래서 제가 치를 대가도 생각해 두었어요. 염색한 걸 만회하기 위해 다른 쪽으로 훨씬 더 착하게 행동하겠다고 다짐도 했어요."

마릴라가 비꼬는 투로 말했다. "그러냐. 그래도 머리를 염색하기로 작정했다면 적어도 좀 얌전한 색으로 했을 텐데. 초록색을 고르다니."

실의에 빠진 앤이 이렇게 항의했다. "머리카락을 초록색으로 염색하려던 건 아니었어요. 이왕 나쁜 짓을 하기로 마음먹었으면 어떤 목적은 있어야죠. 그 아저씨가 그랬단 말이에요. 까마귀처럼 아름다운 머리카락이 될 거라고요. 정말 그렇게 될 거라고 장담했어요. 그러니 제가 어떻게 그 말을 의심할 수 있었겠어요? 의심당하는 기분이 어떤 건지 제가 잘 안단 말이에요. 앨런 부인은 증거가 없다면 누구든 절대 의심해선 안 된다고 하셨어요. 그런데 지금은 증거가 생겼잖아요. 초록색 머리라니, 누구나 다 믿을 만한 증거죠. 하지만 그때는 증거가 없었으니까 아저씨가 하는 말을 무조건 믿을 수밖에 없었어요."

"누구? 지금 누구를 말하는 거니?"

"오늘 오후에 왔던 행상인 아저씨요. 그 아저씨한테서 염색약을 샀어요."

"앤 셜리, 내가 그런 이탈리아 행상인들 절대 집에 들이면 안 된다고 몇 번이나 말했잖니. 그 사람들을 절대 집으로 들여선 안 된다고!"

"집에 들이지 않았어요. 아주머니 말씀을 기억하고 제가 밖으로 나갔어요. 문도 제대로 닫았고요. 계단에서 아저씨 물건들을 구경했어요. 게다가 이탈리아 사람도 아니었어요. 유대인이었거든요. 재밌는 물건이 잔뜩 들어 있는 커다란 상자를 갖고 있더라고요. 독일에서 부인과 애들을 데려오고 싶어서 돈을 벌려고 열심히 일한다고 했어요. 너무 감정적으로 이야기하니까 제 마음이 흔들렸지 뭐예요. 뭐라도 좀 사서 아저씨를 돕고 싶다는 아주 고귀한 목적이 있었다고요. 그런데 갑자기 염색약 병이 눈에 확 띄었죠. 행상인 아저씨가 어떤 머리 색깔이라도 까마귀처럼 윤기 나는 검은색으로 염색되고 색도 빠지지 않는다고 했어요. 순식간에 제 머리카락이 윤기 나는 검은색이라면 어떨까 하는 생각이 들면서 유혹을 거부할 수 없더라고요. 하지만 염색약 가격이 75센트였는데 저한테는 달걀을 팔고 남은 돈이 50센트 밖에 없었어요. 아저씨가 제가 가진 돈을 보고는 50센트에 팔겠다고, 거저 주는 거나 마찬가지라고 말했을 때 참 마음씨가 고운 아저씨라고 생각했어요. 그래서 염색약을 샀고 아저씨가 사라지자마자 집으로 들어와서 설명서대로 낡은 머리빗으로 약을 발라봤어요. 한 병을 다 발랐어요. 마릴라 아주머니, 머리색이 끔찍한 걸 보고 제가 한 나쁜 짓을 얼마나 후회했는지 아세요? 그때부터 계속 후회하는 중이에요."

마릴라가 엄숙하게 말했다. "그래, 제대로 후회하길 바란다. 그리고 허영에 빠지면 무슨 일이 일어나는지 이제야 네가 알게 되었구나. 세상에나, 이걸 어쩌면 좋아. 우선 머리를 깨끗이 감아서 좀 빼낼 수 있는지 봐야겠다."

그래서 앤은 비누와 물로 세차게 머리카락을 비벼서 감아봤지만 달라진 거라고는 원래 색인 빨간색만 지저분해질 뿐이었다. 행상인이 다른 건 몰라도 염색약이 빠지지 않을 거라고 했던건 분명 사실이었다.

앤이 눈물을 흘리며 물었다. "흑, 마릴라 아주머니, 이제 전 어쩌면 좋아요? 이건 절대 그냥 넘길 수 있는 사건이 아녜요. 사람들이 진통제 케이크 사건이나 다이애나를 취하게 했던 일, 린드부인에게 성질부린 일 같은 다른 실수들은 금방 잊어버렸어요. 하지만 이건 절대 잊지 않을 거예요. 제가 고상하지 못한 애라고생각할 거예요. 마릴라 아주머니, '우리가 처음으로 남을 속이려들 때, 마치 거미줄처럼 얼마나 치밀하고 복잡하게 짜는가.' 이건 어떤 시에 나오는 말인데 제가 겪어보니 정말 사실이었네요. 조시 파이가 얼마나 비웃겠어요! 마릴라 아주머니, 개 얼굴을 도저히 볼 수가 없어요. 저는 프린스에드워드섬에서 가장 불행한소녀예요."

앤의 불행은 일주일 동안 계속되었다. 그동안 앤은 아무 데도안 가고 온종일 집에서 머리만 감았다. 이 치명적인 비밀을 알고있는 외부인은 다이애나 하나였지만 아무에게도 말하지 않기로엄숙히 맹세했고 분명히 말해두자면 다이애나는 약속을 잘 지켰다. 일주일의 마지막 날, 마릴라가 단호히 말했다.

"앤, 이건 어쩔 수 없다. 아주 제대로 염색이 된 모양이다. 머리카락을 잘라야겠어. 다른 방법이 없구나. 이런 색깔로 밖에 나갈 순 없다."

입술울 부들부들 떨던 앤은 마릴라의 말이 쓰디쓴 진실이라는 걸 알았다. 후회의 한숨과 함께 앤이 가위를 가지고 왔다.

"마릴라 아주머니, 그냥 얼른 자르고 끝내주세요. 아, 제 심장이 산산조각 난 거 같아요. 정말 낭만적이지 않은 고통이에요. 책에 나오는 소녀들은 열병으로 머리카락을 잃거나 좋은 일을 하려고 팔았다는데…… 저도 그런 일로 머리카락을 잃는 거라면 괜찮을 거 같아요. 하지만 끔찍한 색으로 염색했기 때문에 잘라야 한다니, 어떤 말로도 위로가 안 돼요. 아주머니만 괜찮으시다면 머리를 자르는 내내 좀 울어야겠어요. 이건 정말 비극이거든요."

앤은 눈물을 줄줄 흘렸다. 나중에 위층으로 올라가 거울을 볼 때는 절망감에 눈물도 마를 지경이었다. 마릴라는 앤의 머리카락을 최대한 짧게 단발로 쳐내야 했다. 아무리 좋게 표현하려 해도 잘 어울린다고 말하기 어려울 정도였다. 앤이 곧바로 벽 거울을 뒤집어 버렸다.

"머리가 자랄 때까지 다시는, 다시는 내 모습을 보지 않을 거야." 앤이 큰 소리로 말했다.

그러더니 갑자기 거울을 다시 바로 했다.

"아니야. 똑바로 볼 거야. 이렇게 나쁜 짓을 했으니 속죄해야
해. 방으로 갈 때마다 거울을 들여다보고 내가 얼마나 못생겼는
지 확인할 테야. 그리고 상상으로 꾸미지도 않을 거야. 내가 머
리카락에는 허영이 없는 줄 알았는데 생각해 보니 빨간색이었
어도 내 머리카락에 자만했던 거 같아. 아주 길고 숱도 많고 곱
슬머리였으니까. 다음에는 내 코에 무슨 일이 생길지도 몰라."

　다음 주 월요일, 앤의 단발머리는 학교에서 큰 관심을 끌었다.
다행히 앤이 머리를 자른 진짜 이유를 아무도 눈치채지 못했다.
심지어 조시 파이도 몰랐지만 앤에게 허수아비랑 똑 닮았다고
한마디 던지는 건 역시나 잊지 않았다.

　그날 저녁 두통이 생겨 소파에 누워 있던 마릴라에게 앤이 이
렇게 털어놓았다. "조시 파이가 그런 말을 했어도 받아치지 않았
어요. 그것도 제가 받아야 할 벌이라는 생각이 들어서 꾹 참았
죠. 허수아비 같다는 말을 들었는데 되받아치지 않는 건 힘든 일
이에요. 분한 마음을 간신히 삭였어요. 그냥 걔를 비웃듯 흘끗
쳐다본 다음, 용서했어요. 다른 사람을 용서하면 우쭐한 기분이
들잖아요. 그렇지 않나요? 이제부터는 착한 소녀가 되는 거에
모든 힘을 쏟을 작정이에요. 다시는 예뻐지려고 애쓰지 않겠어
요. 착한 사람이 되는 게 물론 더 좋은 거죠. 하지만 알면서도 가
끔 믿기 힘들 때가 있잖아요. 마릴라 아주머니와 앨런 부인, 스
테이시 선생님처럼 정말 선한 사람이 되고 싶고 그렇게 잘 커서

아주머니에게 공을 돌리고 싶어요. 다이애나가 제 머리카락이 좀 자라면 검은색 벨벳 끈으로 머리를 두르고 한쪽에 리본을 매면 아주 인기 있을 거 같대요. '리본 머리띠'라고 부르려고요. 참 낭만적인 이름이죠. 그런데 마릴라 아주머니, 제가 말을 너무 많이 하나요? 머리가 아프세요?"

"두통은 이제 괜찮다. 아까 오후에는 심했지만 말이다. 두통이 점점 더 심해지는구나. 의사에게 한번 가봐야겠다. 네 수다라면 신경 쓰이지 않는다. 이제는 너무 익숙해졌지."

이 말을 마릴라 식대로 표현하자면 듣기 좋다는 뜻이었다.

# 28
# 불쌍한 백합 아가씨

다이애나가 말했다. "앤, 당연히 네가 일레인*을 해야지. 아래로 떠내려가는 건 너무 무서워서 난 못 해."

루비 길리스는 몸을 바들바들 떨었다. "나도 못 해. 얕은 물 위에서 다 같이 앉아가는 건 괜찮아. 그건 재밌지. 그런데 누워서 죽은 척을 해야 한다니, 그건 정말 못 해. 무서워 죽을 거 같아."

제인 앤드루스가 결론을 내리듯 말했다. "물론 낭만적이기는 해. 하지만 나는 가만히 있지 못할 거야. 내가 어디쯤 왔나, 너무

* 알프레드 테니슨이 쓴 시, 「샬롯의 아가씨」에 나오는 인물이다.

멀리 떠내려가지 않았나, 일어나서 확인하려고 시도 때도 없이 버둥거릴 거야. 그러면 앤, 너도 알지. 연극에 아무런 도움도 안 되고 망치게 된다는 거."

앤은 침울해졌다. "하지만 빨강머리 일레인이라니 너무 웃기 잖아. 나는 떠내려가는 것도 안 무섭고 사실 일레인 역할도 하고 싶어. 하지만 나는 정말 아니야. 루비가 예쁘게 생겼고 머리도 길 고 금발이니까, 루비가 일레인을 해야 해. '일레인의 환한 금발 머리도 함께 떠내려갔네'라고 나오잖아. 그리고 일레인은 백합 아가씨였다고. 빨강 머리인 사람은 백합 아가씨가 될 수 없어."

다이애나가 앤에게 매달렸다. "앤, 네 피부도 루비 길리스처럼 하얘. 그리고 머리카락은 자르기 전보다 색이 훨씬 더 진해졌어."

금세 볼이 빨개진 앤은 기분이 좋아져서 소리를 질렀다. "어, 정말 그런 거 같아? 나도 머리색이 짙어진 거 같았지만, 아니라 고 할까 봐 불안해서 아무한테도 안 물어본 거거든. 이제 적갈색 이라고 해도 될 거 같아, 다이애나?"

"그래, 정말 예쁘다." 다이애나가 앤의 짧고 부드러운 곱슬머 리와 옆으로 산뜻하게 묶은 검은색 벨벳 리본을 감탄하듯 바라 봤다.

아이들은 과수원 비탈길 아래, 자작나무로 빙 둘린 연못에 섰 다. 연못에는 어부나 오리 사냥꾼이 사용하는 나무로 된 작은 나 루터가 있었다. 예전부터 루비와 제인은 한여름 오후 동안 다이애나와 놀곤 했는데 이제 앤도 함께 놀았다.

앤과 다이애나는 거의 여름 내내 연못 주변에서 시간을 보냈다. 자주 가던 '한적한 대자연'은 벌써 추억이 되었다. 봄의 어느 날, 벨 씨가 목초지를 둘러싸던 나무들을 무자비하게 베어버린 것이다. 앤은 남은 그루터기에 앉아 눈물을 뚝뚝 흘리면서도 그 상황이 낭만적이라는 생각은 빼놓지 않고 했다. 하지만 결국 다이애나가 이제 우리는 열세 살짜리 어엿한 소녀들이고 곧 열네 살이 되는데 소꿉장난 같은 유치한 놀이를 하기에는 너무 컸다고 앤을 위로했다. 또 연못가에서 할 수 있는 놀이가 더 많다며 앤을 설득했고, 덕분에 앤은 얼른 눈물을 그쳤다. 다리 위에서 송어를 잡는 건 정말 재미있었다. 베리 씨가 오리 사냥을 할 때 쓰는 작고 납작한 배를 타고 놀면서 노 젓는 법도 익혔다.

일레인을 연극으로 해보자는 건 앤의 생각이었다. 교육부에서 프린스에드워드섬에 있는 학교의 영어 수업 과정에 테니슨의 시를 넣었기 때문에 작년 겨울, 학생들은 학교에서 이 시를 공부했다. 시를 어찌나 깊이 분석하고, 해석하고, 갈기갈기 조각내서 공부했던지 아직 시 속에 어떤 의미가 남아 있다는 게 놀라울 정도였다. 하지만 적어도 아름다운 백합 아가씨, 랜슬롯, 귀네비어와 아서왕은 학생들에게 매우 현실감 있는 인물로 다가왔고 앤은 왜 자신이 카멜롯 마을에 태어나지 않았나 하고 혼자 억울해했다. 앤의 말에 따르면 그 시절이 현재보다 비교할 수 없이 낭만적이었기 때문이다.

앤의 제안은 열렬한 환호와 함께 시작되었다. 아이들은 연못가에 배를 띄우면 조류를 타고 다리 밑으로 흘러간 배가 하류 강기슭 쪽에서 저절로 멈출 것으로 생각했다. 종종 그렇게 가봤으니 일레인 연극을 하기엔 아주 적당했다.

앤은 어쩔 수 없이 뜻을 굽혔다. "알았어. 내가 일레인 할게." 주인공을 맡게 되었으니 기뻐야 마땅했지만 앤의 예술적 감각으로는 자신이 가진 신체적 특징 때문에 배역에 딱 들어맞지 않아 조금 꺼림칙했다. "루비, 네가 아서왕을 하고 제인이 귀네비어, 다이애나가 랜슬롯을 해. 하지만 처음에 형제와 아버지 역할을 먼저 해줘야 해. 내가 배에 누우면 두 명까진 못 타니까 말을 못하는 늙은 하인 역할은 빼야겠다. 아주 새까만 새마이트*를 배에 깔아야 하는데. 다이애나, 네 어머니의 낡은 검은색 숄이 딱 좋을 거 같아."

다이애나가 검은색 숄을 가져와 배 바닥에 깔았고 앤이 그 위에 누웠다. 그리고 두 눈을 꼭 감은 채 손을 가슴 위로 포갰다.

"어휴, 앤이 정말 죽은 사람처럼 보이네. 얘들아, 이렇게 보니까 더 겁난다. 이런 연극을 해도 괜찮은 걸까? 린드 부인이 이런 연극 놀이는 끔찍하게 사악한 짓이라고 했잖아." 루비 길리스가

* 금실과 은실을 섞어 짠 비단으로 부유층이 많이 사용한다.

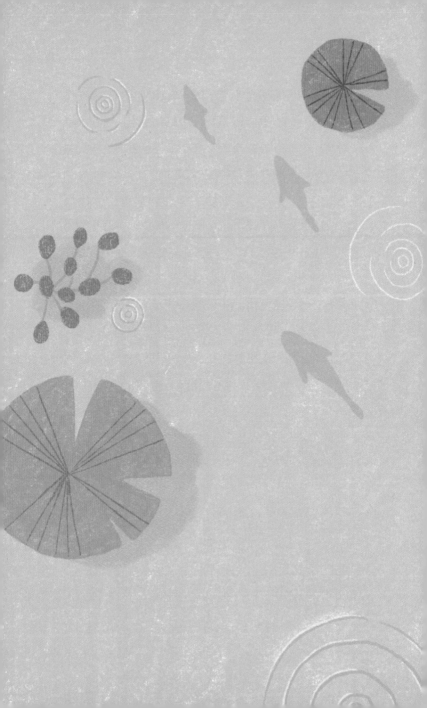

어른거리는 자작나무 그림자 아래 꼼짝도 않고 누워 있는 작고 하얀 얼굴을 보며 불안하다는 듯 속삭였다.

앤이 심각한 목소리로 말했다. "루비, 린드 부인 얘길 하면 안 돼. 이건 린드 부인이 태어나기 수백 년 전에 일어난 일인데, 분위기 다 망치잖아. 제인, 이제 네가 맡아서 좀 해줘. 일레인은 이미 죽은 상태인데 말하면 우스워지니까."

제인이 나서서 어려운 상황을 대처했다. 황금빛 덮개는 없었지만, 노란색 일본 비단으로 만든 낡은 피아노 덮개가 훌륭하게 그 자리를 대신했다. 흰 백합은 당장 구할 수 없었으나 기다란 파란색 창포꽃을 앤의 포갠 손 위에 올려놓으니 더는 바랄 게 없었다.

"자, 앤. 준비 다 되었어. 우리는 앤의 단정한 이마에 입을 맞춰야 해. 다이애나, 너는 '동생아, 영원히 안녕'이라고 말해. 루비, 너는 '안녕, 나의 사랑스러운 동생'이라고 해. 모두 최대한 슬프게 말해줘. 앤, 부탁인데 조금만 웃어주면 안 되겠니. 일레인이 '마치 미소를 띤 듯한 얼굴로 누워 있었다'라고 나오니까. 그래, 그게 더 낫다. 자, 배를 밀자."

배는 바닥에 오래 박혀 있던 말뚝을 거칠게 긁으며 나아갔다. 다이애나와 제인, 루비는 한참을 서서 앤을 태운 배가 조류를 타고 다리 쪽으로 잘 흘러가는지 확인했다. 그런 다음 날쌔게 달려 숲을 지나 길을 건넜다. 그리고 랜슬롯과 귀네비어, 아시 왕으로

서 백합 아가씨를 맞기 위해 하류 강가로 갔다.

몇 분간 앤은 배에 누운 채로 천천히 흘러가면서 자신의 낭만적인 상황을 한껏 즐겼다. 그런데 전혀 낭만적이지 않은 일이 일어났다. 배에 물이 차기 시작한 것이었다. 시간이 좀 흐르자, 일레인은 발을 이리저리 움직여 황금색 덮개와 새까만 새마이트 천을 주워들고 배 바닥에 생긴 커다란 구멍으로 말 그대로 물이 콸콸 들어오는 걸 멍하니 바라봐야 했다. 강 바닥에 있던 날카로운 말뚝 때문에 못으로 고정되어 있던 나무판이 뜯긴 탓이었다. 이 사실을 몰랐던 앤이지만 자신이 위험한 곤경에 처했다는 사실은 금방 깨달았다. 이런 속도라면 금세 배에 물이 찰 테고 하류에 닿기도 전에 가라앉을 것이었다. '노가 어디 있지? 이런, 나루터에 놔뒀잖아!'

앤이 소리쳤지만 아무도 듣지 못했다. 입술이 하얗게 질린 앤은 정신을 꽉 붙들어맸다. 기회는 단 한 번이었다. 단 한 번.

앤은 다음 날 앨런 부인에게 이렇게 말했다. "너무너무 무서웠어요. 배가 다리 쪽으로 떠내려가는데 물은 계속 차오르고 1분 1초가 정말이지 몇 년같이 느껴졌어요. 정말 진지하게 기도했어요. 하지만 눈을 감진 않았어요. 하느님이 나를 구하실 유일한 방법은 배가 다리 기둥에 가까이 갔을 때, 제가 기둥으로 뛰는 거였거든요. 기둥도 오래된 나무 기둥이라서 옹이도 많고 잘리다 만 나뭇가지도 많았어요. 제대로 기도해야 했지만 두 눈을 부릅뜨고 제가 할 일을 똑바로 해야 했죠. 계속 이렇게만 기도했어요. '하느님 아버지, 배를 기둥에 바짝 붙여주세요. 그러면 나머지는 제가 다 하겠습니다.' 그런 상황에서 기도를 멋지게 드려야 한다는 생각은 별로 들지 않았어요. 하지만 제 기도는 응답을 받았답니다. 배가 기둥에 바짝 다가가는 순간, 저는 천과 숄을 어깨에 두르고 커다란 나뭇가지로 잽싸게 올라갔어요. 아, 앨런 부인. 그 미끄러운 낡은 기둥에 매달려서 올라갈 수도 내려갈 수도 없는 채로 있었어요. 아주 낭만적이지 않은 자세였죠. 하지만 그 때는 그런 생각도 안 들더라고요. 익사하기 직전이었다가 간신히 살았는데 낭만에 대해 생각했겠어요? 즉시 감사하다는 기도를 드린 후 기둥을 꽉 잡는 데만 온 정신을 집중했죠. 다른 사람의 도움 없이는 땅으로 갈 수 없단 걸 알았거든요."

배는 나무다리 아래를 지나 강 가운데로 흐르더니 곧 가라앉고 말았다. 이미 하류 강가에 도착해서 앤을 기다리고 있던 루비, 제인, 다이애나는 바로 눈앞에서 배가 가라앉는 걸 보고 틀림없이 앤도 함께 가라앉았을 거라고 생각했다. 순간 아이들은 꼼짝도 하지 않고 종잇장처럼 하얗게 질려서 공포로 얼어붙었다. 그런 다음 목청껏 비명을 지르며 숲을 통과해 미친 듯이 뛰었다. 나무다리가 있는 방향은 아예 쳐다보지도 않고 큰길을 가로질러 갔다. 앤은 위험천만한 기둥 끝에 죽기 살기로 매달려 있으면서도 친구들의 비명소리를 들을 수 있었다. '곧 도움의 손길

이 오겠구나.' 하지만 앤의 자세는 매우 불안했다.

몇 분밖에 지나지 않았지만 이 불쌍한 백합 아가씨에게 1분, 1분은 마치 한 시간과도 같았다. '왜 아무도 안 오지? 애들은 다 어디로 간 거야? 전부 기절해 버린 거 아닐까? 아무도 안 오면 어떡하지? 너무 힘들어져서 몸에 쥐가 나면? 그래서 더는 버티지 못하게 되면 어떻게 하지!' 앤은 달달 떨면서 발밑으로 흐르는 사악한 초록빛 물속을 들여다보았다. 앤은 자신에게 일어날 수 있는 섬뜩한 일들을 줄줄이 상상했다.

그때였다. 앤이 팔과 손목의 통증을 더는 못 견디겠다고 생각하던 바로 그 순간, 길버트 블라이드가 하몬 앤드루스의 배를 타고 나무 아래로 노를 저어오는 게 아닌가!

길버트는 무심코 고개를 들고 위를 쳐다보았다. 그는 경멸에 찬 눈빛이면서도 겁을 잔뜩 먹은 표정으로 자신을 쳐다보는 작고 하얀 얼굴을 보고 깜짝 놀랐다.

길버트가 소리쳤다. "앤 셜리! 도대체 거기엔 어떻게 간 거야?"

그러고는 대답도 기다리지 않고 얼른 기둥으로 배를 가까이 대고 손을 뻗었다. 다른 방법이 없었다. 앤은 길버트 블라이드의 손에 매달려 재빨리 배로 내려왔다. 앤은 물이 뚝뚝 흐르는 숄과 비단 천을 손에 들고 배 끝에 앉았다. 흙투성이에다가 화가 난 상태였다. 이런 상황에서 위엄을 세우기란 굉장히 어려운 일이었다!

길버트가 노를 집었다. "앤, 무슨 일이 있었던 거야?" 앤은 구해준 사람을 쳐다보지도 않고 냉랭하게 설명했다. "우린 일레인 연극을 하고 있었어. 그러다가 배를 타고 카멜롯까지 바지선을 타고 떠내려가야 했는데. 아니 배, 그냥 배를 타고. 아무튼, 배에 물이 차기 시작해서 기둥으로 올라간 거야. 여자애들이 도움을 청하러 갔어. 나를 강기슭에 데려다줄래?"

길버트는 친절하게 강기슭으로 노를 저었다. 앤은 길버트의 손길을 무시하고 땅으로 폴짝 뛰어내렸다.

"정말 큰 신세를 졌어." 앤은 뒤로 돌며 건방지게 말했다. 하지만 길버트도 배에서 뛰어내리더니 앤의 팔을 잡았다.

길버트가 빠른 속도로 말했다. "앤, 잠깐 봐봐. 우리 사이좋게 지내면 안 될까? 내가 저번에 머리카락으로 놀려서 정말 미안해. 너를 화나게 할 의도는 없었고 농담으로 했던 말이었어. 게다가 아주 오래전이고 말이야. 이제는 네 머리카락이 아주 예쁘다고, 진심으로 그렇게 생각해. 우리 친구로 지내자."

순간 앤은 망설였다. 분노로 마음이 들끓었지만, 처음으로 길버트의 연갈색 눈동자에서 수줍지만 진심을 말하는 선한 기운이 느껴졌다. 이상하게도 앤의 심장이 콩닥콩닥 뛰었다. 하지만 오래 묵은 상처는 이내 흔들리던 앤의 마음을 빳빳하게 다잡았다. 2년 전 기억이 다시 떠올랐고 그 장면은 마치 어제 일처럼 생생했다. 길버트는 앤을 '홍당무'라고 불러 전교생 앞에서 망신을 줬다. 다른 사람들이나 나이 든 사람이라면 웃어넘겼을 만한 일이지만, 시간이 지났어도 앤의 분노는 전혀 누그러지지 않았다. 앤은 길버트 블라이드를 증오했다! 절대 용서하지 않을 것이다!

앤이 차갑게 말했다. "아니. 길버트 블라이드, 나는 너랑 절대 친구가 될 수 없어. 친구로 지내기 싫어!"

화가 난 길버트는 붉으락푸르락 달아오른 얼굴을 한 채 배로 뛰어들었다. "알았어! 앤 셜리, 다시는 친구로 지내자고 하지 않을게. 나도 이젠 신경 안 써!"

길버트는 거칠게 노를 저었고 앤은 단풍나무 아래 고사리가 핀 좁고 가파른 길을 올랐다. 머리를 당당히 치켜들었지만 왜 그런지 후회라는 감정이 밀려왔다. '길버트에게 다르게 대답할걸' 하는 생각마저 들었다. 물론 오래 전 일이었지만 길버트는 앤에게 망신을 톡톡히 주었다. '하지만 그래도 그렇지!' 앤은 주저앉아 한바탕 울고 나면 마음이 풀릴 거 같았다. 더구나 위험한 상황에서 몸에 경련이 날 정도로 꽉 매달리고 났더니 온몸에 맥이 탁 풀렸다.

오솔길을 반쯤 걸어가자 정신이 반쯤 나간 상태로 연못 쪽으로 뛰어오던 제인과 다이애나를 만날 수 있었다. 그동안 제인과 다이애나는 과수원 비탈길로 달려가 다이애나의 부모님을 찾았지만 이미 외출 중이라 만날 수가 없었다. 루비 길리스는 제정신이 아니어서 좀 진정하라고 놔두고, 제인과 다이애나는 또다시 '유령의 숲'을 지나 초록 지붕 집으로 향했다. 하지만 마릴라는 카모디에 갔고 매슈는 뒤쪽에 있는 들판에서 건초를 만들고 있었기에 아이들은 결국 아무도 만나지 못했다.

"아, 앤!" 숨이 턱 막힌 다이애나가 앤의 목을 와락 끌어안고 안도와 기쁨의 눈물을 흘렸다. "앤, 우리는…… 우리는 네가…… 물에 빠져 죽은 줄 알았어. 우리가 살인자가 된 기분이었어. 우리가, 너보고 일레인을 하라고 했잖아. 그리고 루비는 지금 제정신이 아니야. 아, 앤, 어떻게 탈출했니?"

앤이 힘없이 설명했다. "다리 기둥에 매달려 있었어. 그리고 길버트 블라이드가 앤드루스의 배를 타고 와서 땅으로 데려다줬어."

드디어 숨을 돌린 제인이 말했다. "아, 앤. 얼마나 멋지니! 정말 낭만적이다! 이제 너도 길버트랑 말을 하겠구나."

앤은 다시 정신을 차리고 쏜살같이 말했다. "절대 아니야. 그리고 제인 앤드루스, 다시는 '낭만'이라는 단어를 쓰지 말아줘. 너희를 겁먹게 해서 정말 미안해. 다 내 잘못이야. 난 정말 불운을 타고났나 봐. 무슨 일이든 내가 하면 소중한 친구들이나 나 자신을 곤경에 빠트리니까. 다이애나, 네 아버지의 배를 잃어버렸어. 앞으로 다시는 연못에서 배를 못 타게 하실 거라는 예감이 들어."

앤의 예감은 평소보다 더 잘 들어맞았다. 이날 오후의 일이 알려지자 베리 씨네와 커스버트 씨네 집 식구들은 기절할 정도로 놀랐다.

마릴라가 신음 소리를 냈다. "앤, 언제쯤이면 철이 들거니?"

"마릴라 아주머니, 이제는 철이 들 거 같아요." 앤의 목소리는 평소처럼 밝았다. 동쪽 다락방에서 혼자 실컷 울고 나자 마음이 편안해져서 다시 평소의 명랑한 모습으로 돌아올 수 있었다. "그리고 확실한 건요. 앞으로 저는 옳고 그른 걸 잘 판단할 수 있을 거에요."

"도대체 무슨 말이니?"

앤이 설명했다. "오늘 귀중한 새 교훈을 얻었어요. 제가 초록지붕 집에 살면서 실수를 참 많이 저질렀잖아요. 그럴 때마다 단점을 고칠 수 있었어요. 자수정 브로치 사건으로 남의 물건을 만지작거리는 버릇을 고쳤고요. '유령의 숲' 사건으로 상상력을 잘못 사용하면 안 된다는 걸 배웠죠. 진통제 케이크 사건은 요리할 때 덜렁대던 습관을 고치게 해줬고, 머리 염색 사건으로 허영심을 버려야 한다는 걸 깨달았어요. 이제는 머리카락이랑 코는 제 관심사가 아니랍니다. 적어도 이제는 고민거리가 아니라고 말씀드릴 수 있겠네요. 그리고 오늘 실수를 통해서는 지나치게 낭만적일 필요는 없다는 걸 알게 됐어요. 에이번리에서 낭만을 찾으려고 애쓰는 건 정말 쓸데없는 짓이라는 결론을 내리게 됐거든요. 수백 년 전 탑이 우뚝 솟아 있던 카멜롯이었다면 낭만적으로 사는 게 식은 죽 먹기였을 테지만, 지금은 그게 중요한 게 아니더라고요. 마릴라 아주머니, 오늘 사건 이후로 저의 행동이 대단히 좋아질 거라고 장담해요."

그러나 마릴라는 회의적으로 고개를 저으며 말했다. "나도 정말로 그런 확신이 드는구나."

마릴라가 나가자 구석에 말없이 앉아 있던 매슈가 앤의 어깨에 손을 올리더니 수줍게 속삭였다. "앤, 낭만을 다 포기하진 말아라. 조금 남겨두는 건 어떻겠니? 많이는 아니더라도 물론…… 앤, 조금만. 조금은 남겨두렴."

# 29
## 앤의 인생 전환점

앤은 집 뒤쪽 목초지에서 '연인들의 오솔길'을 따라 소 떼를 몰고 집으로 오고 있었다. 9월 저녁, 나무 사이의 틈새와 공터는 온통 루비 빛깔의 석양으로 물들었다. 오솔길 여기저기도 석양으로 반짝이긴 했지만 대부분 단풍나무 아래 그림자를 차분히 드리웠다. 전나무 밑으로 맑은 포도주처럼 보라색 땅거미가 깃들었고 나무 위로 바람이 솔솔 불었다. 전나무 위에서 불어오는 저녁 바람 소리보다 더 아름다운 소리는 지구상에 없었다.

한가로운 소들은 오솔길을 어슬렁거리며 내려갔고 앤은 지난 겨울 영어 시간에 배웠던 장편 전쟁시 「마미온」을 큰 소리로 외우며 꿈을 꾸듯 소 떼를 따라갔다. 스테이시 선생님은 아이들에게 시를 외우게 했다. 앤은 시의 클라이맥스 부분으로 치달으며 상상 속에서 마치 창이 챙챙 하고 부딪히는 소리가 들린다는 듯 열정적으로 외쳤다.

뛰어난 창잡이는 견고한 나무창으로
여전히 단단히 버티고 서 있다네

앤은 시의 절정을 느끼며 두 눈을 감고 걸음을 멈췄다. 더욱 실감나게 상상 속 영웅으로 몰입하기 위해서였다. 그러다 눈을 뜨니 다이애나가 베리 씨네 들판으로 통하는 문을 빠져나오는 게 보였다. 표정이 어찌나 심각해 보였던지 앤은 다이애나에게 무슨 일이 생겼음을 직감했다. 그래도 지나치게 호들갑을 떨며 물어보진 말자고 다짐했다.

"다이애나, 이런 저녁이라니, 마치 보랏빛 꿈을 꾸는 거 같지 않니? 살아 있어서 기쁘다고 생각하는 중이었어. 아침에는 아침이 최고로 아름다운 거 같은데 저녁이 되면 저녁이 더 아름다운 거 있지."

다이애나가 말했다. "그래, 정말 아름다운 저녁이야. 하지만 앤, 굉장한 소식이 있어. 한번 맞춰볼래? 세 번의 기회를 줄게."

앤이 외쳤다. "샬럿 길리스가 드디어 교회에서 결혼식을 올리는데 앨런 부인이 우리보고 교회를 꾸며달라고 했어."

"틀렸어. 샬럿의 애인이 싫다고 했대. 아직 교회에서 결혼식을 올린 사람이 한 명도 없어서 너무 장례식처럼 보일 거라나. 너무 교양 없는 말 아니니. 교회에서 결혼식을 올린다면 정말 멋있을 텐데. 다시 맞춰봐."

"제인의 어머니가 생일 파티를 열게 해준대?"

다이애나가 재미있다는 듯 검은 눈동자를 반짝이며 고개를 저었다.

앤이 실망했다. "뭔지 모르겠는데. 아니면 무디 스퍼전 맥퍼슨이 어젯밤에 네가 기도 모임을 끝내고 집에 가는 걸 본 거야. 그랬니?"

다이애나가 자존심이 상한다는 듯 외쳤다. "아니야. 설령 그 끔찍한 녀석이 그랬더라도 그게 자랑할 일은 아니지! 네가 못 맞출 줄 알았어. 무슨 일이냐면, 오늘 어머니가 조세핀 할머니한테 편지를 받았는데 할머니가 너랑 나랑 다음 주 화요일에 샬럿타운으로 오랬다는 거야. 박람회에 같이 가자고 하셨대. 자, 어때!"

앤은 단풍나무에 몸을 기대야만 했다. 그리고 조용히 이렇게 말했다. "아, 다이애나. 그게 정말이니? 하지만 마릴라 아주머니는 허락 안 해주실 거야. 그렇게 나다니는 걸 나쁘다고 생각하셔. 지난주에도 그러셨어. 제인이 화이트샌즈 호텔에서 미국인

들이 발표회를 연다면서 마차를 타고 함께 가자고 했거든. 나는
가고 싶다고 했지만 아주머니는 내가 집에서 공부나 하는 게 더
나을 거라고 하셨어. 다이애나, 내가 얼마나 실망했는지 아니?
자기 전에 기도하고 싶은 생각조차 안 들 정도로 마음이 아프더
라. 하지만 한밤중에 일어나서 회개하고 다시 기도했어."

다이애나가 말했다. "내가 약속할게. 어머니보고 마릴라 아주
머니에게 잘 말씀드려 달라고 할게. 그러면 아주머니도 허락하
실 거야. 그러면 앤, 우린 인생 최고의 시간을 보내게 될 거야.
나 박람회에 가본 적이 없단 말이야. 다른 애들이 갔다 왔다고
이야기하는 걸 들으면 얼마나 약 오르던지. 제인이랑 루비는 두
번이나 갔고 올해도 또 간다잖아."

앤이 단호히 말했다. "나는 내가 갈 수 있을지 없을지 알게 될
때까지 박람회 생각은 전혀 하지 않겠어. 괜히 기대했다가 실망
할 테고 그러면 내가 감당하기 힘들 정도로 슬플 테니까. 하지만
갈 수 있게 되면 그때쯤엔 내 새로운 코트가 다 만들어질 거 같
아서 정말 기쁠 거야. 마릴라 아주머니는 나한테 새 코트가 필요
없다고 하셨지만 말이야. 입고 있던 코트를 내년 겨울에도 충분
히 입을 수 있다면서 새 원피스를 받은 거로 만족해야 한다고
하셨지. 다이애나, 그 원피스 진짜 예쁘다. 짙은 파란색이라 되
게 멋쟁이처럼 보여. 이제 마릴라 아주머니는 내 원피스를 한창
유행하는 모양으로 만들어주셔. 매슈 아저씨가 또 린드 부인한

테 달려가서 내 옷을 만들어달라는 말을 못 하게 할 작정이래. 나야 너무 신나지 뭐. 유행하는 옷을 입으면 착한 아이가 되는 게 그렇게 쉬울 수가 없어. 적어도 나는 그래. 아마 타고나길 착하게 태어난 사람은 별 차이를 못 느끼겠지만. 어쨌든 매슈 아저씨가 나한테 새 코트가 필요하다고 우기신 거야. 그래서 마릴라 아주머니가 예쁜 파란색 브로드 천을 사오셨어. 카모디에 있는 진짜 재봉사가 만들어준대. 토요일 밤에 완성된다고 했어. 그래서 내가 새 옷과 새 모자로 단장하고 주일날 교회 복도를 걸어가는 모습을 상상하지 않으려고 요즘 얼마나 애쓰는지 아니? 그런 상상을 하는 건 바람직하지 않은 거 같아 좀 꺼림칙하거든. 하지만 안 하려고 해도 그냥 저절로 쑥 떠오르는 거 있지. 모자도 엄청 예쁜 거로 샀어. 매슈 아저씨가 카모디에 갔던 날 사주신 거야. 지금 대유행인 황금색 끈하고 꽃술이 달린 파란 벨벳 모자야. 다이애나, 네 새 모자도 정말 우아하고 잘 어울리더라. 지난 주일에 그 모자를 쓴 너를 봤을 때 저 아이가 내 마음의 친구라니 어찌나 자랑스러운지 진짜 뿌듯하더라니까. 그런데 내가 옷에 신경 쓰는 게 나쁜 걸까? 마릴라 아주머니는 아주 죄스러운 생각이래. 하지만 옷 이야기는 너무 재미있는걸!"

마릴라는 앤이 샬럿타운으로 가는 걸 허락했다. 베리 씨가 다음 주 화요일에 아이들을 직접 데리고 가기로 했다. 샬럿타운은 거의 50킬로미터 거리였고 베리 씨는 아이들을 데려다주고 그날 바로 집으로 돌아와야 해서 아침 일찍 출발해야 했다. 하지만 앤에게는 그마저도 즐거운 일이었기 때문에 화요일 아침, 해가 뜨기도 전에 일어났다. 창문을 흘긋 보니 날씨는 분명 화창할 것 같았다. '유령의 숲'의 전나무 뒤로 펼쳐진 동쪽 하늘은 온통 은빛으로 구름 한 점 없었다. 나무 사이로 보이는 과수원 비탈길의 서쪽 지붕에도 빛이 반짝이는 걸 보니 다이애나도 역시 일어난 게 틀림없었다.

앤은 매슈가 불을 피울 즈음 옷을 다 입고 내려왔고, 마릴라가 내려왔을 땐 이미 아침 식사를 모두 차려놓은 후였다. 하지만 막상 자신은 너무 흥분해서 잘 먹지 못했다. 식사가 끝나자 앤은 상큼한 새 모자와 코트를 입고 개울로 뛰어가 과수원 비탈길의 전나무로 향했다. 베리 씨와 다이애나가 앤을 기다리고 있었고 세 명은 곧 길을 떠났다.

먼 길이었지만 앤과 다이애나는 매 순간이 즐거웠다. 추수 끝낸 들판 위로 슬금슬금 퍼지던 이른 붉은 햇살이 촉촉한 도로까지 비추는 것을 지켜보며 달그락거리는 마차를 타는 일은 즐거운 경험이었다. 공기는 신선하고 상쾌했으며 연기처럼 푸른 안개는 계곡을 넘어 언덕으로 두둥실 흘러갔다. 마차는 여기저기 주황색 깃발을 뽐내기 시작한 단풍나무 숲을 지났다. 어떨 때는 강 위의 다리를 지나면서 앤은 흥분과 공포로 뒤섞이기도 했다. 항구가 있는 해안 도로를 따라 달릴 때도 있었고 비바람에 빛바랜 낚시꾼들의 오두막이 옹기종기 모인 곳을 지나기도 했다. 굽이굽이 펼쳐진 고원이나 파란 하늘 아래 안개로 휘덮인 언덕을 오르기도 했다. 하지만 어떤 길을 가건 흥미로운 얘깃거리가 넘쳐났다. 샬럿타운에 도착해서 너도밤나무 집으로 가는 길을 찾았을 때는 거의 정오였다. 조세핀 할머니의 너도밤나무 집은, 초록빛 느릅나무와 가지를 쭉 뻗은 너도밤나무가 피어 있는 길에서 뒤로 멀찍이 떨어져 있는 고풍스러운 저택이었다. 할머니가 검은 눈동자를 날카롭게 반짝이며 문 앞으로 나와 소녀들을 맞았다.

"앤, 드디어 네가 나를 보러왔구나. 세상엔, 이렇게나 컸니! 분명히 나보다 클 거야. 얼굴도 옛날보다 아주 예뻐졌고. 하지만 넌 내가 말하지 않아도 이 사실을 분명 알고 있겠지."

앤이 발랄하게 말했다. "아니요, 정말 몰랐어요. 예전처럼 주근깨가 많지 않다는 건 알고 있었지만요. 정말 감사한 말씀이지만 제가 더 예뻐졌다는 생각은 감히 하지 않았어요. 조세핀 할머니, 그렇게 생각해 주시다니 감사합니다!"

나중에 앤이 마릴라에게 했던 설명에 따르면 조세핀 할머니의 집은 굉장히 호화로운 가구들로 가득했다. 시골 소녀들은 조세핀 할머니가 점심 식사를 확인하러 나가자 응접실의 웅장함에 기가 눌릴 지경이었다.

다이애나가 속삭였다. "딱 궁전 같지 않니? 나도 조세핀 할머니 집에 처음 와봤는데 이렇게 으리으리할 줄 몰랐어. 줄리아 벨이 이 응접실을 봐야 하는데. 자기네 응접실이 굉장하다고 그렇게 잘난 척을 했는데."

앤이 늘어지게 한숨을 뱉었다. "벨벳 카펫. 실크로 된 커튼이야! 다이애나, 난 이런 응접실을 늘 꿈꿔왔어. 그런데 믿을 수 없게도 마음이 편하거나 좋지가 않네. 이 방에는 멋진 물건이 수두룩하고 전부 다 너무 화려해서 상상할 수 있는 여지가 많지 않아. 이럴 땐 가난한 게 위안이 된단 말이지. 상상할 수 있는 게 훨씬 더 많거든."

샬럿타운에서 지냈던 일은 앤과 다이애나에게 오랫동안 소중한 추억으로 남았다. 첫날부터 마지막 날까지 즐거움으로 꽉 들어찬 나날들이었다.

수요일, 조세핀 할머니는 두 소녀를 박람회장으로 데리고 가 온종일 구경시켜 주었다.

앤은 나중에 마릴라에게 이렇게 설명했다. "어마어마하더라고요. 그렇게 흥미로울 거라고는 상상도 못 했어요. 제일 재미있었던 전시관을 하나만 꼽을 수가 없을 정도예요. 말이랑 꽃, 수공예 전시가 제일 좋았어요. 참, 그리고 조시 파이가 편물 레이스 뜨기로 1등 상을 받았어요. 조시를 진심으로 축하해 줬죠. 제가 진심으로 기뻐할 수 있다니 저 자신이 성장한 거 같아 좋더라고요. 그렇게 생각하지 않으세요, 아주머니? 그리고 해먼드 앤드루스 씨가 그라벤슈타인 사과 부문에서 2등 상을 받았고 벨 씨가 우수한 돼지 부문에서 1등을 하셨어요. 다이애나는 주일학교 장로님이 돼지를 잘 키웠다고 상을 받으니까 좀 우습다고 했지만 전 잘 모르겠던데요. 아주머니는 뭐가 웃긴지 아시겠어요? 다이애나는 벨 장로님이 엄숙하게 기도할 때마다 이게 생각날 거 같다고 했어요. 어쨌든 클라라 루이스 맥퍼슨은 그림 부문에서 상을 받았고 린드 부인은 집에서 만든 버터와 치즈로 1등을 하셨어요. 그러니까 에이번리가 꽤 잘했죠? 그날 린드 부인이 거기계셨는데 모르는 사람들 천지에서 아는 얼굴이 보이니까 제가린드 부인을 얼마나 좋아하는지 알게 됐어요. 사람이 수천 명은되는 것 같았어요. 그러니까 좀 위축되더라고요. 그다음에는 조세핀 할머니가 경주마를 보여주신다며 다 같이 야외 관람석으로 갔어요. 린드 부인은 혐오스러운 스포츠라며 안 가시더라고요. 경마를 멀리하는 게 교회 신도로서 훌륭한 본보기가 된다면서요. 그래도 경마장에 사람들이 너무 많아서 린드 부인이 안 오신 게 티도 안 났어요. 어쨌든 저는 경마장에 자주 가지 말아야할 거 같아요. 왜냐하면 진짜 환상적으로 재밌거든요. 다이애나가 너무 흥분해서 빨간 말이 이길 거 같다며 10센트를 걸겠다고했어요. 저는 빨간 말이 이길 거 같지 않아서 돈을 안 걸었어요. 게다가 나중에 앨런 부인에게 있었던 일을 다 말씀드릴 건데 내기했다는 말은 차마 못 할 거 같았거든요. 목사님 부인에게 털어놓지 못할 일이라면 그건 틀림없이 잘못된 일이죠. 그렇지 않을까요? 목사님 부인과 친하게 지내니까 양심이 하나 더 생긴 거 같아 좋아요. 그리고 돈을 안 걸어서 정말 다행이었어요. 빨간 말이 진짜 우승했거든요. 빨간 말이 아닌 다른 말에 걸었다면 10센트를 날릴 뻔했지 뭐예요. 착한 일이 그 자체로 보상인 셈이었어요. 열기구 풍선을 타고 하늘로 올라가는 사람도 봤어요. 저도 타보고 싶었어요. 정말 온몸에 전율이 흐르겠죠. 그리고 운세를 보는 사람도 있더라고요. 10센트를 내면 작은 새가 운세를 뽑아주는 거예요. 조세핀 할머니가 다이애나와 저에게 10센트씩 주셔서 저희도 운세를 알아봤어요. 저는 아주 부자에다 피부가 거무스름한 남자와 결혼해 해외로 나가서 살게 된대요. 그래서 지나다니는 사람들 중에 피부색이 짙은 남자를 발견하면 유심히 살펴봤죠. 하지만 마음에 드는 사람은 하나도 없더라고요. 어쨌든 지금 결혼할 사람을 찾는 건 너무 이르니까요. 아, 정말 평생 잊지 못할 하루였어요. 마릴라 아주머니. 너무 피곤하니까 밤에 잠도 잘 안 오던데요. 조세핀 할머니가 약속하신 대로 저희를 손님방에서 재워주셨어요. 아주 우아한 방이었지만 어째서인지 손님방에서 자는 게 생각만큼 좋진 않았어요. 자란다는 게 안 좋은 거더라고요. 어렸을 때는 그렇게 간절히 원했던 건데 막상 손에 들어오니까 기대했던 거에 절반만큼도 좋지 않더라고요."

목요일, 앤과 다이애나는 마차를 타고 공원을 돌았고 저녁때는 조세핀 할머니가 유명한 프리마돈나가 공연하는 음악회에 데려가 주었다. 앤에게 그날 저녁은 기쁨의 빛으로 반짝이는 환상의 세계였다.

"마릴라 아주머니, 말로 표현이 안 돼요. 너무 흥분해서 제가 아무 말도 못 했다니까요. 어땠는지 아시겠죠? 황홀해서 조용히 입을 다문 채로 그냥 앉아만 있었어요. 마담 셀리츠키는 완벽하게 아름다웠고 하얀 새틴 옷에 다이아몬드를 걸쳤더라고요. 노래를 시작하자 더는 아무런 생각도 안 들었어요. 아휴, 어떤 느낌이었는지 설명할 수가 없네요. 하지만 착한 아이가 되는 게 더 이상 어려운 일 같지 않더라고요. 별을 올려다보는 것처럼 쉬울 거 같았어요. 눈물이 주르륵 흘렀지만 그건 행복의 눈물이었어요. 공연이 끝나자 너무 아쉬워서 조세핀 할머니에게 물었어요. 도대체 어떻게 일상으로 돌아가야 할지 모르겠다고요. 할머니는 길 건너 음식점에 가서 아이스크림을 먹으면 도움이 될 거라고 하셨죠. 그 말이 얼마나 밋밋하고 멋없게 들렸는지 아세요? 하지만 놀랍게도 그 말은 사실이었어요. 진짜 맛있는 아이스크림을 먹으면서, 그것도 밤 11시에 음식점에 앉아 있으니 행복하고 자유로운 기분이 들었어요. 다이애나는 도시에서 사는 삶이 자기한테 딱 맞대요. 조세핀 할머니가 너는 어떠냐고 하셔서 제 생각을 말씀드리기 전에 진지하게 생각해 보겠다고 말씀드렸어요. 그래서 침대에 누워서 생각해 봤죠. 그때가 고민하기에 최고로 좋은 시간이거든요. 마릴라 아주머니, 그래서 결론을 내렸어요. 저와 도시의 삶은 맞지 않는 거 같아요. 그렇게 생각하고 나니 마음이 편안하던데요. 가끔 밤 11시에 근사한 음식점에서 아이스크림을 먹는 것도 나쁘진 않아요. 하지만 저는 밤 11시에 동쪽 다락방에서 깊이 잠들어 있는 일상이 더 좋아요. 밖에 별이 빛나고 있고, 바람이 개울 너머 전나무 숲에서 불어온다는 것을 자면서도 생각하는 거죠. 그래서 다음 날 아침 식사 때 조세핀 할머니에게 그렇게 말씀드렸더니 웃으시더라고요. 할머니는 제가 무슨 말만 하면 웃으세요. 심지어 아주 심각한 말을 해도요. 딱히 기분이 좋진 않아요. 제가 웃기려고 그런 말을 한 건 아니거든요. 하지만 할머니는 제가 만난 사람 중 제일 친절한 분이시고 누구보다 가장 정중한 태도로 저희를 대해주신답니다."

금요일이 되어 집에 갈 시간이 되자 조세핀 할머니가 아이들을 마차에 태웠다.

"자, 즐거운 시간이었길 바란다." 조세핀 할머니가 작별 인사를 했다.

다이애나가 말했다. "정말 즐거웠습니다."

"앤 소녀, 너는 어땠니?"

앤은 "모든 순간이 즐거웠어요"라고 말하고는 갑자기 늙은 할머니의 목을 팔로 껴안고 주름진 볼에 입을 맞췄다. 한번도 그래본 적이 없던 다이애나는 앤의 자유로운 행동에 깜짝 놀랐다. 하지만 조세핀 할머니는 기뻤다. 그녀는 베란다에 서서 마차가 사라질 때까지 바라보다가 한숨을 내쉬며 싱그러운 아이들의 빈자리가 느껴지는 커다란 저택으로 들어갔다. 정확히 말하자면 조세핀 할머니는 이기적인 노인이었고 남에게는 관심도 없는 그런 사람이었다. 자신에게 도움이 되거나 자신을 즐겁게 해주는 사람만 중요하게 여겼다. 결과적으로 앤이 그녀를 즐겁게 해주니 그녀에게 높은 호감을 산 것이다. 하지만 조세핀 할머니는 자신이 앤의 기발한 이야기보다는 풋풋한 열정, 솔직한 감정 표현, 귀여운 행동, 그리고 눈과 입술의 깜찍함을 더 많이 좋아한다는 걸 깨달았다.

할머니는 혼잣말로 이렇게 중얼거렸다. "마릴라 커스버트가 고아원에서 여자애를 입양한단 말을 들었을 때 웬 저런 늙은 멍청이가 있나 그랬거늘. 하지만 그건 실수가 아니었어. 앤 같은 아이가 집에 있으면 나라도 마음씨가 고와지고 더 행복할 거 같군."

앤과 다이애나는 집으로 돌아가는 길도 왔던 길처럼 즐거웠다. 아니, 사실 더 즐거웠다. 이제 모든 게 끝났고 돌아갈 집이 있다는 생각이 들었기 때문이다. 화이트샌즈를 지날 때는 해안가 도로가 석양에 붉게 물들었다. 그 너머로 에이번리 언덕이 샛노란 하늘과 대비를 이루면서 어둑하게 솟았다. 뒤쪽으로는 바다 위에 두둥실 떠 있는 달이 아름답게 빛났다. 굽이진 도로를

따라가면 만나게 되는 작은 만에서 잔물결이 춤을 추듯 경이로운 장관을 연출했다. 저 아래에는 파도가 바위에 철썩철썩 부딪쳤고 상쾌한 바람이 바다의 싸한 냄새를 실어왔다.

앤이 숨을 크게 쉬었다. "아, 내가 이렇게 살아 있다는 것도, 집에 간다는 것도 참 좋다."

개울에 놓인 나무다리를 건너자 초록 지붕 집 부엌에서 앤을 환영하는 불빛이 다정하게 반짝였다. 열린 문틈으로 붉은 난롯불이 싸늘한 가을밤을 가로질러 온기를 내보냈다. 언덕을 신나게 달려 부엌문을 열고 들어가자 앤의 눈앞에 따듯한 식사가 펼쳐졌다.

마릴라가 뜨개질을 내려놓고 말했다. "그래, 이제 왔구나?"

앤은 행복했다. "네! 집에 오니까 너무 좋아요. 모든 것에 입을 맞추고 싶어요. 심지어 시계에도요. 마릴라 아주머니, 삶은 닭요리네요! 저를 위해서 만드신 거예요?"

"그래, 그랬다. 먼 길을 와서 배가 고플 테니 맛있는 음식을 먹어야지. 얼른 가서 짐 내려놔라. 매슈가 오면 같이 저녁 먹자. 네가 돌아와 기쁘다고 말해야겠구나. 네가 없는 동안 참 쓸쓸했다. 나흘이 그렇게 긴 줄 몰랐단다."

저녁을 다 먹은 후, 난롯가에 자리 잡은 앤은 매슈와 마릴라 사이에 앉아 그동안 있었던 일을 모조리 이야기했다.

앤이 만족스럽다는 듯 마지막으로 이렇게 말했다. "굉장히 멋진 경험이었어요. 이번 여행은 제 인생에 전환점이 된 거 같아요. 하지만 제일 좋은 건 집에 돌아온 거예요."

# 30
## 퀸스 입시 준비반이 개설되다

　뜨개질하던 마릴라는 무릎에 바늘을 내려놓고 의자에 등을 기댔다. 눈이 침침했다. 최근 들어 눈이 점점 더 자주 피곤해져 다음번에 시내에 나가면 꼭 안경을 바꾸리라 힘없이 다짐했다.

　어둑해진 11월 저녁, 땅거미가 초록 지붕 집으로 내려왔고 빛이라고는 부엌 난로에서 흔들리는 붉은 장작불이 다였다. 앤은 난로 앞 양탄자에 책상다리를 하고 앉아, 단풍나무 장작에서 스며나온 수백 년의 여름 햇살이 타오르는 불빛을 멍하니 바라보았다. 읽고 있던 책을 바닥에 떨어트린 채 입을 헤 벌리고 미소 지으며 상상의 날개를 펴는 중이었다. 스페인의 빛나는 성들이 안개와 무지개 속에서 실감 나게 솟아올랐다. 상상 속에서 펼쳐지는 위대한 모험은 늘 찬란한 승리로 끝났고, 현실에서처럼 곤란한 지경에 빠지는 법이 없었다.

마릴라는 애정이 듬뿍 담긴 눈길로 앤을 바라보았다. 난롯불과 그림자가 섞여 어둑하지 않았다면 절대 드러내지 않았을 표정이었다. 마릴라는 사랑이란 감정을 말과 표정으로 솔직하게 표현해야 한다는 것을 미처 알지 못했다. 하지만 오히려 드러낼수 없었기에 더 깊이, 더 강하게, 회색빛 눈동자의 여린 소녀를 사랑했다. 앤을 향한 마릴라의 사랑은 아주 깊었고, 그렇기에 자신이 지나치게 앤을 너그럽게 대할까 두렵기도 했다. 한 인간이 다른 인간에게 이 정도로 강렬하게 마음을 주어도 되는 걸까 하는 다소 죄스러운 감정이 들 정도로 마릴라는 앤에게 마음을 쏟고 있다는 사실이 불편했다. 그래서 그녀는 마치 자신에게 이 소녀가 그리 중요하지 않다는 듯, 더 엄격하고 비판적으로 대하는지도 몰랐다. 이렇게 함으로써 자신도 모르게 일종의 속죄를 하고 있는 셈이었다. 앤은 마릴라가 자신을 얼마나 사랑하는지 전혀 알지 못했다. 앤은 가끔 마릴라를 만족시키는 게 힘들었고 동정심과 이해심이 부족한 분이라며 서운한 마음이 들 때가 있었다. 하지만 앤은 그런 생각이 들 때마다 비난받아 마땅한 생각이라 여기며 마릴라에게 입은 은혜를 떠올렸고 마음을 다독였다.

불쑥 마릴라가 이렇게 말했다. "앤, 네가 오후에 다이애나랑 놀고 있을 때 스테이시 선생이 다녀갔다."

앤은 화들짝 놀라 한숨을 쉬며 공상 세계에서 빠져나왔다.

"그러셨나요? 아휴, 제가 없어서 어떻게 하셨어요? 저를 부르
셔도 됐을 텐데. 다이애나랑 바로 저기, '유령의 숲'에 있었거든
요. 요새 숲에 있으면 참 좋아요. 고사리, 새틴잎나무, 풀산딸나
무 같은 조그만 나무들이 자고 있거든요. 봄이 될 때까지 나뭇잎
이불 아래에서 자라고 누가 넣어둔 것처럼요. 어젯밤에 무지개
스카프를 두른 작은 회색 요정이 달빛을 따라 살금살금 와서 그
렇게 해놓은 거 같아요. 제가 이렇게 말해도 다이애나는 별말 안
해요. '유령의 숲'에 귀신이 있다고 상상한 거로 어머니께 꾸중
들었던 일이 머릿속에서 잊히지 않는 모양이에요. 그 일은 다이
애나의 상상력에 몹시 나쁜 영향을 끼쳤어요. 병충해를 입은 것
처럼 시들고 말았으니까요. 린드 부인이 머틀 벨을 보고는 시들
었다고 하셨어요. 루비 길리스에게 왜 머틀이 시들었냐고 물었
더니 루비는 머틀의 젊은 애인이 머틀에게 돌아오지 않았기 때
문이 아닐까 그러더라고요. 루비 길리스는 젊은 남자에게만 관
심을 쏟더니 나이가 들수록 더 심해지네요. 주제에 맞는 이야기
라면 몰라도 온갖 일에 젊은 남자를 끌어들여 말하는 건 지나치
지 않나요? 다이애나랑 저는 결혼하지 말고 멋진 미혼으로 영원
히 고귀하게 살자고 진지하게 약속할까 생각 중이에요. 하지만
아직 다이애나는 마음의 결정을 내리지 못했대요. 왜냐하면 거

칠고 매력적인 나쁜 남자와 결혼한 다음 그 남자를 고쳐가며 사는 게 더 고귀한 일일지도 모른대요. 저희는 요새 이 이야기를 정말 자주 해요. 예전보다 많이 컸기 때문에 유치한 이야기는 덜 하게 됐어요. 마릴라 아주머니, 거의 열네 살이 된다는 건 정말이지 대단한 일이에요. 지난 수요일에 스테이시 선생님이 십 대가 된 여자애들을 개울가로 모두 모이게 한 다음 이 주제에 관해 설명하셨어요. 우리가 십 대일 때 어떤 습관을 들이는지, 어떤 이상을 꿈꿀지 신중에 신중을 기해야 한다고요. 선생님은 우리가 스무 살 때쯤이면 이미 어느 정도 인격이 형성되고 미래를 살아갈 기초를 마련하기 때문이래요. 만약 그 기초가 흔들린다면 우리는 절대 그 위에 소중한 걸 쌓아올리지 못할 거래요. 집에 오면서도 다이애나랑 이야기했는데요. 어찌나 심각한 기분이 들던지. 그래서 앞으로 우리는 신중해지고, 점잖은 습관을 들이고, 배울 수 있는 건 다 배워서 최대한 분별력 있게 행동하기로 다짐했어요. 스무 살쯤 되면 우리 인격이 성숙해질 수 있게요. 마릴라 아주머니, 스무 살이 된다고 생각하면 간담이 서늘해져요. 엄청나게 나이가 많고 다 큰 성인이 된 것처럼 들리잖아요. 그런데 스테이시 선생님은 오후에 왜 오신 거예요?"

"그게 내가 너한테 하려던 말이다. 앤, 네가 말 한마디 할 틈조차 주지 않았잖니. 선생님은 너에 관한 일로 오셨단다."

앤은 약간 겁을 먹은 것처럼 보였다. "저에 관한 이야기요?"

그리고는 얼굴을 붉히며 소리쳤다.

"아, 무슨 말씀하셨는지 알 거 같아요. 마릴라 아주머니, 저도 말씀드리려고 했어요. 정말이에요. 깜빡 잊었던 거예요. 어제 오후 캐나다 역사 수업 시간에 제가 몰래 『벤허』를 읽다가 선생님에게 들켰어요. 제인 앤드루스가 빌려준 책인데요. 점심시간에 읽다가 전차 경주가 막 시작되는 장면을 읽으려는데 종이 친 거예요. 벤허가 이길 거라고 확신하긴 했지만요. 그렇지 않다면 권선징악에 맞지 않으니까요. 어쨌든 전차 경주 결과가 어떻게 되는지 미친 듯이 궁금해서 책상 위에 역사책을 펼친 다음 『벤허』를 책상과 무릎 사이에 넣었어요. 다른 사람들 눈에는 캐나다 역사책을 읽는 것처럼 보였겠지만 사실 저는 내내 『벤허』를 읽고 있었던 거예요. 너무 재미있어서 스테이시 선생님이 갑자기 통로로 오시는 줄도 몰랐어요. 고개를 드니까 꾸짖는 눈초리로 저를 내려다보고 계셨죠. 마릴라 아주머니, 제가 얼마나 창피했는지 아세요? 특히 조시 파이가 킬킬거리며 웃더라니까요. 어휴! 선생님은 말없이 『벤허』 책을 가져가셨고 쉬는 시간에 이렇게 말씀하셨어요. 두 가지 면에서 제가 아주 잘못했다고요. 첫째, 공부해야 할 시간을 허비했다. 둘째, 역사책을 읽는 척했지만 사실은 소설책을 읽으면서 선생님을 속였다. 그때까지는 제가 선생님을 속이고 있었다고 전혀 생각하지 못했어요. 그 말을 듣고 충격을 받았죠. 그래서 엉엉 울면서 선생님에게 용서해 달라고 빌었어요. 다시는 그런 짓을 안 하겠다고요. 일주일 내내 전차 경주 결과가 어떻게 되는지 궁금해하지도 않고,『벤허』를 쳐다보지도 않는 것으로 벌을 받겠다고 했어요. 하지만 스테이시 선생님은 거기까진 바라지 않으신다며 그냥 용서해 주셨어요. 그러셨는데 결국 집까지 찾아오셔서 그 이야기를 하시다니, 마음이 그렇게 넓진 않으신 거 같네요."

"스테이시 선생은 그 일에 대해 한마디도 안 하셨다. 앤, 네가 양심에 찔리니까 그러는 거 아니니. 학교에 소설책을 가져간다는 거 자체가 잘못이야. 어쨌든 넌 소설책을 너무 많이 읽는 거 같더구나. 내가 어렸을 땐 소설책이라면 한 권도 허락되지 않았는데 말이야."

앤이 억울한 듯 항의했다. "하지만 『벤허』 같은 종교 서적을 어떻게 소설책이라고 할 수 있겠어요? 물론 주일에 읽기엔 너무 재미있으니까 적당하진 않아요. 그래서 주중에만 읽어요. 그리고 스테이시 선생님이나 앨런 부인이 13년 하고도 9개월을 산 소녀가 읽기에 적당하지 않은 책이라고 말씀하신 책은 절대 읽지 않아요. 선생님하고 약속했거든요. 한번은 제가 『유령의 집에서 일어난 무시무시한 미스터리』라는 책을 읽는 걸 선생님이 보셨어요. 루비 길리스가 빌려준 책이었거든요. 어휴, 마릴라 아주머니, 너무 흥미진진하고 소름 끼치는 책이었어요. 피가 얼어붙는 거 같더라니까요. 하지만 선생님이 그 책은 아주 수준 낮고 불건전하니 더는 읽지 말라고 하셨어요. 하물며 그런 비슷한 책에도 절대 손대지 말라고요. 읽지 않겠다고 약속하는 건 괜찮았지만 책의 결말도 모르고 루비 길리스에게 돌려주려니 정말 괴로웠어요. 하지만 스테이시 선생님을 향한 저의 사랑으로 그 시련을 꿋꿋이 견딜 수 있었죠. 특별한 사람을 기쁘게 하기 위해서라면 무엇이든 할 수 있다는 게 참 놀라워요."

"그래, 이제 난 램프를 켜고 일하러 가련다. 넌 스테이시 선생이 뭐라고 했는지 궁금하지 않은 모양이구나. 무엇보다 네 입에서 나오는 말에만 관심이 있는 거 같고."

앤이 뉘우치는 투로 외쳤다. "마릴라 아주머니, 아니에요. 정말 듣고 싶어요. 이제부터 한 마디도 하지 않을게요. 한 마디도요. 제가 말을 너무 많이 한다는 거 알아요. 하지만 극복하려고 정말 노력하는 중이에요. 비록 말을 너무너무 많이 하지만 제가참는 말이 얼마나 많은지 아주머니가 아신다면, 아마 저를 칭찬하실걸요. 제발 말씀해 주세요."

"그래, 알겠다. 스테이시 선생이 퀸스 학교 입학시험을 치르려는 상급학생들을 대상으로 반을 따로 만들 예정이라고 하셨다. 학교가 끝나고 한 시간씩 추가로 더 수업할 생각이시더구나. 매슈와 내가 너를 그 반에 넣고 싶은지 물어보러 오신 거다. 앤, 너는 어떻게 생각하니? 퀸스 학교에 가서 선생이 되는 시험을 치고 싶니?"

앤이 무릎을 펴고 일어나더니 손을 꼭 맞잡았다. "아, 마릴라 아주머니! 그게 제 평생의 꿈이에요. 그러니까 지난 6개월 동안 요. 루비와 제인이 입학시험 공부를 한다고 이야기했을 때부터요. 하지만 한마디도 하지 않았던 이유는 말해봤자 소용없을 거라고 생각했거든요. 저는 정말 선생님이 되고 싶어요. 하지만 엄청 비싸지 않을까요? 앤드루스 씨가 프리시를 퀸스에 보내는 데 150달러가 들었대요. 프리시는 기하학에 바보가 아닌 데도요."

"그 점은 네가 걱정할 필요가 없는 거 같구나. 매슈랑 내가 너를 키우기로 했을 때 우리는 우리가 할 수 있는 한 최고로 좋은 걸 해주겠다고, 좋은 교육을 받게 하겠다고 다짐했단다. 나는 여자도 자기 스스로 생계를 꾸릴 능력이 있어야 한다고 믿는다. 매슈랑 내가 여기 있는 한 초록 지붕 집은 늘 네 집일 테지만 이 불확실한 세상에서 무슨 일이 일어날지 누구도 모르는 데다 미리 준비해서 나쁠 게 뭐냐. 그러니 네가 원한다면 퀸스 입시 준비반에 들어가도 좋다."

"와, 마릴라 아주머니, 감사합니다!" 앤은 팔을 벌려 마릴라의 허리를 껴안았다. 그리고 마릴라의 얼굴을 진지하게 쳐다보았다. "아주머니와 매슈 아저씨께 너무나도 감사해요. 저는 최대한 열심히 공부할 거고 아주머니가 저를 자랑스러워하실 수 있도록 최선을 다할 거예요. 기하학에서 우수한 성적을 거두리란 기대는 말아주세요. 그렇지만 다른 과목은 열심히 하면 잘 해낼 수 있을 거예요."

"나는 네가 훌륭히 해낼 거라고 생각한다. 스테이시 선생님도 네가 똑똑하고 성실하다고 하셨단다." 마릴라는 스테이시 선생님이 앤에 대해 뭐라고 했는지 전부 다 말해줄 생각은 없었다. 괜한 허영심만 채우는 꼴이라고 생각했기 때문이다. "괴로울 정도로 공부에 매달릴 필요는 없다. 서두를 거 없어. 시험을 치르려면 1년 반은 준비해야 하니까. 하지만 선생님은 시작할 때가 됐고 기초를 탄탄히 해두는 게 좋겠다고 하시더구나."

앤은 그저 행복하기만 했다. "이제 그 어느 때보다 공부에 관심을 더 가져야겠네요. 인생의 목표가 생겼으니까요. 앨런 목사님은 모든 사람이 인생에 목표가 있어야 한다고 하셨어요. 먼저 그 목표는 가치가 있어야 한다고도요. 스테이시 선생님 같은 선생님이 되길 원하는 건 가치 있는 목표죠, 그렇죠? 아주 고귀한 직업이라고 생각해요."

머지않아 퀸스 입시 준비반이 꾸려졌다. 길버트 블라이드, 앤 셜리, 루비 길리스, 제인 앤드루스, 조시 파이, 찰리 슬론, 무디 스퍼전 맥퍼슨이 반에 들어왔다. 다이애나는 부모가 다이애나를 퀸스 학교에 보낼 생각이 없었기 때문에 들어오지 않았다. 이건 앤에게 재앙이나 다름없었다. 미니 메이가 기관지 후두염에 걸렸던 날 밤 이후로 앤은 무엇을 하든 다이애나와 떨어진 적이 없었다. 퀸스 입시 준비반이 학교에 남은 첫날 오후, 앤은 다이애나가 다른 친구들과 서서히 멀어지며 '자작나무 통로'와 '보랏빛 골짜기'를 지나 혼자 집으로 가는 걸 보았다. 앤은 당장 엉덩이를 떼고 다이애나에게 달려나가고 싶었지만 꾹 참고 자리에 앉았다. 울컥한 앤은 눈동자에 차오르는 눈물을 감추기 위해 얼른 라틴어 문법책을 들어 고개를 숙였다. 절대로 길버트 블라이드나 조시 파이에게 눈물을 보이고 싶지 않았다.

앤은 그날 밤 슬픈 목소리로 말했다. "하지만 마릴라 아주머니, 다이애나가 혼자 나가는 걸 봤을 때 앨런 목사님이 지난 주일 설교에서 말씀하셨던 죽음의 쓴맛이란 걸 진짜 맛본 느낌이었어요. 다이애나가 입시 준비를 같이 한다면 얼마나 좋을까요? 하지만 린드 부인 말씀대로 불완전한 세상에서 완전한 걸 가질 순 없죠. 린드 부인은 딱히 편안한 분은 아니지만 진실한 말씀을 하실 때가 많아요. 그리고 퀸스 입시 준비반은 정말 흥미로울 거 같아요. 제인이랑 루비도 선생님이 되기 위해 공부한대요. 그게 최종 꿈이래요. 루비는 시험에 합격하고 딱 2년만 학생들을 가르친 다음 결혼할 거래요. 제인은 평생을 바쳐 아이들을 가르칠 예정이고 절대, 절대 결혼하지 않을 거래요. 왜냐하면 선생님으로 일할 때는 월급이 나오지만, 남편에게서는 아무것도 나오는 게 없으니까요. 그리고 생활비를 달라고 하면 투덜댄대요. 그게 제인이 직접 겪은 안타까운 경험인 것 같더라고요. 린드 부인이 그러셨는데 제인의 아버지는 전형적인 심술쟁이에다가 엄청난 구두쇠래요. 조시 파이는 자기가 딱히 돈을 벌 필요가 없으니 그냥 학력을 높이기 위해 학교에 가는 거래요. 자신은 남의 신세를 지는 고아들과는 다르다나요? 고아들은 아등바등 산다는 말도 했어요. 무디 스퍼전은 목사가 될 거래요. 린드 부인이 그 애는 이름 때문에 목사 되는 거 외에는 다른 걸 할 수가 없대요.* 이런 말을 한다고 제가 못됐다고 생각하지 말아주세요. 하지만 마릴라 아주머니, 무디 스퍼전이 목사가 된다는 생각만 하면 왜 이렇게 웃기죠? 생긴 게 너무 재밌잖아요. 커다랗고 통통한 얼굴에 쪼그맣고 파란 눈, 귀는 날개처럼 비죽 튀어나왔으니까요. 그래도 어른이 되면 좀 더 지적인 얼굴로 바뀔 거예요. 찰리 슬론은 정치에 입문해 국회의원이 되고 싶대요. 하지만 린드 부인이 찰리는 절대 성공하지 못할 거래요. 슬론가 사람들은 다들 너무 정직해서 안 된대요. 요새는 사기꾼만 정치에 성공할 수 있다면서요."

『카이사르』를 펼치는 앤을 보며 마릴라가 물었다. "길버트 블라이드는 뭘 한다니?"

"길버트 블라이드는 인생의 꿈이 뭔지 모르겠어요. 그런 게 있다면 말이죠." 앤은 코웃음을 쳤다.

---

* 무디 스퍼전의 부모가 유명한 목사였던 드와이트 L. 무디와 찰스 스퍼전의 이름을 따와서 지었기 때문이다.

길버트와 앤이 경쟁자라는 건 공공연한 사실이었다. 이전에는 앤만 열심이었다면 이제는 길버트 또한 반에서 일등을 하기로 작정했다는 데 의심의 여지가 없었다. 길버트는 앤에게 훌륭한 적수였다. 반 아이들도 둘의 실력이 탁월하다는 걸 암묵적으로 인정했고 그들과 경쟁하려는 시도는 꿈조차 꾸지 않았다.

길버트는 그날 연못가에서 용서해 달라는 간청을 거부당한 후 앤을 이기기로 단단히 결심한 거 외에는 앤 셜리의 존재를 완전히 무시했다. 다른 여자애들하고는 말도 하고, 농담도 하고, 책과 퍼즐도 바꾸고, 공부도 같이하고, 어떨 때는 기도 모임이나 토론 클럽이 끝나면 집으로 같이 걸어가기도 했다. 하지만 앤 셜리는 아예 없는 취급을 했다. 앤은 외면당하는 게 기분 좋은 일이 아니라는 걸 알게 되었다. 그럴수록 머리를 흔들며 무관심한 척을 해봐도 소용없었다. 고집스럽지만 여린 앤의 깊은 마음속에서는 사실 길버트가 무척 신경 쓰였다. '빛나는 물결의 호수'에서처럼 기회가 다시 온다면 다른 대답을 하리라는 것도 알았다. 길버트를 향한 오래된 분노가 갑자기 사라져 버렸다는 걸 깨닫자 앤은 속으로 적잖이 당황했다. 타오르는 분노의 힘이 가장 필요한 지금, 어쩐지 흔적도 없이 사라져 버린 것이다. 앤은 잊을 수 없는 그날의 장면과 감정을 하나하나 떠올리려 했지만 쓸모없는 짓이었다. 그날 연못가에서 순간적으로 반짝였던 분노가 마지막이었다. 앤은 자신이 알지도 못하는 사이 그 일을 깨끗이 잊었다는 걸 깨달았다. 하지만 때는 이미 늦었다.

앤이 얼마나 미안해하는지 그리고 그렇게 콧대를 세우며 지독하게 군 것을 얼마나 후회하는지 길버트는 물론 그 누구도, 심지어 다이애나조차 낌새를 알아채지 못했다! 앤은 가장 깊은 망각의 바닥에 자신의 감정을 덮개로 덮어두기로* 결심했고 지금 여기서 밝혀두자면 그 일을 대단히 잘 해냈다. 어찌나 그럴듯하게 해냈는지 길버트는 자신의 복수에 전혀 개의치 않는 앤을 보고 어떤 만족감도 느낄 수 없었다. 그나마 길버트가 느낄 수 있었던 작고 초라한 위안은 계속해서 앤이 찰리 슬론을 매정하게 대한다는 사실이었다.

이 일을 제외하고 아이들은 각자 할 일들과 공부를 하며 겨울을 보냈다. 마치 목걸이에 꿰어진 황금 구슬이 한 알 한 알씩 빠져나가는 것처럼 하루하루가 흘러갔다. 앤은 행복했고 열정이 넘쳤고 즐거웠다. 공부해야 할 내용도 많았고 받아야 할 상도 많았다. 읽어야 할 책도 산더미였고 주일학교 성가대에서 새로운 곡도 여러 개 연습해야 했다. 토요일 오후는 주로 앨런 부인과 유쾌하게 보냈다. 어느새 앤이 미처 깨닫기도 전에 초록 지붕 집에 또다시 봄이 왔고 온 세상은 다시 한번 아름답게 피어났다.

그러자 공부가 조금 시들해졌다. 다른 친구들은 초록빛 잔디

* 펠리시아 도로시아 헤먼즈의 「제노아의 밤 풍경」에서 가져온 말이다.

밭이나 잎이 무성한 숲, 혹은 목초지 샛길로 흩어졌고 퀸스 입시 준비반 학생들만 학교에 남아 아쉬운 듯 창밖을 바라봤다. 지난 싸늘한 겨울 동안 라틴어 동사와 프랑스어를 연습하면서 느꼈던 톡 쏘는 매력과 열정은 어쩐지 식어버린 듯했다. 심지어 앤과 길버트조차 축 처져서 흥미를 잃었다. 드디어 학기가 끝나고 신나는 방학이 펼쳐지자 선생님과 학생들은 똑같이 기뻐했다.

마지막 날 오후, 스테이시 선생님은 아이들에게 이렇게 말했다. "여러분은 작년 한 해 열심히 공부했습니다. 재미있고 신나는 방학을 보낼 자격이 있어요. 바깥으로 나가서 최대한 즐겁게 지내면서 내년을 위해 튼튼한 체력을 기르세요. 또 활력과 목표를 가득 채워오길 바랍니다. 다들 알고 있겠지만 시험을 앞둔 마지막 해예요. 치열한 싸움이 될 겁니다."

조시 파이가 물었다.

"스테이시 선생님, 내년에 우리 학교로 돌아오시나요?"

조시 파이는 이런 질문을 하는 데 조금도 거리낌이 없었다. 이런 면에서 나머지 학생들은 조시 파이에게 고마움을 느꼈다. 아무도 감히 스테이시 선생님에게 이런 질문을 하지 못했지만 사실은 모두가 궁금했기 때문이다. 선생님이 내년에 에이번리 학교로 돌아오지 않는다는 소문이 한동안 파다하게 돌았다. 고향에 있는 학교에서 일자리를 제안받은 선생님이 수락했다는 내용이었다. 퀸스 입시 준비반 아이들은 숨도 안 쉬고 긴장한 채 선생의 대답을 기다렸다.

선생님이 말했다. "그래요. 돌아오려고 합니다. 다른 학교로 갈까도 생각했지만 에이번리로 돌아오기로 결정했습니다. 솔직히 말하자면 여기 학생들에게 정이 들어서 떠날 수가 없더군요. 그래서 계속 있기로 했고 내년에도 여러분을 만날 겁니다."

"만세!" 무디 스퍼전이 소리쳤다. 무디 스퍼전은 원래 이렇게 감정을 확 드러내는 아이가 아니었다. 그래서 일주일 동안 이 생각이 날 때마다 쑥스러워 얼굴이 빨개졌다.

앤이 눈을 반짝이며 말했다. "아, 너무 기뻐요. 사랑하는 스테이시 선생님, 선생님이 돌아오지 않으신다면 너무나 비참할 거예요. 다른 선생님이 오신다면 공부할 마음이 다 달아났을 거예요."

그날 밤, 앤은 집에 돌아와 다락방에 있던 낡은 여행용 가방에 교과서를 몽땅 집어넣고 잠근 후, 열쇠는 이불 상자에 던져버렸다.

그러고는 마릴라에게 이렇게 말했다. "당분간 교과서는 쳐다보지도 않을 거예요. 학기 내내 최선을 다해 열심히 공부했고, 특히 기하학 1권에 나온 명제는 다 외웠을 정도라고요. 심지어 기호를 다르게 써도 다 알아요. 분석하는 거라면 이제 완전히 질려버렸어요. 여름 방학 동안에는 제 상상력을 있는 대로 날아가게 놔둘 작정이에요. 마릴라 아주머니, 그렇다고 걱정하실 필요

는 없어요. 합리적인 선에서 상상할 거니까요. 하지만 이번 여름
은 정말 마음껏 놀고 싶어요. 아마도 제가 어린 소녀로 누릴 수
있는 마지막 여름 방학일 테니까요. 린드 부인은 제 키가 계속
이런 속도로 큰다면 내년에는 더 긴 치마를 입어야 한대요. 제
키와 눈이 점점 커지는 거 같다나요. 더 긴 치마를 입으면 그에
걸맞게 행동해야 하고 아주 차분하게 있어야 할 거 같아요. 그러
면 아쉽지만 요정을 믿는 것도 그만둬야겠죠. 그러니까 이번 여
름에는 온 마음을 다해 요정을 믿으려고 해요. 이번 방학은 신나
게 보낼 거예요. 참, 루비 길리스는 곧 생일 파티를 연대요. 주일
학교 소풍도 가야 하고 다음 달에는 선교사를 위한 공연도 있고
요. 베리 아저씨가 언제 날을 잡아 다이애나랑 저를 데리고 화이
트샌즈 호텔에 가서 저녁을 사주신대요. 사람들은 거기 가서 저
녁 식사를 하나 봐요. 제인 앤드루스는 지난여름에 한 번 갔었는
데 전구 불빛이랑 꽃장식이랑 화려한 드레스를 입은 여자 손님
들 때문에 눈이 부실 지경이었대요. 상류층의 삶을 처음으로 엿
본 기분이 들었다며 죽는 날까지 절대 잊지 못할 거랬어요."

다음 날 오후, 린드 부인은 마릴라가 목요일 여성봉사회 모임
에 나오지 않자 집으로 찾아왔다. 마릴라가 그 모임에 참석하지
않았다는 건 초록 지붕 집에 안 좋은 일이 벌어졌다는 의미였다.

마릴라가 설명했다. "목요일에 매슈가 심장 발작을 심하게 했
어요. 그래서 오라버니를 혼자 둘 수 없었죠. 지금은 괜찮지만

옛날보다 발작이 더 잦네요. 걱정되어요. 의사는 흥분하지 말고 조심해서 지내라고 하더군요. 원래 매슈는 흥분할 일 자체를 멀리하는 사람이기도 하고 애초에 흥분을 잘하는 사람도 아니니 아주 쉬운 일이죠. 결국 힘든 일을 그만하라는 건데…… 부인도 아시지만 매슈에게 일하지 말라는 건 숨 쉬지 말라는 거 아니겠어요? 린드 부인, 와서 가방 좀 내려놓으세요. 차 드실래요?"

다른 계획은 전혀 없었지만 린드 부인은 이렇게 대답했다. "그럼, 그렇게 권하시니 앉아볼까요?"

앤은 린드 부인이 흠잡을 수 없을 만큼 훌륭하게 차를 끓이고 하얗고 뜨거운 비스킷을 구워냈다. 그동안 린드 부인과 마릴라는 응접실에 편안하게 앉아 있었다.

석양 무렵, 오솔길이 끝나는 곳까지 배웅하러 나온 마릴라에게 린드 부인이 말했다. "앤이 정말 똑똑한 소녀로 컸어요. 큰 도움이 되겠어요."

"그렇답니다. 앤이 요새 참 얌전해요. 의지가 될 정도로요. 천방지축인 성격을 끝내 못 고치면 어쩌나 걱정했는데, 행동도 차분해지고 이제 앤에게 무슨 일을 시켜도 믿고 맡길 수 있어요."

"3년 전 앤을 처음 만났던 날, 이렇게 잘 크리라고는 절대 예상하지 못했어요. 세상에, 애가 성질부리던 걸 어떻게 잊겠어요! 그날 밤 집에 가서 남편에게 '토마스, 내 말 기억해 둬요. 마릴라 커스버트는 자신이 선택한 길을 후회하며 살게 될 거예요'라고 말했거든요. 하지만 제가 잘못 본 거였으니, 얼마나 다행이에요. 마릴라, 나는 그런 사람이 아니에요. 실수를 끝까지 인정하지 않는 그런 사람이 아니랍니다. 그건 절대 내 방식이 아니에요. 하느님께 감사하지 뭐예요. 내가 앤을 잘못 판단했지만 그다지 놀랄 일은 아니죠. 세상에 그 애보다 더 이상하고 예측 불가능한 꼬마 마녀는 없으니까요. 그렇고말고요. 다른 애들에게 들이대던 잣대로 그 아이를 파악하기란 불가능했죠. 지난 3년간 아이가 성장한 것도 참 놀랍지만, 특히 아주 예쁜 소녀가 됐잖아요. 비록 내가 창백하고 커다란 눈의 소녀를 과히 편애하는 쪽은 아니지만요. 나는 다이애나 베리나 루비 길리스처럼 선명한 색을 가진 아이가 더 좋아요. 루비 길리스의 외모는 정말 뛰어나지요. 하지만 어쩐 일인지 앤이 외모는 좀 떨어져도 다른 애들과 있으면 다른 애들이 오히려 평범해지고, 앤은 좀 지나칠 정도로 눈에 띄어요. 마치 커다란 붉은 작약 옆에 있는 6월의 하얀 백합이요. 앤이 수선화라고 부르는, 딱 그 꽃 같다고요. 그렇고말고요."

# 31
## 개울과 강이 만나는 곳

앤은 여름 방학을 신나게, 온 마음으로 한껏 즐겼다. 앤과 다이애나는 '연인들의 오솔길'과 '드라이어드의 거품', '버드나무 작은 호수', '빅토리아섬'에서 누릴 수 있는 모든 기쁨을 누리면서 집시처럼 거의 밖에서 살다시피 했다. 하지만 마릴라는 앤이 밖으로 나도는 것에 반대하지 않았다. 나름의 계기가 있었기 때문이다. 방학이 되고 얼마 지나지 않은 어느 오후, 미니 메이가 기관지 후두염을 앓았을 때 봤던 스펜서베일의 의사가 한 환자를 만나러 왔다가 앤을 만나게 되었다. 의사는 앤을 날카롭게 살피더니 얼굴을 찡그리고 고개를 절레절레 저었다. 그리고 다른 사람을 통해 마릴라 커스버트에게 아래와 같은 전갈을 보냈다.

'귀하의 빨강 머리 소녀를 여름 내내 밖에서 놀게 하세요. 더 기운차게 걸을 수 있을 때까지 책을 못 읽게 하세요.'

이 메시지를 받고 마릴라는 잔뜩 겁을 먹었다. 마치 의사의 말을 따르지 않으면 앤이 폐결핵에 걸릴 거라는 사형 선고를 받아든 것처럼 놀랐다. 그 결과 앤은 최대한 자유롭고 즐겁게 생애 최고의 황금 같은 여름을 보냈다. 마음껏 걷고, 배를 젓고, 딸기를 따고, 자유롭게 꿈꿨다. 그렇게 9월이 되자, 앤의 눈에 다시 총기가 돌았고 스펜서베일 의사가 만족할 정도로 씩씩하게 걸었다. 마침내 꿈과 열의를 다시 가득 품게 된 것이다.

앤이 다락방에서 책을 갖고 나오면서 단언했다. "이제는 오직 공부에만 집중할 거예요. 와, 정다운 옛 친구들이여, 너의 순수한 얼굴을 다시 보니 기쁘구나. 그래, 그래. 기하학, 너라도 말이다. 마릴라 아주머니, 저는 완벽하게 아름다운 여름을 보냈고 지난 주일 앨런 목사님 말씀대로 이제 그의 길을 달리기 기뻐하는 장사*가 된 기분이에요. 앨런 목사님 설교가 굉장했죠? 린드 부인이 목사님 설교가 날마다 좋아진대요. 그러면 제일 먼저 무슨

---

* 시편 19편 5절, '해는 그의 신방에서 나오는 신랑과 같고 그의 길을 달리기 기뻐하는 장사 같아서'를 인용했다. 다시 공부에 집중할 수 있도록, 방학을 신나게 즐기면서 힘찬 기운을 얻었다는 의미로 사용되었다.

일이 벌어지냐면, 도시 교회에서 목사님을 잽싸게 데려간대요. 그렇게 우리는 또 목사님을 잃고 다시 또 새로운 초짜 목사님을 길들여야 할 거래요. 하지만 미리 걱정하는 건 부질없는 거 같아요. 그렇지 않나요, 마릴라 아주머니? 앨런 목사님이 여기 계실 때 좋은 경험을 마음껏 하시는 게 더 낫다고 봐요. 제가 남자였다면 목사님이 되길 꿈꿨을 거예요. 신학만 건전하다면 사람들에게 선한 영향력을 끼칠 수 있잖아요. 그리고 멋진 설교로 청중들의 마음을 휘저어 놓는다면, 전율을 느낄 수 있을 거예요. 아주머니, 왜 여자는 목사가 될 수 없나요? 린드 부인에게 물었더니 깜짝 놀라시더라고요. 그러면 쑥덕쑥덕 뒷말이 돈대요. 미국에는 여자 목사가 있을 수도 있겠지만 감사하게도 캐나다엔 아직 없다나요. 앞으로도 그런 단계까지는 안 갔으면 좋겠대요. 하지만 왜 안 되는지 모르겠어요. 여성도 뛰어난 목사가 될 수 있다고 생각해요. 친목 모임이나 교회 식사 준비, 아니면 돈을 모금해야 할 일이 생기면 모두 여성들이 발 벗고 일을 해야 하잖아요. 린드 부인도 벨 장로님처럼 기도할 수 있다고 확신해요. 연습만 조금 하신다면 틀림없이 설교도 하실 수 있을 거예요."

마릴라가 무덤덤하게 말했다. "그래, 하실 수 있을 거다. 린드 부인은 지금도 비공식적으로 설교를 많이 다니니까. 에이번리에 사는 그 누가 그녀의 감시망을 피해서 나쁜 짓을 할 수 있겠니?"

앤은 마릴라의 수긍에 자신감이 폭발한 듯했다. "마릴라 아주머니, 말씀드릴 게 있는데 들어보시고 어떻게 생각하시는지 알려주세요. 이 문제로 엄청나게 고민하고 있거든요. 그러니까 일요일 오후에 음, 특히 이 문제를 생각할 때요. 정말 선한 사람이 되고 싶어져요. 아주머니나 앨런 부인, 스테이시 선생님과 같이 있을 때는 그런 마음이 더 크게 들어서 그분들을 기쁘게 하는 일만 하고 싶고, 그분들이 허락하실 만한 행동만 하고 싶어요. 그런데 린드 부인과 있을 때면 사악하게 굴고 싶어서 견딜 수가 없어요. 하지 말라는 행동, 그런 행동만 골라서 하고 싶어지는 거예요. 거부할 수 없이 강한 유혹을 느껴요. 왜 그런 기분이 드는 걸까요? 제가 원래 사악하고 회개하지 않는 죄인이라서 그럴까요?"

마릴라는 잠시 모호한 표정을 짓더니 웃음을 터트렸다.

"앤, 네 이야기를 들으니 나도 그런 거 같구나. 린드 부인과 있을 때 그런 기분이 들 때가 있지. 네 말대로 린드 부인이 사람들에게 옳은 일을 하라고 잔소리만 해대지 않는다면, 더 선한 영향력을 끼칠 거라고 가끔 생각한단다. 잔소리에 관한 특별 계명이 있었으면 좋겠구나. 물론, 이런 말을 하면 안 되지만. 아무튼, 린드 부인은 선한 기독교인이고 좋은 의도로 그러시는 거란다. 에이번리에 그보다 더 친절한 영혼은 없지. 일을 나눠서 하는 데 결코 망설이는 법이 없으니까."

앤은 후련한 듯했다. "아주머니도 똑같이 느끼시다니 정말 기쁘네요. 용기가 생겨요. 이제부터는 그렇게 고민하지 않아도 되겠어요. 하지만 사실, 다른 고민이 또 있어요. 늘 새로운 고민이 생기니까 당황스럽네요. 문제를 해결하고 나면 곧 다른 문제가 생겨요. 나이를 먹으니 곰곰이 생각해 보고 결정해야 할 일이 참 많더라고요. 그런 일들에 대해 늘 생각하고 뭐가 옳은 건지 결정하느라 제 마음이 얼마나 복잡한지 모르겠어요. 자란다는 건 어려운 일이네요. 그렇지 않나요, 마릴라 아주머니? 하지만 아주머니나 매슈 아저씨, 앨런 부인과 스테이시 선생님같이 훌륭한 분들이 곁에 있으니 저는 반듯하게 잘 커야 해요. 그렇지 않으면 그건 분명히 다 제 잘못이죠. 기회는 한 번뿐이라고 생각하니까 어찌나 부담되는지. 바르게 안 컸다고 과거로 돌아가서 다시 시작할 수는 없으니까요. 이번 여름에 키가 5센티미터나 자랐어요. 길리스 씨가 루비의 생일 파티에서 제 키를 재주셨거든요. 마침 아주머니께서 새 원피스를 길게 만들어주셔서 정말 다행이죠. 진녹색이 정말 예쁘고 치마에 주름 장식까지 넣어주시다니 정말 다정하세요. 주름 장식이 꼭 필요한 건 아니지만 이번 가을에 엄청난 유행이잖아요. 조시 파이는 모든 원피스에 주름 장식이 있더라고요. 새 옷 덕에 공부가 더 잘 되는 것 같아요. 주름 장식을 생각하면 마음속 깊이 아주 풍족한 기분이 들어요."

마릴라가 이해해 주었다. "그러면 만들길 잘했구나."

스테이시 선생님이 에이번리에 돌아왔다. 그리고 학생들은 다시 한번 공부에 의지를 불태웠다. 특히 퀸스 입시 준비반은 전쟁을 치를 만반의 준비를 했다. 내년 말에 치르게 될 입학시험이라는 운명적인 일이, 이미 그들의 행로에 희미한 그림자를 드리웠기 때문이다. 학생들은 시험 생각만 해도 가슴이 철렁 내려앉는 기분이었다. 시험에 떨어지면 어떡하지 하는 마음이었다. 그해 겨울, 이 생각은 일요일 오후를 포함해 앤이 깨어 있는 내내 머릿속을 떠나지 않았다. 도덕적인 문제나 신학적인 문제는 신경 쓸 겨를도 없었다. 앤은 악몽을 꾸기도 했다. 길버트 블라이드가 합격자 명단 제일 위에 떡하니 쓰여 있고 자신의 이름은 아무리 찾아봐도 보이지 않아 비참한 기분으로 명단을 노려보는 것이었다.

하지만 겨울은 즐겁고 분주하고 행복하게 쏜살같이 지나갔다. 학교 공부는 흥미로웠고 반 아이들의 경쟁이 전처럼 다시 치열해져 온 정신을 쏟아야 했다. 앤의 이글거리는 눈앞에 새로운 생각, 감정, 야망, 지식으로 가득 찬 매력적인 세계가 펼쳐졌다.

산 너머 또 산이 보이고 알프스 너머 또 알프스가 솟아오르도다

학생들이 이렇게 열심히 공부할 수 있었던 건 스테이시 선생님이 세심하고 재치있게 그리고 편견 없이 아이들을 지도한 덕분이었다. 선생님은 학생들이 스스로 생각하고 탐구하고 배우도

록 이끌었으며 헐어빠진 관습에서 벗어나라고 응원했다. 이는 기존의 방식을 완전히 뒤집는 일이었기에 린드 부인과 학교 이사들은 다소 의심하는 눈초리였다.

앤은 공부 외에도 사교 활동들을 늘려갔다. 스펜서베일 의사의 진단을 마음에 담아두고 있던 마릴라는 앤이 종종 놀러 나가는 걸 더는 반대하지 않았다. 토론 클럽은 번성했고 여러 차례 발표회를 열었다. 한두 번은 거의 성인 수준에 닿을 정도였다. 앤은 썰매도 탔고 스케이트를 신고 신나게 달리기도 했다.

어찌나 쑥쑥 자라는지 어느 날 마릴라는 앤과 나란히 서 있다가 앤의 키가 자신보다 큰 걸 보고 깜짝 놀랐다.

"세상에, 앤. 너 정말 많이 컸구나!" 마릴라는 믿기 어려웠다. 그러고는 말이 끝나기가 무섭게 한숨을 쉬었다. 앤이 커갈수록 이상하게도 서운한 감정이 밀려왔다. 마릴라에게 사랑이란 것을 알려준 작은 소녀는 어째 사라졌고 어느새 진지한 눈빛의 소녀가 작은 얼굴을 꼿꼿이 들고 그 자리에 있었다. 마릴라는 물론 어린 소녀를 사랑했던 만큼 성장한 소녀도 사랑했지만 알 수 없는 상실감이 들어 울적했다. 쌀쌀한 겨울의 황혼 무렵, 앤이 다이애나와 기도 모임에 가자 집에 혼자 남은 마릴라는 어쩐지 울고 싶은 마음이 불쑥 들었다. 랜턴을 들고 오던 매슈가 마릴라를 보고 어찌나 소스라치게 놀랐는지 마릴라는 눈물을 흘리면서도 웃음이 나왔다.

"앤 생각을 하고 있었어요. 훌쩍 다 커버렸잖아요. 내년 겨울이면 떠날 텐데. 그러면 너무 보고 싶을 거예요."

"집에 자주 올 수 있을 거야." 매슈에게 앤은 언제나 4년 전 6월의 오후, 브라이트리버역에서 집으로 데려왔던 열정 넘치던 앳된 소녀일 터였다. "그때쯤에는 카모디까지 가는 철도가 깔릴 테니까."

우울한 마릴라는 한숨을 내쉬며 달래지지 않는 깊은 슬픔을 한껏 느끼기로 작정한 듯했다. "아이가 늘 집에 있는 거랑은 다를 거예요. 하긴 남자들이 이런 감정을 어떻게 이해하겠어요!"

앤에게는 신체 변화 외에도 달라진 게 있었다. 무엇보다 말수가 확 줄었다. 생각이 더 많아지고 꿈도 여전히 많이 꾸는 것 같았지만 말수가 준 것은 분명했다. 이 점을 눈치챈 마릴라가 언제 한번 물어보기도 했다.

"앤, 예전에 비하면 수다가 반으로 준 거 같구나. 과장된 단어도 사용하지 않고. 왜 그렇게 된 거니?"

앤은 마릴라의 말을 듣고 얼굴을 붉히더니 희미하게 웃어 보였다. 그리고 책을 내려놓고 잠시 창밖을 황홀하게 바라보았다. 봄 햇살의 유혹에 응답하듯 덩굴나무가 커다란 꽃눈을 터뜨렸다.

"모르겠어요. 예전처럼 말을 많이 하고 싶지 않아요." 앤이 집게손가락을 턱에 대고 고개를 기울였다. "소중하고 아름다운 생각이 들면 그걸 보물처럼 가슴에 간직하는 게 더 좋아졌어요. 제 생각을 말했다가 비웃음을 사거나 이상하다는 말을 듣고 싶지 않거든요. 그리고 어째서인지 과장된 단어를 더는 쓰고 싶지 않아요. 좀 안타까운 일이죠, 그렇죠? 어느 정도 컸으니 원한다면 그런 단어를 써도 되는데 말이에요. 마릴라 아주머니, 성인이 되어간다는 게 어떤 면에서는 재밌어요. 하지만 제가 기대했던 그런 재미는 아니에요. 공부하고 생각할 게 너무 많아서 화려한 단어를 생각할 틈이 없어요. 게다가 스테이시 선생님이 짧은 단어가 훨씬 좋고 힘이 있다고 하셨어요. 선생님은 글을 최대한 간결하게 쓰라고 하세요. 처음에는 힘들었어요. 떠오르는 단어 중에 가장 멋지고 화려한 단어를 쓰는 게 저에겐 익숙했잖아요. 그리고 그런 단어는 얼마든지 생각해 낼 수 있었고요. 하지만 이제는 짧게 쓰는 것이 익숙하고 그게 훨씬 더 낫다는 걸 알게 됐어요."

"이야기 클럽은 어떻게 됐니? 오랫동안 듣지 못했구나."

"이야기 클럽은 이제 없어졌어요. 다들 시간이 없어서요. 좀 지겨워지기도 했고요. 사랑이니 살인이니 야반도주니…… 그러니까 미스터리에 관한 글을 쓰는 게 좀 한심해 보이기도 하고요. 스테이시 선생님은 가끔 작문 훈련으로 이야기를 지어보라고 하시지만, 에이번리나 우리 자신의 인생에 일어날 만한 일 외에는 쓰지 말래요. 그리고 아주 날카롭게 비평하시고 우리에게도 자기가 쓴 글을 스스로 비평하게 하세요. 저도 직접 살펴보기 전까지 제 글이 그 정도로 엉망진창인 줄은 전혀 몰랐어요. 너무 창피해서 그냥 포기하고 싶었어요. 하지만 스테이시 선생님이 제가 제 글의 가장 신랄한 비평가가 되도록 훈련해야만 잘 쓸 수 있다고 하셨어요. 그래서 노력하는 중이에요."

"이제 입학시험까지 두 달밖에 남지 않았구나. 시험에 합격할 수 있을 거 같니?"

앤이 몸을 부르르 떨었다.

"모르겠어요. 어떤 때는 합격할 거 같다가도 갑자기 엄청나게 두려워져요. 열심히 공부했고 스테이시 선생님도 훌륭하게 가르쳐주셨지만 떨어질 수도 있잖아요. 다들 약한 부분이 하나씩 있거든요. 저는 당연히 기하학이고 제인은 라틴어, 루비와 찰리는 대수학, 조시는 연산이에요. 무디 스퍼전은 영국 역사를 망칠 거라는 예감이 뼛속 깊이 느껴진대요. 6월에는 선생님이 입학시험만큼이나 어려운 모의고사를 보게 할 거래요. 똑같이 엄격하게 채점하고요. 우리 실력이 어느 정도인지 가늠할 수 있게요. 마릴라 아주머니, 빨리 다 끝나버렸으면 좋겠어요. 시험 생각이 머릿속에서 떠나질 않아요. 가끔은 밤에 일어나서 합격하지 못하면 뭘해야 하나 생각해요."

"그럼, 내년에 다시 도전하면 되지." 마릴라가 태연하게 말했다.

"아휴, 저한테 그럴 용기는 없는 거 같아요. 떨어지면 정말 망신스러울 거예요. 특히 길버…… 아니 다른 애들은 다 합격하고 저만 떨어진다면요. 시험 볼 때 너무 긴장해서 망치면 어쩌죠? 제인 앤드루스처럼 정신력이 강했으면 좋겠어요. 제인은 어떤 일에도 떨지 않거든요."

앤은 한숨을 쉬며 산들바람과 파란 하늘, 그리고 정원에서 싹을 틔우는 초록 식물이 가득한 봄 세상의 매혹에서 억지로 눈을 떼고 단호한 표정으로 책에 얼굴을 묻었다. 봄은 또 오겠지만 입학시험에 통과하지 못한다면 그 봄을 마음껏 즐길 수는 없을 거였다.

# 32
## 합격자 명단이 나오다

6월 말, 학기가 끝나자 스테이시 선생님도 에이번리 임기를
마쳤다. 그날 저녁 앤과 다이애나는 잔뜩 가라앉은 모습으로 집
을 향해 걸었다. 두 소녀의 충혈된 눈과 축축해진 손수건으로 보
아 3년 전 필립스 선생님 때와 마찬가지로 스테이시 선생님의
인사말이 무척 감동적이었던 게 분명했다. 다이애나는 가문비나
무 언덕 밑에서 학교를 뒤돌아보며 한숨을 길게 내쉬었다.

"모든 게 끝난 기분이야. 그렇지 않니?" 다이애나가 쓸쓸하게
말했다.

앤은 손수건에 마른 부분이 있나 만져봤지만 괜한 짓이었다.

"다이애나, 너는 내가 느끼는 슬픔의 반도 안 느끼고 있을걸. 너는 내년 겨울에 학교로 돌아가지만 나는 정든 학교를 영원히 떠나는 거니까. 그것도 운이 좋다면 말이야."

"이제 학교는 완전히 다를 거야. 스테이시 선생님도 안 계시고 너랑 제인이나 루비도 없을 테니까. 그리고 난 혼자 앉게 되겠지. 너 말고 다른 아이와 짝이 되는 건 말도 안 돼. 아, 그동안 우리 진짜 즐겁게 지낸 거 같아. 그렇지 않니, 앤? 그게 다 끝났다고 생각하니까 정말 서럽다."

다이애나의 코 옆으로 커다란 눈물 두 방울이 흘렀다.

"네가 울음을 그쳐야 나도 그칠 텐데. 네가 우니까 나도 또 시작되었잖아. 손수건을 막 집어넣었는데 말이야. 린드 부인 말대로 기운이 안 나도 최대한 기운을 차려야지. 결국, 나는 내년에 학교로 돌아갈 거 같아. 오늘은 내가 시험에 떨어지리란 걸 그냥 알 수 있는, 그런 날이야. 요새 그런 기분이 얼마나 자주 드는지 몰라."

"무슨 말이야. 스테이시 선생님이 내준 시험은 굉장히 잘 봤잖아."

"그래, 하지만 그 시험을 볼 때는 긴장하지 않았거든. 진짜 시험만 생각하면 내 심장이 얼마나 차갑게 얼어붙는지 넌 짐작도 못 할 거야. 그리고 내 번호가 13번인데 조시 파이가 불행의 번호래. 나는 미신도 안 믿고 번호 따윈 상관없다는 것도 알아. 하지만 13번이 아니었으면 더 좋겠어."

"네가 입학시험을 보러갈 때 나도 같이 가고 싶어. 완벽하게 우아한 시간을 보낼 수 있지 않을까? 하지만, 넌 저녁에 벼락치기 공부를 해야 하잖아."

"아니야. 스테이시 선생님이 절대 책을 펴지 말라고 신신당부 하셨어. 오히려 피곤해지고 헷갈릴 거라고. 그리고 시험 생각은 일체 하지 말래. 대신 나가서 산책 좀 하고 일찍 자라고 하셨어. 좋은 충고야. 하지만 따르기는 힘들 거야. 좋은 충고가 그런 편이잖아. 프리시 앤드루스는 시험 치는 그 주 내내 밤에 잠도 안 자고 죽기 살기로 벼락치기를 했대. 나도 프리시만큼 잠을 안 자기로 다짐했어. 내가 샬럿타운에 있는 동안 조세핀 할머니가 너도밤나무 집에서 지내라고 말해주시다니 정말 다정하시지 않니?"

"거기에 있는 동안 나한테 편지 쓸 거지, 그렇지?"

"화요일 밤에 첫날 시험을 어떻게 쳤는지 써서 보낼게." 앤이 약속했다.

"수요일에 우체국에 찰싹 붙어 있을게." 다이애나가 맹세했다.

다음 주 월요일, 앤은 샬럿타운으로 갔다. 수요일이 되자 다이애나는 약속대로 우체국을 서성이다 편지를 받았다.

사랑하는 다이애나 (앤이 쓰다)

여긴 화요일 밤이고 너도밤나무 집에 있는 서재에서 편지를 쓰고 있어. 어젯밤 방에서 혼자 어찌나 외롭던지, 너와 함께였다면 얼마나 좋았을까? 스테이시 선생님과 약속했기 때문에 벼락치기는 하지 않았지만, 수업이 시작되기 전에 소설책을 펴지 않으려고 꾹 참았던 것처럼 역사책을 펼치지 않으려고 아주 애썼어.

오늘 아침에 스테이시 선생님이 여기로 와주셨고 퀸스 학교로 가는 길에 제인과 루비, 조시까지 태워서 같이 갔어. 루비가 자기 손을 만져보라고 했는데 손이 얼음장같이 차갑더라. 조시는 내가 한숨도 못 잔 사람 같대. 이런 체력으로는 시험에 합격해도 선생님이 되는 힘든 과정을 견뎌낼 수 없을 거래. 아무리 오랜 시간이 흘렀어도 조시 파이를 좋아할 수 있는 방법을 여전히 모르겠어!

퀸스 학교에 도착해 보니 섬 전역에서 몰려온 학생들이 엄청나게 많았어. 우리가 제일 먼저 만난 사람은 계단에 앉아 중얼거리고 있던 무디 스퍼전이었어. 제인이 도대체 뭘하고 있냐고 물었더니 마음을 가라앉히려고 구구단을 외우고 또 외우는 중이니까 제발 말 걸지 말라는 거야. 잠깐이라도 멈췄다가는 공부한 내용을 홀라당 잊어버릴 거 같대. 구구단을 외우면 공부했던 것들이 머릿속에 딱 붙어 있을 것 같다는 거야!

배정된 교실로 들어가야 해서 스테이시 선생님은 가셔야 했어. 나는 제인이랑 나란히 앉았는데 제인은 어찌나 침착하던지, 정말 부럽더라. 똑똑하고 침착하고 이성적인 제인은 구구단은 영원히 외울 필요가 없을 거야! 나는 얼굴에 긴장한 티가 너무 난다거나, 교실 건너편에 있는 사람한테까지 내 심장이 뛰는 소리가 들린다거나 하면 어쩌나 얼마나 조마조마했는지 몰라. 그리고 어떤 아저씨가 들어오더니 영어 시험지를 나눠줬어. 시험지를 받으니까 손이 차가워지고 머리가 막 빙빙 도는 거야. 다이애나, 얼마나 끔찍한 순간이 있는지 몰라. 4년 전 내가 마릴라 아주머니한테 초록 지붕 집에 살아도 되냐고 물었던 그 순간이랑 완전히 똑같은 기분이었어. 그렇게 생각하니까 머리가 맑아지면서 심장이 다시 뛰기 시작하더라. 참, 심장이 갑자기 멈췄다는 말을 깜빡하고 쓰지 않았구나! 어쨌든 다행히도 그 종이로 내가 뭔가를 할 수 있을 것 같다는 마음이 들었어.

정오에는 집에서 점심을 먹고 오후에 다시 역사 시험을 봤지. 역사는 꽤 어려웠어. 연도가 헷갈려서 난리도 아니었단다. 그래도 그만하면 오늘 시험은 잘 본 거 같아. 아, 다이애나. 내일은 드디어 기하학 시험이야. 내 모든 힘을 끌어모아야 기하학 책을 펼치지 않고 오늘 밤을 버틸 수 있을 거야. 구구단 외우는 게 도움이 된다면 지금부터 내일 아침까지 외울 수도 있겠어.

저녁에는 다른 애들이 어쩌고 있나 궁금해서 나가봤어. 가는 길에 멍하게 방황하고 있던 무디 스퍼전을 만났어. 결국 역사 시험에 떨어졌다는 거야. 자신은 부모님을 실망하게 하려고 태어난 거 같다며 아침 기차로 집에 간대. 목사보다는 목수가 되는 게 더 쉬울 거라면서 말이야. 그래서 내가 다독여주면서 네가 그냥 가버리면 스테이시 선생님께 민폐를 끼치는 일이니 끝까지 남아야 한다고 설득하기도 했어. 나는 가끔 내가 남자로 태어났으면 좋겠다고 생각했거든. 그런데 무디 스퍼전을 보면 내가 여자로 태어났고 그 애 여동생이 아닌 게 기쁘기만 해.

루비가 묵는 하숙집에 가봤더니 루비는 완전 제 정신이 아니더라고. 영어 시험에서 큰 실수를 한 걸 그때 알게 된 거야. 그래서 좀 진정시킨 다음에 시내로 함께 나가서 아이스크림을 먹었어. 네가 같이 있었다면 얼마나 좋았겠니?

아, 다이애나. 기하학 시험이 빨리 끝나버렸으면 좋겠어! 하지만 린드 부인이 말씀하시길, 내가 기하학 시험에 떨어지든 붙든 해는 여전히 뜨고 질 거래. 사실이긴 해도 별로 위안은 안 되는 말이야. 내가 시험에 떨어진다면 해도 뜨지 않길 바라거든!

너의 충실한 친구,

앤

기하학 시험과 다른 과목 시험도 착착 진행되어 모두 끝났다. 금요일 저녁, 집에 도착한 앤은 약간 피곤하지만 해냈다는 만족감이 얼굴에 어려 있었다. 곧 다이애나가 초록 지붕으로 달려왔고 둘은 수년간 떨어져 있던 사람들처럼 반가워했다.

"보고 싶었던 친구야, 네가 다시 돌아오니까 이루 말할 수 없이 행복해. 우리가 샬럿타운에 갔던 게 아주 옛날 일처럼 느껴진다. 앤, 시험은 잘 봤니?"

"기하학만 빼고 나머지는 꽤 잘 본 거 같아. 붙을지 떨어질지 모르겠지만 왠지 떨어질 거 같은 으스스하고 소름 끼치는 예감이 들어. 아, 집에 돌아오니까 너무 좋아! 초록 지붕 집은 세상에서 가장 사랑스럽고 정다운 곳이야."

"다른 애들은 잘 봤대?"

"여자애들은 다 떨어질 것 같다고 말하지만 내가 보기엔 다들 잘 본 거 같아. 조시는 기하학이 어찌나 쉽던지 열 살짜리 애도 풀 수 있겠다고 했어! 무디 스퍼전은 아직도 역사에서 떨어졌다고 생각하고 찰리는 대수학을 망쳤대. 하지만 시험 결과가 어떻게 될지 모르니까 합격자 명단이 나올 때까지 기다려야지 뭐. 2주 후에나 나오는데 그동안 긴장 속에서 벌벌 떨어야 한다니! 차라리 지금 잠들어서 그때까지 절대 깨어나지 않았으면 좋겠다."

다이애나는 길버트 블라이드의 시험 결과를 물어봤자 소용이 없단 걸 알았으므로 그냥 이렇게만 말했다.

"넌 분명히 합격할 거야. 걱정하지 마."

"높은 순위로 붙지 못할 거라면 차라리 떨어지는 게 나아." 앤이 지나가듯 한 말이었지만, 다이애나는 앤이 진짜로 하고 싶었던 말을 알았다. 길버트 블라이드보다 더 높은 점수를 받지 못한다면 합격을 해도 진정한 합격이 아니며 속이 쓰릴 거라는 뜻이었다.

이런 생각에 시달리던 앤은 시험 기간 내내 신경을 곤두세워야만 했다. 그건 길버트도 마찬가지였다. 둘은 길에서 수없이 마주쳤지만 일절 아는 체를 하지 않았다. 앤은 매번 머리를 조금 더 빳빳이 치켜들면서 지나쳤지만, 길버트가 친구로 지내자고 했을 때 수락할걸 하고 또다시 후회했다. 그리고 시험에서 길버트를 눌러버리겠다고 더욱 굳게 다짐하길 반복했다. 둘 중 누가 이길 것인지 에이번리에 사는 학생이라면 누구나 궁금해하고 있다는 것을 앤도 알고 있었다. 심지어 지미 글로버와 네드 라이트는 돈을 걸었고, 조시 파이는 생각할 필요도 없이 길버트가 이길 거라고 나불댔다. 그래서 이 승부에서 진다면 모욕감을 견디기 더욱 힘들 것 같았다.

하지만 앤에게는 시험에서 좋은 성적을 거두고 싶은 더욱 기특한 동기가 있었다. 앤은 매슈와 마릴라, 특히 그중에서도 매슈를 위해 좋은 성적으로 합격하고 싶었다. 매슈는 앤이 섬 전체를 통틀어 1등을 할 거라고 장담해 왔다. 하지만 그 말은 꿈에서라도 불가능한 일이었다. 적어도 앤은 10등 안에만 들기를 간절히 원했다. 매슈의 다정한 갈색 눈동자가 자랑스러움으로 반짝이는 걸 보고 싶었다. 그렇게만 된다면 상상할 여지라고는 전혀 없는 방정식과 동사 변화를 치열하게 공부한 것에 대한 달콤한 보상이 될 터였다.

2주가 되던 날, 우체국에 철썩 붙어 있던 앤은 시끌벅적한 제인, 루비, 조시와 함께 손을 덜덜 떨며 샬럿타운 신문을 펼쳤다. 지난 일주일간 느꼈던 것과 똑같이 울적하고 침통한 기분이었다. 찰리와 길버트도 별수 없었다. 단호한 무디 스퍼전만이 끝까지 오지 않았다.

무디 스퍼전은 앤에게 이렇게 말했다. "나는 피가 얼어붙는 거 같아서 우체국까지 가서 명단을 볼 배짱이 없어. 누군가 불쑥 찾아와서 합격인지 불합격인지 말해줄 때까지 그냥 조용히 기다릴래."

계속 명단이 발표되지 않은 채 3주가 지나버리자 앤은 도저히 긴장감을 견딜 수 없을 것 같았다. 밥맛도 없어졌고 에이번리에서 하던 재밌는 일도 전부 시들해졌다. 린드 부인은 보수당 사람인 교육감에게 뭘 기대하냐고 했다. 매슈는 매일 오후 세상만사 귀찮다는 듯 우체국에서 집까지 발을 질질 끌고 오는 창백한 앤을 보고 내년 선거에서는 자유당에 투표해야 하나 진지하게 고민했다.

하지만 어느 날 저녁, 소식이 들려왔다. 앤은 열린 창문 앞에 앉아 여름에 지는 땅거미, 정원 밑에서 불어오는 향기로운 꽃의 숨결, 포플러 나무가 흔들리며 내는 아름다운 소리에 취해 시험에 대한 근심을 잊고 있었다. 전나무 숲 위로 쭉 뻗은 동쪽 하늘은 서쪽 하늘에서 반사된 희미한 분홍빛으로 물들었고 그걸 보던 앤은 색의 요정이 있다면 저런 색일까 상상했다. 그런데 그때, 다이애나가 펄럭이는 신문을 쥐고 전나무 숲을 지나 나무다리를 건너 언덕을 올라오는 게 보였다.

무슨 일인지 단번에 눈치 챈 앤은 벌떡 일어났다. 합격자 명단이 나온 것이다! 머리가 핑 돌았고 심장이 너무 쿵쾅거려 아플 지경이었다. 한 발자국도 움직일 수 없었다. 복도를 지난 다이애나가 너무 흥분한 나머지 노크도 하지 않고 문을 벌컥 열어 젖히는 순간까지 무려 한 시간은 더 걸린 것 같았다.

"앤, 너 붙었어!" 다이애나가 소리쳤다. "1등으로 합격했어! 너랑 길버트 둘 다 동점이야! 하지만 네 이름이 먼저 나왔어. 아, 정말 자랑스럽다!"

다이애나는 신문을 탁자에 집어 던지고 앤의 침대에 벌러덩 드러누웠다. 더는 말도 못 할 정도로 숨이 찼던 것이다. 앤은 떨리는 손으로 성냥갑을 뒤엎고 성냥도 다섯 개나 그은 후에야 램프에 불을 붙였다. 그러고는 신문을 낚아채듯 집어들었다. 그랬다. 앤은 합격이었다. 앤의 이름이 200명의 명단 제일 꼭대기에 있었다. 살아 있다는 게 기쁜 순간이었다.

기쁨으로 가득한 앤은 눈만 반짝일 뿐 아무 말도 하지 않았다. 숨을 고른 다이애나가 일어났다. "앤, 너 너무 훌륭히 잘 해냈어. 아버지가 브라이트리버역에서 신문을 가져오신 지 10분도 안 됐어. 오후 기차로 왔으니까 나머지는 내일이나 우체국에 도착할 거야. 명단을 보자마자 제정신이 아닌 사람처럼 달려왔어. 너희들 다 합격했어. 전부 다. 무디 스퍼전까지 다. 비록 역사는 조건부 합격이지만. 제인과 루비도 꽤 잘했어. 둘 다 중간 이상에 있고 찰리도 마찬가지야. 조시는 3점 차이로 간신히 합격했어. 하지만 그것과는 상관없이 자기가 이긴 것처럼 또 잘난 척을 해델 게 뻔하지. 스테이시 선생님이 정말 기뻐하시겠지? 아, 앤. 네 이름이 제일 위에 있는 걸 보니까 기분이 어때? 나라면 기뻐서 미쳐버리겠다. 지금도 거의 미칠 것 같지만. 그런데 어쩌면 너는 봄날의 저녁처럼 이렇게 차분하고 조용하니?"

"그냥 마음이 복잡해서 그래. 하고 싶은 말은 백 개가 넘는데 표현할 단어를 못 찾겠어. 이건 꿈도 못 꿨던 일인데…… 그래, 한 번 있었어! '내가 섬에서 일등을 하게 되면 어떨까?'하고 가슴을 졸였다가, 아무래도 건방진 생각이니까 그냥 조용히 접었지. 다이애나, 잠깐만 있어봐. 당장 들판에 가서 매슈 아저씨에게 알려야 해. 그리고 큰길로 나가서 다른 애들에게도 이 기쁜 소식을 전하자."

둘은 매슈가 건초를 높이 쌓고 있는 헛간 아래의 들판으로 달려갔다. 마침 오솔길 울타리에서 린드 부인이 마릴라에게 말을 걸고 있었다.

앤이 외쳤다. "매슈 아저씨, 저 합격했어요. 저 일등이에요. 아

니, 일등 중 한 명이에요! 허영심이 아니라 감사한 마음으로 하는 말이에요."

매슈가 합격자 명단을 들뜬 표정으로 쳐다보았다. "그것 봐라. 내가 늘 그랬잖니. 네가 모두를 너끈히 이길 줄 알았다."

마릴라 또한 앤이 극도로 자랑스러웠지만, 흠잡기 좋아하는 린드 부인 앞에서는 최대한 참았다. "정말 잘했구나. 정말 그렇구나, 앤." 하지만 마음 착한 린드 부인은 진심으로 이렇게 말해주었다.

"앤이 잘 해내리란 건 이미 알고 있었죠. 이런 건 칭찬받아 마땅하지. 앤, 네가 네 주변 사람들에게 큰 자랑거리가 됐구나. 그렇고말고. 우리 모두 네가 자랑스럽다."

그날 밤, 앤은 목사관에서 앨런 부인과 짧지만 진지한 대화를 나누며 행복한 저녁을 보냈다. 그리고 현란한 달빛이 쏟아지는 창문 앞에 얌전히 무릎을 꿇고 가슴에서 우러나오는 감사와 소망의 기도를 드렸다. 지난날을 감사하고 미래를 경건히 소망하는 내용이었다. 하얀 베개에 몸을 뉘었을 때 앤은 다 자란 어른의 꿈처럼 맑고, 밝고, 아름다운 꿈을 꾸었다.

# 33
## 호텔 발표회

"제발 흰색 오간디 드레스를 입자, 앤." 다이애나가 단호한 말투로 말했다.

둘은 동쪽 다락방에 있었다. 구름 한 점 없이 맑고 푸른 하늘은 황혼이 깃들어 사랑스러운 황록색으로 물들기 시작했다. '유령의 숲' 위로 두둥실 떠오른 둥근 달은 창백하기만 하더니 이내 광을 낸 것처럼 서서히 깊어졌다. 주변은 정다운 여름의 소리로 가득했다. 졸린 듯한 새들의 지저귐, 변화무쌍한 바람 소리, 멀리서 들려오는 사람들 목소리와 웃음소리. 하지만 앤의 방은 블라인드가 내려진 채 램프만 고요히 켜져 있었다. 둘은 진지하게 몸단장을 하는 중이었다.

4년 전, 텅 빈 벽에서 나오는 냉기가 앤의 뼛속까지 스미던 동쪽 다락방의 밤과는 사뭇 다른 느낌이었다. 마릴라의 묵인 아래, 방은 서서히 변하더니 여자아이들이라면 모두가 꿈꿀 법한 사랑스럽고 고상한 보금자리로 변했다.

앤이 어릴 때부터 그려왔던 분홍 장미가 그려진 벨벳 카펫이나 분홍색 실크 커튼이 현실로 이뤄진 건 아니었다. 하지만 앤이 자라는 동안 꿈도 함께 변했기에 아쉬워할 필요가 없었다. 바닥에는 예쁜 깔개가 놓였고 창에는 바람에 펄럭이는 부드러운 커튼이 달렸다. 옅은 초록빛을 띠는 아름다운 모슬린 천으로 만든 것이었다. 벽에 금색과 은색으로 무늬를 짠 태피스트리가 걸려있진 않았지만, 섬세한 사과꽃이 그려진 벽지에 앨런 부인이 선물로 준 아름다운 그림 몇 점이 걸려 있었다. 앤은 스테이시 선생님의 사진을 가장 눈에 띄는 자리에 걸고 사진 밑의 선반에 생화를 두었다. 오늘 밤에는 줄줄이 핀 하얀 백합 덕에 꿈 같은 은은한 향기가 방을 채웠다. 마호가니 가구는 없었지만 흰 페인트로 칠한 책장에 책이 가득했고, 쿠션을 놓은 고리버들 흔들의자, 흰 모슬린 천으로 장식한 경대, 금테가 고풍스럽게 둘린 거울이 있었다. 거울 위 둥근 부분에는 통통한 분홍빛 큐피드와 보라색 포도가 그려져 있었는데 그 거울은 손님방에 걸려 있던 것이었다. 옆에는 낮은 흰 침대가 있었다.

앤은 화이트샌즈 호텔에서 열리는 발표회에 가기 위해 치장하는 중이었다. 호텔 손님들이 샬럿타운 병원을 후원하기 위해 발표회를 준비하면서 주변 마을을 샅샅이 뒤져 무대에 설 아마추어 재주꾼들을 초청한 것이었다. 화이트샌즈 침례교회 성가대 출신의 버사 샘프슨과 펄 클레이는 이중창을 해달라고 요청받았다. 뉴브리지의 밀턴 클라크는 바이올린 독주를 할 것이고 카모디의 위니 아델라 블레어는 스코틀랜드 민요를 부를 예정이었다. 스펜서베일의 로라 스펜서와 에이번리의 앤 셜리는 시를 낭송하기로 했다.

앤이 예전에도 표현했듯 이건 인생의 전환점 같은 사건인지라 너무 신나고 흥분되었다. 매슈는 앤에게 이렇게 영광스러운 기회가 주어지자 너무 자랑스러운 나머지 천국까지 맞닿은 기분이었고 마릴라는 결코 인정하지 않겠지만 그에 뒤지지 않게 무척 기분이 좋았다. 하지만 그녀는 앤에게 보호자도 없이 젊은이들이 우르르 호텔을 나돌아다니는 건 적절하지 않다고 말했다.

앤과 다이애나는 제인 앤드루스와 제인의 오빠인 빌리가 끄는 4인용 마차를 타고 가기로 했다. 에이번리에서는 대여섯 명의 학생들도 구경하러 간다고 했다. 마을 밖에서도 손님이 잔뜩 오고 발표회 후에는 공연자들에게 저녁 만찬이 제공될 예정이었다.

앤이 초조하게 물었다. "정말 오간디 드레스가 제일 좋은 선택이었을까? 파란 꽃무늬 모슬린 드레스만큼 예쁘지 않은 거 같은데. 그리고 지금 유행하는 스타일이 아니잖아."

"하지만 이게 너한테 훨씬 더 잘 어울려. 아주 부드럽고 주름 장식도 아름답고 몸을 싹 감싸주잖아. 모슬린은 아무래도 좀 뻣뻣하고 과하게 차려입었다는 느낌을 줘. 하지만 오간디 드레스는 너를 위해 존재하는 옷 같아."

앤은 한숨을 쉬며 수긍했다. 옷을 고르는 취향이 수준 높기로 유명한 다이애나 앞으로 조언을 구하려는 사람들이 줄을 설 정도였다. 다이애나도 이 특별한 날을 위해 앤이라면 엄두도 못 낼 분홍색 드레스를 차려입었다. 사랑스러운 들장미 같은 분홍빛이 다이애나와 아주 잘 어울렸다. 하지만 다이애나는 공연에 서지 않으므로 자신의 차림새는 중요하지 않다고 생각했다. 그 대신 에이번리의 명예를 위해 자신의 모든 열정을 불태워 아름다운 옷과 고급스러운 머리로 앤을 완벽하게 꾸며주겠다고 다짐했다.

"주름 장식을 좀 더 내려봐. 그래, 허리띠는 내가 묶어줄게. 이제 실내화를 신어봐. 머리는 양 갈래로 땋아서 중간부터 위로 묶을 거야. 커다란 하얀 리본으로. 아니야, 이마에는 머리카락 하나도 나오게 해선 안 돼. 잔머리만 남길 거야. 이 스타일보다 더 잘 어울리는 건 없어. 앤, 앨런 부인도 네가 머리를 이렇게 가르면 성모마리아 같다고 하셨잖아. 이 하얀 장미는 네 귀 바로 뒤에 꽂아줄게. 내 정원에 한 송이밖에 없었는데 너 주려고 아껴 뒀어."

앤이 물었다. "진주 목걸이를 해야 할까? 지난주에 매슈 아저씨가 시내에 가신 김에 사오셨어. 내가 한 걸 보고 싶어 하실 거야."

다이애나가 입술을 오므리고 스타일을 점검하듯 검은 머리를 한쪽으로 갸우뚱하더니 마침내 목걸이를 걸자고 했다. 그래서 우유처럼 희고 가느다란 앤의 목에 진주 목걸이가 걸렸다.

다이애나가 순수하게 부러워하며 말했다. "앤, 너한테는 특별한 분위기가 있어. 머리를 참 꼿꼿이 든다니까. 네 몸매가 그런가 봐. 난 그냥 뚱뚱하기만 하거든. 늘 살이 찔까 두려웠는데 이제는 받아들였어. 포기해야지 뭐!"

앤이 자신의 얼굴 가까이에 있는 예쁘고 명랑한 얼굴을 향해 애정 어린 미소를 지었다. "하지만 넌 예쁜 보조개가 있잖아. 크림에 움푹 들어간 부분처럼 정말 사랑스러운 보조개야. 난 이제 보조개가 생겼으면 하는 희망은 다 접었어. 그 꿈은 절대 이뤄질 수 없을 거야. 하지만 다른 꿈이 많이 이뤄졌으니까 불평할 순 없지. 나 이제 준비 다 된 거니?"

"다 됐어." 다이애나가 자신 있게 말했다. 그때 마릴라가 문을 열고 나타났다. 각진 몸은 여전했지만, 머리카락은 전보다 더 희끗희끗했고 얼굴은 훨씬 부드러워졌다. "마릴라 아주머니, 들어오셔서 우리 낭송가 좀 보세요. 사랑스럽죠?"

마릴라는 코웃음인지 앓는 소린지 모를 소리를 냈다.

"깔끔하고, 단정해 보이는구나. 머리를 그렇게 한 것도 마음에 들고. 하지만 먼지가 날리고 이슬이 앉을 텐데 거기까지 마차를 타고 가다가 옷이 더러워지지 않겠니? 이런 축축한 밤에 입기엔 옷이 너무 얇아 보이는구나. 오간디는 세상에서 가장 쓸데없는 천이야. 매슈가 사올 때부터 이미 이야기했건만. 하긴 요즘 매슈에게 무슨 말을 해도 소용이 없어. 내 조언을 들을 때도 있었지만 이제는 앤을 위해서라면 뭐든 사오잖니. 카모디에 있는 점원들도 매슈에게 모든 걸 쉽게 팔 수 있단 걸 알지. 매슈에게 예쁘다, 유행이다, 말만 하면 돈을 턱턱 내어주니까. 앤, 치마가 마차 바퀴에 닿지 않게 조심하고 따듯한 재킷을 입거라."

그리고 마릴라는 자랑스러운 듯 계단을 내려갔다. 앤이 어찌나 아름다웠던지 이런 시구가 떠올랐다. '한 줄기 달빛이 이마에서 정수리까지 비추는구나.' 그리고 그녀는 앤이 외우는 시를 직접 들을 수 없다고 생각하자 아쉬웠다.

앤은 걱정이 되었다. "이 드레스를 입기에 날씨가 너무 습하면 어쩌지."

다이애나가 창문 블라인드를 위로 올렸다. "전혀 그렇지 않아. 아주 완벽한 밤이고 이슬은 내리지 않을 거야. 달빛 좀 봐."

앤이 다이애나에게 다가가며 말했다. "내 방 창문이 해가 뜨는 동쪽으로 나 있는 게 정말 좋아. 쭉 뻗은 언덕 위로 아침이 밝아오고, 뾰족한 전나무 꼭대기 사이로 빛이 새어나오는 걸 보면 정말 근사해. 아침마다 제일 이른 햇살로 내 영혼을 씻는 기분이야. 아, 다이애나, 이 작은 방이 나에게 얼마나 소중한지 몰라. 다음 달에 가는 샬럿타운에는 이 방이 없잖아. 어떻게 지낼지 모르겠다."

다이애나가 애원했다. "앤, 오늘 밤에는 떠난다는 말을 하지 말아줘. 생각하기 싫어. 너무 우울해진단 말이야. 오늘 저녁은 재미있게 보내자. 어떤 시를 낭송할 거니? 긴장되니?"

"전혀. 사람들 앞에서 하도 많이 낭송했더니 이제는 별로 안 떨려. 「소녀의 맹세」를 외울 거야. 아주 감동적인 시야. 로라 스펜서는 재미있는 시를 낭송한다는데, 나는 사람들을 웃기려는 것보다는 울게 하고 싶거든."

"앙코르 받으면 뭘 낭송할 거야?"

"사람들이 나한테 참도 앙코르를 하겠다." 앤은 말도 안 된다는 듯 웃었다. 하지만 앤은 청중들이 앙코르를 외치길 남몰래 바랐고 내일 아침 식탁에서 매슈에게 이야기보따리를 풀어놓는 자신의 모습까지 이미 상상해둔 터였다. "빌리와 제인이 왔다. 마차 소리가 들려. 가자!"

빌리 앤드루스가 앤이 자기와 함께 앞자리에 앉아야 한다고 우겼기 때문에 앤은 어쩔 수 없이 빌리 옆으로 올라탔다. 앤은 친구들과 마음껏 웃고 떠들 수 있는 뒷자리가 훨씬 더 좋았다. 어쨌거나 빌리와는 웃고 떠들 거리가 별로 없었다. 빌리는 덩치가 크고 뚱뚱하고 둔한 스무 살 청년으로 넓고 동그란 얼굴에 대화 능력이라고는 애처로울 정도로 형편없었다. 하지만 빌리는 앤을 대단히 흠모했고 이 날씬하고 꼿꼿한 인물을 옆에 태우고 화이트샌즈까지 마차를 몰고 간다고 생각하자 마음이 뿌듯했다.

앤은 어깨너머로 친구들과 이야기하고 예의상 가끔씩 빌리에게도 대화를 건넸다. 빌리는 미소를 짓거나 허허 웃기만 하면서 대답할 때를 놓치긴 했지만 그래도 마차를 신나게 몰았다. 즐거운 밤이 될 것 같았다. 도로에는 호텔로 가는 마차들이 가득했고 가는 길 내내 사람들의 웃음소리가 청명하게 울리고 또 울렸다. 마차가 호텔에 도착하니, 건물은 꼭대기부터 바닥까지 온갖 조명으로 번쩍번쩍했다. 준비위원회 여성들이 앤과 친구들을 안내했고 그중 한 명이 앤을 공연자 대기실로 데려갔다. 대기실은 샬럿타운 심포니 단원들로 바글바글했다. 그들 사이에 끼어 있으려니 앤은 갑자기 쑥스럽고 겁이 났으며 자신이 초라하게 느껴졌다. 앤의 드레스는 동쪽 다락방에서 그렇게 고상하고 아름다워 보였으나 지금은 평범하고 궁상맞아 보였다. 앤 주위를 돌아다니는 반짝이고 바스락거리는 실크 드레스나 레이스 드레스와 비교해 보니 앤의 드레스는 너무나도 평범했다. 옆에 있던 덩치 크고 번듯하게 생긴 여자의 다이아몬드에 비해 앤의 진주 목걸

이가 얼마나 빈약하던지! 그리고 다른 여자들의 머리에 장식된 온실꽃들 사이에서 앤 머리에 있는 흰 장미 한 송이는 얼마나 볼품없던지! 앤은 모자와 재킷을 벗어놓고 비참한 기분으로 구석에 몸을 숨겼다. 초록 지붕 집의 하얀 방으로 돌아가고 싶었다.

거대한 공연장의 무대에 올라보니 상황은 훨씬 더 심각했다. 전등은 눈이 부실 만큼 강했고 향수 냄새와 사람들이 웅성거리는 소리에 정신이 하나도 없었다. 앤은 뒤쪽에서 즐겁게 놀고 있는 다이애나와 제인과 함께 관객석에 앉았다면 얼마나 좋았을까 생각했다. 앤은 분홍색 실크 드레스를 입은 뚱뚱한 여자와, 하얀 레이스 드레스를 입고 비웃는 듯한 표정의 키 큰 소녀 사이에 끼어 있었다. 뚱뚱한 여자는 이따금씩 고개를 돌리며 안경 너머로 앤을 살펴보았다. 감시당하는 일에 매우 예민한 앤은 크게 소리를 내지르고 싶었다. 하얀 레이스 드레스를 입은 소녀는 옆 사람에게 관객들이 시골뜨기니, 촌 아가씨니 하며 큰 소리로 계속 떠들었고 시골 사람들이 하는 공연이 얼마나 재미있을지 기대된다고 빈정거렸다. 앤은 죽을 때까지 그 하얀 레이스 소녀를 증오하기로 했다.

마침 앤에게 불행한 일이 생겼는데, 하필이면 호텔에 머물고 있던 전문 낭송가가 낭송을 부탁받고 무대에 오른 것이었다. 낭송가는 몸짓이 나긋나긋하고 까만 눈동자의 여성이었고 달빛을 엮어 만든 듯한 잿빛 드레스를 멋들어지게 입고 목과 까만 머리는 보석으로 장식했다. 낭송가는 놀랍도록 다채로운 목소리와 굉장한 표현력으로 시를 읊었다. 청중은 열렬한 환호를 보냈다. 그때는 앤도 자신이 처한 곤경 따위는 전부 잊은 채 눈을 반짝이며 경청했다. 하지만 낭송이 끝나자 갑자기 손으로 얼굴을 확 감싸쥐었다. '저 순서 다음으로는 절대 낭송할 수 없어, 절대! 내가 낭송이란 걸 할 수 있다고 생각했던가? 아, 초록 지붕 집으로 돌아갈 수만 있다면!'

불길한 순간, 앤의 이름이 불렸다. 하얀 레이스 소녀가 약간 찔려하며 놀란 것을 앤은 눈치 채지 못했다. 만약 눈치를 챘더라도 그 표정에서 희미한 부러움이 비치는 것을 이해하지 못했을 것이다. 자리에서 일어난 앤이 무대 앞으로 비틀거리며 나갔다. 어찌나 창백해 보였던지 관중석에 앉아 있던 다이애나와 제인은 불안한 마음으로 서로의 손을 꽉 잡았다.

무대 위에 서자 앤은 어마어마한 무대 공포증에 사로잡혔다. 사람들 앞에서 종종 낭송을 해왔지만 이렇게 많은 관객은 처음이었다. 눈앞에 펼쳐진 광경은 그야말로 앤의 혼을 쏙 빼놓기에 충분했다. 모든 게 이상했고 지나치게 밝았으며 너무 혼란스러웠다. 이브닝드레스를 입은 여성들로 들어찬 객석, 비평가의 표정을 한 얼굴들, 앤 주변을 둘러싼 풍요로움과 지적인 분위기…… 다정한 표정으로 응원해 주던 친구들과 이웃들로 가득 찬 토론 대회장의 소박한 분위기와는 전혀 달랐다. 이 청중들은 가차 없이 냉정할 것 같았다. 하얀 레이스 소녀처럼 그들은 앤이 촌스럽게 아등바등하는 공연을 보고 재밌어할지도 몰랐다. 앤은 절망스러웠고, 감당하지 못할 정도로 창피했고, 비참한 기분이었다. 무릎은 덜덜 떨렸고 가슴은 퍼덕거렸으며 끔찍한 현기증에 시달렸다. 말할 수 없는 창피를 당하더라도 무대에서 도망치고 싶었다. 모욕감이 평생 자신을 따라다닐 테지만, 그래도 상관없었다.

하지만 겁먹은 눈동자로 청중 너머를 바라보자, 갑자기 공연장 뒤쪽에 앉아 몸을 앞으로 기울인 채 얼굴에 미소를 띤 길버트 블라이드가 보였다. 앤은 그 미소를 보자마자 길버트가 승리감에 취해 빈정거린다고 짐작했다. 하지만 사실은 그런 의미의 웃음이 아니었다. 길버트는 그저 이 행사가 전반적으로 재미있었고 특히 종려나무를 배경으로 서 있는 앤의 하얗고 가녀린 모습과 기품 있는 얼굴을 보고 웃고 있던 거였다. 옆에는 길버트와 함께 온 조시 파이가 앉아 있었는데 오히려 의기양양하고 조롱하는 표정을 짓고 있던 건 조시였다. 하지만 앤은 조시를 보진 못했고 설령 봤다 해도 신경도 안 썼을 것이다. 앤은 숨을 깊이 들이쉬고 머리를 위풍당당하게 들었다. 그러자 마치 전기 충격처럼 용기에 찬 결단이 저릿저릿 올라왔다. '나는 길버트 블라이드 앞에서 절대 망치지 않을 것이다. 길버트는 절대 나를 비웃을 수 없다. 절대, 절대!' 앤의 공포와 긴장감은 눈 녹듯 사라졌다.

앤은 낭송을 시작했다. 낭랑하고 듣기 좋은 목소리는 떨리거나 끊기지 않고 공연장 끝까지 쭉 뻗어나갔다. 침착함을 완벽히 되찾은 앤은 무기력하고 끔찍했던 순간을 만회하려는 듯 전보다도 훨씬 멋있게 시를 외웠다. 낭송을 마치자 진심 어린 박수가 터져나왔다. 앤은 수줍기도 하고 기쁘기도 해서 얼굴을 붉히며 자리로 돌아왔다. 그런데 옆자리의 분홍 실크 드레스 여자가 앤의 손을 꽉 움켜쥐더니 마구 흔들어댔다.

"세상에, 얘야. 정말 굉장했다. 난 정말이지 아기처럼 울었단다. 자, 사람들이 앙코르를 외치지 않니. 네가 나올 때까지 기다릴 거야!" 여자는 숨을 헐떡이며 말했다.

앤은 어리둥절했다. "아니에요. 전 못 나가요. 하지만…… 그래도, 가긴 가야 해요. 안 그러면 매슈 아저씨가 실망하실 거예요. 사람들이 앙코르를 외칠 거라고 하셨거든요."

"그럼, 매슈 아저씨를 실망시키면 안 되지." 분홍 실크 드레스 여자가 웃어보였다.

붉게 달아오른 미소가 앤의 얼굴로 피어올랐고, 무대로 나간 앤은 초롱초롱한 눈을 한 채 기묘하고 재밌는 짤막한 시를 낭송해서 청중들을 완전히 사로잡았다. 그 이후로의 시간은 그저 앤을 위해 존재하는 듯했다.

발표회가 끝났다. 백만장자 미국인의 부인이라는, 분홍 드레스의 여자가 앤을 데리고 다니며 사람들에게 소개했다. 모든 사

람이 앤을 친절하게 대했다. 전문 낭독가인 에반스 부인은 앤에게 매력적인 목소리와 시를 아름답게 해석하는 능력이 있다고 말해주었다. 심지어 하얀 레이스 소녀도 어정쩡하게 짧은 칭찬을 건넸다. 다이애나와 제인도 앤과 함께 왔다는 이유로 식사에 초대받았다. 그들은 아름답게 장식된 커다란 식당에서 저녁을 먹었다. 하지만 함께 초대받은 빌리는 질겁하더니 허겁지겁 도망가 자취를 감췄다. 하지만 식사를 마친 세 명의 소녀가 잔잔한 하얀 달빛 아래로 신나게 걸어나오자 빌리는 마차 앞에서 그들을 기다리고 있었다. 앤은 깊은 숨을 쉬며 어둑한 전나무 가지 너머로 보이는 맑은 하늘을 올려다보았다.

아…… 조용하고 순수한 밤 아래로 다시 나오니 정말 상쾌했다! 밤을 뚫고 희미하게 들리는 파도 소리, 그 너머 마법에 걸린 해안가를 지키는 험상궂은 거인 같은 어둑한 절벽. 이 모든 게 얼마나 멋있고 고요하고 위대해 보이는지.

마차를 타고 나오며 제인이 한숨을 내쉬었다. "완벽하게 멋진 시간이었지? 내가 돈 많은 미국인이라면 호텔에서 여름을 보내고, 보석을 차고, 목이 파인 드레스를 입고, 아이스크림과 닭고기 샐러드를 먹으며, 하루하루 행복하게 지낼 거야. 학교에서 애들을 가르치는 것보다 훨씬 더 재미있을 거 같은데. 앤, 네 낭송은 정말이지 굉장했어. 처음에는 시작도 못 할 거 같더니, 에반스 부인보다 더 잘한 거 같아."

앤이 재빨리 말했다. "아니야. 제인, 말도 안 되는 소리야. 에
반스 부인은 전문가인데 내가 더 잘할 수는 없지. 난 낭송하는
법을 이제야 좀 알게 된 학생일 뿐이야. 사람들이 내가 낭송한
시를 좋아한다면 그걸로 만족해."

"앤, 어떤 사람이 널 칭찬하더라. 그 사람 말투로 보면 칭찬인
게 확실해. 잘 모르지만 그랬던 거 같아. 제인과 내 뒤에 미국 사
람이 앉아 있었는데 머리카락이랑 눈이 석탄처럼 시꺼멓고 아
주 낭만적으로 생겼더라. 조시 파이가 그러는데 그 사람 유명한
화가래. 보스턴에 어머니의 사촌이 사는데 사촌 남편이 그 화가
랑 같은 학교를 다녔대. 그런데 화가가 하는 말 너도 들었지, 제
인? 그렇지? '무대에 서 있는 저 티치아노 머리를 한 굉장한 소
녀는 누구지? 내가 그리고 싶은 얼굴이군.' 그랬단 말이야, 앤.
그런데 티치아노 머리가 뭐니?"

앤이 웃었다. "그냥 빨강 머리를 말한 거야. 티치아노는 머리
카락이 빨간 여자를 즐겨 그리던 아주 유명한 화가거든."

제인이 한숨을 쉬었다. "여자들이 걸친 다이아몬드 봤니? 정
말이지 화려하더라. 얘들아, 너희는 부자가 되고 싶지 않아?"

앤이 당당히 말했다. "우린 이미 부자야. 우리는 16년 세월 동
안 인정받으며 잘 살았고 여왕만큼 행복하고 상상력도 발휘할
수 있잖아. 물론 정도의 차이는 있지만. 바다를 봐, 얘들아. 저 은
빛과 그림자들, 보이지 않는 것들을 상상해 봐. 수백만 달러와

다이아몬드가 줄줄이 손안에 있다면 더는 이런 것들이 소중하다고 느끼지 못할 거야. 그런 여자들 중 한 명이 될 수 있다 해도 그렇게 되진 않을 거고. 너희는 그 하얀 레이스 소녀처럼 되고 싶니? 세상을 우습게 여기려고 태어난 사람처럼, 살아가는 내내 그런 뿌루퉁한 표정을 짓고 싶어? 아니면 친절하고 착하긴 했지만 그렇게 짧고 뚱뚱해서 맵시라곤 전혀 없는 그런 분홍색 부인이 되고 싶다는 거야? 아니면 에반스 부인도 그래. 눈이 그렇게 슬퍼 보일 수가 있는 거니? 표정을 보아하니 한때 끔찍하게 불행했던 사람인 게 분명해. 제인 앤드루스, 너 그렇게 되기 싫잖아!"

제인은 확신이 안 선 듯했다. "잘 모르겠다. 그래도 다이아몬드가 있다면 대단히 큰 위로가 될 거 같아."

"글쎄, 나는 나 외에 다른 사람이 되고 싶진 않아. 살면서 한 번도 다이아몬드로 위로를 받지 못한다고 해도 말이야. 나는 내 진주 목걸이랑 초록 지붕 집의 앤으로 충분히 만족스러워. 분홍 드레스 부인의 보석에는 없는 매슈 아저씨의 사랑이 내 진주 목걸이에 담겨 있다는 걸 아니까."

# 34
## 퀸스 여학생

그 후로 3주 동안 초록 지붕 집은 앤의 퀸스 학교 입학 준비로 분주했다. 바느질거리도 많았고 상의하고 결정해야 할 일도 많았다. 매슈가 확실히 해둔 덕에 예쁜 옷도 잔뜩 준비했다. 마릴라도 이번만은 매슈가 무엇을 사오든, 어떤 것을 사라고 제시하든 토를 달지 않았다. 사실 한술 더 떴다. 어느 날 저녁, 마릴라는 연초록색의 고운 천을 한 아름 들고 동쪽 다락방으로 올라갔다.

"앤, 여기 질 좋고 가벼운 드레스 천을 가져왔다. 이미 번듯한 상의가 많으니까 꼭 필요할 거라고 생각하진 않지만, 그래도 시내로 나갈 때나 파티 같은 데 초대받았을 때 입고 갈 만한 번듯한 정장 드레스가 필요할 거 같았다. 제인, 루비, 조시는 '이브닝 드레스'라고 부르는 그런 옷이 있다는데, 너만 없어서는 안 되지. 지난주에 앨런 부인의 도움을 받아 시내에서 골랐다. 에밀리 길리스한테 만들어달라고 할 거야. 취향이 세련됐고 그보다 재단을 더 잘하는 사람은 없으니까."

"아, 마릴라 아주머니. 너무 예뻐요. 정말 감사합니다. 이렇게 잘 해주시니 집을 떠나기가 매일 더 힘들어지네요."

에밀리의 취향이 한껏 들어간 초록색 드레스는 주름 장식과 프릴이 잔뜩 잡혀 있었다. 어느 날 저녁, 앤은 매슈와 마릴라를 위해 드레스를 입고 부엌에서 「소녀의 맹세」를 낭송했다. 생기 넘치는 얼굴과 우아한 몸짓을 보며 마릴라는 초록 지붕 집에 앤이 처음 왔던 저녁으로 거슬러 올라갔다. 터무니없는 누런 갈색 원시직물 원피스를 입고 겁에 질려 있던 아이의 모습이 생생히 떠오르자 마릴라의 마음이 애끓었고, 눈에는 눈물이 맺혔다.

앤은 의자에 앉은 마릴라에게 다가갔다. 그리고 명랑하게 허리를 숙여 늙은 여인의 볼을 눈썹으로 간지럽혔다. "마릴라 아주머니가 제 낭송을 듣고 감격해서 눈물을 흘리시다니. 이건 대단한 성공이 아닐까요?"

마릴라는 시 같은 걸 듣고 슬프다며 약한 모습을 보이는 걸 우습게 여기는 사람이었다. "아니다. 시를 듣고 운 게 아니야. 앤,

네가 얼마나 자그마한 소녀였나 하는 생각이 저절로 드는구나. 조금만 더 오래 어린 소녀로 있어줬으면…… 아무리 엉뚱하게 굴어도 말이다. 이제 이렇게 자라서 가버리는구나. 키가 아주 커 보이고 맵시 있고, 그 드레스를 입고 있으니 아주…… 아주…… 달라 보이는구나. 에이번리에 사는 사람 같지가 않아. 그런 생각 이 드니까 마음이 쓸쓸하구나."

"마릴라 아주머니!" 앤은 마릴라의 체크무늬 치마 앞에 앉아 마릴라의 야윈 얼굴을 두 손으로 감쌌다. 그리고 진지하고 다정 하게 눈을 바라보았다. "저는 하나도 변하지 않았어요. 하나도 요. 그냥 가지를 치고 좀 다듬었을 뿐이에요. 제 안에 있는 진짜 저는 여전히 똑같아요. 제가 어디를 가든 겉모습이 어떻게 바뀌 든 전혀 달라지지 않을 거예요. 앞으로도 제 마음속에는 아주머 니와 매슈 아저씨, 그리고 소중한 초록 지붕 집을 매일매일 더 사랑할 아주머니의 작은 앤이 있어요."

앤은 윤기 흐르는 볼을 마릴라의 푹 꺼진 볼에 갖다 대고 한 손을 뻗어 매슈의 어깨를 토닥였다. 마릴라도 앤처럼 감정을 술 술 표현할 수 있는 능력이 있다면 수많은 말을 했을 것이다. 하 지만 타고난 성격과 습관 때문에 마릴라는 그저 앤이 떠나지 않 았으면 하는 다정한 마음으로 그저 자신의 소녀를 꼭 품을 뿐이 었다.

눈가가 촉촉해진 매슈는 일어나서 밖으로 나갔다. 별이 쏟아지는 푸른 여름밤, 그는 흔들리는 마음으로 마당을 지나 포플러 나무 아래 대문으로 걸어갔다.

"그래, 애가 버릇없게 크진 않았어. 내가 가끔 간섭하긴 했지만 결국 애를 크게 망치거나 한 건 아니잖아. 아이가 똑똑하고 예쁘고 다정하기도 하지. 그게 다른 것보다 제일 좋은 점이야. 아이는 우리에게 축복이었어. 스펜서 부인의 실수로 벌어진 일이었지만 이보다 더 운이 좋은 실수는 없었어. 그게 운이였다면 말이지. 하지만 그건 운 같은 게 절대 아니야. 신의 섭리였지. 생각해 보니 전능하신 하느님은 우리에게 앤이 필요하단 걸 아셨던 게야."

앤이 샬럿타운으로 떠나야 하는 날이 드디어 오고 말았다. 9월 화창한 아침, 앤은 다이애나와 한바탕 눈물을 쏟으며 작별했고 마릴라와도 인사를 나누었다. 적어도 마릴라 입장에서는 눈물을 흘리지 않은 담백한 작별이었다. 앤은 매슈와 함께 마차를 타고 떠났다. 하지만 앤이 떠나고 나자, 다이애나는 눈물을 닦고 카모디 사촌들과 화이트샌즈 해변으로 소풍을 가서 나름대로 즐겁게 지냈다. 반면 마릴라는 하지 않아도 되는 일에 맹렬히 몰두하며 온종일 쓰라린 가슴앓이를 했다. 그 쓰라림은 몸이 타고 찢기는 듯하여 눈물을 흘린다고 금방 씻어낼 수 있는 게 아니었다. 그날 밤, 침대에 누운 마릴라는 복도 끝 작은 동쪽 방에 발랄한 어린애가 더는 살지 않으며 부드러운 숨소리도 들리지 않는다는 사실을 처절하게 깨달았다. 슬픔을 주체할 수 없었던 그녀는 베개에 얼굴을 묻고 앤을 떠올리며 울기 시작했다. 그러다 좀 안정을 찾은 후에, 한낱 죄인인 인간에게 이 정도로 얽매이는 게 얼마나 사악한 행동인지 생각하곤 간담이 서늘해졌다.

딱 제시간에 샬럿타운에 도착한 앤과 에이번리의 나머지 학생들은 서둘러 퀸스 학교로 갔다. 첫날은 흥분으로 가득했다. 학생들은 새 친구들을 만나고 교수들과 얼굴을 익히고 교실을 배정받으면서 정신없이 보냈다. 앤은 스테이시 선생님의 조언에 따라 2학년 수업을 들을 계획이었다. 길버트 블라이드도 똑같은 수업을 듣기로 선택했다. 성적을 잘 받기만 한다면 2년이 아니라 1년 만에 일급 교사 자격증을 딸 수 있었다. 하지만 원래 과정보다 훨씬 더 힘들게 공부해야 했다. 그다지 큰 욕심이 없는 제인, 루비, 조시, 찰리와 무디 스퍼전은 이급 교사 자격증에 만족했다. 앤은 교실 저편에 앉아 있는 갈색 머리의 키 큰 남자애만 빼면 50명 학생 중 아는 사람이 하나도 없다는 걸 깨달았다. 그러자 극심하게 외로워졌다. 저 남자애와는 안면이 있는 사이였지만 워낙 사연이 복잡했으므로 별 도움이 되지 않아 앤은 실망스러웠다. 하지만 저 애와 같은 반이 되었다는 사실이 한편으로는 다행이었다. 오랫동안 이어오던 라이벌 관계를 유지할 수 있을 테니까. 그게 없다면 앤은 도대체 무얼 해야 할지 몰랐을 것이다.

앤은 이런 생각을 하고 있었다. '경쟁하지 않으면 오히려 마음이 편치 않을 거야. 길버트, 쟤 표정이 장난 아니네. 지금 메달을 따겠다고 단단히 마음을 먹은 거 같아. 그나저나 턱선이 왜 저렇게 멋있지! 전엔 몰랐는데. 아, 제인이랑 루비도 일급 반을 들으면 좋을 텐데. 그래도 곧 친구들을 사귄다면 낯선 다락방에 갇힌 고양이처럼 더는 겁먹지 않아도 되겠지. 여기서 어떤 여자애가 내 친구가 될까. 이런 추측도 재밌는걸. 물론 퀸스에서 새로 사귄 친구가 아무리 좋아져도 다이애나만큼 소중히 여길 순 없어. 다이애나와 약속했으니까. 하지만 그다음으로 좋아하는 친구들은 많이 사귈 수 있잖아. 저 갈색 눈동자에 진홍빛 상의를 입은 애의 표정이 마음에 드는데. 발랄해 보이고 장미처럼 붉은 얼굴이네. 저기 창밖을 내다보고 있는 금발에 얼굴이 창백한 애는 어떨까? 머리카락이 예쁘고 꿈 좀 꿀 줄 아는 애 같은데. 둘 다 알고 지내고 싶다. 허리에 팔을 두르고 걷거나 막 별명을 부를 수 있을 정도로 친하게 지내고 싶어. 하지만 지금은 걔들을 모르고 걔들도 나를 모르니까. 아마 나에 대해 딱히 알고 싶지는 않겠지. 아, 외로워!'

앤은 땅거미가 진 그날 밤, 방에 덩그러니 혼자 있으려니 더욱 외로웠다. 다른 아이들은 모두 친척들이 시내에 있었기 때문에 앤과 함께 지낼 수 없었다. 조세핀 베리 할머니가 앤에게 너도밤나무 집으로 와서 지내라고 했지만, 그 집은 학교에서 너무 멀어 그럴 수 없었다. 그래서 조세핀 할머니는 직접 하숙집을 골라주었고 앤에게 딱 적당한 집이라며 매슈와 마릴라를 안심시켰다.

조세핀 할머니는 이렇게 설명했다. "비록 지금은 가세가 기울었지만 상류층 부인이 운영하는 집이에요. 남편은 영국인 장교고 부인은 하숙생을 까다롭게 가려서 받지요. 그 집에 있는 동안 불쾌한 사람을 만날 일은 없을 겁니다. 음식도 좋고, 집도 학교랑 가깝고, 조용한 동네죠."

그 말은 모두 사실이었지만, 생애 처음 지독한 향수병에 걸린 앤에게는 별 도움이 되지 않았다. 앤은 흐릿한 벽지에 그림 한 점 없는 벽, 작은 철제 침대 틀과 텅 빈 책장이 있는 좁고 작은 방을 쓸쓸한 눈길로 훑어봤다. 그리고 초록 지붕 집의 하얀 방을 생각하자 무언가 복받쳐 올라 목구멍이 콱 막혔다. 하얀 방의 창밖으로는 초록 세상이 펼쳐졌고 정원에는 스위트피가 자랐다. 과수원에는 달빛이 쏟아지고 비탈길 아래로는 개울이 흐르며 그 너머로 밤바람에 가문비나무 가지가 흔들렸다. 별이 가득한 하늘, 다이애나의 방 불빛이 나무들 사이로 새어나오는 걸 지켜볼 수 있었던 즐거운 하얀 방. 이 집에 그런 건 하나도 없었다. 여기 창문 밖은 복잡한 전화선 때문에 하늘이 잘 보이지도 않았다. 또한 이질적으로 느껴지는 쿵쿵거리는 발소리와 수많은 조명들이 비추는 낯선 얼굴들, 그리고 딱딱한 거리만 보일 뿐이었다. 앤은 눈물이 나올 것 같았지만 꾹 참았다.

"울지 않을 거야. 한심해…… 그리고 약해 보이잖아…… 코 옆으로 세 번째 눈물방울이 흐르고 있어. 더 나올 거 같아! 뭔가 재미있는 걸 생각해서 눈물을 멈춰보자. 휴, 에이번리와 연관된 거 외에는 재미있는 건 아무것도 없네. 그러니까 더 슬퍼지잖아…… 넷, 다섯…… 다음 주 금요일에 집에 가겠지만 100년 후처럼 느껴져. 아, 매슈 아저씨가 지금쯤이면 집에 거의 오셨겠고 마릴라 아주머니는 문에 서서 아저씨를 기다리며 오솔길을 굽어보고 계시겠지. 여섯, 일곱, 여덟…… 아, 눈물을 세어봤자 뭐해! 이제 줄줄 흐를 텐데. 기운을 낼 수가 없어. 기운 내기도 싫어. 비참한 기분으로 있는 게 나아!"

바로 그 순간, 조시 파이가 나타났다. 만약 조시가 아니었다면 앤은 분명히 눈물을 바가지로 쏟았을 것이다. 앤은 익숙한 얼굴을 보자 너무 반가운 나머지 둘 사이가 그리 좋지 않다는 것도 새까맣게 잊었다. 에이번리와 관계만 있다면, 파이 집안사람이라도 대환영이었다.

앤이 진지하게 말했다. "네가 와주다니 정말 기쁘다."

조시가 약을 올리듯 앤을 불쌍해했다. "너 울고 있었구나. 향수병에 걸렸나 보네. 어떤 사람들은 그런 면에서 참 약해빠졌더라. 나는 향수병에 걸릴 일은 꿈에도 없는데 말이야. 느려터진 에이번리에 비하면 샬럿타운은 재미있는 게 넘치는 곳이지. 거기에서 어떻게 그렇게 오래 살았는지 몰라. 앤, 너 울면 안 돼.

네 코랑 눈이 빨개지니까 정말 안 어울려. 전부 빨갛게 보이잖아. 오늘 학교에서 정말이지 탁월하게 멋진 시간을 보냈어. 프랑스어 교수님이 얼마나 귀엽게 생겼는지 몰라. 콧수염을 보면 너도 심장이 쿵쿵 뛸걸. 앤, 뭐 먹을 거 있니? 배고파 죽겠네. 마릴라 아주머니가 너한테 케이크를 잔뜩 싸줬을 거 같아서 들른 거야. 아니면 프랭크 스토클리가 밴드 공연하는 걸 보러 공원에 갔을 거야. 나랑 같은 하숙집에 사는 앤데 참 재미있더라고. 프랭크가 오늘 교실에서 널 보고 저 빨강 머리는 누구냐고 묻더라. 그래서 커스버트네가 입양한 고아라고, 그 전엔 네가 뭘 하며 살았는지 아는 사람은 아무도 없다고 말해줬지."

앤은 조시 파이랑 있을 바에야 차라리 고독과 눈물이 더 나은 걸까를 고민하고 있을 때, 제인과 루비가 나타났다. 둘은 모두 퀸스 학교를 나타내는 색인 보라색과 다홍색 리본을 작게 만들어 자랑스럽게 코트에 꽂고 있었다. 당시 조시는 사이가 소원했던 제인과 말을 섞지 않았기 때문에 그제야 조용히 입을 다물었다.

제인이 한숨을 쉬며 말했다. "아휴, 아침부터 아주 몇 달은 흐른 기분이야. 집에 가서 베르길리우스를 공부해야 해. 그 끔찍한 늙은 교수님이 당장 내일까지 스무 행이나 읽어 오라잖아. 하지만 오늘 밤은 정말이지 엉덩이를 붙이고 앉아 공부할 수가 없어. 앤, 보니까 눈물 자국이 있는 거 같은데. 울고 있었다면 얼른 솔직히 말해. 내 자존심을 회복할 수 있게. 나도 루비가 오기 전까지 엄청나게 울고 있었거든. 다른 사람도 그랬다면 내가 운 것도 괜찮잖아. 케이크? 아주 조금이라도 줄 거지? 고마워. 와, 진짜 에이번리 맛이 난다."

루비는 탁자에 놓여 있던 퀸스 달력을 보고 앤이 금메달을 목표로 하는지 물었다.

앤은 얼굴을 붉히며 그렇다고 인정했다.

조시가 말했다. "아, 그러고 보니 생각나네. 퀸스 학교가 드디어 에이버리 장학금을 받을 수 있게 됐대. 오늘 들은 소식이야. 프랭크 스토클리가 말해줬어. 걔 삼촌이 이사회에 있다잖아. 내일 학교에서 발표될 거야."

에이버리 장학금! 앤의 심장이 요동치기 시작했다. 앤이 품고 있던 꿈의 크기가 마치 마법처럼 확 넓어진 것 같았다. 조시가 이 소식을 알려주기 전에 앤이 세웠던 가장 높은 목표는 연말에 일급 교사 자격증을 따는 것 그리고 잘하면 금메달을 따는 것이었다. 하지만 조시가 한 말의 여운이 미처 사라지기도 전에 앤은 어느새 에이버리 장학금을 따내는 상상에 빠졌다. 또 레드먼드 대학에서 예술 과정을 듣고, 가운과 사각모를 걸치고 대학을 졸업하는 자신의 모습을 그려보았다. 에이버리 장학금은 영어 과목에 한해 수여되기 때문에 앤은 더욱 욕심이 났다. 그야말로 자신의 고향처럼 편하고 자신 있는 과목이었으니까 말이다.

에이버리 장학금은 뉴브런즈윅의 부유한 제조업자가 사망한 후 재산 일부를 성적 장학금으로 기부하여 해안 지역에 있는 고등학교와 전문학교에 수여하기로 되어 있었다. 퀸스 학교에도 할당이 될 것인지에 대해 큰 논란이 일었는데 마침내 결론이 난 것이다. 연말에 영어학과 영문학에서 가장 높은 점수를 받은 졸업생은 레드먼드 대학을 다니는 4년 동안 매년 250달러의 장학금을 받게 된다. 앤이 그날 밤 들뜬 얼굴로 침대에 누운 것도 당연했다.

앤은 결심했다. '열심히 공부해서 내가 그 장학금을 받아내겠어. 학사를 하게 되면 매슈 아저씨가 얼마나 자랑스러워하실까? 꿈이 있다는 게 이렇게 즐거운 일이구나. 나에게 이렇게 커다란 꿈이 있다는 것도 정말 신나. 그리고 꿈에는 끝이 없다는 거, 그게 제일 좋다. 목표 하나를 이루자마자 더 높은 목표가 반짝이며 나타나니. 인생이 어찌나 흥미진진한지.'

# 35
# 퀸스 학교에서의 겨울

앤의 향수병은 서서히 사라졌다. 주말마다 문턱이 닳도록 초록 지붕 집에 갔던 게 큰 도움이 되었다. 날씨가 허락하는 한 에이번리 학생들은 금요일 저녁마다 새로 놓인 열차를 타고 카모디로 나갔다. 다이애나와 다른 에이번리의 친구들도 카모디로 그들을 마중나왔고 모두 만나게 된 아이들은 다 함께 에이번리로 신나게 걸어갔다. 저 멀리 에이번리의 정다운 불빛을 바라보고 청명한 황금빛 공기를 맡으며 가을 언덕을 돌아다니는 금요일 밤은 앤이 가장 행복해하고 소중히 여기는 시간이었다.

길버트 블라이드는 거의 루비 길리스와 걸었고 루비의 가방을 들어주었다. 루비는 아주 아름다운 아가씨로 자랐고 스스로도 이제는 정말 성인이 됐다고 생각하는 듯했다. 치마는 어머니가 허락하는 선에서 최대한 길게 입었다. 시내에 갈 때면 머리도 위로 올렸다. 비록 집에 갈 때는 다시 내려야 했지만 말이다. 루비는 크고 빛나는 푸른 눈동자에 눈부신 피부였고 거기다 몸매까지 멋졌다. 웃는 얼굴이었고 명랑했으며 성격도 좋았고 재미있는 일들이 생기면 숨김없이 즐겼다.

제인이 앤에게 속삭였다. "그래도 난 길버트가 좋아할 만한 타입이 아니라고 봐." 앤도 같은 생각이었지만 에이버리 장학금을 준다 해도 그런 말을 내뱉고 싶진 않았다. 앤도 길버트처럼 재미있고 대화할 줄 알고 책과 공부, 꿈에 대해 의견을 나눌 친구가 있다면 좋을 것 같았다. 어쩔 수 없이 그런 마음이 들었다. 앤은 길버트가 꿈 많은 소년이라는 것을 알았다. 루비 길리스는 그런 주제로 진지하게 토론할 수 있는 타입이 아니었다.

앤이 길버트에게 어리석은 감정이 생긴 건 아니었다. 일단 남자애들에 관해 생각해 본 적이 거의 없었다. 앤에게 남자애들이란 그저 좋은 친구가 될 수 있는 대상일 뿐이었다. 앤이 길버트와 친구로 지냈을지언정 길버트에게 친구가 얼마나 많든, 누구랑 걸어가든 신경 쓰지 않았을 거였다. 앤은 친구를 만드는 데 타고난 재능이 있었기 때문에 여자 친구들이 대단히 많았다. 하지만 남자와 친구로 지내게 된다면 친구 관계란 무엇인가에 대한 생각을 더 원만하게 다듬고, 판단과 비교를 폭넓게 할 수 있겠다는 사실 정도는 희미하게 알 수 있었다. 앤이 이것과 관련해 자신의 느낌을 정확하게 표현할 수 있는 건 아니었다. 그저 길버트와 함께 시원한 들판을 건너거나 고사리가 가득 핀 샛길을 따라 역에서 집까지 걸어간다면 재밌는 대화를 나눌 수 있을 것 같았다. 그들 앞에 펼쳐진 새로운 세계에 대해 그리고 그 안에 놓인 꿈과 희망에 대해서 말이다. 길버트는 주관이 뚜렷하고 명석한 젊은이였다. 인생을 최대한 즐길 것이며 최선을 다해 노력하겠다고 결심한 친구였다. 루비 길리스는 제인 앤드루스에게 길버트가 하는 말의 반도 못 알아듣겠다고 실토했다. 길버트가 앤 설리처럼 자기 생각을 쏟아내듯 말하며 별 필요도 없는 책부터 온갖 상황에 대해 관심을 기울인다면서 자기는 도대체 무슨 재미로 그러는지 모르겠다고 했다. 프랭크 스토클리가 훨씬 재미있고 늠름하지만, 길버트의 생김새에 비해 반도 안 된다며 누구를 더 좋아해야 할지 도저히 결정하지 못하겠단다!

앤은 퀸스 학교에 다니면서 자신처럼 사려 깊고 상상력이 좋고 꿈이 넘치는 친구들로 점점 친한 무리를 만들었다. 볼이 장미처럼 붉은 소녀의 이름은 스텔라 메이나드였고 꿈 많은 소녀의 이름은 프리실라 그란트였다. 셋은 금방 친해졌다. 창백한 아이처럼 보이던 프리실라는 사실 굉장히 짓궂고 장난치는 걸 좋아하는 재미있는 소녀로 밝혀졌다. 생기 있는 검은 눈동자의 스텔라는 앤처럼 무지개 같은 꿈과 환상을 넘치도록 품은 아이였다.

크리스마스 연휴가 끝난 후 에이번리 학생들은 금요일마다 집에 가던 걸 포기하고 공부에 매달렸다. 이쯤 되자 전교생은 자신의 성적이 어느 정도인지 자연히 알게 되었다. 분명하기도, 미세하기도 한 학생 간의 실력 차이를 짐작할 수 있게 된 것이다. 그리고 아이들은 몇몇 사실들을 점차 수긍했다. 메달을 받을 만한 사람은 세 명으로 좁혀졌다. 길버트 블라이드, 앤 셜리, 루이스 윌슨. 에이버리 장학금은 후보가 더 많아 여섯 명 중 한 명이 받을 거라는 말이 돌았다. 수학 동메달은 이마가 울퉁불퉁하고 구멍난 코트를 기워 입고 다니는 뚱뚱한 시골 소년이 받게 될 터였다.

루비 길리스는 올해 퀸스에서 가장 아름다운 학생으로 뽑혔다. 2학년 수업을 듣는 아이들 중에는 스텔라 메이나드가 최고 미인이라는 타이틀을 거머쥐었고 안목 있는 몇 명은 앤 셜리를 꼽았다. 에델 마르가 모든 까다로운 심판들로부터 머리 스타일이 제일 멋있는 학생으로 인정받았고, 평범하고 차분하고 성실한 제인이 가정학 과목에서 1위를 차지했다. 심지어 조시 파이도 특정 분야에서 탁월하다는 평을 받았는데 퀸스 학교에서 최고의 독설가로 뽑혔다. 그러니 스테이시 선생님의 옛 제자들이 학문 분야는 물론 더 넓은 분야에서도 잘 해내고 있다고 자신 있게 말할 수 있었다.

앤은 꾸준히 그리고 열심히 공부했다. 라이벌인 길버트와 경쟁하는 것도 에이번리에서처럼 불꽃이 튀었지만 이걸 아는 사람은 별로 없었다. 하지만 어찌 된 일인지 앤의 쓰라렸던 마음은 완전히 사라졌다. 길버트를 짓누르려는 마음이 더는 들지 않았다. 오히려 훌륭한 경쟁자를 상대로 멋진 승리를 거둔다면 뿌듯할 것 같았다. 이기는 건 물론 소중한 일일 테지만, 진다고 해서 못 견딜 정도 또한 아니었다.

학생들은 공부를 하면서도 나름대로 즐거운 일을 찾아냈다. 앤은 시간이 나는 일요일에 너도밤나무 집으로 달려가 조세핀 할머니와 함께 점심을 먹고 교회에 갔다. 조세핀 할머니는 본인도 인정하듯 늙어가고 있었지만 검은 눈동자는 여전히 또렷했고 말하는 기력도 예전과 다름없었다. 그래도 앤에게만큼은 절대 날카롭게 말하지 않았다. 이 까칠한 노인에게 앤은 여전히 가장 아끼는 사람인 것이다.

"앤은 늘 성장하더군. 다른 여자애들은 질려. 보다 보면 짜증이 나고 맨날 똑같은 모습이야. 하지만 앤은 무지개처럼 색이 다양하고 모든 색이 그렇게 아름다울 수가 없어. 아이가 어렸을 때처럼 명랑한지는 잘 모르겠지만 앤을 보면 사랑이라는 감정이 올라와. 난 사랑을 느끼게 해주는 사람들이 좋아. 다른 사람을 사랑하려고 마음먹는 것도 골치 아픈 일이야. 앤은 그런 골치를 덜어준다니까."

그리고 아무도 모르게 봄이 성큼 다가왔다. 에이번리에는 아직 눈이 녹지 않은 적막한 들판에 산사나무가 분홍색 꽃눈을 살짝 드러냈고 초록 안개\*가 숲과 계곡마다 피어올랐다. 하지만 샬럿타운에서 지내는 퀸스 학생들은 오직 시험만 생각하고 시험에 관한 이야기만 나눴다.

앤이 말했다. "이번 학기가 거의 끝났다는 게 믿기지 않아. 작년 가을에는 겨울 수업이 그렇게 기다려지더니 벌써 시험이 다음 주 코앞으로 다가왔네. 얘들아, 가끔 이 시험이 전부인 것처럼 생각되지만 그래도 밤나무에 핀 커다란 꽃봉오리랑 길 끝에 펼쳐진 저 안개 낀 푸른 하늘을 좀 봐봐. 그러면 시험이 그렇게 중요해 보이지 않을 거야."

앤의 방에 잠깐 들린 제인, 루비, 조시는 이 말에 동의하지 않았다. 그들에게 다가오는 시험은 정말이지 밤나무 꽃봉오리나 5월의 실안개보다 훨씬 더 중요했다. 합격할 게 분명한 앤이라면 잠깐이라도 시험을 사소한 일로 여길 수 있었지만, 미래가 온통 그 시험에 달린 다른 아이들은 철학자처럼 굴 수 없었다.

제인이 한숨을 쉬었다. "지난 2주 동안 3킬로그램이 빠졌어. 걱정하지 말란 말도 소용이 없어. 걱정이 되는 걸 어떡해. 사실 걱정하는 것도 도움이 좀 되는 거 같아. 걱정이라도 하면 뭐라도

---

\* 알프레드 테니슨이 쓴 시, 「개울」에서 가저온 표현이다.

하는 기분이 드니까. 겨울 내내 퀸스에서 공부하면서 돈을 이렇게나 많이 썼는데 자격증 시험에 떨어지면 정말 끔찍하겠다."

조시 파이가 말했다. "나는 상관없어. 올해 합격 못 하면 내년에 다시 다니면 되니까. 아버지가 그 정도 여유는 있으시거든. 앤, 프랭크 스토클리가 그러는데, 트레민 교수님이 메달은 길버트 블라이드가 확실히 받을 거고 에이버리 장학금은 에밀리 클레이가 받을 거라고 하셨대."

앤이 웃었다. "조시, 그러면 내일 난 우울해지겠구나. 하지만 난 지금 에이버리 장학금을 받든 말든 신경 안 써. 지금 초록 지붕 밑은 활짝 핀 제비꽃으로 보랏빛 천지일 테고, '연인들의 오솔길'에는 작은 고사리가 고개를 들고 나올 걸 생각하니까 모든 게 다 괜찮아. 나는 최선을 다했고 경쟁하는 즐거움이 무슨 뜻인지 이해하기 시작했거든. 노력해서 이긴 것 다음으로 좋은 건, 노력해서 지는 거야. 얘들아, 우리 시험 이야기는 하지 말자! 저집들 위로 펼쳐진 연초록빛의 둥근 하늘 좀 봐. 그리고 에이번리에 있는 진자줏빛의 너도밤나무 숲 위로 펼쳐진 하늘은 어떨지, 한번 상상해 봐."

"제인, 졸업식 날 뭘 입을 거니?" 루비가 현실적인 질문을 던졌다.

제인과 조시가 동시에 대답했고 수다는 어느새 옷 이야기로 넘어갔다. 하지만 앤은 창틀에 팔꿈치를 기댄 채 보드라운 볼을

손으로 감쌌다. 그리고 멍하니 도시의 지붕과 뾰족한 탑을 내다
보았다. 노을 지는 둥근 하늘을 바라보며, 젊음이라는 희망의 황
금실로 미래의 꿈을 엮어보았다. 앞으로 펼쳐질 장밋빛 날들은
모두 앤의 것이었다. 매년 장밋빛의 희망이라는 꽃 한 송이가 불
멸의 화관에 엮일 터였다.

# 36
## 영광 그리고 꿈

　모든 시험의 최종 결과가 학교 게시판에 올라오는 아침, 앤과 제인은 함께 학교로 향했다. 제인은 편안하게 웃고 있었다. 어쨌든 시험은 끝났고 제인은 자신이 합격했다는 걸 확실히 알았으므로 그녀에게 괴로운 일은 이제 아무것도 없었다. 제인에게는 끓어오르는 야망이 없었기 때문에 불안할 것도 없었다. 이 세상에서 무언가를 얻거나 쟁취하려면 대가를 치러야 하는 법이었다. 고된 노력과 절제, 불안과 좌절이라는 비용을 들이지 않고서는 저절로 얻을 수 있는 게 아니었다. 창백한 얼굴의 앤은 말이 없었다. 10분 후면 메달을 누가 받을지, 에이버리 장학금은 누가 받을지 알게 될 것이었다. 그 10분 외의 다른 시간은 무가치하게 느껴졌다.

"앤, 당연히 네가 둘 중 하나는 받겠지." 교수진이 얼마나 불공정하게 순위를 정해버릴 수 있는지 이해하지 못한 제인이 말했다.

"에이버리 장학금은 바라지도 않아. 모든 사람이 에밀리 클레이가 받을 거라고 하잖아. 그리고 애들이 다 몰려 있는 게시판 앞에서 들여다보진 않을 거야. 나한텐 그럴 용기가 없어. 난 여학생 탈의실로 곧장 갈래. 제인, 네가 발표문을 읽고 와서 나한테 말해줘. 우리의 오랜 우정을 생각해서 최대한 빨리 와줄 수 있겠니? 내가 떨어졌다면 그냥 말해. 배려한다고 돌려서 말하지 말고. 그리고 나를 동정하진 말아줘. 제인, 약속해 주겠니?"

제인이 엄숙하게 약속했다. 하지만 애초에 그런 약속을 할 필요가 없었다. 둘이 퀸스 학교의 입구 계단을 올라가는데, 복도를 가득 메운 남학생들이 길버트 블라이드를 어깨에 둘러메고 "메달리스트, 블라이드 만세!"하고 목청껏 소리쳤던 것이다.

순간, 앤은 패배감과 실망감에 구역질이 날 정도로 심한 가슴 통증이 느껴졌다. 그러니까 앤은 졌고 길버트가 이긴 것이다! '그렇구나, 매슈 아저씨가 서운해하실 텐데. 내가 받을 거라고 그렇게 확신하셨는데.'

그런데 그때!

누군가 이렇게 외쳤다.

"에이버리 장학금 수혜자, 미스 셜리를 위해 만세 삼창!"

"어머, 앤!" 우정 어린 뜨거운 응원을 받으며 둘은 여자 탈의실로 뛰어 들어갔다. 제인은 숨이 막혔다. "아, 앤. 너무 자랑스러워! 정말 굉장한 일 아니니?"

곧 여자애들이 주위를 빙 둘러쌌다. 학생들이 웃으며 축하 인사를 건네는 한가운데에 앤이 서 있었다. 학생들은 앤의 어깨를 경쾌하게 탁탁 두드렸지만, 앤은 손을 덜덜 떨었다. 밀고 당겨지며 포옹을 하는 와중에 앤은 제인에게 겨우 이렇게 속삭였다.

"매슈 아저씨랑 마릴라 아주머니가 얼마나 기뻐하실까! 당장 집으로 편지를 써야겠어."

졸업식은 그다음으로 중요한 행사였다. 행사는 학교의 대강당에서 진행되었다. 연설을 하고 고별사를 읽고, 노래를 부르기도 했으며 졸업장과 상장, 메달을 받았다.

매슈와 마릴라도 참석했다. 둘의 눈과 귀는 연단에 있는 단 한 명의 소녀에게만 집중되었다. 늘씬한 소녀는 연초록 드레스를 입고 약간 붉은 볼에 별처럼 빛나는 눈으로 자신이 쓴 멋진 글을 읽었다. 주변 사람들은 저 아이가 에이버리 장학금을 받은 학생이라고 귓속말로 속닥였다.

앤이 글을 다 읽고 나자 강당에 들어온 후 한마디도 하지 않던 매슈가 속삭였다. "마릴라, 우리가 애를 데리고 있길 잘했지?"

마릴라가 코웃음을 쳤다. "잘했다는 생각이 든 게 이번이 처음은 아니죠. 참 들먹이는 거 좋아하네요. 매슈 커스버트."

뒤에 앉아 있던 조세핀 할머니가 몸을 기울여 양산 손잡이로 마릴라를 콕 찔렀다.

"앤이 자랑스럽지 않으세요? 난 그래요."

그날 저녁, 앤은 매슈와 마릴라와 함께 에이번리 집으로 돌아왔다. 4월 이후로 집에 오지 못했기 때문에 단 하루도 미루고 싶지 않았다. 집에 오니 사과꽃이 탐스럽게 피었고 주변은 온통 풋풋한 생기로 흘러넘쳤다. 다이애나가 초록 지붕 집에서 앤을 기다리고 있었다. 하얀 방 창가에는 마릴라가 꽂아 둔 장미 한 송이가 앤을 반겼다. 앤은 행복한 나머지 길게 한숨을 내쉬었다.

"아, 다이애나. 집에 오니까 정말 좋다. 분홍색 하늘 위로 뾰족하게 올라온 전나무랑 하얀 과수원, 그리웠던 '눈의 여왕'을 보니까 정말이지 반갑다. 박하 냄새가 너무 향긋하지 않니? 그리고 저 월계화는 노래와 희망, 기도가 다 들어 있는 거 같네. 그리고 다이애나, 너를 보니까 너무 좋아!"

다이애나가 섭섭하다는 듯 말했다. "난 네가 나보다 스텔라 메이나드를 더 좋아하는 줄 알았는데. 조시 파이가 그러더라. 네가 걔한테 완전히 빠져 있다던데."

앤이 웃음을 터트리며 시들어 있던 '6월의 백합'을 다이애나에게 던졌다.

"스텔라 메이나드는 세상에서 딱 한 명만 뺀다면 가장 소중한 친구지. 그리고 그 한 명은 바로 너고, 다이애나. 그 어느 때보다 너를 사랑해. 그리고 너한테 할 말이 산더미처럼 쌓여 있어. 하지만 지금은 여기 앉아서 너를 보는 것만으로도 정말 기쁘구나. 아, 피곤하다. 그동안 열심히 공부하고 야망을 불태우느라 지쳐 버렸어. 내일 적어도 두 시간은 과수원 잔디밭에서 아무런 생각도 안 하고 가만히 누워만 있을 거야."

"앤, 정말 잘 해냈어. 에이버리 장학금을 받았으니까 바로 선생님이 되진 않겠지?"

"응, 9월에 레드먼드 대학에 갈 거야. 굉장할 거 같지 않니? 3개월이 지나고 눈부시게 아름다운 방학이 끝날 때쯤엔 아마 완전히 새로운 꿈이 잔뜩 쌓이겠지. 제인과 루비는 선생님이 될 거래. 무디 스퍼전과 조시 파이까지 모두 통과했다니, 정말 다행이지 않니?"

"이미 뉴브리지 학교 이사회가 제인에게 와달라고 했대. 길버트 블라이드도 선생님이 된대. 그래야만 하는 상황인가 봐. 아버지가 대학에 보내줄 여력이 안 되고, 그럼 대학에 다니는 내내 스스로 돈을 벌어야 한다는 이야기니까. 에임즈 선생님이 떠나시면 길버트가 우리 학교를 맡을 거 같아."

갑자기 앤은 묘하게도 실망스러운 마음이 들었다. 당연히 길버트도 레이먼드 대학에 갈 거라고 기대해 왔던 것이다. 그걸 미처 깨닫지 못했다. 가슴을 들끓게 하는 라이벌이 없다면 어떻게 해야 하지? 진짜 학위를 받을 수 있는 공립대학이라 해도, 경쟁하는 친구가 없다면 공부하는 게 약간 시들해지지 않을까?

다음 날 아침 식사시간, 앤은 문득 매슈의 얼굴빛이 좋지 않다는 것을 눈치 챘다. 분명 작년보다 회색빛이 진하게 맴돌았다.

매슈가 나가자 앤이 망설이며 물었다. "마릴라 아주머니, 매슈 아저씨 건강이 괜찮으신가요?"

마릴라가 걱정스러운 투로 말했다. "좋지 않단다. 올봄에 심장이 아주 안 좋았는데, 조금도 쉬려고 하질 않아. 무척 걱정했는데 요새는 좀 나아졌어. 일 잘하는 사람을 구했으니 좀 쉬면 기운을 내겠지. 네가 집에 왔으니 기운이 날 게다. 매슈가 너를 보면 늘 기운을 내니까 말이다."

앤은 식탁 위로 몸을 기울여 마릴라의 얼굴을 손으로 감쌌다.

"마릴라 아주머니, 아주머니 안색도 안 좋아 보여요. 피곤하신 것 같아요. 일을 너무 많이 하시나 봐요. 제가 집에 왔으니 이제 쉬셔야 해요. 오늘 하루만 예전에 놀던 장소로 가서 그리웠던 꿈들을 찾아볼게요. 내일부터는 제가 일하면 되니까 아주머니가 쉬실 차례예요."

마릴라는 자신의 소녀를 애정 어린 눈길로 쳐다보고 웃었다.

"일해서 그런 게 아니다. 내 머리가 문제야. 요새 눈 뒤쪽으로 두통이 자주 와. 스펜서 의사 선생은 안경을 안 써서 그런 거라

고 난리지만 안경을 써도 좋아지는 거 같진 않다. 6월 말에 저명한 안과의사가 섬에 온다면서 그 사람에게 진찰을 받으라고 그러더구나. 아무래도 그래야 할 거 같다. 이젠 책을 읽거나 바느질하는 게 영 편치 않아. 어쨌든 앤, 네가 퀸스 학교에서 굉장히 잘 해냈다는 말을 꼭 해주고 싶구나. 일급 교사 자격증을 일 년 만에 따고 에이버리 장학금을 받다니. 린드 부인은 자만하다가는 낭패를 보기 쉽다며, 여자들이 왜 고등교육을 받아야 하는지 모르겠다고 하더라. 여성의 진정한 고유 영역에 맞지 않는다나. 나는 그런 말 한마디도 안 믿는다. 린드 부인 이야기를 하니까 생각나는구나. 앤, 최근에 애비 은행에 대해 들은 이야기가 있니?"

"애비 은행이 좀 불안하다고 하더라고요. 왜요?"

"린드 부인도 그 말을 하더구나. 지난주에 오더니 그런 소문이 돈다고 말이야. 매슈가 잔뜩 걱정했지. 우리가 모은 돈이 다 그 은행에 들어가 있잖니. 동전 하나까지 전부 다. 난 처음부터 매슈가 저축 은행에 넣길 원했어. 하지만 애비 씨가 우리 아버지하고 굉장히 가까운 친구였어서 항상 애비 은행에 저금했지. 매슈는 애비 씨가 대표로 있는 은행이라면 안심할 수 있다고 하더라."

"애비 씨는 이름만 대표이신 거 같아요. 나이가 많으셔서 오래전에 물러나셨고 지금은 그 조카들이 진짜 대표예요."

"그렇다더구나. 린드 부인이 그렇게 말하길래 매슈에게 당장 우리 돈을 빼자고 그랬는데 매슈가 생각해 본다고 하더구나. 어제 러셀 씨가 애비 은행은 괜찮다고 했대."

앤은 야외로 나가 자연과 교감하며 신나는 하루를 보냈다. 그날을 절대 잊지 못할 거 같았다. 눈부시게 화창해서 황금 같던 그 날, 그림자 하나 없이 온 천지에 꽃이 피어 있었다. 앤은 과수원에서 소중한 시간을 보내고 '드라이어드 거품'과 '버드나무 작은 호수', '보랏빛 골짜기'를 가보았다. 그리고 목사관에 들려 앨런 부인과 깊은 대화를 나눴다. 마지막으로 저녁이 되자 매슈와 함께 '연인들의 오솔길'을 지나, 뒤쪽 목초지로 소 떼를 데리러 갔다. 숲은 노을빛으로 찬란하게 반짝였고 푸근하고 환상적인 노을빛이 서쪽 언덕 사이로 물들었다. 매슈는 고개를 숙이고 천천히 걸었다. 키가 큰 앤은 허리를 꼿꼿이 펴고 매슈와 발을 맞춰 걸었다.

앤이 나무라듯 말했다. "매슈 아저씨, 오늘 일을 너무 많이 하셨어요. 왜 쉬엄쉬엄하지 않으세요?"

매슈가 마당 문을 열어 소를 들여보냈다. "글쎄다. 그럴 수가 없는 거 같다. 앤, 내가 나이가 들어 그래. 자꾸 잊어버려. 자, 나는 언제나 일을 많이 해왔으니 일하다 죽는 게 낫지 싶다."

앤이 생각에 잠겨 말했다. "제가 아저씨가 원하시던 남자아이였다면 지금쯤이면 다 커서 많은 일을 도와드릴 수 있을 텐데요.

여러 가지로 편하셨을 거예요. 이런 생각을 할 때마다 제가 남자였으면 얼마나 좋았을까 싶어요."

매슈가 앤의 손을 톡톡 두드렸다. "글쎄다. 앤, 남자애 열둘을 줘도 너랑은 안 바꾸지. 꼭 기억해라. 열두 명을 줘도 말이다. 자, 에이버리 장학금을 받은 게 남자애가 아닌 거 같던데? 여자애였지. 나의 딸. 내가 자랑스러워하는 내 딸 말이다."

매슈는 앤을 보고 수줍은 미소를 짓고 마당으로 들어갔다. 앤은 그날 밤 방으로 가며 매슈의 말을 생각했다. 열린 창문 앞에 오래도록 앉아 과거를 되새기고 미래를 꿈꿨다. 창문 밖의 '눈의 여왕'은 달빛을 받아 신비로운 하얀빛을 뿜었다. 과수원 비탈길 너머로 개구리가 늪에서 울어댔다. 앤은 은빛으로 빛나던 아름다운 평화와 향기로운 고요함이 가득했던 그날 밤을 늘 기억했다. 앤의 인생에 슬픔이 내려오기 전 마지막 날 밤이었다. 그 차갑고도 신성한 손길이 닿은 후로, 앤의 인생은 다시는 이전과 같을 수 없게 되었다.

# 37
## 죽음이라는 이름의 신

"매슈 오라버니…… 매슈 오라버니…… 무슨 일이에요? 오라
버니, 어디 아파요?"

두려움으로 가득 찬 마릴라가 떨리는 목소리로 말했다. 그때
앤은 흰 수선화를 가득 안고 복도를 걷고 있었는데, 그 이후로
다시 흰 수선화를 쳐다보거나 꽃향기를 좋아하기까지 오랜 시
간이 흘러야 했다. 앤이 마릴라의 다급한 목소리가 들리는 현관
문간을 쳐다보자 구겨진 종이를 손에 쥔 채 얼굴이 잿빛으로 일
그러진 매슈가 보였다. 앤은 꽃을 떨어뜨리고 마릴라와 동시에
매슈를 향해 부엌을 가로질러 뛰었다. 하지만 둘이 도착했을 땐

너무 늦었다. 매슈는 이미 문지방 위로 엎어져 있었다.

마릴라가 다급하게 숨을 몰아쉬며 말했다. "기절했어. 앤, 마틴에게 달려가라. 어서, 어서! 헛간에 있다."

우체국에서 집으로 막 마차를 몰고 왔던 일꾼 마틴은 다시 마차를 타고 의사를 부르러 갔고, 오는 길에 과수원 비탈길에 들러 베리 부부를 불렀다. 볼일이 있어 베리 씨 댁에 들렀던 린드 부인도 함께 초록 지붕 집으로 왔다. 집에 도착하니 앤과 마릴라가 괴로운 표정으로 매슈를 깨우려고 애쓰고 있었다.

린드 부인이 둘을 부드럽게 물러서게 하고 매슈의 맥박을 짚어보고 귀를 심장에 대보았다. 그리고 불안에 떠는 두 얼굴을 안타깝게 바라보는 린드 부인의 눈에 눈물이 차올랐다.

"오, 마릴라. 우리가 할 수 있는 게…… 없는 거 같아요." 린드 부인이 무겁게 말했다.

"린드 부인, 설마, 매슈 아저씨가…… 아니죠……." 앤은 그 무서운 단어를 차마 입에 올리지 못했다. 아픈 사람처럼 얼굴에 핏기가 사라졌다.

"얘야, 그래. 그런 거 같구나. 얼굴을 좀 보렴. 나처럼 저런 얼굴을 많이 보게 되면 너도 그게 무슨 의미인지 알게 될 거다."

앤은 고요한 얼굴을 바라보았고 위대한 존재가 봉인되고 있음을 깨달았다.

의사가 왔다. 즉사였으며 고통도 느끼지 못했을 테고, 아마도 갑작스러운 충격을 받은 거 같다고 말했다. 충격의 비밀은 매슈가 손에 들고 있던 신문에서 찾을 수 있었다. 마틴이 그날 아침 우체국에서 가져온 신문이었다. 애비 은행이 파산했다는 내용이었다.

이 소식은 에이번리 마을에 순식간에 퍼졌다. 어릴 적 친구들과 이웃들이 초록 지붕 집으로 몰려와 북적였고, 집은 죽은 자와 산 자를 위로하려는 마음으로 가득했다. 수줍고 조용한 매슈 커스버트가 생전 처음으로 사람들의 관심을 한 몸에 받았다. 죽음이라는 백의의 왕이 내려와 매슈에게 왕관을 씌운 탓이었다.

고요한 밤이 초록 지붕 집으로 내려오자 낡은 집은 한산하고 평온해졌다. 응접실에는 매슈 커스버트가 관에 누워 있었고 긴 회색 머리카락은 평온한 얼굴을 감싸고 있었다. 잠든 얼굴에는 마치 즐거운 꿈을 꾸듯 다정한 미소가 서려 있었다. 관 주변은 꽃으로 장식되어 있었다. 그 꽃은 매슈의 어머니가 신혼 시절 농가 마당에 심어둔 것들이었다. 매슈는 늘 남몰래 그 꽃을 사랑했다. 그걸 알았던 앤이 그 꽃을 꺾어 매슈 옆에 가져다 놓았다. 눈물도 메마른 앤의 하얀 얼굴에 고통 어린 눈동자만 스산하게 빛났다. 앤이 매슈를 위해 할 수 있는 마지막 일이었다.

베리 부부와 린드 부인이 그날 밤 초록 지붕 집에 같이 있어주었다. 다이애나는 동쪽 다락방으로 올라가 창가에 서 있는 앤을 보고 다정하게 말했다.

"앤, 오늘 밤 나랑 같이 잘까?"

앤은 친구의 얼굴을 진지한 눈빛으로 바라보았다. "다이애나, 고마워. 내가 혼자 있고 싶다고 하면 오해할지도 모르겠구나. 하지만 이 일이 일어나고 잠시도 혼자 있지 못해서 조용히 있고 싶어. 아주 조용히, 차분하게 이 사실을 받아들이려고 해. 실감이 안 나서 그래. 어떨 땐 매슈 아저씨가 돌아가신 거 같지 않아. 어떨 때는 아주 오래전에 돌아가신 거 같고. 그러면 끔찍하게 답답하고 계속 고통스러워."

다이애나는 쉽사리 이해되지 않았다. 차라리 그녀는 타고난 천성과 평생 지녀온 기질의 한계를 폭풍우처럼 깨트리며 슬픔을 쏟아내던 마릴라의 고통이, 눈물조차 메마른 앤의 고통보다 더 잘 이해될 것 같았다. 하지만 다이애나는 사려 깊게 조용히 방을 나가 앤이 처음으로 슬픔과 단둘이 밤을 새울 수 있도록 내버려 두었다.

앤은 혼자 있으면 눈물이 나올 줄 알았다. 그렇게 사랑했던 매슈, 그토록 다정했던 매슈, 어제저녁 노을 뒤로 함께 걸었던 매슈. 이제 매슈 아저씨는 발밑의 어두운 방에서 비참하도록 평화로운 표정을 드리운 채 누워 있었다. 하지만 눈물은 나오지 않았다. 어두운 창가에서 언덕 위의 별을 바라보며 무릎을 꿇고 기도할 때조차 눈가는 메말라 있었다. 온종일 고통과 흥분으로 녹초가 되었지만 잠들기 전까지 그저 끔찍히도 답답한 통증만 계속될 뿐이었다.

한밤중에 앤이 잠에서 깼다. 적막함과 어둠이 느껴졌다. 하루 동안 벌어졌던 일이 슬픔의 파도가 되어 앤을 덮쳤다. 앤은 어제 저녁 마당 문에서 헤어질 때 자신을 보며 웃던 매슈의 얼굴이 떠올랐다. 매슈의 목소리도 들을 수 있었다. "나의 딸. 내가 자랑스러워하는 내 딸 말이다." 그러자 눈물이 나왔고 앤은 토해내듯 울기 시작했다. 마릴라가 울음소리를 듣고 살며시 들어와 앤을 달래주었다.

"자…… 자, 얘야. 그렇게 울지 마라. 그런다고 매슈가 돌아오지는 않아. 그렇게…… 우는 건 좋지 않아. 물론 나도 어쩔 수가 없더구나. 매슈는 늘 선하고 친절한 오라버니였지. 하지만 그건 하느님이 제일 잘 아시지."

앤이 흐느꼈다. "아, 마릴라 아주머니. 그냥 울게 두세요. 우는 게 마음이 아픈 것보다는 나으니까요. 조금만 더 저를 안아주세요. 다이애나와 있을 순 없었어요. 착하고 친절하고 다정한 다이애나지만 이건 그 애의 슬픔이 아니에요. 다이애나는 이 일 밖에 있는 사람이고 저를 달래줄 정도로 제 마음 가까이에 올 순 없어요. 이건 우리의 슬픔이에요. 아주머니와 저요. 아, 마릴라 아주머니, 이제 매슈 아저씨 없이 어떻게 살아요?"

"앤, 우린 서로가 있잖니. 네가 없었다면, 네가 아예 오지 않았다면, 내가 어떻게 견뎠을지 모르겠구나. 아, 앤. 내가 너에게 엄격하고 심하게 굴었다는 거 나도 안다. 하지만 그렇다고 매슈가 너를 사랑한 것만큼 내가 너를 사랑하지 않았던 게 아냐. 할 수 있을 때 이 말을 해두고 싶구나. 나는 내 속에 있는 말을 꺼내기가 참 쉽지 않아. 하지만 지금은 쉬이 할 수 있을 거 같구나. 나는 너를 내 혈육이자 자식처럼 진정으로 사랑한단다. 네가 초록 지붕 집에 온 이후로 너는 늘 내 기쁨이자 위안이었어."

이틀 후, 사람들은 매슈 커스버트를 들고 집 문간을 넘어 매슈가 갈던 들판, 매슈가 사랑했던 과수원, 매슈가 심었던 나무를 돌아 멀리 나갔다. 에이번리 사람들은 평소의 조용한 일상으로 돌아갔다. 초록 지붕 집도 이전 같은 일상을 되찾아 규칙적으로 할 일들을 해냈다. 사랑하는 이를 잃으면 느끼게 되는 아픈 상실감이 처음이었던 앤은 매슈가 없어도 예전처럼 일상을 살아갈 수 있다는 사실에 서글퍼졌다. 앤은 전나무 숲 뒤로 떠오르는 해돋이와 정원에서 피어나는 연분홍 꽃봉오리를 보았을 때 전처럼 기뻤고, 다이애나가 놀러 오는 게 여전히 반가웠다. 또 앤은 다이애나의 귀여운 말과 행동에 다시 웃음을 터뜨리곤 했다. 앤은 이런 순간들을 깨달을 때마다 수치심과 후회의 감정이 밀려왔다. 간단히 말해 자연과 사랑, 우정이라는 아름다운 세계가 여전히 앤의 마음에 전율을 일게 했다. 삶은 여전히 여러 가지 형태로 앤을 끈질기게 끌어당겼다.

"어쩐지 매슈 아저씨를 배신하는 거 같아요. 아저씨가 안 계신

데도 이런 일로 기뻐하다니." 앨런 부인과 목사관에 있던 저녁, 앤이 침울하게 말했다. "아저씨가 너무나 보고 싶어요…… 언제나요. 하지만 앨런 부인, 주변 세상과 삶이 아주 아름답고 흥미롭다고 느껴지기도 해요. 오늘 다이애나가 뭔가 재밌는 말을 해서 보니까 제가 웃고 있더라고요. 그 일이 일어났을 때는 다시 웃을 수 없을 것 같았는데…… 그리고 웃으면 안 된다는 생각이 들어요."

앨런 부인이 다정하게 말했다. "매슈 아저씨가 여기 계셨다면 네 웃음소리를 듣고 싶어 하셨을 거야. 그리고 네 주위에서 즐거운 일들이 일어났을 때 네가 충분히 기뻐하길 바라실 거야. 아저씨는 지금 좀 멀리 계신 것뿐이란다. 다들 여전히 잘 지내는지 알고 싶어 하시지. 나는 자연이 우리에게 선사하는 치유력에 마음을 닫아버리면 안 된다고 확신한다. 하지만 네 감정은 이해할 수 있어. 우리는 모두 같은 걸 경험하는 셈이야. 사랑하는 사람이 더는 우리와 함께 즐겁게 지낼 수 없다면 그 어떤 일도 위안이 안 된다는 생각에 화가 나지. 그리고 다시 열심히 살아야겠다는 생각이 들면 우리는 슬픔에 정직하지 못한 듯한 기분이 들기도 한단다."

앤이 멍하게 말했다. "오늘 오후에 매슈 아저씨의 무덤에 장미관목을 심으러 갔어요. 오래전에 아저씨의 어머니가 스코틀랜드에서 가져와 심으신 하얀 장미를 조금 가져갔죠. 매슈 아저씨가 그 장미를 제일 좋아하셨거든요. 줄기에 가시가 있는 그 장미는 아주 작고 귀엽게 생겼어요. 아저씨 가까이에 그걸 심을 수 있어서 정말 기뻤어요. 아저씨를 기쁘게 할 만한 뭔가를 한 거 같아서요. 매슈 아저씨가 천국에서도 그 장미를 갖고 계셨으면 좋겠어요. 어쩌면 오랜 여름 동안 매슈 아저씨가 사랑했던 하얀 장미의 영혼들이 천국에서 아저씨를 맞아줄지도 몰라요. 이제 집에 가야겠어요. 마릴라 아주머니가 혼자 계실 거예요. 땅거미가 내려오면 외로워하시거든요."

"네가 대학에 가고 나면 더 외로워하실 것 같아 걱정이구나."

앤은 대답하지 않았다. 그리고 앨런 부인에게 인사를 드리고 초록 지붕 집으로 천천히 걸어갔다. 마릴라는 현관문 계단에 앉아 있었다. 앤도 옆에 가서 앉았다. 현관문은 닫히지 않도록 분홍색 소라껍데기로 받쳐놓았다. 껍데기의 안쪽으로 난 부드러운 소용돌이 모양은 마치 바다의 석양이 스며든 듯했다.

앤은 연노랑 인동덩굴을 꺾어 머리에 꽂아보았다. 움직일 때마다 하늘에서 내려온 축복처럼 아련한 향이 풍기는 게 참 좋았다.

"네가 없을 때 스펜서 의사가 왔었다. 내일 안과 전문의가 오니까 가서 눈 검사를 받으라고 하더구나. 진찰을 제대로 받고 끝내야지 싶다. 그 전문의가 내 눈에 꼭 맞는 안경을 준다면 더없이 고맙겠는데. 내가 나가 있는 동안 집에 혼자 있어도 괜찮겠

니? 가는 건 마틴이 마차로 데려다줄 테고 다리미질할 것도 있고 빵도 구워야 하는데."

"전 괜찮아요. 다이애나가 와서 같이 있어줄 거예요. 다리미질이랑 빵 굽는 것도 완벽하게 해놓을게요. 손수건에 풀을 먹이거나 케이크에 진통제를 넣을 걱정은 안 하셔도 돼요."

마릴라가 웃었다.

"앤, 네가 어렸을 땐 하는 일마다 얼마나 실수투성이였는지. 늘 말썽만 부렸지. 난 네가 뭐에 홀린 게 아닌가 생각했었다. 머리카락을 염색했던 일, 기억하니?"

"그럼요. 기억하죠. 절대 잊지 못할 거예요." 앤이 묵직한 갈래머리를 만지며 웃었다. "머리카락 갖고 얼마나 애를 태웠던지 가끔 생각하면 웃음이 좀 나요. 하지만 크게 웃진 않아요. 그때는 정말 심각하게 고민했거든요. 머리랑 주근깨 때문에 속을 많이 태웠죠. 이제 주근깨는 완전히 없어졌어요. 제 머리가 이젠 적갈색이 됐다고 말해주는 친절한 사람들도 있고요. 조시 파이만 빼고요. 어제는 제 머리가 전보다 더 빨갛게 됐다고 하더라고요. 하다못해 검은 드레스 때문에라도 더 빨개 보인다나요. 빨간 머리인 사람들은 자기 머리 색깔에 정말 익숙해지냐고 묻더라고요. 마릴라 아주머니, 조시 파이를 좋아하려고 아등바등했었는데 이제 그만둘까 봐요. 걔를 좋아하는 일이 한때 영웅적인 노력이라고 여겼지만, 더 이상 애쓰진 않으려고요."

마릴라가 날카롭게 톡 쏘았다. "조시는 파이 집안 아니냐. 그러니 미움을 사는 건 당연하지. 그런 사람들도 사회에서 쓸 데가 있겠지만 아마 엉겅퀴만도 못하지 싶다. 조시도 선생이 된다니?"

"아니요. 조시는 내년에 퀸스로 돌아가요. 무디 스퍼전과 찰리 슬론도 그렇고요. 제인과 루비는 선생님이 될 거고, 둘 다 학교도 배정받았어요. 제인은 뉴브리지, 루비는 서쪽에 있는 학교래요."

"길버트 블라이드도 선생이 된다지?"

"네." 짧은 대답이었다.

마릴라가 무심코 말했다. "참 잘생긴 청년이더구나. 지난 주일 교회에서 봤는데 키가 크고 남자답던데. 제 아버지 젊었을 때랑 똑 닮았더구나. 존 블라이드도 좋은 청년이었지. 우리는 친한 친구였단다. 사람들은 존이 내 남자친구라고 했었지."

앤은 갑자기 호기심이 생겨 마릴라를 쳐다보았다.

"와, 마릴라 아주머니…… 무슨 일이 있었던 건가요? 왜……."

"싸웠거든. 존이 용서해 달라고 했는데 내가 안 해줬지. 한참 후 용서해 주려고 했지만 나는 무뚝뚝한 사람이고 화가 나니까 우선 벌을 주고 싶었어. 하지만 존은 다시 돌아오지 않았어. 블라이드 사람들은 모두 자존심이 세거든. 하지만 늘 좀…… 후회했지. 기회가 있을 때 용서해 줄 걸 하고 늘 바랐단다."

앤이 부드럽게 말했다. "그러니까 아주머니도 낭만이 좀 있었던 거네요."

"그래, 그렇다고 해도 될 거 같구나. 나를 보면 그런 생각이 좀처럼 안 들지? 하지만 겉만 보고는 사람을 다 알 수 없는 법이란다. 모든 사람이 나와 존에 대해 잊었지. 나도 잊고 있었단다. 그런데 지난 주일 길버트를 보니까 옛일이 되살아나더구나."

# 38
## 구부러진 길

마릴라는 다음 날 시내에 나갔다가 저녁에야 돌아왔다. 앤이 과수원 집에 다이애나를 데려다주고 오니, 마릴라가 부엌 식탁에 앉아 머리를 손으로 감싸쥐고 있었다. 마릴라의 축 처진 모습을 보자 앤은 마음이 철렁 내려앉았다. 마릴라가 그토록 낙담한 모습으로 앉아 있는 걸 한 번도 본 적이 없었다.

"마릴라 아주머니, 많이 피곤하세요?"

마릴라가 힘없이 앤을 올려다보았다. "그래, 아니다…… 나도 모르겠구나. 피곤한 거 같기도 하고, 모르겠구나. 그런 문제가 아니야."

앤이 초조해서 물었다. "안과 전문의는 만나셨나요? 뭐라고 하던가요?"

"그래, 만나봤다. 눈을 검사받았지. 의사가 눈을 피곤하게 하는 독서니 바느질이니, 그런 건 전부 다 중단하라고 하더구나. 되도록 울지도 말고. 처방해 준 안경을 쓰면 눈이 더는 나빠지지 않을 수 있고 두통도 나아질 거라고 하더구나. 하지만 지시를 따르지 않으면 6개월 후에는 시력을 완전히 잃을 거라는 거야. 장님이라니! 앤, 생각만 해도!"

앤은 경악하며 짧은 비명을 지른 후 잠시 가만히 서 있었다. 도저히 말이 나오지 않았다. 그러더니 용기를 내어 더듬더듬 마릴라를 위로했다.

"마릴라 아주머니, 그런 생각 마세요. 의사 선생님이 희망적인 말씀을 하셨어요. 조심하면 절대 시력을 잃지 않을 거예요. 그리고 안경을 쓰면 두통이 없어진다니 정말 좋은 소식이에요."

마릴라는 비통했다. "그게 별로 희망 같진 않구나. 책도 못 읽고 바느질도 못 하고…… 그런 걸 하나도 못 한다면 뭣하러 사니? 장님이나 죽은 거나 매한가지지. 우는 거야 외로워지면 어쩔 수 없는 일이고. 하지만, 어휴. 말해봐야 무슨 소용이 있겠니. 차 한 잔 주면 고맙겠구나. 고달프구나. 이 일에 대해서 그 누구에게도 말하지 마렴. 사람들이 집에 와서 꼬치꼬치 캐묻고 동정한다면 정말 견딜 수 없을 거 같구나."

마릴라가 차를 마시고 나자 앤은 마릴라를 설득해 침대로 모셨다. 그리고 동쪽 다락방으로 홀로 올라갔다. 어두침침한 창가에 주저앉자, 가슴이 무너져 내리며 눈물이 흘렀다. 오랜만에 집에 와서 창가에 앉았던 그날 밤 이후, 어떻게 이토록 슬픈 일이 연이어 벌어지는지! 그때는 희망과 기쁨만이 출렁였고 미래는 장밋빛 서약으로 가득했건만…… 앤은 그날 이후로 여러 해를 산 듯한 기분이었다. 하지만 침대로 가기 전, 앤의 입술에는 미소가 감돌았고 마음에는 평화가 깃들었다. 앤은 자기가 해야 할 일과 담대하게 마주한다면, 늘 그렇듯 의무 또한 자신의 편이 될 수 있음을 깨달았다.

며칠이 지난 어느 날 오후, 마릴라가 어떤 남자와 이야기하더니 앞마당에서 천천히 걸어나왔다. 앤은 카모디에 갔을 때 새들러라는 저 남자를 봤던 기억이 났다. 그런데 그가 무슨 말을 했기에 마릴라가 저런 표정을 짓는 걸까?

"마릴라 아주머니, 새들러 씨가 왜 오신 거예요?"

마릴라는 창가에 앉아 앤을 바라보았다. 의사의 지시에도 불구하고 마릴라는 눈물을 흘렸고 이내 목소리가 갈라지더니 이렇게 말했다.

"내가 초록 지붕 집을 판다는 이야기를 듣고 사러오신 거다."

앤은 자기 귀를 의심했다. "판다고요? 초록 지붕 집을 판다고요? 아, 마릴라 아주머니. 초록 지붕 집을 진짜 팔려는 건 아니시죠?"

"앤, 그 외에는 방법이 없구나. 생각하고 또 생각해 봤다. 내 눈이 튼튼하다면 이 집에서 살면서 일 잘하는 사람을 구해서 일을 처리하고 관리할 수 있을 거야. 하지만 내가 그렇지 못하잖니. 시력을 완전히 잃을 수도 있어. 어쨌든 이제 집안 대소사를 운영할 수가 없어. 아, 살면서 내 집을 팔아야 하는 날이 오게 될 줄은 정말 몰랐다. 하지만 상황은 점점 더 나빠지기만 할 테고, 그러면 집을 사겠다고 나서는 사람이 없을 수도 있어. 우리 돈은 동전 하나까지 그 은행에 들어가 있잖니. 작년 가을에는 매슈가 대출을 받은 것도 있단다. 린드 부인은 농장을 팔고 어디 하숙이라도 들어가라던데 아마도 자기랑 살자는 거겠지. 집값도 많이는 못 받을 거다. 크기가 작고 건물도 낡았잖니. 하지만 그 돈이면 나 혼자 살기에는 충분하지 싶다. 앤, 네가 장학금을 받아서 얼마나 감사한지 모르겠구나. 다만 네가 방학 때 돌아올 집이 없다는 게 안타까울 뿐이다. 하지만 너는 어떻게든 잘 해낼 거야."

마릴라는 주저앉아 비통하게 울음을 터트렸다.

앤이 단호히 말했다. "초록 지붕 집을 파시면 안 돼요."

"오, 앤. 나도 팔고 싶지 않다. 하지만 너도 알잖니. 난 여기서 혼자 살 수 없어. 온갖 문제와 외로움으로 미쳐버리고 말 거다. 내 시력도 나빠질 거고…… 그렇게 될 게 뻔하단다."

"마릴라 아주머니, 아주머니 혼자 지내지 않으실 거예요. 제가 같이 살 거예요. 저, 레드먼드 대학에 안 가기로 했어요."

"레드먼드 대학에 안 가다니! 그게 무슨 말이냐?" 마릴라가 핼쑥한 얼굴로 앤을 쳐다보았다.

"말씀드린 대로예요. 장학금을 받지 않으려고요. 아주머니가 시내에 갔다 오셨던 날 밤에 결정했어요. 아주머니가 저에게 해 주신 게 얼마나 많은데 혼자 고생하시게 둘 순 없죠. 제가 머리를 굴려서 계획을 세워봤어요. 베리 씨가 내년에 저희 농장을 임대하길 원하세요. 그러니까 농장은 신경 안 쓰셔도 돼요. 그리고 저는 선생님이 될 거예요. 에이번리 학교에 지원해 놨어요. 하지만 이사회가 길버트 블라이드와 계약했기 때문에 되리라고는 생각 안 해요. 하지만 카모디 학교에 가면 되니까 괜찮아요. 블레어 씨가 지난밤에 가게에서 말씀해 주셨어요. 물론 에이번리 학교처럼 좋고 편하지는 않아요. 하지만 카모디에서 하숙집을 찾으면 되고 날씨가 따뜻할 때는 카모디로 마차를 직접 몰고 갔다 와도 되고요. 겨울에는 얼마든지 금요일마다 집에 올 수 있잖아요. 그러려면 말이 한 마리 있어야 할 거 같아요. 아, 마릴라 아주머니, 제가 다 생각해 뒀다니까요. 그리고 제가 책을 읽어드리면서 아주머니가 기운을 차리시도록 도울 거예요. 재미없거나 외롭다고 느낄 일도 없으실 거예요. 그리고 여기서 우리 둘이 아주 안락하고 행복하게 사는 거죠. 아주머니랑 저랑요."

마릴라는 꿈을 꾸는 것 같았다.

"오, 앤. 네가 여기 있다면 나는 정말 잘 지낼 수 있겠지. 하지만 나를 위해 네가 희생할 순 없다. 그건 끔찍해."

앤이 명랑하게 웃었다. "그게 무슨 말씀이세요! 희생 같은 건 없어요. 초록 지붕 집을 포기하는 것보다 더 나쁜 일은 없어요. 그보다 제 마음을 아프게 하는 건 없어요. 우리는 저 소중한 집을 지켜야 해요. 마릴라 아주머니, 저는 결심을 굳혔어요. 레드먼드 대학에 가지 않을 거예요. 이 집에서 살 거고 선생님이 될 거예요. 제 걱정은 조금도 하지 마세요."

"하지만 네 꿈은…… 그리고……."

"저는 언제나처럼 꿈이 차고 넘쳐요. 다만 방향을 바꾼 거예요. 저는 훌륭한 선생이 될 거예요. 그리고 아주머니의 시력이 나빠지지 않도록 애쓰겠어요. 게다가 집에서 대학 과목도 조금씩 공부할 거예요. 아, 마릴라 아주머니, 생각해 둔 계획이 수십 개는 된다니까요. 일주일 내내 생각했거든요. 여기에서 최선을 다해 살면, 그러면 보답으로 최고의 인생을 얻을 거라 믿어요. 퀸스 학교로 떠날 때는 제 앞에 미래가 쭉 뻗은 직선 도로처럼 펼쳐져 있었거든요. 수많은 이정표가 보이는 거 같았어요. 지금은 그 직선 도로에 구부러진 길이 생겼을 뿐이에요. 그 모퉁이를 돌면 어떤 일이 펼쳐질지 모르지만, 최고로 좋은 게 놓여 있다고 믿을 거예요. 나름 매력이 있더라고요. 구부러진 길이요, 마릴라 아주머니. 모퉁이를 돌고 나면 어떤 길이 나올지 궁금해지잖아요. 푸르른 장관이 펼쳐질지, 가지각색의 빛과 그림자가 있을지, 어떤 새로운 경치가 보일지, 어떤 새로운 아름다움일지, 어떤 구부러진 길과 언덕과 계곡이 펼쳐질지요."

마릴라가 장학금 이야기를 꺼내들었다. "하지만 네가 포기하게 두면 안 될 거 같아."

"하지만 제 결정을 바꾸실 순 없어요. 열여섯 하고도 6개월을 살았는데요. 린드 부인이 언젠가 말씀하셨듯 제가 노새처럼 고집불통 아니겠어요." 앤이 웃음을 터트렸다. "아, 마릴라 아주머니. 제가 딱하다고 생각하지 마세요. 동정받는 거 싫어요. 그리고 그럴 필요도 없고요. 저는 제가 사랑하는 초록 지붕 집에 산다는 생각만으로도 가슴이 막 뛰어요. 아주머니와 제가 이 집을 사랑하는 것처럼 아무도 이 집을 사랑하진 못해요. 그러니 우리는 이 집을 지켜야 해요."

마릴라가 물러나며 말했다. "아유, 이 복덩이야! 네가 나한테 새로운 인생을 준 기분이구나. 내가 생각을 굽히지 않고 너를 대학에 가도록 설득해야 할 거 같지만, 나도 네 결정을 바꿀 수 없다는 걸 안다. 그러니 시도도 안 하련다. 앤, 그래도 너에게 이렇게 신세 진 거, 꼭 갚으마."

앤 셜리가 대학을 포기하고 초록 지붕 집에 살면서 선생님이 된다는 소문은 에이번리에 파다하게 퍼졌고 이런저런 말들이 오갔다. 마릴라의 눈 상태를 모르는 대부분은 앤이 어리석은 결정을 내렸다고 했다. 하지만 앨런 부인은 달랐다. 앨런 부인은 앤에게 응원의 말을 해주었고, 앤은 기쁨의 눈물을 흘렸다. 마음씨 좋은 린드 부인도 마찬가지였다. 어느 날 저녁, 린드 부인은 오솔길을 걸어오다가, 포근하고 향기로운 여름의 황혼 무렵 앤과 마릴라가 현관문 앞에 앉아 있는 걸 보았다. 정원에 흰 나방이 날아다니고 박하 향이 이슬 가득한 공기 중에 퍼지며 땅거미가 내릴 즈음, 둘은 거기에 나와 앉아 있곤 했다.

풍채 좋은 린드 부인이 문가에 놓인 돌 의자에 앉으며 지쳤다는 듯 숨을 길게 내뱉었다. 의자 뒤로 분홍색과 노란색 접시꽃이 길쭉하게 늘어섰다.

"이렇게 앉으니 정말 좋군요. 온종일 서 있었는데 90킬로그램을 두 발로 지탱하고 다니려니 영 힘들어요. 마릴라, 뚱뚱하지 않은 건 대단한 축복이에요. 그걸 잘 알길 바라요. 자, 앤. 네가 대학 가는 걸 포기했다고 들었다. 그 말을 듣고 참 기뻤어. 넌 그만하면 이제 여성으로서 편하게 살 만한 교육은 충분히 다 받았다. 나는 여자애들이 남자애들이랑 똑같이 대학에 가서 라틴어니 그리스어니 그런 쓸데없는 지식을 머릿속에 잔뜩 집어넣는 건 필요 없다고 생각한다."

앤이 웃었다. "하지만 린드 부인, 저도 똑같이 라틴어랑 그리스어 공부할 건데요. 여기 초록 지붕 집에서 예술 과정을 공부할 거예요. 대학에서 공부하려던 모든 과목을요."

린드 부인은 깜짝 놀라 고개를 쳐들었다.

"앤 셜리, 그러다 힘들어 죽는다."

"전혀요. 저는 잘 해낼 거예요. 무리하진 않을 거예요. 조시아 앨런의 부인*의 표현대로 '엔간히'만 할 거예요. 하지만 긴 겨울 저녁에는 조금 더 시간을 쏟을 거예요. 여유 시간도 많은데 자수를 뜨는 건 저랑 안 맞거든요. 카모디에 가서 아이들도 가르쳐야 하고요."

"글쎄다. 난 네가 에이번리 학교로 갈 거 같은데. 이사회가 너에게 학교를 맡기기로 했으니까 말이다."

"린드 부인! 에이번리 학교는 길버트 블라이드와 계약한 줄 알았는데요!" 앤이 놀라서 벌떡 일어나며 소리쳤다.

"그랬었지. 하지만 길버트가 네가 에이번리에 지원했다는 말을 듣자마자 이사회에 가서 말했다는구나. 너도 알다시피 어젯밤 학교에서 회의가 있었잖니. 길버트가 지원을 철회하겠다고, 그러니 너에게 학교를 맡기라고 그랬다는구나. 자기는 화이트샌즈에 가겠다며 말이다. 물론 길버트는 네가 마릴라와 같이 살고

---

• '여자 마크 트웨인'이라고도 불리는 미국인 작가, 마리에타 홀리의 필명. 마리에타 홀리는 미국 사회와 정치를 풍자하는 글을 많이 썼고 그 당시 상당한 인기를 끌었다. 여성의 권리에 관심이 많았고 뉴욕 북구 사투리로 자신의 의견을 드러내곤 했다.

싫어 하는 걸 잘 아니까 그런 게지. 길버트가 아주 친절하고 사려 깊지 않니? 그렇고말고. 진정한 자기희생이다. 화이트샌즈에 가면 하숙비도 내야 하고, 대학 갈 때까지 스스로 돈을 벌어야 한다는 걸 모든 사람이 다 알지. 어쨌든 이사회에서 너에게 학교를 맡기기로 했단다. 토마스가 집에 와서 이야기해 줄 때 기뻐서 까무러치는 줄 알았다니까."

앤이 중얼거렸다. "제가 받아서는 안 될 거 같아요. 그러니까…… 길버트가 저를…… 저를 위해서 그렇게 큰 희생을 하면 안 되잖아요."

"이젠 너도 길버트를 막을 수 없을 거 같구나. 이미 화이트샌즈 이사회랑 계약했으니 말이다. 그러니 네가 거절한다고 해서 길버트에게 도움이 될 건 없다. 물론 네가 에이번리 학교를 맡아야지. 넌 잘 해낼 거다. 조시를 마지막으로 더 이상 파이 집안사람들도 다니지 않잖니. 아휴, 아주 대단한 인물 아니니. 그렇고말고. 지난 20년간 이런저런 파이 사람들이 에이번리 학교에 다녔지. 난 그 집안사람들 인생 목표가 학교 선생들에게 세상이 그리 만만한 곳이 아니라는 걸 알려주는 게 아닌가 생각한다. 어머나! 저기 베리 씨네 집에서 깜빡거리면서 반짝반짝하는 게 뭐냐?"

앤이 웃음을 터트렸다. "다이애나가 저보고 오라는 표시에요. 옛날부터 하던 표시인데 아직도 계속하고 있거든요. 실례할게요. 얼른 달려가서 왜 그러는지 알아봐야겠어요."

앤은 사슴처럼 클로버 언덕을 달려가 '유령의 숲'의 어둑한 전나무 그림자로 사라졌다. 린드 부인이 앤을 다정한 눈길로 쳐다보았다.

"아직도 어린애 같은 구석이 많이 남아 있군요."

"어른스러울 때가 더 많답니다." 마릴라가 이전의 날카로움을 잠시 되찾아 쏘아붙였다.

하지만 날카로움은 더는 마릴라의 특징이 아니었다. 린드 부인이 그날 밤 토마스에게 이렇게 말했다.

"마릴라 커트버스가 부드러워졌어요. 그렇고말고요."

다음 날 저녁, 앤은 매슈의 무덤에 신선한 꽃을 놓아두고 스코틀랜드 장미에 물을 주러 에이번리 묘지에 갔다. 앤은 포플러나무가 바스락거리며 다정하게 말을 거는 소리와 무덤 사이로 제멋대로 자란 풀이 속삭이는 소리를 들었다. 앤은 자그마한 장소의 평화로움과 차분함이 좋아서 땅거미가 내릴 때까지 앉아 있었다. 드디어 자리에서 일어나 '빛나는 물결의 호수'로 가는 긴 언덕으로 걸어올 때는 이미 해가 뉘엿뉘엿 떨어진 후였다. 에이번리 마을 전체가 저녁노을에 푹 잠겨 고대의 평화가 깃든 곳*처럼 앤의 눈앞에 환상적으로 펼쳐졌다. 꿀처럼 달콤한 클로버

---

* 알프레드 테니슨의 시, 「예술의 궁전」에 나오는 구절이다.

로 덮인 들판 위로 청량한 바람이 불어왔다. 각 농가에서 나오는 불빛이 나무들 사이로 새어나와 여기저기서 반짝였다. 그 너머로 안개에 잠긴 듯한 보랏빛 바다가 끊임없이 철썩였다. 서쪽 하늘은 부드럽게 뒤섞인 색조의 향연이었고 잔잔한 연못 위로 더욱 부드럽게 비쳤다. 앤은 이 장대한 광경을 보자 가슴에 전율이 일었고 기꺼이 영혼의 문을 활짝 열었다.

앤은 이렇게 중얼거렸다. "진정으로 사랑하는 세상이여, 그대는 참 아름답고, 나는 그대 안에 살아 있으니 정말 기쁘구나."

언덕을 반쯤 내려왔을 때, 키가 훌쩍한 한 청년이 블라이드 농가 문 앞에서 휘파람을 불며 걸어나왔다. 길버트였다. 길버트는 앤을 알아보고 입술로 불던 휘파람을 멈췄다. 모자를 정중히 벗어든 길버트는 앤이 걸음을 멈추고 손을 내밀지 않았다면 조용히 지나쳤을 것이었다.

앤의 볼이 주홍빛으로 물들었다. "길버트, 나를 위해 에이번리 학교를 포기해 줘서 고마워. 아주…… 친절한 행동이었고 내가 고마워한다고 말하고 싶어."

길버트가 앤의 손을 꽉 잡았다.

"앤, 내가 친절한 사람이라서 그런 건 아니었어. 작게나마 너에게 도움이 되어서 기뻐. 이제, 우리 친구로 지내는 거야? 내 오래전 잘못을 정말 용서해 주는 거야?"

앤은 웃으며 손을 빼내려고 했지만 빼내지 못했다.

"네가 연못가에 내려준 날, 이미 용서했어. 나도 몰랐지만 말이야. 내가 얼마나 황소고집이었니? 솔직히 말하자면 그날 이후로 계속 후회하고 있었어."

길버트가 환하게 웃었다. "우린 최고의 친구가 될 거야. 앤, 우리는 좋은 친구가 되기 위해 태어났다니까. 네가 참 끈질기게 운명을 거부해 왔지만 말이야. 여러 가지 방법으로 서로에게 도움을 줄 수 있을 거야. 너 계속 공부할 거지, 그렇지? 나도 그래. 자, 집까지 데려다줄게."

앤이 부엌으로 들어오자 마릴라가 호기심 어린 눈길로 쳐다보았다.

"앤, 오솔길을 같이 온 게 누구냐?"

당황한 앤은 볼이 붉어졌다. "길버트 블라이드에요. 베리 언덕에서 만났어요."

"너랑 길버트 블라이드가 그렇게 사이좋은 친구인지 몰랐구나. 문 앞에서 서서 삼십 분이나 이야기하다니." 마릴라가 담담히 미소 지었다.

"그렇지 않아요…… 그동안 좋은 경쟁자였죠. 하지만 앞으로는 좋은 친구로 지내는 게 현명하겠다고 판단했어요. 그런데 정말 삼십 분이나 있었나요? 몇 분 안 된 거 같은데. 하지만 5년 동안 못한 이야기가 많잖아요."

앤은 그날 밤 흡족한 마음으로 창가에 오래도록 앉아 있었다.

바람이 벚나무 가지 사이로 부드럽게 불었고 박하의 숨결이 향긋했다. 들판 위로 솟은 뾰족한 전나무 너머로 별들이 총총 떠 있었고 다이애나 집의 불빛이 그 사이로 반짝였다.

퀸스 학교에서 돌아와 창가에 앉았던 밤 이후, 앤이 꿈꿨던 미래는 조금 작아졌다. 하지만 앤은 두 발 앞에 놓인 길이 좁아졌다 해도 그 길엔 온통 행복의 꽃들이 만발하리란 걸 알았다. 진심이 담긴 노력, 소중한 열망과 마음 맞는 친구가 있다는 기쁨이 모두 앤의 품 안에 있었다. 그 어떤 것도 앤의 타고난 상상력이나 꿈으로 가득 찬 이상 세계를 빼앗을 순 없었다. 그리고 길에는 늘 구부러진 모퉁이가 있을 것이다!

앤이 부드럽게 속삭였다. "하느님이 하늘에 계시니, 세상은 모두 평안하도다.*"

• 로버트 브라우닝의 극시, 「피파가 지나간다」 중의 한 구절이다.

**옮긴이 박혜원**

대학에서 영어학을 전공하고 대학원에서 영어 교육학을 전공했다. 글밥 아카
데미를 수료하고 번역의 길로 들어섰다. 지은 책으로는 『유학영어 길라잡이』
가 있고, 역서로는 『키플링이 들려주는 동물과 알파벳 이야기』, 『이상한 나라
의 앨리스』, 『빨강 머리 앤』이 있다. 현재 캐나다에서 영어를 가르치며 번역
작업을 병행하고 있다.

빨강 머리 앤

**1판 1쇄 인쇄** 2020년 11월 1일
**1판 1쇄 발행** 2020년 11월 20일

**지은이** 루시 모드 몽고메리 **그린이** 설찌 **옮긴이** 박혜원

**발행인** 양원석 **편집장** 최두은 **책임편집** 문예지
**디자인** 이은혜, 김미선 **영업마케팅** 양정길, 강효경

**펴낸 곳** ㈜알에이치코리아
**주소** 서울시 금천구 가산디지털2로 53, 20층 (가산동, 한라시그마밸리)
**편집문의** 02-6443-8843 **도서문의** 02-6443-8800
**홈페이지** http://rhk.co.kr
**등록** 2004년 1월 15일 제2-3726호

ISBN 978-89-255-8956-5 (03840)

바람이 벚나무 가지 사이로 부드럽게 불었고 박하의 숨결이 향긋했다. 들판 위로 솟은 뾰족한 전나무 너머로 별들이 총총 떠 있었고 다이애나 집의 불빛이 그 사이로 반짝였다.

퀸스 학교에서 돌아와 창가에 앉았던 밤 이후, 앤이 꿈꿨던 미래는 조금 작아졌다. 하지만 앤은 두 발 앞에 놓인 길이 좁아졌다 해도 그 길엔 온통 행복의 꽃들이 만발하리란 걸 알았다. 진심이 담긴 노력, 소중한 열망과 마음 맞는 친구가 있다는 기쁨이 모두 앤의 품 안에 있었다. 그 어떤 것도 앤의 타고난 상상력이나 꿈으로 가득 찬 이상 세계를 빼앗을 순 없었다. 그리고 길에는 늘 구부러진 모퉁이가 있을 것이다!

앤이 부드럽게 속삭였다. "하느님이 하늘에 계시니, 세상은 모두 평안하도다.●"

●  로버트 브라우닝의 극시, 「피파가 지나간다」 중의 한 구절이다.